AF536076

Gina LaManna stammt aus Minnesota, hat aber auch schon in Los Angeles und Italien gelebt. An der Uni beschäftigte sie sich eine Weile mit Zahlen und Gleichungen, bis sie feststellen musste, dass das absolut nichts für sie ist. Seitdem schreibt sie. Sie liebt Cappuccino und Marathonlaufen und lebt mit ihrer Familie nur neun Blocks vom Strand entfernt.

Außerdem von Gina LaManna lieferbar:
Vier Frauen. Jedes Wort eine Lüge. Thriller

Gina LaManna

DREI FREUNDINNEN

KEINE SAGT DIE WAHRHEIT

THRILLER

Aus dem Englischen
von Sabine Thiele

PENGUIN VERLAG

Die Originalausgabe erschien 2020 unter dem Titel
Three Single Wives bei Sourcebooks.

Penguin Random House Verlagsgruppe FSC® N001967

2. Auflage 2023

Neumarkter Straße 28, 81673 München
Redaktion: Michelle Stöger
Umschlaggestaltung: www.buerosued.de
Umschlagabbildung: GettyImages/Marta Sanches Costa/EyeEm
Gesamtherstellung: GGP Media GmbH, Pößneck
Printed in Germany
ISBN 978-3-328-11008-8
www.penguin-verlag.de

Für meine beiden lieben Jungs.

Prolog

Der Tag davor
13. Februar 2019

»Noch Wein?« Eliza Tate hob eine Flasche Vintage Merlot und schwenkte sie verführerisch. Als niemand antwortete, zuckte sie nonchalant mit der Schulter. »Also, ich trinke noch ein Glas. Ich habe es mir verdient.«

Eliza blickte in den Raum, bevor sie den tiefroten Wein sanft in ihr Bordeaux-Glas goss. Trotz der lustlosen Reaktion der anderen drei Frauen füllte sie auch zwei ihrer Gläser auf. Das dritte ließ sie aus offensichtlichen Gründen aus.

»Prost«, sagte Eliza, als die Flasche leer war. »Marguerite, was denkst du über das, was wir besprochen haben? Ist noch etwas offen?«

»Ich habe noch eine Frage.« Penny hob zögernd die Hand. »Ist das in Ordnung? Dürfen wir noch Fragen stellen?«

»Ja, bitte«, erwiderte Eliza. »Darum geht es doch bei einem Probedurchgang.«

»Hattest du ein bestimmtes Thema im Kopf, bevor du *Frei sein* geschrieben hast?« Penny sah rasch zu Marguerite, dann auf die zerlese Ausgabe des Buches vor sich.

»Ganz so einfach ist es nicht.« Marguerite Hill, Bestsellerautorin und Selbsthilfeguru, lehnte sich auf dem violetten Sessel vor dem kalten Kamin zurück. Sie saßen in Elizas saalartigem Wohnzimmer, das mit ausgewählten Möbeln eingerichtet war. Marguerite strich mit der Hand über die samtige Armlehne und wirkte gedankenverloren. »Es geht um verschiedene Themen. Manche sind ein wenig versteckter.«

»In der Tat.« Anne nickte bestätigend. »So versteckt, dass ich sie fast verpasst hätte.«

»Du hast sie verpasst, weil du das Buch nicht gelesen hast«, entgegnete Eliza. »Ein bestimmtes Motiv ist schwer zu erkennen, wenn man nur die Buchrückseite liest.«

»Nun, das auch.« Anne nickte. »Aber ich habe kleine Kinder und keine Zeit zum Lesen.«

Eliza ließ die anderen Gründe in Annes Leben unausgesprochen, die sie möglicherweise von der Lektüre eines Buches abgehalten hatten. Sie war einfach nur froh, dass ihre Freundin sich von zu Hause hatte losreißen können. Eliza fragte sich beiläufig, ob es da einen Haken gab.

»Das wichtigste Thema ist wahrscheinlich das, was mir als Inspiration für den Titel gedient hat. Männer hatten für viele Jahre die Macht über uns.« Marguerite ballte die Hand mit den manikürten Nägeln zu einer festen Faust. »Sie haben von uns erwartet, den Kopf gesenkt zu halten, alles für sie zu tun und ihren Regeln zu gehorchen. Man hat uns darauf konditioniert, uns nicht zu beschweren oder zu jammern, geschweige denn uns zu wehren. Wir waren nie wirklich frei.«

Penny nickte enthusiastisch. Anne zupfte an ihren Nagelhäutchen. Eliza verfolgte, wie Marguerite sanft in ihre Rolle glitt – die Rolle, die der Autorin über eine Million Dollar und weit mehr als fünfzehn Minuten Ruhm eingebracht hatte.

»Es ist Zeit, dass wir unser Leben in die eigenen Hände nehmen und unser Schicksal selbst gestalten«, fuhr Marguerite fort. »Wenn nicht jetzt, wann dann? Wollen wir eine weitere Generation verstreichen lassen, wenn wir die Macht haben, das jetzt zu ändern?«

»Aber wie?« Pennys Frage war leise, wie ein unterschwelliges Aroma. Begleitet von einer gewissen Note von Neugier und Naivität. Entschlossene Untertöne im Abgang. »Um frei zu sein … Müssen wir da nicht erst entkommen?«

Marguerite war sichtlich überrascht, dann versteinerte ihre Miene jedoch und wurde unergründlich. *Sie weiß nicht, was sie sagen soll,* dachte Eliza. Zum Schweigen gebracht von Penny Sands, die nicht so unschuldig war, wie sie aussah.

»Ich habe dich unterschätzt«, sagte Marguerite schließlich. »Du bist noch so jung. Ich dachte, du wärst vielleicht noch Optimistin.«

»Nicht mehr.«

»Um deine Frage zu beantworten, wir müssen mutig sein, in unserem direkten Umfeld beginnen. Manchmal spielen sich toxische Beziehungen direkt vor unseren Augen ab.« Marguerite sah vielsagend zu Eliza.

Diese räusperte sich und wich dem eindringlichen Blick der Autorin aus.

»Aber ich meine, was können wir ganz *konkret* tun?«, beharrte Penny. »Was können wir unternehmen?

Wenn ich mich zum Beispiel in einer toxischen Beziehung befände, was sollte ich dann tun?«

Marguerites geschminkte Lippen verzogen sich zu einem winzigen Lächeln. »Ich finde, wir müssen es den Männern mit gleicher Münze heimzahlen.«

»Mit gleicher Münze?«, wiederholte Penny. »Du meinst, eine Affäre anfangen oder so was?«

»Eine Affäre.« Anne schnaubte. »Das ist viel zu viel Arbeit. Ich schaffe kaum einen Ehemann. Noch einen Mann kann ich wirklich nicht gebrauchen, der gefüttert und angezogen werden und der Aufmerksamkeit haben will.«

Eliza machte ein leises zustimmendes Geräusch.

»Was wäre, wenn du herausfinden würdest, dass Mark eine Affäre hat?«, fragte Penny. »Was würdest du tun?«

»Ich würde ihn wahrscheinlich umbringen«, erwiderte Anne. »Für einen langwierigen Betrug habe ich keine Geduld.«

Alle schwiegen.

»Ach, jetzt kommt schon«, sagte Anne stöhnend. »Das meine ich doch nicht wörtlich.«

»Natürlich nicht.« Penny lächelte schwach. »Das wissen wir.«

»Leute, das war ein Witz.« Anne zog die Beine unter sich und drückte sich tiefer in die üppige Couch. »Glaubt ihr ernsthaft, ich würde meinen Mann umbringen?«

Erneut legte sich unbehagliches Schweigen über den Raum.

»Kommt schon. Das könnte ich niemals tun. Ich liebe Mark«, sagte Anne. »Außerdem bin ich zu zimperlich für einen echten *Mord.* Gift oder so etwas würde ich vielleicht schaffen, aber Blut ist einfach zu widerlich. Außerdem ist mein Mann ein Cop. Seine Freunde hätten mich erwischt, bevor er kalt ist.«

»Also, wenn wir so reden, dann gibt es da einen Mann, den ich gern mit meinem Wagen überfahren würde«, sagte Penny. »Nur theoretisch natürlich«, fügte sie rasch hinzu.

»Natürlich«, zwitscherte Anne.

»Manchmal werde ich einfach so wütend«, erklärte Penny. »Ich wäre jemand, der explodiert. *Bumm.* Wie man es in der Zeitung liest – so schrecklich es ist, das zu sagen.«

»Was ist mit dir, Eliza?«, fragte Anne. »Wenn der gute alte Roman verschwinden müsste, wie würdest du es tun?«

»Ja«, sagte Marguerite. »Du hast doch bestimmt schon daran gedacht, Süße. Ich meine, Roman ist kein Heiliger.«

Eliza trank anmutig einen Schluck Wein, um Zeit zu gewinnen. »Ich habe es nie in Erwägung gezogen.«

»Ach Quatsch«, sagte Anne. »Du und Roman seid doch schon ewig verheiratet. Mit irgendetwas muss er dich wahnsinnig machen.«

Elizas Hände zitterten. Die Wahrheit siedete unter der Oberfläche. Wenn sie hinter die Lügen blicken könnten, dann würden sie keine solch hochgradig heikle Frage stellen. *Würde Eliza ihren Mann umbringen?*

»Vielleicht«, antwortete sie schließlich, gestärkt durch die wohlige Wärme des Weins und der Gemeinschaft einer Gruppe Frauen. »Wenn ich wütend genug wäre …«

»Ach, Schätzchen, sei nicht so bescheiden. Du würdest ein echtes Zeichen setzen.« Marguerite zwinkerte Eliza zu und kicherte teuflisch. »Ich glaube, ein Messer würde zu dir passen. Und zu Roman. Er würde stilvoll gehen müssen, Gott segne seine reiche kleine Seele.«

»Ein Messer«, wiederholte Eliza. »Du meinst, ihn erstechen? Das ist ganz schön brutal.«

Anne zuckte mit den Schultern. »Spiel einfach mit, ja?«

»Wahrscheinlich.« Eliza spürte, wie sich ihr Hals rötete. »Mit einem Messer wäre er ganz bestimmt tot.«

»Du stehst zu deinem Wort«, sagte Marguerite. »Dafür kann ich mich verbürgen. Wenn du jemals irgendwen umbringen willst … Sagen wir mal so, ich möchte nicht bei dir in Ungnade gefallen sein.«

»Und du, Marguerite?«, fragte Anne. »Wie würde der Selbsthilfeguru Rache üben?«

»Ich halte Mord wirklich nicht für den besten Weg, Probleme zu lösen«, erwiderte Marguerite und warf Eliza einen leicht verblüfften Blick zu. »Ich hoffe, ihr wisst, dass ich das ganz und gar nicht gemeint habe, als ich sagte, wir müssten es den Männern mit gleicher Münze heimzahlen. Da haben wir uns ein wenig mitreißen lassen.«

Eliza unterdrückte ein Grinsen. Das hatten sie in ihrem PR-Briefing vor ein paar Stunden nicht besprochen. Marguerite geriet nicht oft ins Schwimmen. In gewisser Weise verschaffte es Eliza Befriedigung, sie rudern zu sehen. Doch statt den Moment auszukosten, warf sie ihrer Klientin eine Schwimmweste zu. Rettete wie üblich die Situation. Deshalb zahlte man ihr auch verdammt viel Geld.

»Marguerite ist viel zu klug für so etwas Offensichtliches wie schnöden Mord«, sagte sie. »Wenn sie sich an einem Mann rächen wollen würde, würde sie ihn vermutlich spektakulär um die Ecke bringen, es uns allen in die Schuhe schieben und ungeschoren davonkommen. Nicht wahr, Marguerite?«

Protokoll

Das Gericht: Frau Staatsanwältin, Sie dürfen Ihren nächsten Zeugen aufrufen.
Staatsanwältin: Ich rufe Anne Wilkes in den Zeugenstand.
Das Gericht: Die Zeugin möge sich bitte erheben, um vom Gerichtsdiener eingeschworen zu werden.

(Zeugin erhebt sich.)

Gerichtsdiener (zur Zeugin): Bitte heben Sie die rechte Hand. Schwören Sie, die Wahrheit zu sagen, die ganze Wahrheit und nichts als die Wahrheit?
Anne Wilkes: Ich schwöre.

(Zeugin betritt den Zeugenstand und setzt sich.)

Staatsanwältin: Mrs. Wilkes, beginnen wir mit dem Abend des 13. Februar 2019. Was haben Sie an diesem Tag gemacht?
Anne Wilkes: Am Nachmittag habe ich mich mit ein paar Freundinnen zu unserem Buchclub getroffen.
Staatsanwältin: Mit welchen Freundinnen?
Anne Wilkes: Eliza Tate und Penny Sands. Marguerite

Hill, die Autorin, war auch da, aber da kannte ich sie noch nicht gut.

Staatsanwältin: Über welches Buch haben Sie gesprochen?

Verteidigung: Einspruch. Inwiefern spielt die Buchauswahl des Buchclubs eine Rolle für den Mordfall?

Staatsanwältin: Ich werde die Bedeutung demonstrieren, wenn ich darf.

Das Gericht: Abgelehnt. Sie dürfen fortfahren, Ms. Clark, aber kommen Sie bitte zum Punkt.

Staatsanwältin: Das Buch, Mrs. Wilkes?

Anne Wilkes: Es war ***Sei frei*** von Marguerite Hill.

Staatsanwältin: Dieses Buch kenne ich nicht. Nicht von dieser Autorin. Meinen Sie ***Frei sein***?

Anne Wilkes: Äh, ja. Genau das meine ich.

Staatsanwältin: Das hier ist eine Mordermittlung, Mrs. Wilkes. Details sind wichtig.

Anne Wilkes: Tut mir leid.

Staatsanwältin: Handelt es sich dabei um den Nachfolger zu Ms. Hills Sachbuch-Bestseller ***Jetzt bin ich dran***, der vor einem Jahr auf der ganzen Welt ein überwältigender Erfolg wurde?

Anne Wilkes: Mhm. Äh, ja. Bei unserem ersten Buchclubtreffen im Oktober haben wir ***Jetzt bin ich dran*** gelesen. Es gefiel uns, weshalb wir im Februar den Nachfolger gelesen haben.

Staatsanwältin: Wovon handelt das Buch?

Anne Wilkes: Ich glaube, der Titel ist selbsterklärend. Marguerite hat ziemlich typische Selbsthilfebücher für Frauen geschrieben. Wie man sein Leben in die Hand nimmt und der ganze Müll. Sie sind inspirierend, zumindest nehme ich das an. Tatsächlich habe ich beide Bücher nicht gelesen. Online gibt es zum Glück Zusammenfassungen, ein echtes Gottesgeschenk, wenn man sich einen Eindruck verschaffen will. Ich habe vier Kinder. Wie soll ich da Zeit haben, Bücher ohne Bilder zu lesen?

Staatsanwältin: Wo waren Sie am 13. Februar zwischen 23:00 Uhr und 2:00 Uhr morgens?

Anne Wilkes: In einer Bar, Garbanzo's. Unser Treffen, äh, verlief nicht wie geplant, weshalb wir noch ein bisschen Dampf abgelassen haben.

Staatsanwältin: Waren Sie mit Eliza Tate zusammen?

Anne Wilkes: Nicht die ganze Zeit.

Staatsanwältin: Bitte erzählen Sie, was an jenem Abend bei Ihrem Buchclubtreffen passiert ist.

Anne Wilkes: Also, das ist eine lange Geschichte.

Staatsanwältin: Wir haben Zeit, Mrs. Wilkes. Fangen Sie doch bitte von vorne an.

Kapitel eins

Neun Monate früher
Mai 2018

Helles Vollkornbrot. Eineinhalb Scheiben Schinken. Ein Klecks Senf. Fünf Cheddar-Kartoffelchips von Lay's sorgfältig auf dem Brot arrangiert. Die Krusten abschneiden, das Brot in einen Plastikbeutel legen, mit Edding ein Herz auf die braune Papiertüte fürs Pausenessen malen.

War Anne Wilkes gefangen im Alltagstrott?

Wahrscheinlich, dachte sie mit Blick auf die Sandwiches, die sie für ihre Kinder vorbereitet hatte, während sie Schinken, Käse und Senf in ihren perfekt organisierten Kühlschrank zurücklegte.

Selbst der war im Trott gefangen. Dieselbe Milch, derselbe Joghurt (Activia, weil Mark an Verdauungsstörungen und Blähungen litt), sogar dieselben Süßigkeiten. Ein Lindt-Trüffel pro Tag, damit ihr Hintern kleiner als Pluto blieb. Nach vier Kindern, zwei davon Zwillinge, war es ein ständiger Kampf.

Sie schloss die Kühlschranktür und murmelte etwas ins Telefon, woraufhin ihre Mutter noch ein paar Minuten weiterreden würde. Anne lehnte sich mit der

Hüfte gegen die Arbeitsfläche und schob sich ein paar Cheddar-Chips in den Mund, was doch sicher als Frühstück zählte.

»Anne, hörst du mir überhaupt zu? Ich wünschte, du würdest aufpassen«, sagte Beatrice. »Ich wünschte …«

Beatrice musste den Satz nicht beenden. Es war auch egal, denn Anne wusste, worauf ihre Mutter hinauswollte. Sie wünschte sich vieles. Wahrscheinlich eine andere Tochter. Nach dem, was vor drei Jahren passiert war, war Anne endgültig eine Enttäuschung für Beatrice Harper.

Eine Weile war Anne in den Augen ihrer Mutter einigermaßen gelungen gewesen. Sie hatte es zu einem Haus, Kindern und einem angesehenen Ehemann gebracht, und vierzehn Jahre lang war diese Ehe Beatrice' ganzer Stolz gewesen. Mit einem gut aussehenden, vielfach ausgezeichneten LAPD-Officer – früher beim Drogendezernat, gerade zum Detective befördert – hatte Anne wenigstens etwas in ihrem Leben richtig gemacht. Bis sie auch bei ihrer Ehe versagt hatte.

»Mom, ich muss jetzt aufhören«, sagte Anne schließlich. Sie ertrug das neueste Drama ihrer Mutter aus dem Country Club keine Sekunde länger. »Die Kinder müssen ins Bett.«

»Du solltest wirklich eine Köchin einstellen oder zumindest eine Nanny«, meinte ihre Mutter verschnupft. »Es ist nicht gut, dass du dich ständig so abhetzt. Du wirst noch Tränensäcke unter den Augen bekommen. Dann wird Mark dich verlassen, und du wirst ganz allein sein – eine unverheiratete Mutter von vier Kindern.«

»Danke, Mom«, erwiderte Anne. »Wir sehen uns dann in ein paar Wochen.«

Lautes Weinen hallte durch das Haus. Anne seufzte. Es war zu einfach gewesen. Die Zwillinge hatten sich früh ins Bett bringen lassen und um halb acht friedlich in ihren Bettchen geschlafen. Ein Rekord heutzutage.

Bestimmt hatte sich Samuel in ihr Zimmer geschlichen, um sie wieder zu piesacken. Mit vier Jahren war er fasziniert von seinen zwei jüngeren Geschwistern, auch wenn er sich damit oft auf einem schmalen Grat zwischen Liebe und Hass bewegte.

»Mom!« Gretchen, mit siebeneinhalb die Älteste, schrie wenig hilfreich aus dem Wohnzimmer: »Die Zwillinge sind aufgewacht!«

»Das höre ich!«, rief Anne zurück. »Los, zieh deinen Schlafanzug an und hilf bitte deinem Bruder.«

Anne legte die Pausenbrottüten für morgen in den Kühlschrank und warf die Tür zu. Blitzschnell machte sie die Küche sauber. Es wäre gut, die Zwillinge noch ein klein wenig länger weinen zu lassen, sagte sie sich und warf einen raschen Blick auf die Uhr. Die Babysitterin würde in weniger als zwanzig Minuten eintreffen.

Mark hatte Olivia eine halbe Stunde früher herbestellt, als sie eigentlich da sein müsste. Eine Art ihres Mannes, sie zu überwachen. Die Babysitterin länger als nötig zu buchen, war nicht der einzige Weg, wie er seine Frau kontrollierte, und er tat es alles andere als unauffällig.

Zum Beispiel Marks berühmte »Überraschungsmittagessen«, wenn er unangekündigt zu Hause auftauchte. Mütter aus Gretchens Schule kamen plötzlich mit Behältern voller Lasagne vorbei. Spielverabredungen mit

Samuels Freunden tauchten im Kalender an Tagen auf, an denen Mark Extraschichten arbeitete.

Er vertraute ihr immer noch nicht, und das machte Anne allmählich wahnsinnig. Es ging ihr gut, gut, gut. Seit fast drei Jahren ging es ihr jetzt gut. *Okay, weitestgehend,* gestand sie sich selbst ein. Manche Tage waren immer noch schwierig.

Seufzend sah Anne wieder auf die Uhr. Sie hatte noch Zeit, die Zwillinge blitzschnell wieder in den Schlaf zu wiegen, in ein halbwegs sexy Outfit zu schlüpfen und die hartnäckigen Tränensäcke unter ihren Augen abzudecken. Vielleicht hatte ihre Mutter recht. Wenn sie sich nicht bald in Form brachte, würde sie als alleinerziehende Mutter von vier Kindern enden. So sehr Mark sie manchmal in den Wahnsinn trieb, sie war mit ihm verheiratet, und daran wollte sie auch nichts ändern.

Anne fluchte, als sie ins Wohnzimmer ging und über einen Plüschelefanten stolperte. Sie hüpfte zur Treppe und ließ ihren Ärger an Gretchen aus, die sich noch nicht von der Couch wegbewegt hatte.

»Mach den Fernseher aus«, bellte sie. »Olivia kommt gleich, und ich will, dass du dann bettfertig bist.«

»Olivia soll mich ins Bett bringen«, jammerte sie. »Sie liest mir immer extra vor.«

»Es gibt keine Bücher, wenn du nicht bettfertig bist. Du kennst die Regeln.«

Mit schmerzendem Zeh ging Anne nach oben. Samuel war in seinem Zimmer und starrte auf ein Tablet. Sie nahm sich vor, später mit ihrem Mann über die Bildschirmzeiten in diesem Haus zu sprechen.

»Leg das weg«, fuhr sie Samuel an. »Und zieh deinen Schlafanzug an. Los, sofort.«

Samuel ignorierte sie. Das Weinen der Zwillinge wurde ohrenbetäubend. Annes Blut kochte. Mark hätte schon vor zwanzig Minuten zu Hause sein sollen. Er hatte versprochen, die Kinder ins Bett zu bringen, damit Anne die Unmengen Cupcakes backen konnte, die Gretchen für eine Spendensammelveranstaltung am nächsten Tag brauchte.

Wenn Anne sie nicht beisteuerte, würden sie für die Freiwilligenstunden zahlen müssen, die sie nicht absolviert hatte. Leider konnte sich die Familie Wilkes das nicht leisten, weshalb sie einen verdammten Berg an Cupcakes abliefern musste.

Im Zimmer der Zwillinge sah Anne den Grund für ihre Unzufriedenheit. Ihr Handy lag auf dem Schaukelstuhl in der Ecke und piepste wegen eines verpassten Anrufs. Sie musste es vergessen haben, nachdem sie Harry ins Bett gebracht hatte. Wenn sie zum Wetten neigen würde, hätte sie darauf gesetzt, dass Mark später kommen würde.

Die Zwillinge beruhigten sich und sahen ihr zu, wie sie nach dem Handy griff. Es schien, als würden sie sich lustig über sie machen, sie necken, ein Spiel mit ihr spielen, bei dem Anne nie gewinnen würde. Sofort fühlte sie sich schuldig, als sie zu ihren Babys sah, und Tränen stiegen ihr in die Augen.

»Es tut mir leid«, murmelte sie, dann ging sie mit dem Handy aus dem Zimmer.

Im Flur atmete sie aus. Sie entsperrte das Display, sah den verpassten Anruf ihres Mannes und eine SMS von ihm. Nicht genug, dass ihr Mann nicht zu Hause war, er hatte auch noch die Zwillinge aufgeweckt, nachdem sie so ungewöhnlich früh eingeschlafen waren.

Anne öffnete die SMS, die ihre Vermutungen bestätigte. Er war noch nicht mal unterwegs. Als sie die Nachricht ein zweites Mal las, kribbelte ihre Kopfhaut vor Missbilligung, und sie bebte innerlich.

Mark: Tut mir leid, Schatz. Schrecklich viel zu tun. Habe versucht, es irgendwie hinzukriegen, aber es klappt nicht. Könntest du Olivia bitte absagen? Wir holen das nächste Woche nach. Geht's dir gut?

Anne fragte sich kurz, wie eine ehrliche Antwort ausfallen würde. Ging es ihr gut? *Ha, ha, ha.* Der arme Mark würde die Wahrheit nicht ertragen. Wenn Männer doch nur wüssten, wie es war – Mutter zu sein, der Irrsinn aus Chaos und Hormonen und Schlafmangel, außerdem immer neue Babymünder, die es zu stopfen galt, neue kleine Menschen zu lieben. Sie kämpfte die ganze Zeit, während Mark blind hübsche, niedliche Gehaltsschecks beisteuerte und damit seine Pflichten als erfüllt ansah.

Anne begann eine Antwort zu tippen, löschte sie jedoch wieder. Tippte erneut, löschte wieder. Was könnte sie schon schreiben? Mark hatte der Babysitterin diesen Monat zweimal abgesagt, und Anne wäre sehr dumm, wenn sie jetzt nicht misstrauisch werden würde. Vor allem, nachdem sie beim letzten Mal seinen Partner im Büro angerufen hatte, um den Grund für die Verspätung zu erfahren, und der gesagt hatte, Mark sei wegen einer Magenverstimmung früher nach Hause gefahren.

Es klingelte an der Haustür. Die Zwillinge schrien. Anne blickte auf die leere Nachricht auf dem Handy. Sie brachte es nicht über sich zu antworten, schob das

Telefon in die Tasche und ging zurück zu den Zwillingen. Wie Cirque-du-Soleil-Akrobaten manövrierte sie die beiden Babys auf ihre Arme, bevor sie nach unten eilte, während es zum zweiten Mal klingelte.

Diese Vegas-Akrobaten konnten ihr nicht das Wasser reichen. Nachdem sie zwei Babys gleichzeitig gestillt und eigenhändig einen Kinderwagen mit diversen Kleinkindern im Schlepptau durch einen Supermarkt manövriert hatte, verdiente sie Lob. Eine Trophäe. Wenigstens einen großen, fetten goldenen Orden.

Harry erbrach sich über Annes Hals. Sie schloss die Augen. An so ein Lob war sie gewöhnt.

»Olivia«, keuchte sie, als sie die Fliegengittertür öffnete und die junge Frau hereinließ. »Es tut mir so leid. Mark schafft es nicht …«

Olivia verzog enttäuscht das Gesicht. »Sie brauchen mich … wieder nicht?«

Ohne auf eine Antwort zu warten, streckte sie die Arme nach den Zwillingen aus. Anne reichte ihr Harry und seufzte erleichtert. Die Stille, die simple Freude, nur ein Kind auf einmal halten zu müssen, überwältigte sie, während sie die junge Collegestudentin musterte.

»Also …« Anne drehte sich um und sah Gretchen auf der Couch. Von oben hörte sie Samuel mit seinem Tablet. Plötzlich wollte sie sich damit nicht mehr herumschlagen. Sie wollte ihre Kinder jemand anderem in die Arme drücken (jemand Vertrauenswürdigem) und verschwinden. Für lange, lange Zeit. Doch das war unmöglich. Sie konnte nicht einfach weglaufen und nicht mehr zurückkommen. Er würde sie finden.

Anne räusperte sich. »Ich wollte gerade sagen, dass Mark sich verspätet und ich ihn im Restaurant treffe.«

»Juhu!« Olivia strahlte. »Ich habe mich auf das Babysitten gefreut. Außerdem können Sie einen freien Abend sicher gebrauchen.«

»Ja, das könnte ich wohl«, antwortete Anne.

Doch ein freier Abend war zu wenig. Anne hatte größere Träume.

»Ich bringe nur schnell die Kinder …«

»Stopp!« Olivia winkte Anne mit der freien Hand weg. »Machen Sie sich fertig. Sie haben Erbrochenes auf dem T-Shirt, und das geht doch nicht bei einem romantischen Dinner.«

Anne schnaubte wegen der Ironie. Olivia lächelte schwach, verstand den lustigsten Teil des Witzes nicht.

Anne hatte gewusst, worauf sie sich in der Ehe mit einem Cop einließ. Die langen Arbeitstage, die Wochenendschichten, der ganze Lebensstil. Doch nach zwanzig Jahren bei der Polizei hatte Mark endlich einen so hohen Rang beim LAPD erreicht, dass er auf Tagschichten wechseln konnte. Weshalb er abends zu Hause sein sollte.

Olivia setzte Harry ab und nahm Heather aus Annes Armen. Die Studentin war eine Schönheit mit olivfarbener Haut, langen dunklen Haaren und hinreißend geschwungenen Augen. Vor allem aber konnte sie unglaublich gut mit den Kindern umgehen.

Heather und Harry hielten sich an Olivias Fingern fest. Gretchen hievte ihre dünne Gestalt vom Sofa und fand endlich den Ausschaltknopf auf der Fernbedienung. Das Tablet verstummte im Obergeschoss.

Samuels neugierige Stimme drang nach unten. »Ist das Olivia?«

»Nur, wenn du deinen Schlafanzug anhast«, rief Olivia nach oben und lachte. »Und was ist mit dir, Madame? Das sieht mir aber nicht nach einem Schlafanzug aus.«

Gretchen schüttelte sich vor Lachen, und Anne warf der Babysitterin über den Kopf der Kinder hinweg einen dankbaren Blick zu. Olivia hob das Kinn und bedeutete Anne, nach oben zu gehen und sich umzuziehen.

Anne gehorchte und duschte lange. Sieben Minuten, was für ein Luxus. Es war sogar Zeit, sich die Beine zu rasieren, die Augenbrauen zu zupfen und ein böses eingewachsenes Haar zu entfernen. Sie trug ihr bestes Parfüm auf der nackten Haut auf und musterte ihr Spiegelbild.

Hinreißend war Anne ganz bestimmt nicht. Früher einmal war sie niedlich gewesen. Doch sie hatte ihr langes kastanienbraunes Haar zu einem Bob abgeschnitten, und sie hatte zehn Kilo mehr auf den früher gerundeten Hüften, die nicht mehr sinnlich, sondern ganz schön schlaff waren. Ihre Brüste sahen nicht besser aus, genauso wenig wie ihre Oberarme, ihr Hintern und ihre Oberschenkel. Störrisches Pack.

Anne schlüpfte in ihren Bademantel und ging ins Schlafzimmer. Sie zog ein figurschmeichelndes schwarzes Kleid und einfache Perlenohrringe an. Es war egal, was sie trug, nachdem sie heute Abend ja allein war, doch wenn sie sich nicht ein wenig Mühe gab, würde Olivia misstrauisch werden.

Anne saß am Bettrand und griff nach der Schachtel mit den High Heels, die sie unter dem Bett aufbewahrte. Ein Neuerwerb, von dem ihr Ehemann noch nichts wusste – und von dem er auch nichts erfahren würde. Er würde ausflippen, wenn er wüsste, dass sie zweihundertfünfzig Dollar für ein Paar High Heels ausgegeben hatte, während er eine Woche Überstunden gemacht hatte, damit sie Gretchens Ballettlager bezahlen konnten.

Dafür ist der Vorrat an eigenem Bargeld schließlich da, rief sie sich in Erinnerung.

Geld, das sie zum Geburtstag bekommen, Bargeld aus Läden, wenn sie etwas zurückgegeben, die hundert Dollar, die ihre Freundin ihr fürs Haussitten zugesteckt hatte. Anne hatte sich diese Schuhe verdient.

Sie betrachtete sich ein letztes Mal in dem hohen Spiegel. Die Schuhe waren jeden Penny wert. Sie ließen ihre Beine geradezu göttlich aussehen und hoben sogar ihren Hintern um ein paar Zentimeter. Auch das Übergewicht sah auf einmal fast schon attraktiv aus.

In letzter Sekunde riss sie die Schuhe von den Füßen und verstaute sie wieder in der Schachtel, die sie zurück unters Bett schob. Wo sie hingehörten. Dann schlüpfte sie in bequeme flache Schuhe und nahm ihre Handtasche. Sie brauchte keine High Heels. Nicht dort, wo sie hingehen würde.

Sie eilte nach unten, warf die Schlüssel in die Tasche und stürzte in den kühlen Abend hinaus. Sie hielt inne und atmete tief durch. Beim Ausatmen trafen sie die Schuldgefühle.

Leicht panisch eilte sie zurück ins Haus und nach oben zu Gretchens Zimmer. Atemlos stand sie in der Tür, vor der Babysitterin und einem Haufen Kinder.

»Anne, geht es Ihnen gut?«, fragte Olivia. »Sie sind ja ganz rot.«

Anne berührte ihre Stirn, die verschwitzt war. Dann hastete sie ins Zimmer, gab den Kindern je einen Kuss auf die Stirn und murmelte halbherzige Ermahnungen, der Babysitterin zu gehorchen. Als sie das Zimmer verließ, schienen ihre Babys es kaum zu bemerken.

Zwei Stufen auf einmal nehmend, eilte sie nach unten. Kurz fragte sie sich, ob ihre Familie ihr Verschwinden überhaupt wahrnehmen würde. Wenn sie einfach durch die Tür ging und nie wieder zurückkehrte. Wäre Gretchen erleichtert, wenn ihre gemeine Mom endlich weg wäre? Würde Samuel überhaupt von seinem Tablet aufsehen? Die Zwillinge … würden es gar nicht merken. Sie würden ohne sie zurechtkommen. Ihre ganze Familie würde wunderbar ohne sie zurechtkommen.

Im Minivan wischte Anne sich hinter dem Steuer noch einmal über die verschwitzte Stirn.

»Es geht mir gut«, sagte sie und atmete tief durch. »Alles in Ordnung. Viele Mütter vergessen, sich von ihren Kindern zu verabschieden.«

Eine Minute saß sie so da und redete sich ein, dass es stimmte. Als es ihr nicht gelingen wollte, ging sie zu einem ungefährlicheren Thema über: ihren Abendplänen.

Anne könnte eine Stunde durch den Target-Großmarkt schlendern, und es wäre einfach nur himmlisch. Sie könnte einen Wagen schieben, ohne dass Kinder an den Seiten hingen oder sich schlangenmenschartig an die Unterseite klammerten. Sie würde nicht zwischen den Ständern mit Schlussverkaufkleidern Verstecken spielen müssen.

Sie könnte die ruhige Zeit nutzen und lesen. Zum Beispiel ein Selbsthilfebuch ihrer alten Freundin Eliza, in das sie sich schon seit Ewigkeiten hatte vertiefen wollen. Sie könnte sich einen Kaffee bei dem die ganze Nacht geöffneten Diner die Straße runter kaufen und ungestört lesen. Eine paradiesische Vorstellung.

Oder sie könnte unvernünftig sein. Sobald sich der Gedanke in Annes Gehirn eingeschlichen hatte, gab es kein Zurück mehr, das wusste sie. Sie würde sich auf die Suche nach Antworten machen. Antworten, nach denen sie seit Wochen suchte. Sie schob den Schlüssel in die Zündung, ließ den Wagen an und betete, dass die Batterie, die dringend ausgetauscht werden musste, den Abend überstehen würde.

Mark, Mark, Mark, dachte sie, als sie auf die Straße bog. *Es ist Zeit herauszufinden, wo du hingefahren bist, mein lieber Ehemann.*

Protokoll

Staatsanwältin: Ms. Sands, wie lange leben Sie schon in Los Angeles?

Penny Sands: Etwas über ein Jahr. Ich bin im Mai 2018 hergezogen, und jetzt ist es Juli. Dreizehn Monate also?

Staatsanwältin: Vierzehn.

Penny Sands: Oder so. Ich war noch nie gut in Mathe.

Staatsanwältin: Was hat Sie nach Los Angeles verschlagen?

Penny Sands: Was verschlägt einen denn nach Los Angeles? Lügen, nehme ich an. Wie bei allen.

Staatsanwältin: Lügen?

Penny Sands: Man wächst in dem Glauben auf, man könnte sein, wer man will, und alles tun, doch das stimmt nicht. Alle ziehen hierher, um Filmstar zu werden, und wo landen die meisten von uns? Ich zum Beispiel vor Gericht.

Staatsanwältin: Wann haben Sie Eliza Tate kennengelernt?

Penny Sands: Bei einem ihrer Buchevents. Sie hat eine Party zur Ankündigung von Marguerite Hills zweitem Buch organisiert, ***Frei sein,*** und ich war eingeladen.

Staatsanwältin: Woher hatten Sie die Einladung zu Mrs. Tates Event?

Penny Sands: Von Roman.

Staatsanwältin: Roman Tate – Elizas Mann – hat Sie zu der Party eingeladen?

Penny Sands: Genau, wie ich gesagt habe.

Staatsanwältin: Sie haben Eliza Tate also über ihren Mann kennengelernt?

Verteidigung: Einspruch. Das wurde bereits ausgesagt.

Staatsanwältin: Ich ziehe die Frage zurück, Euer Ehren.

Das Gericht: Also gut.

Staatsanwältin: Ms. Sands, wann wussten Sie, dass Sie sich in Roman Tate verliebt hatten?

Kapitel zwei

Neun Monate früher
Mai 2018

Penny Sands saß mit weit aufgerissenen Augen im Bus und fühlte sich viel schmächtiger als ihre zweiundsechzig Kilogramm. Mit einem Meter siebzig war sie größer als die meisten Frauen und ziemlich hübsch, wie sie selbst fand.

Sie fühlte sich auch viel jünger als sechsundzwanzig, während der Bus nach Los Angeles hineinrollte. Sie versuchte, alles in sich aufzunehmen – jedes wütende Hupen der zwischen den Fahrspuren wechselnden Autos, jeden geschlossenen, mit Brettern vernagelten und mit Graffiti besprühten Laden, jeden überquellenden Mülleimer.

Sie war leicht verwirrt, und ein Hauch von Panik stieg in ihr auf. Kaum wahrnehmbar, aber trotzdem da. Der Hollywood-Schriftzug versteckte sich bestimmt nur und würde über der nächsten überteuerten Tankstelle erscheinen. Ganz sicher.

Und die wunderschönen Menschen und Filmstars waren auf jeden Fall hinter der nächsten Ecke. Am Rodeo Drive wahrscheinlich. Der Bus war nur noch nicht in die richtigen Straßen eingebogen. Glitzer und Glamour und Hoffnungen waren im Moment noch außer Sicht und warteten nur darauf, eifrig ausgekundschaftet zu werden. *So musste es einfach sein.*

»Zum ersten Mal in der Stadt?« Der Mann vor Penny drehte sich um und grinste schief. »An dem verträumten Blick erkenne ich, dass du neu in der Gegend bist. Übrigens, ich heiße Kurt.«

»Oh.« Penny unterdrückte ein Lachen. »Hallo, Kurt. Ich heiße Penny. Mir war nicht klar, dass man mir das so deutlich ansieht.«

»Woher kommst du?«

»Aus einer Kleinstadt in Iowa. Die kennst du bestimmt nicht.«

»Des Moines.«

Sie lächelte schwach. »Fast. Was ist mit dir? Bist du aus der Gegend?«

»Niemand ist gebürtig aus L.A.« Kurt lächelte wieder, doch seine Augen waren ausdruckslos. »Die Leute kommen von überall her. Aber ich wohne seit zwanzig Jahren hier und betrachte mich mittlerweile als einheimisch. Ziehst du her, um Schauspielerin zu werden?«

»Ist das so offensichtlich?«

»Du siehst aus wie eine Schauspielerin.«

»Oh, äh … danke. Aber ich schreibe auch gern. Ich möchte Drehbücher schreiben oder sogar produzieren. Eines Tages würde ich gern Regie führen. Zu Hause habe ich für die Lokalzeitung gearbeitet«, sagte Penny stolz. Ihr Englischstudium an der Iowa State hatte sie mit summa cum laude abgeschlossen und danach einen der wenigen Schreibjobs ergattert, die es in der Kleinstadt gab. »Tatsächlich bin ich nur hier wegen eines Buches.«

»Wie kommt's?«

»Also, wenn ich es laut ausspreche, klingt es albern.«

»Warum sollte es albern klingen?«

»Das ist so eine Art Selbsthilfebuch«, erklärte sie. »Die Autorin hat mich jedenfalls zum Nachdenken gebracht, und ich habe erkannt, dass ich mehr wollte. Ich wollte etwas Großes, etwas Überwältigendes. Und das bekam ich nicht in Boone, Iowa.«

»Nein, ganz sicher nicht«, sagte Kurt. »Wo kommst du unter?«

Penny runzelte die Stirn und sah auf das Stück Papier in ihrer verschwitzten Handfläche. »In einem Apartment in der Nähe … dieser Straße?«

Sie hielt ihm den Zettel hin. Kurts Augenbrauen zuckten ein wenig, doch Penny wusste nicht, was es bedeutete.

»Kennst du die Straße?«, fragte sie. »Ist die Gegend sicher? Ich habe das Viertel gegoogelt, aber online ist das immer so schwer zu sagen. Viele Optionen hatte ich aber auch nicht. Die Mieten sind hier so hoch, und ich kann mir noch kein Auto leisten.«

»Das ist ganz in meiner Nähe«, antwortete Kurt. »Ich wohne ein paar Blocks davon entfernt, an der Western Avenue. Soll ich dich hinbringen? Zu Fuß geht man etwa zwanzig Minuten von der Bushaltestelle.«

»Nein, nein, schon gut«, sagte sie. »Ich gehe gern zu Fuß.«

Kurt sah aus dem Fenster. »Du willst im Dunkeln laufen?«

Da hatte er recht; es war dunkler, als Penny erwartet hätte. Ihr Magen verkrampfte sich bei der Vorstellung, wie sie an ihrem ersten Abend ganz allein durch die Straßen von Hollywood irrte. Er verkrampfte sich allerdings noch mehr bei dem Gedanken, die Hilfe eines Fremden anzunehmen. Sie wusste es besser, als zu ihm ins Auto zu steigen, doch er wirkte harmlos, und das Angebot war verlockend …

»Also, ich steige hier aus«, sagte er. »Du wahrscheinlich auch, wenn das deine Adresse ist. War nett, dich kennenzulernen. Hab eine gute Zeit in der Stadt.«

Kurt stand auf, spazierte den Gang entlang und stieg aus. Penny folgte ihm, wuchtete ungeschickt ihren riesigen Koffer und einen Rucksack durch den schmalen Gang und murmelte Entschuldigungen, als sie über Füße rollte und gegen Ellbogen stieß.

Am Ausstieg rutschte ihr der Koffer plötzlich aus der Hand und stürzte die Stufen hinunter in den Rinnstein. Penny sah ihm bestürzt nach und wartete einen Moment, als ob ihr jemand magischerweise mit ihrem übergroßen Gepäck helfen würde.

»Raus mit Ihnen, Lady«, schnauzte der Busfahrer. »Ich muss mich an den Fahrplan halten.«

Mit Tränen in den Augen eilte Penny die Stufen hinunter und hievte ihren Koffer aus dem schmutzigen Rinnstein auf den Gehsteig. Ihre Schultern schmerzten, und ihr Rücken war schweißnass. Sie trug ihr hübschestes Alltagskleid sowie niedliche Sandalen mit Keilabsatz, und beides schmolz geradezu nach der langen Busfahrt.

»Kurt«, rief sie aus einem verzweifeltem Impuls heraus.

Sie war zu erschöpft, um auch nur einen weiteren Schritt zu gehen. Doch auf gar keinen Fall durfte sie ihrer Mutter erzählen, dass sie sich von einem Fremden hatte mitnehmen lassen. *Nur dieses eine Mal.* Das Geheimnis würde sie mit ins Grab nehmen.

»Wäre es wirklich kein Umstand, mich bis zu meinem Apartment mitzunehmen?«

Wieder das schiefe Grinsen. »Überhaupt nicht, Schätzchen. Spring rein. Ist wirklich kein Problem.«

»Hier ist es«, sagte Penny. »Du kannst hier anhalten.«

Wie Kurt gesagt hatte, war es nicht weit. Penny sah zu ihrem Fahrer, der schwieg, seit sie ins Auto gestiegen waren, und wartete auf seine Reaktion.

Sie ignorierte das schleichende Gefühl des Unbehagens im Magen. Wie jedes brave Mädchen hatte Penny gelernt, nicht zu Fremden ins Auto zu steigen. Und wie jedes brave Mädchen verstieß sie überhaupt nicht gern gegen die Regeln.

Penny hatte die Manieren einer Frau aus dem Mittleren Westen – eine angenehme, bodenständige Höflichkeit, die so tief in ihr verwurzelt war, dass sie ihr in Fleisch und Blut übergegangen war. Sie machte niemals unnötig eine Szene. Sie entschuldigte sich auch, wenn sie nicht schuld war. Sie hatte keinen Funken Konfrontationsgeist im Leib.

Deshalb räusperte sich Penny nicht mal, als Kurt nicht sofort anhielt, sondern wollte bis zur ersten Ampel warten. Doch auch danach fuhr er einfach weiter, und Schweiß durchweichte das Stück Papier in Pennys Hand, das daraufhin zerriss. Penny war froh, dass sie dreißig Stunden im Bus Zeit gehabt hatte, sich die

Adresse einzuprägen. Die Schrift war unleserlich geworden.

»Ich glaube, du bist an der Abzweigung vorbeigefahren«, sagte sie und bemühte sich, gleichzeitig entschlossen und höflich zu klingen. »Ich weiß, von außen sieht es nicht besonders aus, aber die Adresse …«

»Ich dachte, dass du vielleicht noch auf einen Kaffee mit zu mir kommen möchtest?«

Kurt fuhr langsamer und bog auf einen dunklen Parkplatz ein paar Blocks von ihrem Apartment entfernt ein. »Hier wohne ich.«

»Es ist schon spät.« Penny deutete entschuldigend mit dem Daumen auf den Himmel, an dem noch die letzten Reste der untergehenden Sonne zu sehen waren. Die Dämmerung ging rasch in Dunkelheit über, vor allem hier, wo schräge, schäbige Dächer die letzten Sonnenstrahlen verdeckten. Die Wohnblöcke um den Parkplatz schlossen den Wagen in einem Nest aus Dunkelheit ein. »Ich habe meinem Vermieter vom Bus aus geschrieben, dass wir Verspätung haben, und er hat gesagt, dass er auf mich wartet. Er ist so nett, dass er mich so spät noch einziehen lässt, und ich will das nicht ausnutzen. Außerdem habe ich meiner Mutter versprochen, sie nach der Ankunft sofort anzurufen.«

Für das letzte Argument klopfte Penny sich in Gedanken auf die Schulter. Wenn er wusste, dass ihre Mutter einen Anruf erwartete, dann würde er sie in Ruhe lassen. *Funktionierte das in Filmen nicht immer so?* Das hier war doch schließlich Hollywood. Die Menschen sollten glamourös und charmant und überlebensgroß sein. Nicht fett, verschwitzt und ein bisschen gruselig.

Kurt parkte den Wagen und lehnte sich zurück. Dann legte er ihr leicht eine Hand auf den Oberschenkel. »Nur einen Kaffee.«

Penny schluckte angestrengt. Wie hatte sie je annehmen können, dass dieser Mann ein guter Samariter war? Sie kannte alle möglichen Horrorgeschichten. Die allerdings nicht ihr passieren sollten.

»Tut mir leid, aber ich habe kein Interesse. Wie gesagt, meine Mutter wartet auf meinen Anruf. Mein Freund wird sich auch Sorgen machen, wenn ich ihm nicht Bescheid gebe, dass ich gut angekommen bin.«

»Mhm«, grunzte Kurt, offensichtlich nicht überzeugt von Pennys Ausreden. »Dein Freund in Illinois? Du brauchst hier jemanden, jemanden, der dir zeigt, wie alles läuft. Der dir die nötigen Connections beschafft.«

»Danke, ich bin wirklich nicht interessiert.«

Penny versuchte diskret, die Tür zu öffnen, doch die hatte sich während der Fahrt irgendwie verschlossen. Das Herz schlug ihr bis zum Hals, als Panik in ihr aufstieg. Es passierte wirklich.

Die ganzen Filme, die ihre Mutter sie hatte anschauen lassen, in denen hübsche junge Mädchen gekidnappt wurden. Die ganzen schrecklichen Zeitungsausschnitte, die ihre Freundinnen ihr hingelegt hatten, um ihr so viel Angst einzujagen, dass sie nicht fortzog. Sie würde sterben, hier in Hollywood, als namenlose Fremde. Durch die Hände eines Mannes, der nach schalen Tortilla-Chips roch.

»Ich laufe von hier aus«, sagte Penny. »Lässt du mich bitte raus?«

Er beugte sich zu ihr und wollte seine klebrigen Lippen auf ihre drücken. Sie konnte ihm ein Stück weit ausweichen, doch dann presste er seinen Mund auf ihren Hals, und sie spürte seine abstoßende Körperwärme auf ihrer Haut. Vor Schock überlief sie trotz der Hitze eine Gänsehaut.

Sie schnappte nach Luft, konnte nicht schreien. Penny wusste, sie sollte unbedingt schreien, das Pfefferspray herausholen, das ihre Mutter an ihrem Rucksack befestigt hatte, doch sie war zu erschrocken. Wie gelähmt.

Schließlich erwachte ihr Gehirn wieder, und sie nestelte am Türgriff. Ihre Hand zitterte so stark, dass sie keine Ahnung hatte, wie sie den Knopf herunterdrücken konnte, doch irgendwann stürzte sie durch die Tür auf den Asphalt. Ihr Rucksack landete auf ihr, doch ihr Koffer war noch im Kofferraum gefangen, wo Kurt ihn selbst hineingelegt hatte. Da hatte Penny ihn noch für hilfsbereit gehalten.

»Wag es ja nicht, näher zu kommen.« Penny bewegte sich nach hinten, und es war ihr egal, dass ihre Unterhose, hellrosa mit naiven kleinen eingestickten Sonnenblumen, entblößt war. Sie merkte nicht, dass sich Schotter in ihre Handflächen und Knie bohrte und die Haut blutig aufriss, als sie von ihm wegkrabbelte. »Ich rufe die Polizei! Hilfe!« Endlich hatte Penny ihre Stimme wiedergefunden. »Helft mir doch!«

»Dann eben nicht, du fette Schlampe.« Kurt zuckte mit den Schultern, beugte sich hinüber und zog die Tür zu. Er kurbelte das Fenster herunter und starrte sie mit leeren Augen an, an denen Penny erkannte, dass er das nicht zum ersten Mal getan hatte. »Ihr seid doch alle gleich. Kommt her mit euren großen Träumen, aber keine von euch schafft es. Ihr macht die beschissenen

Jobs, die keiner will, und denkt, dass es sich eines Tages auszahlt und ihr berühmt werdet.«

Penny rappelte sich auf, ertastete das Pfefferspray und zog es hervor. Sie zielte auf ihn, konnte sich aber nicht überwinden zu sprühen. Irgendwie konnte sie immer noch nicht glauben, dass das wirklich passierte.

»Du wirst es nicht schaffen, Schätzchen«, sagte er. »Du bist nicht hübsch genug, hast zu wenig Talent, zu wenig Glück – wie ihr alle. Massenweise kommt ihr her mit großen, glänzenden Augen. Manche halten länger durch. Du?« Er musterte Penny von Kopf bis Fuß. »Du hältst keine Woche durch.«

Penny drückte ab. Der Pfefferspraynebel schoss heraus, doch Kurt fuhr schon mit quietschenden Reifen vom Parkplatz. Penny hustete, ihre Augen tränten, und sie krümmte sich vor Schmerzen von ihrer eigenen Verteidigung.

Da brach sie zusammen, mit blutigen Knien und entmutigt. Sie zog ihr Handy hervor, wollte die Polizei anrufen. Sie würde nicht schwach sein! Sie war stark, selbstbewusst, schön – egal, was er gesagt hatte. Sie war anders, und sie weigerte sich, wie die anderen in der Unsichtbarkeit zu versinken.

Doch als sie den Notruf eintippte, verschwamm ihr Blick. Was sollte sie den Cops sagen, wenn sie herkamen? Dass ein Mann namens Kurt sie angegriffen hatte? Kurt war vermutlich nicht einmal sein richtiger Name. Ihre beste Beschreibung von ihm war, dass er nach Tortilla-Chips roch und seine Stirn verschwitzt war.

Dunkle Haare, durchschnittlicher Körperbau, durchschnittliches Gesicht. Sie hatte nicht auf sein Kennzeichen geachtet, und zum Wagen selbst konnte sie nur sagen, dass es eine dunkelrote, ältere Limousine war. Sie hatte noch nie viel Ahnung von Autos gehabt, es war ihr auch nicht wichtig gewesen.

Und – hatte er sie denn überhaupt angegriffen? Vor Verlegenheit wurde Penny rot. Er hatte seine Hand auf ihr Bein gelegt und versucht, sie zu küssen. Sie war ausgeflippt. Welcher Frau war das nicht schon passiert, dass ein Mann sie gegen ihren Willen küssen wollte? Das passierte ständig. Jeden Tag.

Sie ging alle möglichen Szenarien durch und kam immer wieder zum selben Ergebnis. Die Polizei würde keinen Finger rühren. Das hier war Los Angeles. Ganze Fernsehserien handelten vom LAPD und seinen wilden Fällen. Eine junge Frau, ein Neuankömmling in der Stadt und beleidigt, weil ein Mann versucht hatte, sie auf einen Kaffee in seine Wohnung einzuladen? Sie würden sie nur auslachen.

Ihr Koffer war das größte Problem. Der Mistkerl hatte fast alles mitgenommen, was sie besaß. Ihre Kleider, ihre Schlafanzüge, ihre Unterwäsche. Das Kopfkissen, das sie als Erinnerung an zu Hause mitgenommen hatte. Alles war weg. Die kleinen Tagebücher mit ihren Gedanken, wie es wohl wäre, auf die andere Seite des Landes zu ziehen – allein. So etwas stand nicht darin.

Pennys Hände wurden feucht vor Ärger und Frustration. Sie konnte nicht einfach alles mit einem Fingerschnippen ersetzen. Manche Dinge waren nicht zu bezahlen, andere kosteten Geld. Zum Glück hatte sie ihre Wertsachen – Schlüssel, Geldbeutel, Handy – in ihrem Rucksack verstaut. Doch davon würde sie sich am Morgen nicht anziehen können. Ihr einziges Kleidungsstück trug sie am Leib.

Sie musste die verlorenen Sachen ersetzen, und das erschien ihr im Moment unmöglich. Nach Bezahlen der Kaution sowie der ersten und der letzten Miete blieben Penny noch ungefähr zweiundfünfzig Dollar. Sie würde entweder ihren Schrank auffüllen oder etwas zu essen kaufen können, bis sie einen Job fand. Nicht gerade der herzliche Empfang in der Stadt, den sie erwartet hatte.

Warum?, dachte Penny. Warum sprachen Mütter vor ihren kleinen Mädchen von großen Ambitionen und noch größeren Träumen? Sie waren darauf konditioniert, ihre Töchter mit Selbstvertrauen und Begeisterung vollzupumpen und sie dann in die Welt zu entlassen. Doch sie vergaßen dabei, ihre kleinen Mädchen vor Männern wie Kurt zu warnen.

Warum machten sie sich die Mühe, Jenga-artige Türme aus Hoffnungen in den Herzen ihrer Töchter zu errichten, wenn diese dann von Männern umgeworfen wurden, die nach alten Chips rochen? Penny war in die Stadt der Engel gekommen in der Hoffnung, Sterne zu sehen – am Himmel, unter ihren Füßen. Sterne, Sterne, Sterne.

Doch als Penny nach oben sah, war der Himmel dunstig von den vielen künstlichen Lichtern. Kein Schimmer natürliches Licht war zu sehen. Und unter ihren Füßen waren nur Zigarettenstummel und leere Schnapsflaschen, der berühmte Walk of Fame war weit, weit weg. Der Traum, der sie hierhiergebracht hatte, schien sich in Luft aufgelöst zu haben. Verblasst wie die Sterne zu sein.

Doch Penny war anders. Kurt würde schon bald herausfinden, dass sie nicht so unschuldig war, wie sie aussah. Mit leichten Schuldgefühlen griff sie in ihre Kleidtasche – ein raffiniertes kleines Extra für ihr raffiniertes kleines Hobby – und nahm eine teure Uhr heraus. Sie hob sie an die Nase und roch daran. Der Uhr haftete ein leichter Geruch nach Tortilla-Chips an, doch ein wenig Politur würde dem abhelfen.

Sie wischte das Ziffernblatt an ihrem Kleid ab und fragte sich, wie ein so schrecklicher Mann wie Kurt an eine echte Rolex gekommen war. Wieder erinnerten vertraute Schuldgefühle Penny an ihr Gewissen. Doch sie hatte keine Lust, sich damit auseinanderzusetzen und argumentierte dagegen.

Kurt war an diesem ganzen Schlamassel schuld. Er hatte sie angegriffen. Penny hatte die Uhr nur als Erinnerung aus seinem Becherhalter gestohlen. Eine Erinnerung, die sie sich ansehen konnte, wenn sie deprimiert war – eine Erinnerung daran, dass sie schon Schlimmeres überlebt hatte.

War es denn überhaupt ein Verbrechen, einen Dieb zu bestehlen? Kurt hatte ihr alles genommen. Ihren Koffer, ihre Begeisterung, ihre Hoffnung. Er hatte sogar versucht, ihren Körper in seinen Besitz zu bringen. Kurt war ein schlechter Mann. Er verdiente keine schönen Dinge.

Mit einem Gefühl stiller Rechtfertigung schob Penny die Uhr wieder in die Tasche und verzog die Lippen zu einem leichten Lächeln. Den Kampf mochte sie ja verloren haben, aber sie war kein Opfer. Sie hatte ihren eigenen kleinen Kriegsgefangenen gemacht, und sie hatte ihn verdient. Wenn sie die Uhr versetzte, würde sie das Geld vielleicht die nächsten paar Wochen über Wasser halten. Oder sie könnte sie behalten, wie all ihre anderen kostbaren Schätze …

Schließlich fand Penny ihr Apartment. Sie brauchte zwanzig Minuten, um den Vermieter zu wecken, der wie ein Statist aus den *Sopranos* aussah. Er hielt eine Katze auf dem Arm, zwischen seinen Lippen klemmte eine Zigarette, und seine schmierigen dunklen Haare waren zurückgekämmt.

»Ich dachte, das hier wäre ein Nichtrauchergebäude«, sagte Penny. »Ich hatte angenommen … Haben Sie vielleicht einen Mietvertrag, den ich durchlesen könnte, oder so etwas?«

»Warum?«, grunzte der Mann und trat aus seiner Wohnung im Erdgeschoss. »Sie zahlen die Miete, und ich lasse Sie in Ruhe. Wir brauchen keinen Mietvertrag. Sie haben Glück, dass ich Sie so spät noch reinlasse. Wenn wir einen Mietvertrag hätten, dann wüssten Sie, dass die Bürozeiten nur bis achtzehn Uhr gehen und dass ich Sie bis zum Morgen rauswerfen müsste.«

Penny hatte weder das Geld noch die Energie, die restliche Nacht irgendwo anders als in ihrer Wohnung zu verbringen, weshalb sie ein Seufzen unterdrückte und mit den Schultern zuckte. Zufrieden stellte der Mann sich als Lucky vor und ließ seine Wohnungstür offen stehen, während er nach oben ging. Der Fernseher dröhnte laut, und von dem Geruch nach Tieren und kaltem Rauch musste Penny würgen.

Sie folgte ihm in den zweiten Stock. Er sperrte ihr Apartment auf, gab ihr den Schlüssel und sie ihm den Scheck, den sie in ihrem BH aufbewahrt hatte. Ihr letztes Geld. Die letzten Überreste ihrer finanziellen Sicherheit.

Penny räusperte sich, als sie in das leere Zimmer trat. »Ich dachte, laut Anzeige wäre die Wohnung möbliert?«

Das Fliegengitter am Fenster war zerschlissen. Die alten Holzdielen knarzten schon, bevor sie überhaupt daraufgetreten war, und die Küche – die Arbeitsfläche war weiß lackiert und von Rissen durchzogen – hatte undefinierbare Flecken. In einer Ecke stand ein Bettgestell ohne Matratze. Eine Kommode, an der drei Schubladen fehlten, stand an einer Wand. Der Teppich in dem trostlosen Zimmer war offensichtlich nicht gestaubsaugt worden.

Penny drehte sich zu Lucky um, doch er war schon gegangen. Eine Tür schlug zu, und der Fernseher wurde lauter gedreht. Über ihr rief jemand nach einem Glas Wasser. Stöhnen drang durch das offene Fenster, während zwei Stimmen – eine männlich, eine weiblich – sich immer lauter einem ekstatischen Finale näherten.

Pennys Mut sank. Sie setzte sich auf den Boden des Studioapartments, das tausenddreihundert Dollar Miete im Monat kostete. Penny fluchte nicht (schließlich war sie ein braves katholisches Mädchen aus dem Mittleren Westen), doch das hier war ein Drecksloch.

Ihr Handy klingelte. Sie zog es hervor, sah die Nummer ihrer Mutter und drängte die Tränen zurück.

»Mama?«, meldete sie sich. »Wie geht's?«

»Ich habe mir Sorgen gemacht! Du hättest mich doch sofort nach deiner Ankunft anrufen sollen. Laut dem Busfahrplan hättest du vor vierzig Minuten in Los Angeles sein sollen.«

»Ich bin gerade erst in der Wohnung angekommen. Tut mir leid, dass du dir Sorgen gemacht hast.«

»Und?« Ihre Mutter klang gleichermaßen aufgeregt und entsetzt. »Ich will alles wissen. Siehst du den Hollywood-Schriftzug von deiner Wohnung aus? Hast du schon einen Star getroffen?«

»Es ist großartig hier. Einfach toll.« Penny stand auf, ging zum Fenster und blickte auf einen Müllcontainer, bei dem eine Frau sich gerade den Rock hinunterzog und Geldscheine in ihrem BH verstaute. Ein Mann stieg in einen Wagen und fuhr rückwärts aus der Gasse.

Penny biss sich auf die Lippe und unterdrückte ein Schluchzen. Dann sah sie zu der Rolex, die sie auf die rissige Küchenarbeitsfläche gelegt hatte, und schloss tief durchatmend ihre Finger darum.

»Wart's ab, bis ich dir alles erzählt habe, Mama«, sagte sie, legte sich die Uhr ums Handgelenk und bewunderte ihr schmutziges, schmutziges Geheimnis. »Du wirst nicht glauben, was für Leute ich schon getroffen habe.«

Protokoll

Staatsanwältin: Mrs. Tate, wie lange arbeiten Sie schon im PR-Business für Verlage?
Eliza Tate: Das war bisher mein einziger Job.
Staatsanwältin: Wie viele Jahre? Eine ungefähre Angabe reicht.
Eliza Tate: Über zehn.
Staatsanwältin: Dann betrachten Sie sich sicher als Profi, nach über zehn Jahren in der Branche. Sie haben Events zu Buchveröffentlichungen organisiert, Lesungen und Signierstunden, haben Buchclubdiskussionen ermöglicht.
Verteidigung: Euer Ehren, worin besteht hier die Frage?
Staatsanwältin: Mrs. Tate, haben Sie schon mal ein Literaturevent organisiert?
Eliza Tate: Natürlich. Sehr viele.
Staatsanwältin: Ist – Ihrer weitreichenden Erfahrung nach – aus einer Buchclubdiskussion jemals ein Mordkomplott entstanden?
Eliza Tate: Nein.
Staatsanwältin: Wollen Sie damit sagen, Mrs. Tate, dass Sie am Nachmittag des 13. Februar 2019 nicht mit Anne Wilkes, Penny Sands und Marguerite Hill über einen Mord gesprochen haben?

Eliza Tate: Ich erinnere mich nicht an alle Themen. Wir haben Wein getrunken und über vieles gesprochen. Wissen Sie noch alles, worüber Sie am 13. Februar geredet haben?
Staatsanwältin: Nein, das weiß ich nicht. Aber ich würde mich ganz sicher daran erinnern, wenn ich geplant hätte, einen Mann zu ermorden.

Kapitel drei

Neun Monate früher
Mai 2018

»Carpe diem, Eliza«, dröhnte Harold. »Das ist eine großartige Gelegenheit.«

Eliza faltete steif die Hände vor sich. Ihre Nägel waren sorgfältig manikürt und weiß lackiert. Sie hatte sich dem Anlass entsprechend gekleidet, ihrer (wohlverdienten) Beförderung – oder zumindest war sie davon ausgegangen, dass sie befördert wurde. Eliza glättete ihren maßgeschneiderten Hosenanzug und berührte dann ihre Haare, die sie extra elegant geföhnt hatte.

»Eliza?«, fragte Harold. »Sag was, Schätzchen. Ich weiß, dass das ein Schock ist, aber sag mir, dass du es verstehst. Bitte steh nicht einfach nur stumm da.«

»Also gut.« Eliza räusperte sich und lächelte ihren Boss zuckersüß an. »Fick dich, Harold.«

»Jetzt komm schon, tu mir das nicht an. Wir sind doch schon seit Urzeiten Freunde.«

»Du weißt, dass ich die Beförderung verdiene.«

»Wir müssen Kosten einsparen. Die Verlagsbranche ist nicht mehr so wie früher. Du hast die Veränderungen kommen sehen. Wir müssen überleben.«

»Der Verlagsbranche geht es wunderbar«, erwiderte Eliza mit zusammengebissenen Zähnen. »Du hast ja noch deinen Job, oder?«

»Schätzchen …«

»Lass es, Harold.« Eliza zitterte am ganzen Körper, sie holte tief Luft und versteckte die bebenden Hände hinter dem Rücken. »Du hättest meine Stelle retten können, wenn du das gewollt hättest. Hab wenigstens die Eier, ehrlich zu mir zu sein.«

»Also, Eliza …«

Doch sie hatte sich schon auf ihren glänzenden neuen High Heels umgedreht und marschierte den Gang entlang. Sie machte sich nicht die Mühe, ihr Büro auszuräumen. Das konnte ihre Assistentin später übernehmen und ihre persönlichen Gegenstände nach Hause schicken.

Bei der Vorstellung runzelte Eliza die Stirn. Sie hatte nicht viele persönliche Gegenstände. Das überließ sie den anderen achtundneunzig Prozent der Frauen, die Bücher wie Marguerite Hills *Jetzt bin ich dran* kauften. Bücher, die mit Elizas Hilfe in die Welt entlassen worden waren, die man mit ihrer Hilfe und Glück verheißenden Botschaften wie »Happy, happy, happy!« oder »Du schaffst das!« den Kunden in die Kehlen gestopft hatte.

Was für ein Mist. Mist auf einem Silbertablett, den sie gekonnt in Bücherregalen an Flughäfen platziert hatte, damit arbeitende Mütter und Jetset-Frauen sich eine Wohlfühllektüre aussuchen konnten, um sie dann während des Fluges stolz auf ihrem Tisch zu präsentieren. Sie verkaufte ein Versprechen.

Ein Versprechen, dachte Eliza, während sie auf den Aufzugknopf hämmerte, *das immer unter den Füßen von jemandem zerquetscht werden wird, der größer, unverschämter, reicher und stärker ist.* Diese Frauen kauften zusammen mit diesem Selbsthilfemist nur ein kleines bisschen Hoffnung.

Eliza stieg in ihr Cabrio, ein luxuriöses weißes Ding, das sie sich vom Bonus ihrer letzten Beförderung geleistet hatte, und fuhr vom Parkplatz in die Straßen von Beverly Hills. Sie klappte den Spiegel über dem Fahrersitz herunter und trug trotzig noch eine Extraschicht blutroten Lippenstift auf. *Sollen sie mich doch feuern*, wütete sie stumm. *Sie wissen nicht, was ihnen entgeht.* Zur Hölle mit Harold, zur Hölle mit ihrer Assistentin, zur Hölle mit allen.

Sie würde es ihnen schon zeigen. Nicht mit Geschwafel wie in Marguerites Büchern, sondern auf ihre, Eliza Tates, Weise. Lasset die Spiele beginnen, und mögen sie hart, blutig und brutal werden.

Sie lächelte sich mit blutrot strahlenden Lippen im Rückspiegel an und schob eine übergroße Sonnenbrille auf die Nase.

Ja, dachte sie. *Das ist erst der Anfang.*

Als sie zu Hause ankam, war das Auto ihres Mannes nicht da, was sie nicht überraschte, da er an mehreren Abenden in der Woche Schauspielunterricht in seinem Studio gab.

Ihr Haus befand sich in einer exklusiven Siedlung eine knappe Meile nördlich von Beverly Hills. Eliza hätte leicht zu Fuß in die Arbeit gehen können, doch das hätte dem Sinn ihres teuren Autos widersprochen. Sie warf einen Blick über die Schulter, sah jedoch die Straße hinter dem hohen Zaun nicht, der die meisten

Touristen davon abhielt, in die offenen Fensterfronten der Häuser zu spähen.

Im Haus streifte Eliza die hinreißenden Schuhe ab, die Roman ihr zur Feier von irgendetwas geschenkt hatte. Einen Moment genoss sie die friedvolle Stille, bevor sie nach oben ins Schlafzimmer ging. Sorgfältig hing sie den eleganten Hosenanzug auf, wie ein zartes Stück Seidenpapier.

Nachdem sie in Yoga-Hosen und ein Tanktop von T.J. Maxx geschlüpft war, ging sie wieder nach unten. Sie holte Mopp, Eimer und Handschuhe und stürzte sich in einen neuen Kampf, indem sie den Boden ihrer glänzenden Küche aus rostfreiem Stahl attackierte.

Sie fand es faszinierend, wie schnell sie eine Schicht von sich selbst ab- und eine andere überstreifen konnte. Die Arbeits-Eliza und die Haus-Eliza waren zwei unterschiedliche Menschen, die jederzeit bereitstanden und wenn nötig aktiv werden konnten.

Im Beruf war Eliza eine Überfliegerin. Arbeit, Arbeit, Arbeit – darin war sie schon immer gut gewesen. Regeln, Regeln, Regeln. Dinge, die Sinn ergaben. Sie war eine schweigsame Musterschülerin gewesen, eine Streberin. Dank dieser Fähigkeiten war sie zu einer nüchternen, engagierten Angestellten geworden, die alle Chefs liebten. Bei freundlichem Wettbewerb und glitzernden Belohnungssternchen blühte Eliza auf.

Abends stahl sie sich dann nach Hause und schlüpfte wie ein Chamäleon von ihrer ersten in ihre zweite Haut. Sie bewunderte die Menschen, die die ganze Zeit sie selbst sein konnten, unabhängig von ihrer Umgebung. Authentische Menschen, so nannte man sie wohl. Eliza war das nicht möglich. Nicht wenn sie überleben wollte.

»Schatz!« Roman kam zur Haustür herein und erschreckte sie. Als er um die Ecke bog, sah er sie überrascht an. »Hat Andrea schon wieder vergessen, dass sie heute putzen sollte?«

Eliza warf ihrem Mann ein schwaches Lächeln zu. Ihrem lieben, naiven Mann. Der umwerfende Roman Tate hatte sie schon bei ihrer ersten Begegnung verzaubert. Footballstar, im Hauptfach Theaterwissenschaften, gut gekleidet – Roman war eine absolute Ausnahme in ihrem Englischkurs gewesen. Er hatte sein charmantes Grinsen aufblitzen lassen, und Eliza hatte sich Hals über Kopf in ihren Mann verliebt, noch bevor sie seinen Namen gekannt hatte.

Er war immer noch eindrucksvoll. Groß und breitschultrig, mit dem dunklen, windgepeitschten Haar eines Filmstars. Seine Haut hatte einen herrlichen Braunton, und er ließ die Leute gern in dem Glauben, er sei italienischer Abstammung. Eliza wusste jedoch, dass das einzig Italienische in ihm das frische Basilikum war, das sie am Abend zuvor zu den Nudeln serviert hatte.

»Nein, Andrea hat es nicht vergessen«, sagte sie. »Ich dachte, ich hätte es dir erzählt. Ich habe sie entlassen müssen.«

»Reden wir von derselben Frau?« Roman runzelte die Stirn. »Locken? Ich mochte sie. Was ist passiert?«

»Das Porzellan meiner Großmutter ist verschwunden.«

»Ach, na ja.« Roman lächelte. »Das haben wir doch sowieso nie benutzt. Soll ich jemand Neuen suchen?«

»Nein, nein«, wehrte Eliza ab. »Mach dir nicht die Mühe, ich habe mich schon darum gekümmert.«

»Sehr gut.« Roman nickte zufrieden. »Woher hast du das Oberteil? Ist das … neu?«

»Ach herrje, wie peinlich.« Eliza wurde rot und sah an sich herunter. Ihr Oberteil hatte einen Fleck über einer Brust, und, noch schlimmer, ihre Hose ein Loch. Sie musste vorsichtiger sein. »Ich hatte dich nicht so früh zurückerwartet, sonst hätte ich etwas Hübscheres angezogen.«

Roman stellte seine Aktentasche auf die Arbeitsfläche. Er zog Eliza auf die Füße und wirbelte sie herum. Dann massierte er ihre Schultern. Mit geschlossenen Augen bewegte sie den Kopf. In solchen Momenten könnte sie fast so tun, als sei das Leben perfekt.

»Es ist egal, was du trägst«, flüsterte Roman ihr ins Ohr. »Du bist immer hinreißend. Ich habe den ganzen Tag an dich gedacht.«

Eliza wand sich aus seinem Griff und kicherte widerwillig, als sein Atem ihre Haut kitzelte. »Ich mache gerade sauber. Morgen Abend kommen doch die Nachbarn zum Essen, schon vergessen?«

Eliza ging zur Spüle und wusch das Frühstücksgeschirr ab. Als sie ein Messer, das mit Erdnussbutter verschmiert war, in die Hand nahm, hielt sie inne. Das Messer war wunderschön und ein besonderes Geschenk. Anne Wilkes, ihre Mitbewohnerin vom College und beste Freundin, hatte es ihr, zusammen mit dem passenden Tortenheber und zwei Löffeln, zu ihrem Hochzeitstag geschenkt. In die Griffe aller Besteckteile waren Elizas und Romans Namen zusammen mit dem Datum eingraviert.

»Ich dachte, wir wollten die hier für besondere Gelegenheiten aufheben?«, sagte Eliza und mied Romans

Blick. »Sie sind so schön, es ist eine Schande, sie mit Erdnussbutter zu verschmieren.«

»Warum hat man dann schöne Dinge, wenn man sie nicht benutzt?«

Roman trat hinter Eliza und schlang seine Arme um ihren Bauch. Er trug eine dunkle Jeans und ein weißes T-Shirt mit V-Ausschnitt unter einem schwarzen Pulli mit Reißverschluss. Er roch vertraut, süß, teuer. Sie schloss die Augen und atmete tief ein.

Als spürte er Elizas erlahmenden Widerstand, zog ihr Mann ihr die Gummihandschuhe aus und warf sie in die Spüle. Drehte sie zu sich herum und presste seinen Mund auf ihren.

Eliza atmete seufzend aus, als er sich an sie schmiegte, sein Kuss leidenschaftlicher wurde und sie in einen vertrauten Rhythmus verfielen. Ihr ganzer Körper kribbelte, als er seine Finger in den Bund ihrer Yoga-Hose hakte.

Er neckte sie mit den Fingern durch den dünnen Stoff hindurch und küsste ihren Hals, ihren Oberkörper, ihren Bauch und jagte ihr damit Schauder über den ganzen Körper. Dann schob er sich in sie hinein, nahm sie an die Küchenarbeitsfläche gelehnt, und dann dachte Eliza gar nichts mehr, während sie sich gemeinsam bewegten und sie schließlich seinen Namen keuchte, als sie gegeneinandersanken.

Roman zwinkerte und wich zurück. Leise pfeifend schlenderte er aus der Küche. Mit geröteten Wangen entdeckte Eliza das offene Küchenfenster. *Die Nachbarn,* dachte sie kurz, bevor sie ihren BH-Träger zurechtrückte und Kaffee aufsetzte.

Mit zwei Tassen ging sie zu Roman in sein Arbeitszimmer, wo er seinen Laptop ein wenig zu hastig zuklappte, als er sie hörte.

»Was ist los?« Roman nahm ihr eine Kaffeetasse ab. »Wenn du mich so ansiehst, beschäftigt dich etwas.«

»Ich habe heute gekündigt.« Eliza lehnte sich gespielt gleichgültig an die Wand.

»Warum?«

»Ich möchte etwas Eigenes aufziehen.«

»Ich dachte, du magst deinen Job?«

Eliza fuhr mit dem Finger über den Tassenrand. »Wenn ich beim Verlag bleibe, bin ich immer nur die Nummer zwei hinter Harold. Es ist Zeit, dass ich etwas Eigenes mache.«

»Du weißt, dass ich hinter dir stehe.« Roman überlegte kurz, dann schüttelte er lachend den Kopf. »Wenn irgendjemand sich erfolgreich selbstständig machen kann, dann du.«

»Danke«, sagte sie knapp. »Ich hatte gehofft, dass du es so siehst.«

Roman drehte sich wieder zu seinem Laptop und beendete damit das Gespräch. Zitternd vor Anspannung ging Eliza nach oben ins Schlafzimmer und direkt in ihre wunderschön renovierte Dusche. Sie musterte die sündhaft teuren Flaschen Duschgel und Shampoo aus Luxusboutiquen, in dem Wissen, dass sie sie mit billigem Ersatz von Target aufgefüllt hatte. Alles war nur Fassade, alles.

Eliza trat unter den heißen Wasserstrahl und rieb sich so hart ab, dass ihre Fingernägel rote Spuren an ihren Armen hinterließen. Sie wusch sich, bis ihre Haut rot und wund und sie von allen Lügen reingewaschen war. Dann trat sie aus der Dusche und betrachtete ihr ungeschminktes Gesicht im Spiegel.

Unter dem Gewicht ihrer Geheimnisse ging Eliza bedrückt zu ihrem begehbaren Kleiderschrank, suchte den flauschigsten Morgenmantel aus ihrer Sammlung heraus und wickelte sich darin ein. Dann kniete sie sich hin und zog vorsichtig eine Schachtel hervor.

Sie befühlte das gute Porzellan ihrer Großmutter. Eine Teetasse war angeschlagen. Sie hatte sie in der Eile, das Geschirr vor Roman zu verstecken, fallen gelassen, bevor sie schließlich Andrea entlassen hatte.

Eliza fuhr mit der Hand über die scharfe Kante, ließ sie ihre Haut ritzen. Mit schwerem Herzen fragte sie sich, wann der Rest ihres Lebens in Stücke zerfallen und die Lügen hinter dem Vorhang hervor in die Welt hinausströmen würden.

Protokoll

Staatsanwältin: Ms. Sands, wann hat Eliza Tate herausgefunden, dass Sie eine Affäre mit ihrem Mann hatten?

Penny Sands: Ich bin mir nicht sicher. Das müssen Sie sie selbst fragen.

Staatsanwältin: Und wenn Sie eine Vermutung anstellen würden?

Penny Sands: Ich schätze, sie wusste es wahrscheinlich an dem Abend, als ich sie im Pelican Hotel getroffen habe.

Staatsanwältin: Haben Sie und Eliza sich im letzten Jahr angefreundet?

Penny Sands: Ich dachte schon.

Staatsanwältin: Und das kam Ihnen nicht seltsam vor? Dass Mrs. Tate sich mit der Geliebten ihres Mannes anfreundete?

Penny Sands: Ein bisschen vielleicht. Ich nahm an, dass sie nichts von mir und Roman wusste.

Staatsanwältin: Aber Sie haben gerade vor Gericht ausgesagt, dass Sie vermuten, dass Eliza Tate im Pelican Hotel bereits von Ihnen und Roman wusste.

Penny Sands: Ich sagte, ich weiß es nicht mit Sicherheit. Sie wollten, dass ich eine Vermutung anstelle. Rückblickend denke ich, dass Eliza viel mehr wusste, als sie sich anmerken ließ. Eliza weiß immer mehr, als sie sich anmerken lässt.

Staatsanwältin: Wieso sagen Sie das?

Penny Sands: Als Eliza Tate mich zu sich nach Hause eingeladen hat, hatte ich den Verdacht, dass sie genau wusste, was sie tat.

Staatsanwältin: Und warum sind Sie der Einladung nachgekommen?

Penny Sands: Weil ich neugierig war. Neugier ist der Katze Tod.

Staatsanwältin: Interessante Wortwahl, Ms. Sands. Wessen Idee war es, beim Buchclubtreffen am 13. Februar über einen Mord zu sprechen?

Kapitel vier

Acht Monate früher
Juni 2018

Vornübergebeugt saß Penny da und machte sich hektisch Notizen in dem Buch, das ihr ihre Mutter zum siebenundzwanzigsten Geburtstag geschenkt hatte. Sie schrieb so klein und eng wie möglich, um Platz zu sparen. Als Schauspielerin, Künstlerin und Schriftstellerin liebte Penny nichts mehr als den Anblick eines neuen Notizbuchs oder das Glänzen der Tinte, wenn der Stift das jungfräuliche Papier berührte. In dem Bruchteil einer Sekunde, bevor die Realität die Ideen ruinierte, waren die Möglichkeiten unendlich.

Penny freute sich mehr als sonst über das Geschenk, da sie sich nicht länger ein neues Notizbuch leisten konnte, wenn ihr gerade danach war. Sie konnte nicht im Laden für Künstlerbedarf bei den Farbstiften stöbern, konnte sich nicht einfach ein paar aussuchen und sie mit Kreditkarte zahlen, in dem Wissen, dass das Geld am Monatsende von einem regelmäßigen Einkommen abgebucht werden würde.

Im letzten Monat war Pennys Kreditkarte zu einer Drehtür geworden, nie ganz im Minus, aber auch nie so im Plus, dass sie sich auf ihrem Konto ausruhen konnte. Jeden Verdienst investierte Penny in ihre Ausbildung. Schreibkurse – Stand-up-Comedy, Fernsehdrehbücher, Sketche –, Schauspielworkshops, Regiekurse und alle kostenlosen Seminare, die sie auftreiben konnte.

In ihrem Küchenschrank dagegen stand eine einsame Packung Reis. Sie hatte auf die harte Tour gelernt, dass es ewig dauerte, die billigen roten Kidneybohnen aus dem Laden zu kochen. Außerdem hatte sie gelernt, dass sie von den Bohnen schreckliches Sodbrennen bekam, wie von so vielem, und die teuren Tabletten dagegen konnte sie sich nicht mehr leisten.

»Stopp.« Fingerspitzen legten sich auf ihr Notizbuch.

Abwesend nahm Penny die Stimme ihres Lieblingslehrers wahr. Seine leicht abgehackte und leidenschaftliche Sprechweise war ihr in den letzten sechs Wochen ein vertrauter Begleiter geworden.

Als Penny in dem riesigen Angebot auf diesen Kurs gestoßen war, hatte sie sich darauf gestürzt und sofort gewusst, dass das hier etwas anderes war. Er war anders. Wegen ihm war sie anders. Sie konnte ihre Kreditkarte gar nicht schnell genug zücken, um für weitere Stunden bei dem wunderbaren Roman Tate zu zahlen.

Sie sah zu der Männerhand auf ihrem Notizbuch, bemerkte ihre Stärke. Die dunklen Härchen auf seinem Arm, die unter seinem T-Shirt verschwanden und aus dem V-Ausschnitt herauslugten.

»T-Tut mir leid«, stotterte Penny. »Ich habe nicht gemerkt …«

»Dir entgeht alles.« Roman schien nicht böse zu sein, eher enttäuscht, weil sie nicht folgen konnte. »Komm mit.«

»Wohin?«

»Komm mit mir.« Er bedeutete Penny, ihm auf die Bühne zu folgen. »Durch das Mitschreiben lernst du nichts. Du musst es tun.«

Penny spürte die Blicke von über zwanzig Kursteilnehmerinnen und -teilnehmern auf sich, als sie einen Schritt nach vorn trat. Einen Moment wurden ihre Knie schwach, doch sie drängte die Nervosität zurück und hob das Kinn. Jetzt oder nie. Sie war nicht nach Los Angeles gezogen, um in der Mittelmäßigkeit zu versanden.

»Und jetzt?«, fragte sie, als sie auf der Bühne stand.

Roman lächelte, als spürte er die Veränderung in Penny, und es schien ihm zu gefallen.

»Braves Mädchen«, murmelte er so leise, dass nur sie es hören konnte. Bevor er sich an die Gruppe wandte, zwinkerte er ihr zu. »Ihr sollt an Pennys Beispiel eine wertvolle Lektion lernen. Sich Notizen machen, ein Buch lesen, Filme anschauen – alles wichtige Wege, um ein guter Schauspieler zu werden, aber nur der Anfang.«

Mit seinen langen Beinen ging er an die Bühnenseite und betätigte einen Schalter. Im Zuschauerraum wurde es dunkel, die Bühne war ins Scheinwerferlicht getaucht. Penny sah nur noch Sterne. *Sterne, Sterne, Sterne,* dachte sie. Aber nicht die, die sie zu finden gehofft hatte.

»Schau dir diese Szene an.« Roman gab ihr ein Blatt Papier. »Merk dir das Wesentliche.«

»So schnell kann ich das alles nicht auswendig lernen.«

»Ich will nicht, dass du es auswendig lernst. Ich will, dass du dir die Szene auf dem Papier ansiehst und dann etwas Eigenes daraus machst.«

Pennys Herz hämmerte gegen die kleinen, zarten Keime, die in ihrer Brust sprossen. »Ich bin nicht gut im Improvisieren. Ich mache mich lieber erst mit einem Skript vertraut, bevor ich es spiele.«

Roman überlegte, dann verschränkte er die Hände hinter dem Rücken und wandte sich an die Gruppe. »Penny, hast du schon mal erlebt, dass du auf der Bühne, beim Schreiben in dein Notizbuch oder einfach beim Tagträumen völlig im Moment versunken warst?«

Sie räusperte sich. »Äh …«

»Dass die Welt um dich herum verschwunden war? Vielleicht hast du so laut Musik gehört, dass sie durch deinen Körper pulsiert ist. Deine Augen waren vielleicht geschlossen, dein Atem hat gestockt, dein Herz gerast.«

Er ließ seine Worte wirken, während Penny erwartungsvoll schauderte. Seine Stimme war wie Sex. Weich und verführerisch, betörend. Einen Mann wie ihn hatte sie noch nie getroffen, und als er weitersprach, schloss sie innerlich erbebend die Augen und ließ sich auf dem seidenen Fluss von Roman Tates Worten forttreiben.

»Schließt die Augen«, wies Roman die Gruppe an.

Penny war es egal, ob die anderen zuhörten. Nur diese Erfahrung war gerade wichtig. Sie fühlte sich revolutionär an, als hätte sie Drogen genommen, wäre wie Alice im Wunderland in ein Loch in eine andere Welt gefallen. Sie brauchte Romans Stimme gerade mehr als ihren nächsten Atemzug.

»Vielleicht war es eine Actionszene, der Blutdurst so stark, dass ihr ihn schmecken konntet. Der Soundtrack hämmerte in eurem Schädel, nahm euch mit auf ein Schlachtfeld im Zweiten Weltkrieg.« Roman verstummte, der Raum hielt inne. Niemand wagte zu atmen. »Oder vielleicht war es auch eine Liebesszene voller Lust und Leidenschaft.«

Penny wusste nicht, ob sie es sich einbildete oder tatsächlich den heißen Atem eines Mannes an ihrem Hals spürte. Sie kniff die Augen fester zusammen, ballte die Hände zu Fäusten. Hitze stieg in ihr auf, wildes Verlangen, das aus den Tiefen ihres Geistes hervorgelockt wurde.

»Ein Moment voll ungezähmter Begierde«, fuhr Roman fort, als könnte er Pennys Gedanken lesen. »Der verzweifelten Vereinigung zweier Seelen in wilder, manischer Liebe.«

Sie roch sein Rasierwasser, spürte seinen Atem auf ihrer entblößten Schulter. Sie fragte sich, ob er mit dem Finger über ihre nackte Haut am Rücken fuhr oder ihre Fantasie mit ihr durchging.

»Verschwitzte Laken, ineinander verschlungene Gliedmaßen, leises, unwillkürliches Stöhnen.« Roman flüsterte, und doch dröhnte seine Stimme durch den Raum und hypnotisierte sein Publikum. Dann sprach er lauter, immer lauter. »Bis beide, mit der ganzen brodelnden Leidenschaft einer verbotenen Liebe, laut den Namen des anderen rufen …«

Die Stille im Raum war geradezu greifbar.

»Und dann zusammenbrechen.«

Romans Schritte entfernten sich. Penny überlegte, ob sie sich seinen Atem, seine Berührung nur eingebildet hatte. Ob sie allmählich in Roman Tates Bann geriet.

»Okay, versuchen wir das noch einmal.« Roman schaltete wieder das harte Deckenlicht ein. »Penny, hast du schon mal erlebt, dass du beim Schauspielen an einem völlig anderen Ort warst?«

Penny versagte die Stimme. Als sie sich gegen das heisere Krächzen räusperte, lächelte Roman, als wäre er sich des Zaubers bewusst, mit dem er sie belegt hatte.

»Ja«, antwortete sie schließlich. »Manchmal lasse ich mich wohl mitreißen.«

»Tatsächlich.« Romans Lippen zuckten. »Bleib nach dem Unterricht noch kurz da, Penny, ja?«

»Aber …« Benommen sah sie auf das Blatt Papier in ihrer Hand und ließ die Schultern sinken. Sie fühlte sich erschöpft, wie nach einem besonders intensiven Liebesspiel. Ihre Kreativität war aufgeblüht und wieder verblüht, während sie auf der Bühne stand. »Ich dachte, ich sollte eine Szene spielen?«

»Ich glaube, ich habe gezeigt, was ich vermitteln wollte.« Roman wandte sich zur Gruppe. »Penny, du kannst dich wieder hinsetzen.«

Penny ging zu ihrem Stuhl mit dem löchrigen Bezug zurück und legte ihr Notizbuch vor sich ab. Sie war so erhitzt und verstört, dass sie den Rest des Unterrichts nicht mehr wahrnahm, was auf der Bühne passierte.

Es war, als hätte sie eine neue Seite aufgeschlagen. Irgendetwas an Romans Worten hatte ein Verlangen in ihr erweckt, eine Veränderung angestoßen, die nur allzu willkommen war. Sie war wegen der ernüchternden Erfahrungen in der neuen Stadt nicht mehr frustriert und erschöpft, sie fühlte sich bestärkt. Etwas Großartiges war ihr widerfahren, in einem schäbigen Theater hinter dem Sunset Boulevard inmitten von angehenden Schauspielern und Schauspielerinnen.

Sie verstehen es nicht, dachte sie stumpf und sah zu den anderen. *Sie wollen Ruhm, den Glanz, das Prestige.*

Penny hingegen wollte Künstlerin sein. Ihr Geist verlangte danach, sehnte sich nach der Möglichkeit, sich auszudrücken, dem lebensverändernden Ruf nach etwas Größerem.

Plötzlich schien es, als verstünde sie nur ein Mann in der ganzen Stadt – vielleicht auf der ganzen Welt. Das Bedürfnis, etwas zu erschaffen, Szenen voller Blut und Tod so realistisch darzustellen, dass das Publikum den Kupfergeschmack im Mund hatte, während auf der Leinwand jemand sein Leben aushauchte. Oder das brennende Verlangen in den Zuschauerinnen und Zuschauern zu erwecken, wild schlagende Herzen, während zwei Liebende auf den Seiten eines Drehbuchs in verbotener Leidenschaft zusammenkamen.

Ja, dachte Penny. Nur ein Mann verstand sie, und dieser Mann stand groß und stattlich auf der Bühne, ein unentdecktes Juwel voller Talent inmitten eines Meeres glänzender Sterne.

Da wurde es ihr plötzlich klar.

Irgendwie hatte sie, Penny Sands, sich in den letzten sechs Wochen hoffnungslos und bis über beide Ohren in Roman Tate verliebt. Und er wollte sie nach dem Unterricht sehen – allein.

Protokoll

Verteidigung: Ms. Moore, wie lange arbeiten Sie schon als Babysitterin für die Familie Wilkes?
Olivia Moore: Mit Unterbrechungen seit drei Jahren. Am Anfang meines Studiums an der UCLA habe ich einen Aushang am Schwarzen Brett gesehen.
Verteidigung: Wie oft babysitten Sie bei der Familie Wilkes?
Olivia Moore: Das wechselt. Manchmal jede zweite Woche, manchmal vergehen auch ein paar Monate.
Verteidigung: Und wie lange passen Sie üblicherweise auf die Kinder auf?
Olivia Moore: Unter normalen Umständen irgendetwas zwischen zwei und sechs Stunden, je nachdem, was für den Abend geplant ist.
Verteidigung: Gab es auch mal besondere Umstände?
Olivia Moore: Wie bitte?
Verteidigung: Sie sagten, unter normalen Umständen. Ich frage mich, warum Sie das so formuliert haben. Dann muss es ja eigentlich auch nicht normale Umstände gegeben haben, oder?
Olivia Moore: Also, einmal habe ich ein bisschen länger auf die Kinder aufgepasst. Mark brauchte Unterstützung, und natürlich habe ich dann geholfen.

Verteidigung: Mark – damit meinen Sie Detective Wilkes?

Olivia Moore: Ja.

Verteidigung: Wo war seine Frau?

Olivia Moore: Wir wussten es nicht. Das war das Problem.

Verteidigung: Wie lange war Anne Wilkes weg?

Olivia Moore: Drei Tage.

Verteidigung: Wo war sie in dieser Zeit?

Olivia Moore: Das weiß ich nicht.

Verteidigung: Sie hat Ihnen nicht gesagt, wohin sie fährt?

Olivia Moore: Nicht direkt. Sie ging eines Abends aus dem Haus ... und kam nicht mehr zurück.

Kapitel fünf

Acht Monate früher
Juni 2018

Einen Monat, nachdem Anne ihrem Mann zum ersten Mal gefolgt war, hatte sie genug Mut angesammelt, um es wieder zu tun. Jetzt konnte sie es kaum erwarten, Antworten zu bekommen. Irgendwie freute sie sich fast darauf.

Schon viel früher hätte Anne ihr Leben selbst in die Hände nehmen müssen. Sie hatte zugelassen, dass sie selbstgefällig wurde, war der Mutterschaft zum Opfer gefallen, der Mittelmäßigkeit, dem ständigen Beschäftigtsein. Indem sie das Kommando übernahm – indem sie Antworten verlangte –, hatte Anne einen gewissen Trotz in sich wieder zum Leben erweckt, der schon jahrelang kein Licht mehr gesehen hatte.

In den letzten vierzehn Jahren war sie Mark Wilkes' Frau gewesen. Die hingebungsvolle Ehefrau eines hochdekorierten Cops, liebende Mutter von vier ausgelassenen Kindern. Sie war Hausfrau, Supportsystem, Köchin, Haushälterin und die Schulter, an der sich alle ausweinen konnten. Doch das würde sich jetzt ändern.

»Ich bin in ein paar Stunden zurück«, sagte Anne zu ihrer Mutter. »Mark und ich wollten essen gehen, aber er muss noch arbeiten. Ich treffe mich stattdessen mit einer Mutter aus der Spielgruppe.«

Beatrice Harper war zwei Tage zuvor eingeflogen, und Anne würde die kostenlose Kinderbetreuung schamlos ausnutzen, um ihrem neuen Hobby als Amateurdetektivin nachzugehen. Außerdem war es nur fair. Die Rache für den Besuch ihrer Mutter.

Beatrice besuchte ihre Tochter nur an Weihnachten und Ostern. Diese Reise war ein Vorwand, um Anne zu kontrollieren, was dieser überhaupt nicht gefiel. Es ging ihr gut. *Gut, gut, gut.* Sie wäre nicht überrascht, wenn ihre Mutter und ihr Mann sich abgesprochen hätten, um Anne zu überwachen, und das war einfach nur lächerlich.

Anne verabschiedete sich, schob ihre altgediente Handtasche auf die Schulter und ging zu ihrem alten Fußball-Mom-Van. Bei einem Blick zurück auf das Haus, das sie und Mark sich mühsam zusammengespart hatten, fragte sie sich, ob es das alles wert gewesen war. Ständig hatten sie gerechnet, jeden Cent umgedreht, Überstunden gemacht und Kreditberater angefleht.

Den ersten Monat hatten sie ohne Möbel darin gewohnt. Sie hatten alles neu kaufen wollen, zusammen, ihr Leben als Ehepaar mit hellen, neuen Möbeln beginnen wollen.

In der ersten Nacht in ihrem Haus hatten sie sich auf dem Boden geliebt, dann waren sie vom Wohnzimmer zur Arbeitsfläche in der Küche und schließlich auf den Teppich im begehbaren Kleiderschrank gezogen. Sie hatten gekichert und sich die Möbel ausgemalt, die sie eines Tages kaufen würden. Und als sie Bett und Couch und Küchentisch hatten, hatten sie sich auch darauf geliebt.

Mit vier Kindern kühlte die Liebe normalerweise etwas ab, doch Anne liebte Mark immer noch leidenschaftlich, es zeigte sich nur anders. Wenn er Sonnenblumen vom Bauernmarkt mitbrachte – ihre Lieblingsblumen –, dann hatte sie Schmetterlinge im Bauch. Wenn die Zwillinge auf seinem Schoß saßen und er ihnen mit albernen Stimmen alberne Bücher vorlas, schmolz ihr Herz. Warum warf er das alles nur weg?

Heute Abend würde sie sich das zum letzten Mal fragen. Ohne sein Wissen hatte sie eine Tracking-App auf seinem Handy installiert. Sie hatte den ganzen Abend genau durchgeplant. Sie würde die Geheimnisse ihres Mannes aufdecken – um jeden Preis.

Das ist es, dachte Anne. Sie spürte es. Egal, wie man es nannte – mütterliche Intuition oder den Instinkt einer Ehefrau –, Anne war überzeugt, den Grund für die ständige Abwesenheit ihres Mannes gefunden zu haben.

Der Punkt auf der Karte, der den Aufenthaltsort seines Handys anzeigte, hatte das Revier vor einer Stunde verlassen, sich durch Los Angeles zu einer Seitenstraße in Culver City bewegt, wo er angehalten hatte.

Anne hatte die Koordinaten in ihr Navi eingegeben und war der Spur gefolgt. Sie war durch das belebte Culver City gefahren, eine malerische Kleinstadt mit hübschen Buchläden und neumodischen Mexican-Fusion-Restaurants. Ein Trader Joe's hatte kürzlich eröffnet, und ein Whole-Foods-Biomarkt sollte angeblich bald gegenüber einziehen.

Die Straße, in der Anne den Wagen ihres Mannes fand, gehörte nicht zur aufstrebenden Gegend. Überall quollen Mülltonnen über, Autos parkten kreuz und quer, sodass aus einer zweispurigen Straße ein einspuriger Hindernislauf wurde. Die Polizei hatte Wichtigeres zu tun, als hier Strafzettel zu verteilen.

Anne beobachtete, wie eine Beutelratte aus einer Mülltonne kroch und im wuchernden Gebüsch verschwand, das den Weg zu einem Apartmentkomplex nahezu unpassierbar machte. Überrascht sah sie, dass Mark auf genau dieses Gebäude zuging und am Tor wartete.

Anne parkte den Van hinter einem Umzugswagen ein paar Häuserblöcke weiter. Dank des Fernglases sah sie Mark deutlich, doch solange er nicht aktiv nach Verfolgern suchte, würde er sie nicht entdecken. Ihre Theorie wurde auf die Probe gestellt, als er sich mit der Hand durch die Haare fuhr und einen raschen Blick zur Straße warf. Bevor Anne blinzeln konnte, war seine Aufmerksamkeit wieder auf das Gebäude gerichtet.

Selbst aus ihrem Versteck erkannte sie, dass er seine Lieblingsjeans trug – die mit dem Marmeladenfleck, der von Gretchens Wutanfall vor ein paar Monaten stammte, als sie ihrem Vater ihren Toast in den Schoß geworfen hatte. Anne hatte stundenlang versucht, den Fleck zu entfernen. Nichts hatte geholfen, trotzdem weigerte sich Mark, die Hose auszusortieren. Er sagte, der Fleck sei eine Auszeichnung, und Anne hatte das hinreißend gefunden.

Ihre Geduld wurde endlich belohnt, als eine Frau am Tor erschien und Mark hereinließ. Die Frau war … ein Mädchen. Achtzehn? Bestimmt nicht älter als zweiundzwanzig. Annes Magen verkrampfte sich angesichts dieses Betrugs.

Die Frau – das Mädchen – trug locker sitzende Baumwollschlafshorts und einen Sweater, der über eine Schulter gerutscht war und ein Stück blasse Haut über dem Schlüsselbein enthüllte. Ein Outfit, das an der Jungend von heute, mit ihren frechen schmalen Körpern und den großen leuchtenden Augen sexy aussah. An Anne sähe es lächerlich aus.

Das Mädchen öffnete das Tor und sah lächelnd zu Mark auf. Vertrautheit lag in ihrem Blick, und als sie sich umarmten, wurde klar, dass sie einander kannten. Sie löste sich zuerst aus der Umarmung und öffnete das Tür schwungvoll weiter, während sie Mark bedeutete, ihr zu folgen. Mit zunehmend trockener Kehle sah Anne zu, wie ihr Mann mit einer anderen Frau in ein fremdes Haus ging.

Erst als sich die Tür mit der schiefen Nummer neun geschlossen hatte, wurde Anne die Endgültigkeit der Situation bewusst. Sie rechnete damit, verletzt zu sein, am Boden zerstört, entsetzt über die Bestätigung ihrer schlimmsten Ängste. Ihr Mann hatte eine Affäre mit einem Kind!

Doch als sie eine Wasserflasche von ihrer Tochter aufnahm und Wein durch den Strohhalm trank, merkte sie, dass sie etwas ganz anderes empfand. Statt der Verletzung, auf die sie sich vorbereitet hatte, leuchte ein warnendes Lämpchen in ihrer Brust, Wut, die dort seit Wochen schon vor sich hin geköchelt hatte.

Als Anne die Weinflasche mit Micky-Maus-Aufdruck wieder in den Becherhalter schob und vom Gehsteigrand wegfuhr, wusste sie … dass das Warnlämpchen in einem Inferno explodieren würde, wenn sie nicht aufpasste.

Protokoll

Verteidigung: Mrs. Wilkes, bitte beschreiben Sie Ihre Beziehung zu Eliza Tate. Woher kennen Sie sich?

Anne Wilkes: Wir waren Zimmergenossinnen auf dem College. Und seither enge Freundinnen.

Verteidigung: Und sind Sie das immer noch?

Anne Wilkes: Soweit ich weiß.

Verteidigung: Hat man Sie erpresst, Mrs. Wilkes?

Anne Wilkes: Nicht direkt.

Verteidigung: Und wenn ich Ihnen sage, dass wir Beweise dafür haben?

Anne Wilkes: Dann würde ich fragen, wer zum Teufel gequatscht hat.

Verteidigung: Sie wurden also erpresst?

Anne Wilkes: Wenn ich ehrlich sein soll ...

Verteidigung: Ich bitte darum. Sie haben schließlich geschworen, die Wahrheit zu sagen.

Anne Wilkes: Ich stehe hier nicht vor Gericht, das ist die Wahrheit. Und Motive gibt es in diesem Fall offensichtlich genügend. Eliza ist nicht die Einzige, die sich seinen Tod gewünscht hat, okay? Das heißt aber nicht, dass ich ihn getötet habe.

Kapitel sechs

Sieben Monate früher
Juli 2018

Eliza hasste es, um etwas zu bitten.

Sie starrte in ihr Wasserglas, während sie auf die anderen wartete, beobachtete, wie sich an der Außenseite Tropfen bildeten und wie Regen an einer Fensterscheibe hinunterrannen. Angespannt wischte sie mit der Hand über die Feuchtigkeit.

Ein aufmerksamer Kellner eilte rasch herbei, hob ihr Wasserglas, tupfte es mit einem Handtuch trocken und stellte es auf eine Serviette. Dafür brauchte er nur wenige Sekunden.

Eliza hatte nicht immer in teuren Country Clubs gegessen, schwindelerregend hohe High Heels getragen oder sich wöchentliche Friseurbesuche in den besten Salons von Beverly Hills gegönnt. Sie war in Peking unter den wachsamen Augen ihrer unglaublich strengen Eltern aufgewachsen, die Bestleistungen von ihr erwartet und sie, als sie diese natürlich erbracht hatte, nicht belohnt hatten. Kein Lob. Dass sie zufrieden mit ihren Erfolgen waren, wäre übertrieben gewesen.

Zum Studieren war Eliza in die USA gezogen. Sie

hatte sich an der UCLA eingeschrieben und in drei Jahren den ersten Abschluss erlangt, um gleich darauf mit einem Masterstudium weiterzumachen. Nach dem Examen (und einer überstürzten Hochzeit) hatte sie bei Thompson Public Relations einen prestigeträchtigen Job zusammen mit einem dicken Gehalt an Land gezogen. Ihre Karriere war steil gewesen, bis sie nur noch Harold über sich gehabt hatte. *Verdammter Harold.*

Eliza hatte nicht vor, ihren Eltern von der Entlassung zu erzählen. Nicht dass der Schock sie noch umbrachte. Die beiden waren seit über fünf Jahren nicht mehr in den USA gewesen, und bei ihrem letzten Besuch hatten sie die ganze Zeit nach Enkelkindern gefragt. Beim Abschied hatte Elizas Mutter gesagt, das nächste Mal würden sie erst zur Geburt des ersten Enkelkindes kommen.

Eliza fragte sich, ob sie ihre Familie je wiedersehen würde.

Zwei wunderschöne Neuankömmlinge rissen sie aus ihren Überlegungen, und sie erhob sich rasch, wobei sie gegen die Galle in ihrer Kehle anschluckte und sich beim Gedanken an die vor ihr liegende Aufgabe auf die Lippe biss.

»Guten Abend, Mr. und Mrs. Tate.« Eliza strich mit den Händen über ihren adretten knielangen Rock und lächelte ihre Schwiegereltern an. »Es freut mich sehr, dass Sie Zeit für ein Abendessen haben.«

»Wir sind sehr froh, dass du dich bei uns gemeldet hast«, sagte Mrs. Tate. »Und zum hunderttausendsten Mal, Eliza, sag bitte Todd und Jocelyn.«

Eliza lächelte höflich, wie immer, wenn ihre Schwiegermutter darauf bestand, dass sie sie beim Vornamen nannte. Elizas Erziehung würde so eine Formlosigkeit niemals zulassen, doch sie vermutete auch, dass Todd und Jocelyn die sittsame Schwiegertochter gefiel, die sie ihnen von Anfang an vorgespielt hatte. Vor allem Todd.

Eliza beobachtete, wie der gut aussehende ältere Mann sein Sakko abstreifte und ungeduldig über die Schulter nach einem Kellner Ausschau hielt, der es ihm abnahm. Sie hatte bewusst Todds Country Club für das Treffen gewählt, weil er sich in einer vertrauten Umgebung entspannt fühlen würde, überlegen und mächtig, und sie dadurch die beste Chance hätte, ihr Ziel zu erreichen. Es war egal, was Todd letztendlich davon hielt; Eliza hielt die Zügel in der Hand. Sie musste nicht mit der Tür ins Haus fallen, wenn sie anmutig die Fäden nach ihren Vorstellungen ziehen konnte.

Todd hatte das markante Gesicht eines Hollywood-Stars, und die Leute drehten sich oft nach ihm um, wenn sie gemeinsam unterwegs waren. An Kunst und Kultur hatte Todd Tate allerdings kein Interesse, er hatte sein Vermögen im Finanzwesen gemacht. Gespräche beim Weihnachtsessen über Elizas und Romans Berufe waren daher immer steif und langweilig.

Jocelyn Tate war für Eliza schon interessanter. Eine kleine Frau Ende sechzig, die aber aussah wie Anfang fünfzig. Man kümmerte sich in demselben teuren Salon um ihre blonden Haare, in dem sich Eliza jede Woche aufwendig die Haare föhnen ließ, und ihre schlanke Figur hielt sie durch rigoroses Training und strikte Diät in Form. Sie sah aus wie die perfekte Ehefrau eines reichen Mannes, doch Eliza vermutete, dass sich hinter der strahlenden Fassade düstere Geheimnisse verbargen.

»Es ist schön, dich zu sehen, meine Liebe.« Jocelyn setzte sich zuerst und bedeutet ihrer Schwiegertochter, es ihr gleichzutun. »Wie schade, dass Roman keine Zeit hat …«

»Unterrichtet er immer noch diese lächerlichen Kurse?« Todd setzte sich mit weit gespreizten Beinen und legte einen Arm über die Stuhllehne seiner Frau, als gehörte ihm die ganze Welt. »Die in diesem heruntergekommenen Studio? Ich kann nicht glauben, dass ihm irgendwer seinen Unsinn abkauft.«

Eliza biss die Zähne zusammen. Todds Angewohnheit, seine Frau ständig zu unterbrechen, hatte sie schon immer gestört. Nach diversen Ehejahren fiel es Eliza immer schwerer, nichts dazu zu sagen.

»Roman liebt seine Arbeit.« Sie überlegte ihre Antwort sorgfältig und war sich Jocelyns Blick bewusst. »Das hat uns damals ja auch zusammengebracht, aber ihr kennt die Geschichte.«

»Ja, ja. Ihr habt euch bei einem dieser Hippiekurse kennengelernt«, murmelte Todd. »Ein Abschluss in Theaterwissenschaften. Ich kann immer noch nicht glauben, dass ich fünfzig Riesen pro Jahr bezahlt habe, damit mein Sohn Frauen hinterherjagen und über eine Bühne hopsen kann.«

»Todd.« Jocelyns Finger zitterten. »Eliza und ich würden gern unser Essen ohne deine herablassenden Kommentare genießen.«

Eliza musterte ihre Gabel, als wäre sie ein Kunstwerk. Sie hatte nie geglaubt, dass die Ehe ihrer Schwiegereltern perfekt war, doch in letzter Zeit hatten sich immer mehr Risse in der Oberfläche gezeigt.

»Eliza weiß, dass ich das nicht böse meine.« Todd lehnte sich zurück, forderte seine Schwiegertochter heraus, etwas dazu zu sagen. »Ich habe nichts gegen …«

Er zögerte und warf seiner Frau einen Blick zu. »Ich meine, solche Menschen. Verdammt, ich hätte einfach nur nie gedacht, dass ich meinen Sohn mal in Strumpfhosen sehen würde.«

»Es tut mir leid, Eliza.« Jocelyn knetete ihre Leinenserviette, bevor sie merkte, dass alle ihren nervösen Tic sehen konnten. Sie breitete die Serviette über dem Schoß aus und strich sie glatt, bevor sie mit freundlichem Gesichtsausdruck aufblickte. »Wo waren wir?«

»Lasst uns bestellen.« Eliza gab dem in der Nähe stehenden Kellner ein Zeichen. »Wir können reden, wenn das Essen serviert wurde. Ihr habt sicher auch Hunger.«

Jocelyn warf ihr einen zweideutigen Blick zu, der sowohl Erleichterung als auch etwas anderes enthielt. Fast, als hätte sie sich nach einem Streit gesehnt. Doch sie teilten dem Kellner ihre Wünsche mit, betrieben weiter oberflächlichen Small Talk und umschifften die Gefahr eines ausgewachsenen Desasters.

Eliza wartete bis zur Hälfte des Essens mit dem nächsten Teil ihres Plans. Die Angelegenheit war delikat, und sie wollte nichts überstürzen. Bevor sie Jocelyn Tate angerufen und zum Abendessen eingeladen hatte, hatte sie lange darüber nachgedacht, ob sie es wirklich tun wollte. Und ob sie es konnte.

Nachdem sie ihre Entscheidung getroffen hatte, hatte Eliza ihren Plan mit derselben Sorgfalt vorbereitet, die sie auch in ihre Arbeit steckte. Als Todd einen Freund an einem Tisch in der Nähe entdeckte, kam ihr Plan ins Rollen.

»Da ist Nathan!« Todd schob seinen Stuhl zurück und stand auf. »Den Mistkerl habe ich ja schon über ein Jahr nicht mehr gesehen. Er war mit seiner Frau auf großer Europatour, wenn ich mich richtig erinnere. Macht es euch etwas aus, wenn ich mal zu ihm rübergehe? Esst ruhig weiter.«

Todd wartete nicht auf eine Antwort, sondern warf seine Serviette auf den Stuhl und schob seinen fast geleerten Teller in die Tischmitte. Jocelyn hatte ihren Nizza-Salat kaum angerührt, während Eliza tapfer an ihrem Ahi-Thunfisch geknabbert hatte, doch auch ihr teures Mahl war kaum zur Hälfte verzehrt. Ihr Magen verkrampfte sich, und sie schob den Teller von sich.

»Mrs. Tate«, begann sie und unterbrach sich, als ihre Schwiegermutter die Gabel beiseitelegte und Eliza eindringlich ansah.

»Ja?«, drängte Jocelyn. »Was brauchst du?«

»So …« Eliza schluckte und sah auf die Serviette in ihrem Schoß. »So ist es nicht.«

Jocelyn zuckte mit einer zarten Schulter. »Ich bin nicht so dumm zu glauben, dass du uns nur eingeladen hast, weil du so gerne Zeit mit uns verbringst.«

Eliza öffnete überrascht den Mund. Das hatte sie nicht vorausgesehen. Normalerweise war sie diejenige im Raum, die auf alles vorbereitet war. Sie war eine Meisterin der Planung und erzielte bei Verhandlungen fantastische Ergebnisse, selbst gegen alle Widerstände. Doch heute Abend war das nicht der Fall.

»Das stimmt nicht«, erwiderte Eliza schwach. »Ich verbringe gern Zeit mit euch.«

»Schon gut«, sagte Jocelyn. »Mit mir bestimmt, aber mein Mann kann ganz schön unerträglich sein.«

Eliza war schockiert.

Jocelyn seufzte und sah über die Schulter. Todd und Nathan redeten mit geröteten Gesichtern zu laut miteinander und lachten dröhnend. »Beeil dich besser, wenn du über etwas Geschäftliches mit mir reden möchtest, bevor er zurückkommt.«

Eliza hob das Kinn und drängte die Verlegenheit zurück. »Ich wollte Sie und Ihren Mann um einen Gefallen bitten. Einen sehr großen Gefallen, fürchte ich.«

»Wegen etwas Unwichtigem hättest du auch nicht angerufen.«

»Es geht um Geld. Ich habe gerade meine Stelle gekündigt und will jetzt meine eigene PR-Agentur gründen. Dafür brauche ich mehr Kapital, als Roman und ich auf der Bank haben.«

Etwas Gerissenes lag in Jocelyns Blick, als wüsste sie, dass etwas nicht stimmte. »Weiß Roman von diesem Treffen?«

»Mrs. Tate, ich möchte meine Ehe aus meinem Unternehmen heraushalten. Wie gesagt, ich habe Sie beide heute hergebeten, weil ich Romans Namen aus unserer Übereinkunft heraushalten will.«

»Es mag ja dein Unternehmen sein, aber Roman ist auch dein Ehemann.«

»Und meine persönliche Garantie, dass ich Ihnen alles zurückzahle«, beharrte Eliza. »Meine Versprechen halte ich immer.«

»Ja, deine Gelübde bedeuten dir etwas.« Wieder sah Jocelyn stirnrunzelnd in ihren Schoß. »Ich wünschte nur, ich könnte dasselbe über meinen Sohn sagen.«

»Sie hatten mich gewarnt«, platzte Eliza heraus und wünschte im selben Moment, sie könnte ihre Worte zurücknehmen. Sie und Jocelyn waren sich unausgesprochen einig gewesen, den fraglichen Moment nie wieder zu erwähnen. Den Moment an ihrem Hochzeitstag, als Eliza – in ihrem wunderschönen weißen Kleid, das natürlich die Tates gezahlt hatten – von ihrer zukünftigen Schwiegermutter gewarnt wurde, sie mache einen großen Fehler.

Sehr zum Missfallen der Tates hatte die Hochzeit in Vegas stattgefunden. Für ihren einzigen Sohn hatten sie sich eine opulente Country-Club-Hochzeit vorgestellt gehabt, mit einer zehn Seiten langen Gästeliste und der dementsprechenden Rechnung. Elizas Familie hätte sich dasselbe für ihre Tochter gewünscht – wenn Eliza ihnen erzählt hätte, dass sie heiraten würde.

Alle hatten angenommen, dass eine ungeplante Schwangerschaft der Grund für die überstürzte Hochzeit war, doch als neun Monate später kein Kind zur Welt kam, und auch nicht ein Jahr danach, zehn Jahre danach, hörten die Leute mit ihren Spekulationen auf und verbuchten die Beziehung als bizarre Wendung des Schicksals.

Obwohl sie durchgebrannt waren, hatte Roman seine Eltern zu der Zeremonie eingeladen, ohne zu erwarten, dass sie auch wirklich kamen. Trotzdem waren sie mit einem wunderschönen Brautkleid in der Hand aufgetaucht, einem Blumenstrauß und einem Kuchen. Eliza hatte sich wie eine echte Braut gefühlt. Bis Jocelyn Tate beim Läuten der Glocken in der heißen, stickigen Hochzeitskapelle zu ihr getreten war und ihr wortlos einen Schlüsselbund hingehalten hatte.

Verwirrt hatte Eliza die Schlüssel angesehen.

»Es ist noch nicht zu spät«, hatte Mrs. Tate gesagt. »Ich habe dich zwar nur ein paarmal getroffen, aber ich habe das Gefühl, dich zu kennen. Ich weiß, dass du treu sein wirst. Du arbeitest hart und wirst für den Lebensstil sorgen, nach dem Roman sucht. Deshalb hat er dich wahrscheinlich gefragt, ob du ihn heiraten möchtest.«

»Das stimmt nicht«, hatte Eliza erwiderte. »Ich habe kein Geld. Er heiratet mich, weil er mich liebt.«

»Jetzt bist du vielleicht nicht wohlhabend, aber du hast gerade einen guten Job bekommen. Wie hoch ist dein Einstiegsgehalt?« Mrs. Tate schien keine Antwort zu erwarten. »Wir wissen beide, dass du gut verdienen wirst. Und Roman weiß das auch.«

»Aber …«

»Glaubst du, der Zeitpunkt ist Zufall?« Mrs. Tate leckte sich über die Lippe. »Roman hat dir einen Antrag gemacht, nur wenige Tage nachdem du einen der begehrtesten Jobs der Branche ergattert hast. Über dich ist ein Artikel in den *Hollywood News* erschienen, als eine der Frauen unter dreißig, die man im Auge behalten sollte.«

Die kalten, harten Schlüssel landeten in Elizas Hand, und sie starrte stumm darauf.

»Aber ich kenne auch meinen Sohn«, fuhr Jocelyn fort. »Ich kenne meinen Mann, und Roman und Todd sind sich in gewisser Weise gar nicht so unähnlich.«

Diese Bemerkung hatte Eliza verblüfft. Todd war ein engstirniger, reicher, oft gnadenloser Mann. Ihr zukünftiger Ehemann dagegen hatte eine Künstlerseele und ein weiches Herz. Er heiratete eine Immigrantin, er liebte das Theater, er las abends Gedichte und spielte tagsüber Football. Roman war komplex und wunderbar und kümmerte sich nicht um weltliche Sachen wie Geld oder Ruhm. Das alles erzählte Eliza ihrer zukünftigen Schwiegermutter und sagte ihr, sie habe unrecht.

»Die Dinge verändern sich«, erwiderte Jocelyn schwach lächelnd. »Du verdienst es, glücklich zu sein.«

»Ich bin glücklich«, flüsterte Eliza. »Ich liebe Roman. Über alles.«

Damals hatte Eliza es auch so gemeint. Jocelyn schien es zu verstehen, denn in ihren Augen erlosch ein Licht, und sie nahm Eliza die Schlüssel wieder ab.

»Ah«, sagte sie knapp. »Das hatte ich befürchtet.«

Dann küsste sie Eliza auf die Stirn und ging aus dem Hinterzimmer in die Kapelle, um sich neben ihren Mann zu setzen.

Immer noch verwirrt, hatte Eliza den Schleier vor die Augen geschlagen und war allein den Mittelgang entlang zu ihrem Mann vor den Altar getreten. Danach hatten sie und Jocelyn nie wieder darüber gesprochen.

Bis jetzt.

Jocelyns Augen blitzten auf. »Liebst du ihn immer noch?«

»Wieso ist das von Belang für unser Geschäft?«

»Wie viel Geld brauchst du?«

»Sechzigtausend Dollar.«

Die Summe lag auf dem Tisch wie ein Stapel Schmutzwäsche. Eliza hatte es getan. Sie hatte es gesagt. Sie hatte ausgesprochen, was sie brauchte, und jetzt konnte sie nur noch abwarten.

Jocelyn schürzte die Lippen. »Ich nehme an, du hast einen Businessplan?«

»Den habe ich, ja. Ich bin gerade dabei, meine erste große Kundin unter Vertrag zu nehmen. Sie haben vielleicht von Marguerite Hill gehört? Sie schreibt beliebte

Frauenselbsthilfebücher. *Jetzt bin ich dran* hat letztes Jahr die Bestsellerliste gestürmt. Nächstes Jahr kommt ihr neues Buch heraus – *Frei sein* –, und ich habe ein Proposal eingereicht, was meine Agentur alles für sie tun könnte. Ich rechne damit, sie als Kundin zu gewinnen.«

»Wie soll deine Agentur heißen?«

Elizas Mund wurde trocken. »Eliza Tate Public Relations.«

Jocelyn lächelte, als ob sie vermutete, dass Eliza sich den Namen gerade eben ausgedacht hatte. »Du hattest also einen Businessplan, bevor du deinen Job gekündigt hast, aber dir ist erst jetzt klar, dass du noch Kapital brauchst?«

»Da habe ich mich verkalkuliert«, antwortete Eliza und wurde rot vor Verlegenheit. »Es tut mir leid, dass ich so kurzfristig frage.«

»Ich kenne keine junge Frau, die so sehr auf Details achtet wie du.« Jocelyn hob ihr Wasserglas an die Lippen und zog eine Augenbraue hoch. »Wurdest du gefeuert?«

»Betriebsbedingte Kündigung.«

»Weiß Roman davon?«

»Das meiste.«

Jocelyn nickte ungerührt. »Ist Roman immer noch …« Sie runzelte die Stirn und senkte den Blick, strich mit den Fingern über einen blauen Fleck an ihrem Handgelenk, der verdächtig nach einem Daumenabdruck aussah.

»Roman hat seine Fehler.« Eliza sah, wie ihre Schwiegermutter ihren Ärmel übers Handgelenk zog. »Aber er ist mein Mann. Das verstehen Sie sicher.«

Jocelyn musterte Eliza scharf. Mit Enttäuschung oder widerwilligem Respekt?

»Nun, dann sei dein Wunsch erfüllt. Das ist das Mindeste, was ich tun kann. Du möchtest das Geld wahrscheinlich auf ein auf deinen Namen laufendes Konto überwiesen haben? Oder nein, Todd soll dir einen Scheck ausstellen.«

Eliza schluckte, als Todd sich von seinem Freund verabschiedete und zurück zu ihrem Tisch schlenderte.

»Danke, Jocelyn«, flüsterte sie. »Für alles.«

Protokoll

Verteidigung: Vor vier Monaten hat das Opfer ein Kontaktverbot gegen Sie erwirkt. Warum?

Penny Sands: Das müssen Sie ihn fragen.

Verteidigung: Ich kann das Opfer aber nicht fragen, es ist schließlich tot.

Penny Sands: Worauf wollen Sie eigentlich hinaus? Ich habe ihn nicht umgebracht. Ich durfte mich ihm nur bis auf dreißig Meter nähern, schon vergessen?

Kapitel sieben

Sieben Monate früher
Juli 2018

»Komm rein.«

Mit zitternden Fingern drehte Penny den Türknauf und trat in das Büro im hinteren Bereich des Schauspielstudios. Es war schwach erleuchtet, roch leicht modrig – das Gebäude war alt –, war aber ordentlich. An den Wänden hingen Filmplakate, bunte Buchrücken leuchteten aus staubigen Regalen.

Neben Büchern über das Schreiben von Drehbüchern, übers Schauspielen oder wie man in der Schlangengrube Hollywood überlebt, fand sich überraschenderweise auch ein Regalbrett voller Selbsthilfebücher. Noch eine Gemeinsamkeit. Noch ein Grund, warum das Schicksal sie zusammengeführt hatte.

»Danke, dass du mir das geschickt hast.« Roman trug eine Brille mit massivem Gestell, die Penny noch nie an ihm gesehen hatte und die ihn nicht nur umwerfend, sondern auch noch intellektuell aussehen ließ. Er deutete auf seinen Computer, wo er offenbar Pennys Drehbuch las. »Ich wusste immer, dass du eine talentierte Schauspielerin sein würdest, aber ich hatte nicht erwartet, dass du auch so unglaublich gut schreiben kannst.«

»Dir gefällt also meine Arbeit?« Penny wrang die Hände. »Willst du das damit sagen?«

Roman deutete auf den Stuhl. »Setz dich.«

Zwischen gespitzten Lippen atmete sie aus. Es funktionierte. Ihr Plan würde jede Sekunde sorgfältiger Vorbereitung wert sein. Roman hatte nur einen sanften Schubs in die richtige Richtung benötigt, um alles ins Rollen zu bringen. Und dieser leichte Schubs war die winzige Unwahrheit wegen eines Drehbuchs gewesen.

»Du schreibst gut«, sagte Roman schließlich und legte seine Brille sanft auf den Tisch. »Das ist sehr vielversprechend, Penny. Ich bin beeindruckt.«

Ihr Herz raste. »Das sagst du doch nur so!«

»Warum sollte ich lügen?« Er spreizte die Hände. »Ich habe dir eine ehrliche Rückmeldung versprochen. Also, natürlich gibt es noch viel zu verbessern …«

»Oh, ich weiß, dass es nicht perfekt ist.«

Roman lächelte geduldig bei Pennys Unterbrechung, dann setzte er seine Brille wieder auf. »Ich hoffe, es macht dir nichts aus, aber ich habe die erste Hälfte ausgedruckt und ein paar Sachen angemerkt. Für die größeren Änderungen erschien mir ein Gespräch besser. Der Rotstift ist so unpersönlich.«

Penny nickte und hielt den Atem an.

»Also, Penny, *jetzt* wäre ein guter Zeitpunkt, dein gefürchtetes Notizbuch herauszunehmen und mitzuschreiben.«

Die nächste halbe Stunde, bis zum Beginn des Unterrichts, kritzelte sie sinnloses Zeug in ihr Buch. Roman machte ernst gemeinte Vorschläge zur Verbesserung des

Erzähltempos und des Aufbaus. Er stellte einen großen Bruch am Anfang und einen größeren Twist am Ende in den Raum. Penny nickte eifrig, als wüsste sie genau, wovon er sprach.

»Der Unterricht fängt gleich an«, sagte er schließlich. »Wenn du das Skript überarbeiten und mir schicken möchtest, schaue ich mir gern noch einmal alles an.«

»Es wäre mir eine Ehre«, sagte Penny und kam sich dabei gleichzeitig dumm vor. »Ich meine, das wäre super.«

Auch wenn es egal war, was Penny sagte, nachdem sie sowieso nichts überarbeiten würde. Schließlich war es nicht ihr Skript. Sie hatte keine Ahnung, worüber Roman redete, als er sagte, sie sollte die zweite Szene kürzen oder mehr Spannung vor dem ersten Handlungstwist einbauen. Denn sie hatte kein einziges Wort selbst geschrieben.

Doch das spielte keine Rolle. Manches war wichtiger als die Wahrheit. Zum Beispiel, dass dieses geliehene Stück Kunst Penny Zeit unter vier Augen mit dem viel beschäftigten Roman Tate verschafft hatte.

»Gern. Gelegenheiten wie diese haben mich ursprünglich zum Lehren gebracht.« Roman lehnte sich zurück und verschränkte die Arme vor der Brust. »Inspirierte Studenten finden und ihnen bei der Suche auf ihrem kreativen Weg helfen. Die Industrie platzt geradezu vor Schauspielern, Autoren und Produzenten, die so aufs Geld, den Ruhm, das *Business* konzentriert sind. Jemand wie du ist frischer Wind.«

»So geht es mir auch! Und deshalb liebe ich deinen Kurs.«

»Es ist nicht leicht, jemanden zu finden, der die künstlerischen Aspekte genauso wertschätzt wie ich. Ich glaube, wir haben viel gemeinsam.«

»O mein Gott, ja! Wir haben sogar denselben Lesegeschmack. Die Hälfte der Bücher in dem Regal da drüben habe ich auch.« Penny deutete zur Wand. »Das von Marguerite Hill hat mein Leben verändert. Es war der Tropfen, der das Fass zum Überlaufen gebracht hat.«

»Wie meinst du das?«

»Es hat mich dazu gebracht, nach Los Angeles zu ziehen und«, Penny kicherte, »mir zu sagen: Jetzt bin ich dran.«

»Dann werden meine nächsten Worte ein noch größerer Glückstreffer sein.« Roman stand auf und lockerte seine langen Beine, bevor er zu dem Buch von Marguerite Hill sah. »Meine Frau ist Presseagentin. Sie hat mit vielen Autorinnen und Autoren gearbeitet, die in diesem Regal stehen, darunter auch Marguerite Hill.«

»Im Ernst? Das ist ja irre. Deine Frau klingt toll.«

Roman atmete aus, und ein schwer zu lesender Ausdruck huschte über sein Gesicht. »Ja, so könnte man sie auch beschreiben.«

Zu Pennys Ärger verschwand der schwer zu lesende Ausdruck sofort wieder, als Roman weiter ein Loblied auf seine Frau sang.

»Sie gründet übrigens gerade ihre eigene Agentur und sucht nach neuen Kunden«, sagte er. »Ich kann dir nichts versprechen, aber wenn du so weitermachst, kann ich sie vielleicht dazu bringen, einen Blick auf dein Portfolio zu werfen.«

»Das wäre großartig.«

Pennys Neugier war geweckt. Sie wollte mehr über Roman Tates Frau wissen. Die Frau, die Pennys unbesungenen Helden vom Markt genommen hatte. Und wenn sie dadurch mehr Zeit mit Roman verbringen konnte, umso besser.

Eine Sekunde später lag Romans Hand auf Pennys Schulter und brachte sie in die Realität zurück. Irgendwo zwischen Kopf und Herz war sie gefangen, verloren in diesem Gefühlschaos, während Roman sich zu ihr beugte.

Als er ihr das Manuskript zurückgab, musste Penny an den armen, armen Ryan Anderson denken. Vielleicht sollte sie ihm die Anmerkungen weiterleiten, wenn sie schon so frei gewesen war und seine Arbeit als ihre eigene ausgegeben hatte.

»Etwas wollte ich noch mit dir besprechen«, sagte Roman. »Ich weiß, dass du neu in der Stadt bist, und da ist es manchmal schwer, auf die Beine zu kommen.«

»Das ist wahr.«

»Wenn du etwas dazuverdienen willst, dann hätte ich da vielleicht etwas für dich.«

Pennys Puls beschleunigte sich. Diese Richtung hatte sie nicht erwartet. *Dafür* … war sie nicht bereit. Sie wollte einfach nur Zeit allein mit Roman verbringen, um herauszufinden, ob sie kompatibel waren. Um zu sehen, was sie in ihrem Leben verpasste. Sie wollte keine Ehe zerstören; das waren nur Träumereien. Böse, böse Träumereien.

»Die Freundin meiner Frau sucht nach einer Babysitterin«, unterbrach Roman ihre Gedanken mit einer weiteren überraschenden Gesprächswendung. »Kennst du dich mit Kindern aus?«

»Ja«, log Penny. »Ich liebe Kinder.« Noch eine Lüge. »Ich habe an den meisten Abenden Zeit, außer natürlich, wenn ich hier bin.«

»Sehr gut. Dann gebe ich deine Nummer mal weiter, ist das in Ordnung?«

»Absolut. Danke, dass du an mich gedacht hast.«

»Gern doch.« Roman ließ seine Hand ein wenig länger als nötig auf ihrer Schulter liegen, bevor er sie kurz drückte und freigab. »Ich freue mich darauf, mehr von dir zu sehen, Penny Sands«, sagte Roman leise. »Und von deiner Arbeit.«

»Ich kann dir gar nicht sagen, wie viel mir das bedeutet.« Penny stand auf und strich ihren Rock am Hintern glatt. *Hatte sie das mit Absicht getan?*, fragte sie sich und spürte ein zufriedenes Glühen in sich, als Romans Blick ihren Händen folgte. Ja, vielleicht.

Roman brachte Penny zur Tür. Sie zögerte, spürte, wie der Abstand zwischen ihnen kleiner wurde, die Luft aus dem Raum entwich und sie atemlos zurückließ. Penny musste nicht hochblicken, um Romans Hand zu sehen, die er über ihrer Schulter gegen den Türrahmen stützte. Sie musste nicht atmen, um seinen Geruch wahrzunehmen.

Dann legte er seine Finger um Pennys Kiefer. Er ragte hoch über ihr auf, seine Berührung war gleichzeitig fordernd und sanft. Sein Atem roch würzig nach Minze, sein Rasierwasser war ein teurer, exotischer Cocktail.

Er wartete lange genug, damit Penny ihn abweisen und zurückweichen konnte. Ihm eine Ohrfeige verpassen. Eine Erklärung verlangen. Sich gegen ihn pressen konnte.

Penny schloss die Augen. Ein elektrisierendes Feuer brannte in ihr, breitete sich über ihre Haut aus. Voll heißer Intensität und Scham brannte es, voller Leidenschaft und gleichzeitigem Entsetzen, als ihre Lippen sich berührten.

Protokoll

Verteidigung: Mrs. Wilkes, wann haben Sie herausgefunden, dass Luke Hamilton gegen Ihren Mann ermittelte?
Anne Wilkes: Am Abend von Elizas Event im Pelican Hotel.
Verteidigung: Als Sie die Vorwürfe gehört haben, hielten Sie Ihren Mann da für schuldig?
Anne Wilkes: Natürlich nicht.
Verteidigung: Sie hatten bereits den Verdacht, dass Ihr Mann eine Affäre haben könnte. Was hat das mit Ihrer Beziehung gemacht, als Sie herausfanden, dass mehr dahintersteckte?
Anne Wilkes: Nichts. Ich habe es ihm nicht erzählt. Manchmal ist es sicherer zu lügen. Wenn mehr Leute lügen würden, wäre jetzt vielleicht niemand tot.

Kapitel acht

Sieben Monate früher
Juli 2018

Geheimnisse wogen schwer.

Sie waren lebende, atmende Wesen, die wuchsen und sich mit der Zeit veränderten. Sie erstickten und erdrückten ihre Bewahrer; blähten sich vor Wut auf und sanken vor Depression in sich zusammen.

Nachdem sie das wahre Gewicht eines Geheimnisses bisher nicht erlebt hatte, fragte sich Anne, ob das hier sie umbringen würde. Es war in ihrer Seele gewachsen, hatte Wurzeln geschlagen und war aufgeblüht, angeschwollen, bis es beim sanftesten Windhauch zu zerbersten drohte.

Tag und Nacht beherrschte es ihre Gedanken. Abwesend beschäftigte sie sich mit ihren Kindern. Sie ließ Spielverabredungen ausfallen, weil Konversation mit glücklichen braven Müttern für sie undenkbar war, während sie von einem Anker nach unten gezogen wurde. Sie konnte kaum den Alltag aufrechterhalten und klammerte sich verzweifelt an die letzten Reste von Normalität.

Als sie Kartoffelchips auf Gretchens Sandwich aus Vollkornbrot (Gott behüte, dass die Schule herausfand, dass sie ihrer Tochter fette Chips mitgegeben hatte) legte, wurde ihr die Lächerlichkeit des Ganzen bewusst.

Hier war sie, die hingebungsvolle Mutter und Ehefrau. Spielte die Rolle der Gastgeberin und Köchin und Haushälterin, aber warum eigentlich? War auch nur irgendwem in den letzten Wochen die Kugel aufgefallen, die an ihren Knöchel gekettet war? Wer in ihrer ach so lieben Familie hatte sie gefragt, was sie beschäftigte, während sie abwesend durchs Leben trieb?

Niemand.

Anne klatschte die zweite Brotscheibe auf das Sandwich und hörte das Knacken der Chips. Bittere Galle stieg ihr in die Kehle. Sie hatte niemandem von Marks Besuchen bei einer jungen Frau in einem zwielichtigen Viertel erzählt. Nur sie und die Beutelratte wussten von ihren romantischen Treffen an den Dienstagabenden.

Wenn sie es schaffte, fuhr Anne immer noch dienstags zu dem Apartment. Aus irgendeinem Grund hatten sie diesen Abend für ihre wöchentlichen Rendezvous ausgewählt. Anne fragte sich, warum nicht Montag, am Wochenanfang? Oder Freitag, wenn ihnen das Wochenende zu Füßen lag? Oder Mittwoch, auf halber Strecke?

Nicht dass es eine Rolle spielen würde. Anne hätte ihre wöchentliche Tour aufgeben und vergessen sollen, doch das konnte sie nicht. Es hatte etwas süchtig Machendes an sich, etwas aufreizend Widerliches an sich, ihrem Mann dabei zuzusehen, wie er ihr ordentliches kleines Leben zum Entgleisen brachte.

Woche für Woche verhärtete sich Annes Herz, verkrampfte sich ihr Bauch, und wenn sie endlich nach

Hause fuhr, schien sie nur noch aus angespannter Wut zu bestehen. Gequält von Schuldgefühlen und Scham, fiel sie ins Bett. Die Schwere, die mit solcher Heimlichtuerei einherging, drohte, sie im Schlaf zu ersticken.

Anne konnte ihren Mann aber nicht mit ihrem Wissen konfrontieren. Ihr Geist tanzte ein tödliches Duett aus den bitteren Nachwehen einer Scheidung (Versicherung, ein regelmäßiges Einkommen, eine Vaterfigur für die Kinder) und dem emotionalen Chaos, das das Geheimnis in ihr auslöste (Wut, so mörderische Wut, dass sie vor sich selbst erschrak). Alles unter einer zarten Schicht aus Trauer.

Anne legte Gretchens Sandwich beiseite und warf noch ein paar Karottensticks in Samuels Pausenbrottüte. Die Babysitterin würde in knapp zehn Minuten kommen. Wieder einmal war es Dienstagabend.

Statt sich von ihrer Wut verschlingen zu lassen, legte sich Ruhe über Anne, als sie nach oben ging und nach den Kindern sah. Wundersamerweise schliefen alle. Gretchens engelsgleiche Wimpern lagen auf ihren rosigen Wangen. Samuel hatte den Daumen in den Mund gesteckt, auch wenn er letztens an seinem Geburtstag versprochen hatte, die Gewohnheit aufzugeben. Die Zwillinge lagen in ihren nebeneinanderstehenden Bettchen, die Arme nach oben gestreckt. Im Schlaf waren sie perfekt.

Anne ging ins Schlafzimmer und setzte sich vor den kleinen Spiegel auf der alten Kommode, die einen behelfsmäßigen Schminktisch darstellte. Kurz nach ihrer Hochzeit hatte sie Glühbirnen im Hollywoodstil installiert, und Mark hatte einen großen Spiegel beigesteuert. Auf einem Flohmarkt hatte sie einen Hocker für fünf

Dollar gefunden, den Mark für sie abgeschliffen und gestrichen hatte, ebenso wie die Kommode.

Damals war es schön gewesen. Anne dachte an das erste Jahr nach ihrer Hochzeit zurück, wie sie oft ihr bestes Kleid angezogen und sich die Haare locker hochgesteckt hatte, wie sie an dem Schminktisch gesessen und liebevoll ihren neuen, kostbaren, diamantbesetzten Ehering gemustert hatte.

Wenn Mark dann ins Zimmer gekommen war, hatte er sie aufs Bett geworfen, wo sie sich leidenschaftlich liebten, bis sie erschöpft nach Luft rangen. Es war eine Zeit der einfachen Euphorie gewesen. Sie hatte sich reich gefühlt, voller Leben, unendlich zufrieden mit ihrem Schicksal.

Jetzt sah die Kommode billig und schäbig aus. Gretchen hatte blauen Nagellack an der Seite verschmiert, und in der rechten Ecke des Spiegels war ein Stück herausgebrochen. Zwei Schubladen schlossen nicht mehr richtig, und die eine, die sich noch schließen ließ, quietschte wie verrückt, weshalb Anne sie offen ließ, als sie nach dem Deo griff, um die Zwillinge nicht aufzuwecken.

Anne sah in den ramponierten Spiegel und trug dieselbe Lippenstiftfarbe auf, die sie seit ihrer Verlobung verwendete. Der Lippenstift war ein wenig trocken, sie hatte einen neuen besorgen wollen. Doch sie war nicht nur abgelenkt von ihrem glänzenden neuen Geheimnis und vergaß ständig Dinge auf ihrer Einkaufsliste, sie war auch ungewöhnlich sparsam geworden.

Nur für den Fall, sagte sie sich. Nur für den Fall, dass sie mit dem (nicht vorhandenen) Gehalt einer alleinerziehenden Mutter vier Kinder durchbringen musste. Sie hatte das Extragebäck wieder zurückgelegt, hatte die Trauben im Angebot gekauft statt der Bioäpfel, die ihre Kinder liebten. Ihre Joggingschuhe hatten ein Loch in der Sohle, das sie standhaft ignorierte.

Anne stand auf. Sie trug Jeans und T-Shirt, nachdem sie es aufgegeben hatte, ihrem Ehemann in Ausgehkleidung hinterherzuspionieren. Sie fühlte sich noch lächerlicher, wenn sie die Mittzwanziger-Babysitterin belügen musste. Es lagen schon genug Lügen in der Luft, da musste Anne nicht auch noch welche beisteuern.

Heute ist es so weit, beschloss sie.

Die Babysitterin klingelte gerade, als Anne auf den Flur trat. Sie hatte Eliza gefragt, ob sie jemanden wusste, der kurzfristig auf die Kinder aufpassen könnte, denn Olivia hatte Anne aus persönlichen Gründen entlassen müssen. Schade, dass Olivia so neugierig gewesen war.

Zum Glück hatte Elizas Mann eine junge Frau aus seinem Schauspielkurs empfehlen können, die nach einem Job suchte. Nach einem kurzen Gespräch und einem Testlauf mit den Kindern am letzten Wochenende hatten beide Frauen vereinbart, dass sie es miteinander probieren wollten.

»Hallo, Penny«, sagte Anne. »Danke, dass du heute Abend kommen konntest.«

»Kein Problem! Ich freue mich, dass Sie mir Ihre Kinder anvertrauen«, erwiderte Penny. »Ich habe mich wirklich darauf gefreut, mehr Zeit mit ihnen zu verbringen. Sie sind einfach hinreißend.«

Anne nickte und dachte, dass die Kinder in Pennys Händen besser aufgehoben waren als in ihren eigenen. Sie wusste nicht, ob das vernichtend oder eine Erleichterung war, weshalb sie den Gedanken ignorierte. Stattdessen ließ sie die junge Frau herein, gab ihr Anweisungen und bezahlte in bar ihren Lohn.

»Normalerweise nehme ich das Geld immer erst danach mit …« Penny sah auf die Geldscheine in ihrer Hand. »Aber wie es Ihnen lieber ist.«

»Mein Mann ist vielleicht vor mir zu Hause, und er weiß den vereinbarten Lohn nicht. So entsteht keine peinliche Situation.« Anne zwang sich zu einem Zwinkern. »Und alles ist geklärt.«

»Na gut, dann wünsche ich Ihnen einen schönen Abend«, sagte Penny. »Wir werden es uns gemütlich machen. Rufen Sie einfach an, wenn etwas ist.«

Anne hörte kaum zu, während sie ihre Jacke anzog. Als sie nach ihren Schlüsseln griff, fragte sie sich beiläufig, ob Penny wohl drei Tage verschwinden und ihre Kinder allein lassen würde. Wahrscheinlich nicht. Frauen wie Penny lebten hübsche, perfekte kleine Leben.

Sie traf ein paar Minuten später vor dem Apartmentkomplex ein als geplant, nachdem sie sich noch an einer Tankstelle einen Kaffee gekauft hatte, einen kleinen Luxus, den sie sich trotz ihrer neuen Sparsamkeit erlaubte. Wobei der wahre Luxus der Baileys war, den sie anstatt Milch hineingekippt hatte.

Hinters Lenkrad gekauert, wartete sie. Mark tauchte auf, und alles war wie jeden Dienstagabend. Irgendwann schmeckte Anne den Baileys nicht mehr und goss ein wenig Whisky aus dem Flachmann in ihrer Handtasche nach, um alles etwas aufzupeppen.

Es reichte ihr nicht mehr, einfach nur zuzuschauen. Sie musste etwas tun, und der Alkohol half ihr beim Nachdenken. Er verlieh ihr Mut. Bewaffnet mit

Taubheit und Wut statt dem leisen Schmerz, der wie gemeine kleine Wunden in sie schnitt, konnte sie einen Angriffsplan schmieden.

Sie stellte den Kaffee in den Becherhalter und legte die Hand auf den Türgriff, ihre Hand mit den trostlos unlackierten Fingernägeln, während sie das immergleiche Schauspiel vor dem Tor beobachtete – die Umarmung, der rasche Kuss auf die Stirn, wie beide hinter dem Gebüsch verschwanden.

Schon waren sie außer Sicht, und es war zu spät. Das Tor war verschlossen. Annes Selbstbewusstsein befand sich zwar auf einem historischen Tiefstand, doch sie würde nicht über einen Zaun klettern, um an die Tür zu klopfen. Sie würde warten, warten und noch ein bisschen warten. Warten konnte sie mittlerweile gut.

Doch nach einer Stunde wurde sie unruhig. Sie versuchte, sich mit dem Selbsthilfebuch aufzumuntern, das Eliza ihr vor einer Weile gegeben hatte, doch das war genauso deprimierend. Marguerite Hill, die Autorin, schrieb die ganze Zeit davon, man solle sein Leben in die eigenen Hände nehmen, die Kontrolle übernehmen, und Anne hatte noch nie weniger Kontrolle gehabt. Deshalb rief sie die einzige Frau an, die besser das Kommando übernehmen konnte als alle anderen.

»Eliza«, sagte sie, sobald sich ihre Freundin meldete. »Hast du zufällig heute Abend Zeit?«

Eliza zögerte, leise Stimmen waren im Hintergrund zu hören, Geschirrklappern.

»Oh, bist du mit Roman unterwegs?«, fragte Anne. »Wir können uns auch wann anders …«

»Nein, ich bin gerade im Country Club, wo ich mit meinen Schwiegereltern gegessen habe«, antwortete

Eliza. »Wir können uns gern treffen. In dreißig Minuten, am üblichen Ort?«

»In einer Stunde, ich muss erst einen klaren Kopf bekommen.«

Anne beendete das Gespräch und stieg aus. Die kühle Nachtluft machte sie sofort wieder nüchtern. Zu ihrer eigenen Überraschung ging sie auf den Apartmentkomplex zu, sicher hatte der Alkohol sie beflügelt. Dann drehte sie jedoch um und setzte sich wieder ins Auto. Wartete. Selbst Whisky aus einem Flachmann machte sie nicht unbesiegbar.

Nachdem sie sich sicher war, unter der Promillegrenze zu liegen, fuhr sie los und steuerte ihren Mom-Van voller leerer Sitze und Saftpäckchenleichen in Richtung des üblichen Treffpunkts. Wo sie seit Jahren nicht mehr gewesen war.

Der übliche Treffpunkt war eine schäbige Bar hinter dem Wilshire Boulevard, die Anne und Eliza in jungen Jahren entdeckt hatten, als sie gemeinsam ein Apartment ein paar Häuser weiter bewohnt hatten. Sie hatten sich im ersten Jahr am College kennengelernt, als man ihnen ein gemeinsames Wohnheimzimmer zugewiesen hatte. Nach einem Semester ließen sie den Campus hinter sich, suchten sich Teilzeitjobs und eine eigene Wohnung.

Damals war Eliza eine junge, hoffnungsvolle Studentin gewesen. Anne hatte die bevorstehende Hochzeit mit Mark geplant, sich auf Kinder und ein erfülltes gemeinsames Leben gefreut. Ihre Freundschaft war über den Herausforderungen und Hürden einer ansonsten glücklichen, unbeschwerten Studienzeit gewachsen.

Garbanzo's Bar and Grill war die einzige Bar in Laufweite ihres winzigen Apartments gewesen. Da sie sich ein Taxi nicht leisten konnten, war Garbanzo's ihre erste Anlaufstelle gewesen, wenn sie Redebedarf hatten.

Dort hatten sie sich getroffen, als Annes Bruder starb und nach dem verletzenden und entmutigenden Besuch von Elizas Eltern aus Peking. Dort hatten sie sich nach Elizas überstürzter Hochzeit getroffen, und bei billigem Rotwein hatten sie Annes extravagante Hochzeitsfeier geplant. Auch wenn beide Frauen den trostlosen Charme von klebrigen Böden und feuchten Tischen längst hinter sich gelassen hatten, konnten sie die schmutzige, vertraute Bar nicht aufgeben, die ihre tiefsten Geheimnisse und größten Sehnsüchte kannte.

Anne drückte die Tür auf und sah erfreut, dass sich während ihrer langen Abwesenheit nichts verändert hatte. Dieselbe angelaufene Glocke läutete leise beim Eintreten und rief nach dem Barkeeper Joe, der die meiste Zeit auf einem Hocker bei der Küche saß und mit den Köchen rauchte. Scheiß aufs Gesundheitsamt.

An diesem Abend stand Joe allerdings hinter der Bar und sah wild fluchend auf den Fernseher, auf dem ein Wrestling-Match lief. Zwei Männer und eine Frau saßen am Tresen, es roch nach schalem Bier und Fett. Die größte Veränderung war die kahle Stelle an Joes Kopf, die in den letzten Jahren gewachsen war.

»Annie!«, rief Joe. »Lange nicht gesehen. Ich dachte schon, du hättest Onkel Joe vergessen!«

Joe Garbanzo war der einzige Mensch auf der Welt, der sie Annie nennen durfte. Vor allem deshalb, weil sie zu schüchtern gewesen war, den riesigen Mann zu korrigieren, als er sie das erste Mal so genannt hatte. Viele Jahre später wäre es ihr unhöflich vorgekommen, ihn darauf hinzuweisen. Er sah sich auch als eine Art Onkel für Anne und Eliza, warum auch immer. Normalerweise sprachen sie nicht mehr miteinander als die Begrüßung und »das Übliche?«.

Joe zwinkerte ihr zu. »Das Übliche?«

»Das wäre super. Am selben Tisch«, antwortete Anne. »Eliza dürfte jeden Moment kommen.«

Anne setzte sich in eine Sitznische in der hinteren Ecke, so weit wie möglich weg von den Fernsehern, den Toiletten und den Küchentüren (durch die immer leichter Gestank nach Zigaretten drang). Sie versuchte, die Papierserviette über ihrem Schoß auszubreiten und gleichzeitig ihre Hose vom klebrigen Sitzbezug zu lösen. Beides blieb erfolglos, weshalb sie die Serviette auf den Tisch auf eine Pfütze legte, die hoffentlich Ketchup war.

Fünf Minuten später standen die Käsehappen und zwei Bier auf dem Tisch – gezapftes Coors Light, jedes mit vier Oliven. Anne rümpfte die Nase und überlegte, wie alt die Oliven wohl waren und ob Joe sie mit bloßen Händen in die Gläser geworfen hatte. Schon komisch, was ihr mit knapp vierzig alles auffiel. Als sie dreiundzwanzig und unbesiegbar gewesen war, hatte sie keinen Gedanken daran verschwendet.

Eliza traf ein paar Minuten später ein und wirkte in der schmierigen Kneipe völlig fehl am Platz. Sie trug einen schmalen, professionellen Rock, Strumpfhosen und eine bis zum Hals zugeknöpfte Bluse. Einmal blieb sie mit einem Absatz ihrer hübschen Pumps an einem besonders klebrigen Fleck auf dem Boden kleben.

»Tut mir leid«, rief Onkel Joe hinter der Bar. »Vorhin gab's hier eine Schlägerei, und alle haben Bier verschüttet. Ich hatte noch keine Zeit aufzuwischen.«

Joe verschränkte die Arme vor dem mächtigen Bauch und schaute weiter das Match im Fernsehen an. Er würde den Boden nie wischen, und alle wussten das.

»Entschuldige, dass ich dich den ganzen Weg habe herfahren lassen«, sagte Anne, als Eliza in die Sitznische zu rutschen versuchte und auf dem Bezug festklebte. »Du siehst aus, als kämst du gerade aus, keine Ahnung, dem *Ritz* oder so. Von irgendeinem wichtigen Businessmeeting.«

Eliza winkte abwehrend ab. »Lass uns über dich reden. Hat es übrigens mit der Babysitterin geklappt? Roman hat gesagt, er hätte dir ein paar Namen gemailt.«

»Penny ist großartig. Sie passt gerade auf die Kinder auf«, sagte Anne. »Und rettet mir das Leben.«

»Was ist mit Olivia?«

»Sie wurde zu neugierig.«

Eliza sah betont auf Annes Handtasche. Anne folgte ihrem Blick und entdeckte den Flachmann, den sie vergessen hatte, unter ihrem Schal zu verstecken.

»Ah«, sagte Eliza. »Ist alles in Ordnung?«

Anne wurde rot, während sie die Handtasche ein Stück von sich wegschob. »Ja, es ist alles okay.«

»Also, mein Hintern klebt nicht nur zum Spaß auf diesem Sitzpolster«, sagte Eliza zuckersüß. »Irgendetwas ist ganz und gar nicht okay, und ich brauche eine Ablenkung. Mein Abend war höllisch, also lenk mich ab und spuck's endlich aus. Egal was. Außer Bier«, meinte sie mit einem düsteren Blick zu Joe, bevor sie den Schaden an ihrem Schuh begutachtete.

»Es geht um Mark.«

Eliza verengte die Augen. Ihre dunklen, glänzenden Haare waren im Nacken zu einem Knoten geschlungen, und sie hatte ellenlange Wimpern. Ihre Haut war makellos. Anne vermutete, dass Eliza sogar gegen die unausweichliche Schmutzschicht, die sich auf alle Gäste im Garbanzo's legte, immun war. Sie selbst hingegen würde einen Teller Käsehappen mit einer Woche Akne bezahlen müssen.

Eliza griff nach einem Käsehappen und trank einen Schluck Bier. »Also? Jetzt lenk mich schon ab.«

»Es ist sehr peinlich«, gab Anne zu. »Aber nachdem ich dich schon von deinem schicken Abendessen weggeholt habe, schulde ich dir eine Erklärung. Ich glaube, Mark hat eine Affäre.«

»Du glaubst? Oder weißt du es?«

Anne atmete erleichtert aus. Eliza hatte kaum mit der Wimper gezuckt. Sie wusste, warum sie ihre Freundin angerufen hatte, und das war der Grund dafür. Eliza würde genau wissen, was zu tun war.

»Beides. Es hat vor ein paar Monaten angefangen.«

Dann sprudelte alles aus ihr heraus, bis aufs letzte Detail – vom ersten Abend, an dem Anne ihre Kinder zurückgelassen und ihrem Mann hinterherspioniert hatte, bis zu dem Abend vor ein paar Wochen, an dem sie die Zwillinge mitgenommen hatte, nachdem sie die ach so neugierige Olivia gefeuert hatte. Anne erzählte von ihrer bröckelnden Entschlossenheit und dass sie ihren Mann nicht hatte darauf ansprechen können, als die Gelegenheit günstig gewesen wäre.

»Du musst aufhören, dir das anzutun.« Eliza schüttelte den Kopf, und in ihrem Blick lag trotz der harten

Worte Mitgefühl. »Du darfst nicht mehr zu dem Apartment fahren.«

»Ich weiß.«

»Dein Verstand weiß es, dein Herz aber nicht. Du wirst dich noch kaputtmachen, wenn du nicht aufhörst. Du musst es auf sich beruhen lassen.«

»Auf sich beruhen lassen?«

»Männer.« Eliza tauchte einen Käsehappen in Ketchup. »Natürlich ist es nicht richtig, aber sie gehen nun mal fremd. Frauen auch. Ich sage nicht, dass unser Geschlecht fehlerfrei ist. Aber jetzt geht es um die Männer.«

»Ich verstehe nicht. Das ist nicht …« Anne schüttelte verwirrt den Kopf. »Das ist nicht akzeptabel.«

»Nein, das ist es nicht. Deshalb musst du dein Toleranzlevel bestimmen. Früher oder später wirst du Mark damit konfrontieren müssen, und du musst bereit für alle möglichen Szenarien sein.«

»Das klingt so … kalt.«

»So arbeite ich.« Elizas Haltung wirkte beiläufig, ihre Augen jedoch funkelten. »Wie, glaubst du, habe ich mein Geld verdient? Nicht durch höfliches Fragen. Vor allem, wenn Männer beteiligt sind.«

Plötzlich wurden Annes Augen feucht. Die ersten Tränen, die sie seit der Entdeckung von Marks außerplanmäßigen Unternehmungen weinte (abgesehen von den Bächen, die in ihre Kissen geflossen waren).

»Süße …« Eliza legte ihre Hand auf Annes. Genau das brauchte Anne jetzt.

Nach ein paar Minuten und ein paar neugierigen Blicken von Joe schniefte Anne und wischte sich über die Augen. Sobald sie die Serviette auf den wachsenden

Haufen in der Tischecke geworfen hatte, erschien Onkel Joe mit zwei Wodkagläsern.

Er knallte sie auf den Tisch, knurrte »geht aufs Haus« und ging wieder.

Das hatte er schon immer gemacht, wenn die beiden Frauen einen *dieser* Abende in der Bar verbrachten. Manches änderte sich nie, und bei den ganzen Veränderungen um sie herum war Onkel Joes Beständigkeit für Anne eine unglaubliche Erleichterung. Wieder brach sie in Tränen aus.

Eliza zog die beiden Schnapsgläser zu sich. »Ich finde nicht …«

»Schon gut«, sagte Anne. »Alles in Ordnung. Ein Shot wird mich nicht umbringen.«

»Anne …«

»Es ist keine große Sache.« Anne griff nach dem Glas. »Ich muss mich entspannen.«

»Wenn du das sagst.«

Die beiden Frauen tranken ihren Wodka.

»Geht es dir besser?«, fragte Eliza.

Anne leckte sich die Lippen, griff nach einer Gabel und spießte eine Olive auf. »Sehr viel besser.«

»Versuch, für deine Familie stark zu sein«, sagte Eliza. »Du und Mark habt vier Kinder, das macht alles kompliziert. Hast du schon überlegt, wie du mit Mark über alles reden willst?«

»Ich weiß ehrlich gesagt nicht, was das bringen soll. Ich kann ihn nicht verlassen.«

Eliza nickte. »Würdest du ihn denn verlassen, wenn du es könntest?«

Anne dachte nach und gab ihrer Freundin die einzig mögliche Antwort. »Ich weiß es nicht. Ich liebe ihn.«

»Wenn du meinen Rat willst – rede mit Mark. Das hier frisst dich auf, und wenn du nichts dagegen tust …« Elizas Blick zuckte zu Annes Handtasche. »Wird es böse enden.«

»Was soll ich ihm sagen?«

»Du brauchst einen Plan«, erwiderte Eliza. »Ich schlage vor, du sprichst sobald wie möglich mit ihm, aber du musst vorbereitet sein. Was ist, wenn er dir sagt, dass er in diese Frau verliebt ist und dich und die Kinder für sie verlassen will?«

Anne versteifte sich. Eis floss durch ihre Adern, und ihre Beine schienen sich nie wieder von der klebrigen Sitzfläche lösen zu können. Dass es vielleicht gar nicht ihre Entscheidung sein könnte, war ihr bis jetzt nicht bewusst gewesen. Vielleicht würde Mark sich entscheiden, sie zu verlassen, und dann könnte sie nichts tun.

»Daran hast du bis jetzt nicht gedacht«, murmelte Eliza. »Es tut mir leid, dass ich so hart bin. Ich finde nur, dass du auf alles vorbereitet sein solltest, wenn du mit ihm redest.«

Anne nickte stumpf. »Ich hätte nie ernsthaft gedacht, dass es zwischen ihnen ernst sein könnte.«

»Das ist es sicher auch nicht, weshalb du mit ihm reden musst, bevor du dich verrückt machst.« Eliza zuckte mit den Schultern. »Wenn ich Zweifel wegen Roman habe, dann tue ich etwas dagegen.«

»Und was?«

»Ich …« Eliza trank einen Schluck Bier und wischte mit den french-manikürten Fingern einen Tropfen von der Unterlippe. »Also, ich habe einen Privatdetektiv engagiert, von dem Roman noch nichts weiß.«

»Wie heißt er?«, fragte Anne rasch.

»Er ist teuer.«

»Ich habe Geld gespart.«

»Bist du dir sicher, dass du das tun willst?«, fragte Eliza vorsichtig. »Es ist nicht gerade bewundernswert.«

»Du hast es getan.«

»Du solltest dein Leben nicht wie ich leben, das bringt dir nur Ärger.«

»Ich will sicher sein. Ich will keine ekligen Bilder, wie sie grade bei der Sache sind oder so etwas, nur den Namen der Frau. Vielleicht noch ein paar Hintergrundinformationen. Wann können wir uns mit ihm treffen?«

Eliza öffnete ihre Clutch, holte dreißig Dollar heraus und warf sie auf den Tisch, womit sie ihre Rechnung von neun Dollar mit einem großzügigen Trinkgeld beglich. »Ich kümmere mich darum.«

Protokoll

Staatsanwältin: Mrs. Tate, bitte beschreiben Sie die Beziehung zu Ihrem Mann und wie sie im letzten Jahr ausgesehen hat.

Eliza Tate: Eine typische Ehe. Wir hatten gute und schlechte Zeiten.

Staatsanwältin: Haben Sie ihn geliebt?

Eliza Tate: Er war mein Mann.

Staatsanwältin: Die Geschworenen mögen beachten, dass Mrs. Tate die Frage nicht beantwortet hat, auch wenn ihre Antwort wohl genug sagt. Was haben Sie empfunden, als Sie entdeckten, dass Roman eine Geliebte hatte?

Eliza Tate: Wenn Sie von seiner Affäre mit Penny reden – das war nicht seine erste.

Staatsanwältin: Die Affären Ihres Mannes machen Ihnen nichts aus?

Eliza Tate: Sie verstehen Romans und meine Beziehung nicht. Ich wusste schon bei unserer Hochzeit, dass er Fehler hat, aber unsere Liebe geht tiefer.

Staatsanwältin: Wollen Sie damit sagen, dass Sie für Ihren Mann alles tun würden?

Eliza Tate: Ich habe niemanden umgebracht, wenn Sie das andeuten wollen. Und wenn Sie tatsächlich herausfinden wollten, wer es getan hat, dann würde ich nach jemandem mit einem echten Motiv suchen. Die Frau, die er geschwängert und dann fallen gelassen hat, hatte einen ziemlich guten Grund, ihn zu töten.

Kapitel neun

Sieben Monate früher
Juli 2018

Was für ein Abend, dachte Eliza, als sie ihr Cabrio in die Einfahrt lenkte. Erst das Abendessen mit den Tates im Country Club, dann das spontane Treffen mit Anne. Sie stellte den Wagen ab und runzelte die Stirn, weil eine blaue Vintage-Corvette ihren Parkplatz belegte. Doch sie war zu müde, um sich darum zu kümmern. Sie wollte nur noch ins Bett und schlafen und hoffen, dass der morgige Tag sonnig werden würde.

»Da ist ja mein Schatz«, begrüßte Roman sie fröhlich in der Diele. Zu fröhlich. »Ich habe deine Nachricht bekommen, dass es später wird.«

»Tut mir leid, dass das so kurzfristig war«, antwortete Eliza. »Anne sagte, es sei dringend, da haben wir uns getroffen. Sie war übrigens begeistert von der Babysitterin, die du ihr empfohlen hast.«

»Kein Problem. Penny ist nett und brauchte einen Job.«

»Win-win also.«

»Auf jeden Fall«, sagte Roman. »Ich habe etwas für dich.«

Er ging in die Küche und kam mit einem Blumenstrauß zurück.

Eliza sah ihn verblüfft an. »Wofür sind die denn?«

Roman legte den Arm um ihre Taille und zog sie an sich. Er küsste sie auf die Stirn und bis hinunter zu ihren Lippen und ihrem Hals, während er Eliza fest an sich gedrückt hielt. »Ich wollte mich für gestern Abend entschuldigen. Ich weiß nicht, warum wir immer so hitzig werden, wenn wir über Geld sprechen. Unser Streit tut mir leid.«

Eliza machte sich frei. »Du weißt, dass ich Blumen nicht mag«, sagte sie, während sie im Kopf den Preis für den üppigen Strauß Stargazer-Lilien ausrechnete und ihn im Kopf zu ihren immer höher werdenden Rechnungen legte. »In einer Woche sind sie tot.«

»Eliza.« Roman machte ein gespielt tadelndes Geräusch. »Du bist es wert. Du bist meine Frau.«

»Danke.« Sie nahm ihm den Strauß ab und versuchte angestrengt, ihre Kopfschmerzen zu ignorieren. Sie hatte schon seit Ewigkeiten keinen hochprozentigen Alkohol mehr getrunken. »Hast du Besuch?«

»Nein, warum?«

»Wegen des Autos in der Einfahrt.«

»Das ist mein Wagen.«

»Du hast ...« Sie räusperte sich. »... ein Auto gekauft? Ohne zuerst mit mir darüber zu sprechen?«

»Es ist eine Investition. Der Wert wird mit der Zeit steigen.« Als Eliza immer noch nicht überzeugt wirkte, blickte Roman von den Blumen zu ihr. »Es ist nur Geld. Darüber haben wir doch gestern Abend gesprochen. Ich brauche eine gewisse Freiheit und will nicht, dass du mir bei jeder Ausgabe im Nacken sitzt.«

»Wie viel hat er gekostet?«

»Gezahlt habe ich fünfzig, aber er ist leicht fünfundsiebzig wert.«

»Tausend?«

»Natürlich tausend.«

»Fährt er überhaupt?«

»Ich bin damit nach Hause gefahren.«

Eliza sah ihrem Mann in die Augen. »Du hast deine G-Klasse, und jetzt hast du deine Corvette. Entscheide dich bitte für einen Wagen und verkauf den anderen. Es ergibt keinen Sinn, dass du zwei Autos hast.«

»Ich kann die Corvette nicht als Alltagsauto nutzen.«

»Dann verkauf sie«, erwiderte Eliza knapp und gereizt. Er hatte sich den falschen Tag für seine Impulsivität ausgesucht.

»Nein.«

»Das musst du aber.« Eliza ballte die Fäuste und starrte ihren Mann unnachgiebig an. »Wir können uns den Wagen nicht leisten.«

»Darüber haben wir doch erst gestern gestritten, Eliza. Du musst aufhören, ständig wegen Geld herumzunörgeln.«

»Ich nörgele nicht, das ist eine Tatsache, Roman. Unsere Konten sind fast leer.« Eliza riss die Arme hoch und bereute sofort, etwas gesagt zu haben. Doch es war die Wahrheit, und sie konnte sie nicht länger ignorieren. »Wir sind pleite.«

Roman sah sie selbstzufrieden an, fast schon siegreich, überrumpelte sie damit.

»Ich weiß«, sagte er.

»Was weißt du?«

»Ich weiß alles.«

»Ich verstehe nicht.«

»Ich weiß, dass du Geld auf mein Girokonto verschoben hast«, erklärte Roman. »Heimlich, als wäre ich so dumm, um zu ignorieren, dass unsere Konten immer leerer werden.«

»Das war ein Test?« Eliza sog scharf die Luft ein. »Du wusstest es die ganze Zeit und hast trotzdem ein Auto gekauft?«

»Ich hatte schließlich Geld auf dem Konto«, sagte er betont und funkelte sie mit selbstgerechtem Ärger aus braunen Augen an. »Warum hast du versucht, unsere finanziellen Verhältnisse vor mir zu verbergen?«

»Ich … Das habe ich nicht.«

»Schatz.« Romans Stimme klang weich. »Ich habe dich gebeten, mich nicht zu belügen.«

»Ich habe versucht dir zu sagen, dass wir nicht viel …«

»Du hast es nicht fest genug versucht«, unterbrach Roman sie. »Ich sollte denken, dass wir keine Probleme haben. Warum, Eliza? Warum hast du es mir nicht schon eher gesagt?«

Eliza erstarrte und stellte sich dieselbe Frage. Doch sie kannte den Grund. Sie hatte es ihm nicht schon eher erzählt, weil Geld der einzige Bereich ihrer Ehe war, den sie kontrollieren konnte. Sie brachte das Geld nach Hause. Roman verdiente mit seinen Schauspielkursen so gut wie nichts. Eliza finanzierte ihn, finanzierte ihren Lebensstil.

Es war das Einzige, was sie mit in die Ehe gebracht hatte. Eliza schuldete Roman ein gutes Leben nach dem, was er für sie getan hatte, und das konnte sie ihm nicht mehr geben. Es brach ihr das Herz.

»Ich verstehe, dass du aufgebracht bist«, sagte Eliza. »Aber ich werde es in Ordnung bringen. Ich habe schon damit angefangen.«

Roman schien zu spüren, dass er in der Falle saß und keinen Ausweg wusste. »Du hast schon damit angefangen? Wie?«

»Ich habe deine Eltern um ein Darlehen gebeten.«

»Was hast du getan?«

»Heute Abend, bevor ich mich mit Anne getroffen habe, war ich mit deinen Eltern im Country Club zum Abendessen und habe sie um Geld gebeten. Es ist eine geschäftliche Investition.«

»Ohne es mir zu sagen.«

»Das ist mein Problem, mein Darlehen, mein Gefallen, um den ich sie gebeten habe.«

Roman schüttelte den Kopf. »Das hättest du nicht tun dürfen.«

»Roman …«

»Ich meine es ernst.« Er wich zurück und sah sie mit einem Blick an, den sie noch nie an ihm gesehen hatte. »Das hättest du nicht tun dürfen, Eliza.«

Protokoll

Verteidigung: Wir haben über ein mögliches Motiv gesprochen, Ms. Sands, weshalb ich noch genauer auf das Kontaktverbot eingehen möchte, das das Opfer ein paar Monate vor seinem Tod gegen Sie erwirkt hat. Was hat ihn dazu gebracht?

Penny Sands: Ich weiß es nicht. Er war ein Psychopath. Warum hat er das alles überhaupt getan?

Verteidigung: Wenn ich mich richtig erinnere, hat er bei der Polizei dasselbe über Sie gesagt.

Penny Sands: Dann steht mein Wort gegen seins, und er ist tot. Damit habe ich wohl automatisch gewonnen.

Verteidigung: Er hat angegeben, Sie hätten ständig versucht, Kontakt mit ihm aufzunehmen, auch nachdem er sie gebeten hatte, das zu unterlassen. Ist das wahr?

Penny Sands: Ich hatte einen guten Grund dafür, dass ich mit ihm reden wollte.

Verteidigung: Aus den persönlichen Unterlagen des Opfers geht hervor, dass Sie Dinge genommen hatten, die ihm gehörten. Er hat in einem Kalender festgehalten, dass Sie diverse Gegenstände gestohlen hatten. Entspricht das ebenfalls der Wahrheit?

Penny Sands: Ich habe mir einen Stift geliehen. Das war keine große Sache.

Verteidigung: Warum haben Sie ihn überhaupt mitgenommen?
Penny Sands: Es war ein Versehen. Außerdem hatte er seine ganzen schönen Sachen auch nicht verdient.
Verteidigung: Hatte er es verdient zu sterben?
Penny Sands: Irgendjemand war wohl der Ansicht. Warum fragen Sie nicht die ***andere*** Frau, mit der er geschlafen hat? Sie hat sich ganz bestimmt nicht gefreut, als sie von mir erfahren hat.

Kapitel zehn

Sechs Monate früher
August 2018

»Oh ja, Baby, *ja!*«

Penny verzog das Gesicht, während er in sie hineinstieß und das Bettgestell zum Klappern brachte. Sie hielt sich am Kopfteil fest, das gegen die Wand schlug.

»Du bist so verdammt schön«, keuchte er an ihrem Hals. »Du bist mir sofort aufgefallen, als ich dich das erste Mal im Kurs gesehen habe. Da dachte ich mir …«

»Müssen wir denn unbedingt reden?«, murmelte Penny und fügte rasch hinzu: »Es ist sexy, wenn man sich noch ein bisschen was ausmalen kann.«

»Ah.« Er grinste, dann stieß er weiter mechanisch in sie hinein. »Ich verstehe. Du magst es also, wenn …«

Penny presste ihre Lippen auf seinen Mund. Sie wusste sich nicht anders zu helfen, aber für ein wenig Stille würde sie alles tun. Ein paar kostbare Sekunden wurden ihr gewährt, bis er tief aufstöhnte und schwer über ihr atmete.

»Hast du ein Kondom?«, fragte er leise. »Ich glaube, ich habe meins im Auto vergessen. Ich hätte …«

»Schon gut«, nuschelte Penny. »Ich verhüte. Mach einfach …«

Sie unterbrach sich, bevor sie »schnell fertig« hinzufügen konnte.

Sogar der begriffsstutzige Ryan Anderson hätte die Beleidigung kapiert. Der arme Ryan, dessen Manuskript Penny sich geliehen hatte. Drei Abende hintereinander hatte er sie zum Essen und zu lauwarmen Dates eingeladen. Schließlich hatte Penny ihn aus purem Mitleid in ihre Wohnung und in ihr Bett gelassen.

Seit dem Tag, an dem Roman Penny geküsst hatte, dachte sie nur noch an ihn. Sie hatte alles versucht, ihn aus ihren Gedanken zu verbannen, nichts hatte funktioniert.

Roman war einfach immer da. Er lauerte in ihrem Kopf, wenn sie aß und Sport trieb und vor dem Fernseher saß. Wenn sie duschte, einkaufte, herumspazierte. Schweißgebadet wachte sie, in ihre Laken gewickelt, nach Träumen auf, die zehn Mal erotischer waren als alles, was Ryan da unten anstellte.

Penny schloss die Augen und betete, dass ihr Fehlgriff bald fertig war, damit sie weiter allein sein konnte. Das war alles ihre Schuld, nicht Ryans. Sie hatte nicht nur einem, sondern drei Dates mit ihm zugestimmt. Auch als sie nach dem ersten zu Tode gelangweilt gewesen war, ebenso wie nach dem zweiten, hatte sie in ein drittes eingewilligt. Nicht weil aller guten Dinge drei waren, sondern weil sie verzweifelt an irgendetwas – oder irgendjemand – anderes als Roman denken wollte.

Ryan war sein genaues Gegenteil. Ein glückloser Schauspieler Ende zwanzig, der vor drei Jahren in einem landesweiten Werbespot aufgetreten war und sich an diese fünfzehn Sekunden Ruhm klammerte wie an einen Rettungsring.

Roman war selbstbewusst, Ryan unsicher und zaghaft. Roman war dunkel und verführerisch und nicht zu haben, Ryan hingegen langweilig und ein bisschen zu sehr verfügbar. Ryan war in ihrem Alter. Er war ein angemessenes Date. Er war sicher.

Dass Penny sich in Roman verliebt hatte, war ihr Untergang. Er konnte zuhören und wusste, wann er etwas sagen sollte. Auf keinen Fall würde er ihren Namen vergessen. Penny würde allerdings darauf wetten, dass sie selbst nach einem Kuss von Roman Tate, einer Berührung von ihm ihren eigenen Namen nicht mehr wusste.

Als Ryan auf ihr zusammenbrach, klopfte Lucky von unten gegen die Zimmerdecke und brüllte etwas von wegen, hier im Haus würden Kinder wohnen. Ryan grinste und murmelte: »Das war irre. Wie hat es dir gefallen?«

Penny starrte ihn nur an und fragte sich, was er wohl sagen würde, wenn sie »es war aushaltbar« antworten würde.

»Es war …« Penny zögerte. »Wow.«

»Freut mich zu hören.« Ryan grinste und strich ihr mit dem Daumen über die Wange. »Soll ich dir morgen früh Frühstück machen?«

»Also …«

»Schon okay, ich hab's verstanden. Zu schnell.« Ryan lächelte rasch. »Mein Fehler. Ich verschwinde.«

Penny hob kaum die Augenbrauen, als Ryan aus dem Bett flüchtete. Die meisten Frauen würden ihn wohl attraktiv finden, sogar umwerfend, mit seinen dunkelblonden Haaren und den stechend blauen Augen.

Trotzdem konnte Penny so gar keine Begeisterung für ihn aufbringen.

Schließlich verließ er mit einem Zwinkern die Wohnung. Penny winkte ihm halbherzig nach und machte sich nicht die Mühe, aufzustehen und abzuschließen. Sie blieb liegen, bis seine Schritte nicht mehr zu hören waren. Dann setzte sie sich auf und riss das Fenster auf, damit die frische Luft hoffentlich den Gestank nach Sex vertrieb.

Penny verspürte das schmerzhafte Verlangen, Roman anzurufen, ohne bestimmten Grund. Sie wollte ihm von ihrem Tag erzählen, die kleinen Dinge mit ihm teilen, auf denen eine echte, wahre Beziehung aufbaute.

Penny sehnte sich nach solchen winzigen Momenten, aus denen herrliche Erinnerungen wurden. Sie wollte Roman ihre brillanten neuen Ideen für einen Serienpilotfilm ins Ohr flüstern, wenn sie nachts neben ihm im Bett lag. Sie wollte ihm alberne Memes aus dem Internet schicken, die sie an ihn erinnerten. Wollte mit ihm in Jogginghose einkaufen gehen, bevor sie es sich mit einer Flasche billigem Wein auf dem Sofa gemütlich machten. Das alles wollte sie. Und konnte nichts davon haben.

Wieder meldeten sich Schuldgefühle, als sie die Augen schloss und noch einmal den Kuss in Romans Büro durchlebte. Er war weich gewesen, süß. Kurz. Beinahe ein Trugbild, und an manchen Tagen wusste Penny nicht, ob er überhaupt stattgefunden hatte.

Sie hatten ihn beide nicht mehr erwähnt. Roman und Penny existierten einfach zusammen, trieben gemeinsam auf derselben Ebene, sahen einander hin und wieder in die Augen, wenn eine gemeinsame Erinnerung zwischen ihnen aufblitzte, so flüchtig wie ein Funke, bevor sie wieder erlosch. In diesen kurzen Momenten verspürte sie keine Schuld.

Und dann gab es Momente wie diese, in denen Pennys Handflächen feucht wurden und sich ihr Magen vor Enttäuschung verkrampfte. *Was hatte sie nur getan?* Sich selbst angetan? Roman? Seiner Frau? Die einzige Rettung war, dass Penny Schuldgefühle nicht fremd waren.

Im Gegenteil, sie hatte die Schuld akzeptiert wie einen nervigen Verwandten, den sie an Weihnachten traf. Ein Ärgernis, an das sie sich gewöhnt hatte, das sie anerkannte und dann immer wieder pflichtbewusst ignorierte, weil sie sonst zusammenbrechen würde.

Penny wusste auch, dass die Schuldgefühle mit der Zeit weniger und beherrschbarer werden würden, wenn sie den Zwischenfall in Romans Büro verdrängte. Als sie in der Highschool angefangen hatte, ihre Mitschüler zu bestehlen, hatte sie sich zuerst auch schuldig gefühlt.

Doch mit der Zeit, mit Geduld und einer ordentlichen Portion Starrköpfigkeit (und vielen Rechtfertigungen) hatten auch diese Schuldgefühle nachgelassen. Waren von meterhohen Ozeanbrechern zu einem leisen Wellenrauschen in einer Muschel geworden, die man sich ans Ohr hielt. Und mit der Zeit würde ihr Kuss auch zu einem entfernten Rauschen werden und die Muschel längst vergessen an einem weit entfernten Strand liegen.

Im Moment tobten die Wellen allerdings noch und rissen sie mit. Penny schluckte, rang nach Atem, suchte in ihrem Handy nach der Nummer ihrer Mutter – dem einzigen Menschen, der sie wieder auf den Boden der Tatsachen bringen und von dem rutschigen Sand unter ihren Füßen zurückholen konnte.

Penny rollte sich ein und wählte. Der Abendwind war warm und schmeckte nach Wüstenluft und Sand, vermischt mit dem Duft des blühenden Busches, der hartnäckig in der Gasse unter ihrem Fenster wuchs. Penny fühlte sich selbst ein wenig wie die Pflanze. Allein, mit zu wenig Nahrung, und trotzdem sollte sie in dieser kargen Umgebung gedeihen. Wenn sie doch nur stark genug wäre aufzublühen.

Amy Sands kam nach der Begrüßung gleich zum Punkt. »Was ist los, Schatz? Du klingst durcheinander.«

Penny spielte mit einem Stift, der ihr eigentlich nicht gehörte – eine kleine Erinnerung, die sie von Romans Schreibtisch hatte mitgehen lassen. Ihn konnte sie nicht haben, dann wenigstens irgendetwas *von* ihm. Eine kleine Erinnerung daran, dass ihr Zusammentreffen vielleicht tatsächlich Schicksal gewesen war.

»Da ist dieser Mann«, sagte Penny seufzend. »Ich glaube, ich habe mich in ihn verliebt, aber das darf ich nicht. Er ist verheiratet.«

»Ach, Schatz.«

Pennys Kehle schnürte sich bei dem mitfühlenden Ton ihrer Mutter zu. Amy Sands war eine beleibte Frau, jedes ihrer hundert Kilo voller Liebe und Wärme und Heimeligkeit. Tränen stiegen Penny in die Augen, und sie wünschte, sie könnte sich in die warmen Arme ihrer Mutter schmiegen, die sie vor dem Chaos, zu dem ihr Leben geworden war, beschützten.

Penny war nach Hollywood gezogen, um sich einen Namen zu machen. Und jetzt schuftete sie in einem Job, den man kaum legal nennen konnte. Jeden Tag ging sie zu einer Casting-Firma und saß hinter einem winzigen

Tisch in einem schäbigen Zimmer mit einem Teppich, der aussah, als würde er seit den Achtzigern schimmeln.

Ihr Chef – Jack Hardy – hatte sich nicht einmal ihren Namen gemerkt. An ihrem ersten Arbeitstag hatte er ihr schroff ihre Aufgaben genannt (Leute hereinlassen und das Telefon ignorieren). Seine Partnerin, eine kleine zierliche Frau, die wahrscheinlich keine vierzig Kilo wog – von denen sechs Kilo Schminke und Mascara waren –, hatte sich als Casting Director vorgestellt. Zusammen suchten sie nach Teilnehmerinnen und Teilnehmern für obskure Reality-TV-Formate, von denen noch nie jemand gehört hatte. Es war ein übles Geschäft.

»Wenn du nicht glücklich bist«, sagte Amy Sands nach einer Pause, »warum ziehst du dann nicht wieder nach Hause?«

Penny liebäugelte tatsächlich mit ihrem alten Job, ihrem alten Leben. Ihrer gemütlichen kleinen Existenz in einer gemütlichen kleinen Stadt. Sie vermisste einfach alles. Den Geruch der kleinen Zeitungsredaktion, in der sie gearbeitet hatte. Den täglichen Lavendel-Latte aus dem Café ein paar Häuser weiter, wo sie gar nicht erst extra bestellen musste, weil man sie schon an ihren sich nähernden Schritten erkannte.

Sie vermisste die kurze Fahrt nach Hause, um alle Feiertage mit der Familie verbringen zu können. Sie vermisste sogar die sporadischen Blind Dates, die ihre Freundinnen für sie arrangierten – Dates mit unglaublich durchschnittlichen Männern, deren größtes Verbrechen war, dass sie ihre Mütter immer noch einmal am Tag anriefen und um Rat bei der Kleiderwahl baten.

Am liebsten wäre sie wirklich nach Iowa zurückgekehrt und hätte so getan, als gäbe es die letzten zwei Monate ihres Lebens nicht. Ein neuer Anfang. Dort kannte sie sich aus. Hier in Hollywood gab es keinen Stadtplan. Ihr Leben war ein unvollendetes Manuskript, das auf Vollendung wartete. Die vielen Möglichkeiten waren gleichzeitig aufregend und beängstigend. Würde sie abheben? Oder abstürzen?

»Ich vermisse mein Zuhause«, gab Penny zu. »Aber ich kann nicht zurückkommen.«

»Warum nicht?«

Penny schlug immer fester mit dem Stift gegen ihr Bein. Die Frage war einfach, doch der Tonfall ihrer Mutter enthielt ein Kaleidoskop aus Fragen. Penny versuchte, ihre Gefühle in Worte zu fassen, doch für jemanden, der angeblich kreativ war, versagte sie jämmerlich.

Schließlich flüsterte sie: »Ich weiß es nicht.«

Ihre Mutter seufzte schwer, und Penny sah sie förmlich vor sich, wie sie in der kleinen Küche in dem kleinen Haus in der kleinen Stadt nickte. Amy saß sicher am Tisch und hielt eine Tasse Pfefferminztee in der Hand und starrte auf die staubigen rosafarbenen Vorhänge vor dem Fenster über der Spüle.

Sicher stand nach dem Kochen noch Geschirr herum, und es roch süß nach frisch gebackenem Kuchen. Der Linoleumboden war alt und von Rissen durchzogen, aber sauber, und die Töpfe mit den Kräutern bei der Spüle waren gegossen. Penny sehnte sich so sehr nach zu Hause, dass es wehtat.

Sie würde gerne für ein paar Tage zurückfahren, doch ihr Bankkonto erlaubte nicht einmal ein großes

Sandwich bei Subway, geschweige denn ein Flugticket einmal quer durchs Land. Und wenn sie erst einmal zu Hause war, bestand die berechtigte Gefahr, dass sie für immer dort bleiben würde. Wie eine Fruchtfliege in einer Falle würde sie dort kleben und einen langsamen Tod sterben, weil sie sich für ein Leben entschieden hatte, das nicht das richtige für sie war.

Irgendwo tief drin glaubte Penny, dass sie anders war. Sie musste es einfach glauben, denn sonst gäbe es keinen Grund für sie, sich ein Apartmenthaus anzutun, das mehr Ratten beherbergte als Menschen, oder in einem miesen Job zu schuften, den sie für eine vernünftige Stelle bei einer vernünftigen Zeitung in einer vernünftigen Stadt eingetauscht hatte.

Penny fragte sich vage, ob sie sich etwas vormachte. Ob sie so verblendet wie Ryan war, der sich wegen eines Werbespots für Schuppenshampoo für berühmt hielt. Empfand er es auch so? Dass er anders war? Dachten das alle? Oder gab es einen Grund für Pennys Überzeugung? Sie musste einfach glauben, dass sie etwas Besonderes war, sonst wäre alles sinnlos. Doch was, wenn sie sich irrte?

»Ich komme an Weihnachten nach Hause«, sagte sie. »Du, ich muss jetzt Schluss machen. Ich wollte nur deine Stimme hören.«

Penny lag auf ihrer gebraucht gekauften Matratze und starrte durch das Fenster zum Sternenhimmel. Wenn sie Roman Tate nicht haben konnte, dann würde sie drastische Maßnahmen ergreifen müssen, um ihn zu vergessen, zumindest bis sie sich wieder über Wasser halten konnte. Im Moment schlugen die Wellen über ihr zusammen, dröhnten in ihren Ohren, nahmen ihr die Sicht. Leicht verärgert wurde ihr klar, dass sie im Nachteil war.

Sie war bereit gewesen, Roman alles zu geben. Und er hatte sie glauben lassen, dass es möglich sein könnte. Mit dem Kuss hatte er eine Grenze überschritten – eine Grenze, die Pennys Herz aus dem Takt gebracht hatte. Ebenso wie der Gedanke, dass es möglich sein könnte. Sie beide, zusammen. Dann hatte er sie in den Wochen danach ignoriert, und sie war in eine gefährliche Spirale aus schwacher Motivation und gebrochenem Herzen geraten.

Penny war alles andere als schwach. Wenn man sie bestahl, stahl sie ihrerseits. In der nächsten Woche würde sie sich wehren. Sie würde nach dem Unterricht in Romans Büro gehen und die verbleibenden Stunden canceln. Mal sehen, was er dazu sagen würde. Wenn er sie gehen ließ, dann hätte sie eine glasklare Antwort, und sie könnte ihre Wunden lecken, sich sammeln und auf Penny Sands konzentrieren.

Sie rief ihre Inbox auf und scrollte durch die Mails, als ihr ein Absender ins Auge fiel.

TheRomanTate@gmail.com leuchtete ihr auf dem Handydisplay entgegen, die Betreffzeile verspottete sie, als hätte er irgendwie ihre Gedanken gelesen: Unterricht nächste Woche.

Ihr Finger schwebte über dem Löschen-Button. Es wäre so einfach zu sagen, dass die Mail im Spamfilter gelandet war und sie sie nie gelesen hatte.

Doch Penny wusste vom ersten Moment an, dass sie schwach war. Ihr Finger zuckte, öffnete die Mail. Ihr Entschluss, von Roman loszukommen – gerade noch so fest –, zerfiel zu Staub.

Protokoll

Verteidigung: Warum haben Sie Olivia Moore als Babysitterin entlassen?

Anne Wilkes: Ich, äh, habe sie nicht entlassen.

Verteidigung: Ms. Moore hat gestern ausgesagt, dass Sie sie im Juni 2018 entlassen haben.

Anne Wilkes: Na gut, ja, ich habe ihr gekündigt. Aber später habe ich mich entschuldigt. Sie war nicht ... entlassen. Sie wollte nur nicht zurückkommen, nachdem ich sie versehentlich gefeuert hatte.

Verteidigung: Warum haben Sie ihr überhaupt gekündigt?

Anne Wilkes: Sie hatte sich zu viel herausgenommen. Sie und Mark hatten sich gegen mich verschworen, und das gefiel mir nicht.

Verteidigung: Gegen Sie verschworen?

Anne Wilkes: Vor einer Weile gab es einen Zwischenfall, über den mein Mann nicht hinwegkommt. Ich dachte, wir hätten das hinter uns gelassen, doch er vertraut mir immer noch nicht. Auf seinem Handy hatte ich Nachrichten von Olivia an ihn gefunden. Er hatte sie offensichtlich gebeten, ihm über mich Bericht zu erstatten. Ich hatte für die Kinder eine Babysitterin angestellt, nicht für mich.

Verteidigung: Mrs. Wilkes, tut mir leid, dass ich so offen sein muss, aber die Sorge Ihres Mannes um Sie wirkt auf mich legitim. Welche Mutter verschwindet einfach drei Tage, ohne sich zu melden?

Kapitel elf

Sechs Monate früher
August 2018

»Hallo, ich suche Mr. Hamilton.« Anne näherte sich einer jungen Frau mit dunklen Locken, die hinter einem Metallschreibtisch saß, auf dem sich Aktenmappen stapelten. »Tut mir leid, ich habe um elf einen Termin und bin ein bisschen spät dran. Ich musste meinen Sohn in letzter Minute aus der Betreuung holen, es ging ihm nicht gut.«

»Mr. Hamilton erwartet Sie«, verkündete die junge Frau fröhlich. »Setzen Sie sich doch bitte, er telefoniert gerade noch. Kann ich Ihnen etwas zu trinken anbieten?«

»Nein, danke, sehr freundlich.«

Luke Hamilton – Elizas Privatdetektiv – hatte sein Büro in einem der unzähligen Einkaufszentren in Los Angeles, zwischen einem Schnellimbiss und einem Waschsalon. Von außen merkte man Suite 101 nicht an, dass es die Antworten auf Annes drängendste Fragen liefern könnte.

Anne setzte sich und wippte Harry auf ihren Knien. Sein Gesicht war gerötet, und sie legte ihre Wange an seine Stirn, um seine Temperatur zu überprüfen. Die Kita hatte sie vor einer Stunde angerufen und informiert, dass ihr Sohn sich übergeben hatte und sofort abgeholt werden musste.

Auf gar keinen Fall hatte Anne Harry mit zu diesem Termin nehmen wollen, aber was sollte sie tun? Sie konnte keinen neuen Termin vereinbaren, sie würde nie mehr die Gelegenheit haben, allein zu sein. Außerdem konnte sie keine Sekunde länger warten.

Anne wiegte ihr Kind so lange fest an sich gedrückt, bis ihm langweilig wurde und es sich aus ihrem Griff wand. Harry klatschte in die Hände, und Anne holte eine Tüte Cracker aus ihrer Handtasche. Sie gab ihm ein paar zu essen und überprüfte dabei ständig seine Temperatur, bis die Empfangsdame ihr mitteilte, dass Mr. Hamilton jetzt Zeit für sie hatte.

Da hätte sie wirklich wieder gehen sollen. Sie hätte Harry nach Hause bringen, seine Temperatur messen und mit ihm kuscheln sollen, bis es ihm besser ging. Der Wahnsinn musste aufhören. Wenn Anne doch einfach mit ihrem Mann reden und den Grund für seine Heimlichtuerei herausfinden könnte, dann würde ihr Leben wieder normal werden. Oder was auch immer dann »normal« wäre.

Doch sie konnte es nicht riskieren. Was, wenn sie nicht bereit für Marks Erklärung war?

Anne stand auf und folgte der jungen Frau unsicher einen kurzen Flur entlang in ein Büro. Sie hatte sich schick gemacht, was ihr jetzt eher traurig vorkam. Das letzte Mal, dass sie Schuhe mit niedrigem Absatz, Strumpfhose und einen schwarzen Rock getragen hatte, war vor der Schwangerschaft mit Gretchen gewesen.

»Guten Tag.« Luke Hamilton begrüßte sie, nachdem seine Empfangsdame den Raum verlassen hatte. Er sah zu Harry, sagte aber nichts. »Vielen Dank, dass Sie Zeit für den Termin hatten.«

»Tut mir leid, dass ich zu spät bin. Mein Sohn ist heute in der Kita krank geworden. Also, er ist nicht richtig krank, er hat nur etwas Falsches gegessen. Mein Mann konnte ihn nicht abholen, weil er ein Cop ist, und … Ach, das wissen Sie ja.« Anne unterbrach sich. »Entschuldigung. Ich bin ein bisschen aufgeregt.«

»Das ist normal.« Luke lächelte freundlich. »Bei meinem Beruf treffe ich nicht viele glückliche Klienten, wie Sie sich sicher vorstellen können. Ich bin es gewohnt, dass man bei Terminen mit mir nervös ist.«

»Natürlich«, erwiderte Anne. »Danke.«

Luke räusperte sich und zog einen Papierstapel heran. Er schien Ende fünfzig zu sein, ein schlanker, stattlicher Afroamerikaner. Seine Haare waren kurz geschnitten, seine Kleidung war leger, saß aber gut an ihm. Er trug eine Brille mit Drahtgestell.

»Sie sagten, Sie hätten Neuigkeiten für mich?«, fragte Anne, als Luke nicht von den Unterlagen aufblickte. »Als Erstes sollte ich mich vermutlich bedanken, dass Sie meinen … äh, Fall angenommen haben. Eliza lobt Sie in den höchsten Tönen.«

Luke sah flüchtig lächelnd auf und senkte den Blick wieder.

»Oh, ich sollte wahrscheinlich nicht über andere Klienten sprechen«, sagte Anne rasch. »Datenschutz, top secret und so.«

Luke sah noch einmal zu Harry. »Ich habe tatsächlich Neuigkeiten für Sie. Passt es jetzt wirklich?«

»Je früher ich sie erfahre, desto besser.«

Luke strich mit der Hand über die erste Seite des Berichts und wog seine Worte sorgfältig ab. »Ich konnte herausfinden, was Ihr Mann an den Dienstagabenden macht, und kann die Situation wohl aufklären.«

Annes Herz schlug schneller.

»Die Wohnung, zu der er fährt …« Luke sah wieder zu Harry, dann zurück zu Anne. »Der Mietvertrag läuft auf seinen Namen.«

»Was soll das heißen, *auf seinen Namen?*«

»Mark hat die Wohnung seit fünf Monaten gemietet«, verdeutlichte Luke. »Er bezahlt die Miete.«

»Wie bezahlt er dafür?« Anne massierte sich die Stirn mit einer Hand. »Natürlich mit Geld – unserem Geld –, das ist mir klar, aber wir haben Rechnungen zu zahlen! Wir haben …« Anne verstummte und drückte Harry enger an sich, strich über seine feinen Haare, während er mit der Faust gegen ihre Schulter schlug. »Vergessen Sie's. Haben Sie noch etwas herausgefunden?«

Luke wirkte, als täte es ihm ehrlich leid, als er auf die verdammten Unterlagen blickte. Seine nächsten Worte schienen ihm schwer zu fallen.

»Wenn wir zu einem anderen Zeitpunkt weitermachen sollen …«

»Wissen Sie, wer sie ist?«, fragte Anne.

»Die junge Frau, die das Apartment bewohnt, ist kürzlich achtzehn geworden und hat die Schule abgeschlossen.«

»Die …« Anne blinzelte. *»Highschool?«*

Er nickte.

Sie blinzelte wieder und schnaubte abfällig.

»Sie heißt Harmony Feliz.«

Anne nahm die Neuigkeiten so stoisch wie möglich auf. Als Luke sie fragend ansah, nickte sie. Ja, er sollte fortfahren.

»Sie ist bei ihrer Mutter und ihrem Vater in Silver Lake aufgewachsen. Hat dort die Grundschule und die Highschool besucht, die sie kürzlich abgeschlossen hat.«

»Haben Sie herausgefunden, woher sie meinen Mann kennt?«

»Noch nicht. Ich könnte nachforschen, aber …« Der Privatdetektiv musterte seine Hände. »Elizas Vorschuss ist beinahe aufgebraucht.«

»Oh. Ich habe ein bisschen gespart, aber ich kenne leider Ihren Stundensatz nicht oder wie viel es kosten würde, dieser Frau nachzuforschen.«

»Darf ich Ihnen etwas empfehlen, Mrs. Wilkes?«

Anne hob das Kinn. »Natürlich.«

»Es steht mir nicht zu, das zu sagen, das ist mir bewusst, aber ich könnte Ihr Geld nicht guten Gewissens annehmen, ohne Sie vorab zu warnen.« Er holte Atem. »Sie scheinen eine nette Frau zu sein. Sie haben eine Familie, für die Sie sorgen müssen, und ich habe Verständnis für Ihre Situation. Aber ich glaube, ich kann nicht mehr viel für Sie tun. Die Antworten, nach denen Sie suchen, kann Ihnen nur Ihr Mann geben.«

Anne saß steif da und sah ihn an. »Danke. Dann wären wir wohl fertig. Bekommen Sie normalerweise Trinkgeld? Ich habe keine Ahnung von Ihrer Branche.«

Luke stand auf und sah sie traurig an. »Das ist bereits erledigt, Mrs. Wilkes. Möchten Sie die Unterlagen mitnehmen?«

»Nein«, erwiderte Anne. »Ich habe genug gehört.«

Protokoll

Staatsanwältin: Würden Sie als professionelle Presseagentin sagen, dass Sie alles gut dastehen lassen können?
Eliza Tate: Das ist eine Grundvoraussetzung für meinen Beruf.
Staatsanwältin: Trotzdem sagen Sie, dass Sie nicht für den Mord verantwortlich sind, der am Abend des 13. Februar begangen wurde?
Eliza Tate: Korrekt. Was ich bereits diverse Male gesagt habe.
Staatsanwältin: Allerdings hat die Polizei Ihre Fingerabdrücke auf der Mordwaffe gefunden. Wie stellen Sie das jetzt positiv dar?

Kapitel zwölf

Sechs Monate früher
August 2018

Eliza gab dem Maître des angesagtesten neuen Restaurants in Beverly Hills Bescheid und wählte mit Bedacht einen kleinen Tisch beim Fenster, der nach dem Geschmack ihrer potenziellen Klientin wäre. Dieses Mittagessen musste perfekt werden, und Eliza war bereit, jedem noch so seltsamen Wunsch nachzukommen.

Sie wusste, dass Marguerite nicht gern draußen saß (zu sonnig) und auch nicht in einer Sitznische (zu klebrig) und auch nicht in der Nähe der Toiletten (verständlich). Schließlich fand Eliza einen Tisch, der alle Kriterien zu erfüllen schien, und bestellte eine Flasche von Marguerites Lieblingsweißwein, der dann später gekühlt serviert werden sollte.

Sie frischte ihr Make-up und ihre Haare auf, las ein paar E-Mails auf dem Handy und zwang sich, sich zu beschäftigen, damit sie nicht an unangenehme Dinge dachte. Wie zum Beispiel den Zustand ihrer Ehe.

Eliza legte ihr Handy weg, als sie die vertrauten krausen Haare von Marguerite Hill erblickte. Marguerite, die im letzten Jahr einen Bestseller gelandet hatte, war in der Verlagswelt sehr begehrt. Und wenn Elizas Glück anhielt, würde sie Ms. Hill heute Harold vor der Nase wegschnappen und als Klientin verpflichten. Eliza Tate PR wäre mit einem Schlag und mit dem Knall eines Champagnerkorkens bekannt.

Der Kellner brachte Marguerite an den Tisch. Eliza stand auf und nahm die Aura der Frau in sich auf – das ganze Drumherum, das mit Marguerite zusammen berühmt geworden war. Die Autorin war jung, Anfang vierzig, gab sich aber so gepflegt, dass sie älter und weiser wirkte.

In ihre blonden Haare waren silbergraue Strähnen gefärbt – ein merkwürdiger Style, der laut der Praktikantinnen total *en vogue* war. Die Korkenzieherlocken waren zu einer krausen Mähne frisiert, die das rosa, grün und blau gemusterte Tuch um den Kopf kaum bändigen konnte.

Marguerite trug einen leuchtend orangefarbenen, zarten Kimono und darunter einen einfach weißen Body zu Jeans mit hoher Taille, die ihre schlanke Figur betonte, die sie mit einer Diät aus grünem Superfood, pflanzenbasierten Proteinen und wochenlangem Fasten in Form hielt. Das ganze Outfit wurde von ungeheuer hässlichen Sandalen an nackten Füßen gekrönt.

Ironischerweise hatte Eliza vor einigen Jahren eine ganz andere Marguerite Hill kennengelernt. Diese hatte ihre schlanke Figur in engen Designerkleidern und hohen High Heels präsentiert. Ihre Haare waren pechschwarz gefärbt und geglättet gewesen, bis sie wie ein seidiger Schleier geglänzt hatten. Sie hatte schweres, dunkles Augen-Make-up getragen, mit dicht und voluminös getuschten Wimpern, und war einfach perfekt gewesen.

Dann war ihr Buch ein Überraschungserfolg geworden, der ihr über Nacht Hunderttausende Follower auf Instagram eingebracht hatte. Sie hatte inspirierende Zitate aus ihrem ersten Buch, *Jetzt bin ich dran,* gepostet, dazu Bilder ihrer neuen Raw-Food-Diät. Dann hatte sie nach und nach Fotos von sich und ihrem neuen Look hochgeladen.

Schon bald hatte sie diverse Sponsoren an Land gezogen – Hersteller von Naturkosmetik und nachhaltiger Mode wollten ebenso wie Bio-Höfe mit frei laufenden Hühnern von ihrem Erfolg profitieren. Alle wollten etwas von Marguerites Ruhm abhaben. Der Geruch nach Geld lag durchdringend in der Luft.

Eliza hatte amüsiert verfolgt, wie die Autorin hübsche Pumps gegen Ledersandalen und enge Kleider gegen sackartige Overalls eingetauscht hatte. Ihre Smokey Eyes wurden durch teure (und unsichtbare) Anti-Aging-Cremes und -Lotionen ersetzt. Mit einem Fingerschnippen wandelten sich ihre Haare von Schwarz zu Grau. Über Nacht war Marguerite Hill der bekannteste Guru in den USA geworden, mit dem dazugehörigen Boheme-Lebensstil.

Marguerites Fans liebten ihren neuen Vibe. Ein Vibe, der, wie Eliza nur zu gut wusste, das Ergebnis einer sorgfältig angelegten Sammlung von Social-Media-Posts war. Es war alles nur Fassade. Doch zu Elizas großer Überraschung fraßen Marguerites Fans ihr aus der (teuer eingecremten) Hand.

»Hallo, Süße«, sagte Marguerite leicht abgehackt. »Wie schön, dass du Zeit für einen Tee hast.«

Eliza machte sich nicht die Mühe, sie darauf hinzuweisen, dass sie sich nicht zum Tee trafen. Marguerite war in Louisiana geboren und ungefähr so britisch wie Tony Soprano, doch das hatte sie nicht davon abgehalten, sich einen leichten Akzent zuzulegen, der entfernt an irgendein mysteriöses europäisches Land erinnerte.

Als Immigrantin, die unzählige Stunden damit verbracht hatte, sich jeglichen Akzent abzutrainieren, fand Eliza das verwirrend. Andererseits ließ Roman die Leute gern in dem Glauben, er sei so italienisch wie sein Name, was eine glatte Lüge war. Offenbar umgab sich Eliza mit Menschen, die lieber jemand anderes als sie selbst waren.

»Natürlich«, erwiderte Eliza. »Ich hoffe, das Restaurant hält, was es verspricht. Es hat die Sashimi-Platte, die wir beide so gern mögen.«

Marguerite verzog das Gesicht. »Meine Liebe, ich ernähre mich jetzt vegan.«

»Das habe ich noch nirgends gelesen.«

»Vor etwa zwei Stunden habe ich beschlossen, ab jetzt vollkommen vegan zu leben.« Marguerite legte eine Hand aufs Herz und lachte glockenhell. »Aber wie ich immer sage, man muss den Tag nutzen! Warum bis morgen warten, wenn wir heute anfangen können?«

»Ganz genau!«, bestätigte Eliza schwach und fragte sich, warum Marguerite nicht bis morgen hatte warten können. Die Sashimi-Platte hier war göttlich. War es heutzutage nicht in, Pescetarier zu sein?

»Dem Alkohol hast du doch aber sicher nicht abgeschworen«, sagte Eliza rasch. »Ich habe eine Flasche von deinem Lieblingswein kalt stellen lassen.«

Marguerite machte ein nachdenkliches Geräusch.

»Tatsächlich denke ich darüber nach. Irgendwie gefällt mir die Vorstellung, abstinent zu leben.«

»Ich fand ja immer, Schriftsteller und Alkohol hätte etwas Romantisches an sich«, sagte Eliza leicht verzweifelt. »Mit einem Glas Champagner spätabends am Computer sitzen und am nächsten Geniestreich arbeiten.«

Marguerite legte einen sorgsam manikürten Finger an die Lippen. »Ich glaube, du hast recht. Fuck, wie gut, dass ich nicht gepostet habe, dass ich dem Alkohol abschwöre, sonst müsste ich diese himmlische Flasche Wein ablehnen! Scheiß drauf. Ich kann auch morgen noch abstinent sein.«

»Absolut.« Eliza winkte den Kellner eilig zu sich und sagte zu ihm: »Wir sind bereit für den Wein. Und dazu ein bisschen Brot, wenn Sie so gut wären.«

»Brot ist *out*«, sagte Marguerite, als der Korb auf ihrem Tisch stand. »Ich habe einen ordentlichen Brocken Gluten immer geliebt, aber ich sollte mich bald enthalten. Glutenfrei ist gerade total in. Wie langweilig.«

»Wem sagst du das«, meinte Eliza und trank aus ihrem frisch nachgefüllten Glas Wein. Sie zwang sich, den köstlichen, dampfenden Korb voll Brot oder die selbstgemachte Knoblauchbutter auf dem Tisch nicht anzurühren. »Apropos, ich habe ein paar Ideen, die großartig für dein Image sein könnten.«

»Ach ja?«

»Ich habe ein ganzes Proposal, wenn du es sehen möchtest.« Eliza legte eine Mappe verlockend auf den Tisch. »Aber ich finde, wir sollten zuerst bestellen. Natürlich nur, wenn sie hier etwas für dich haben?«

Marguerite zog eine Augenbraue hoch und beugte sich vor. »Reden wir Klartext, Eliza. Du und ich wissen beide, dass ich gern die Rippchen bestellen würde, aber falls uns jemand beobachtet, bleibe ich besser bei meiner Veganernummer.« Sie klappte die Karte auf und überflog sie stirnrunzelnd. »Welches Gericht würde am besten auf einem Foto aussehen?«

Eliza lächelte gezwungen, dann betrachtete sie die Speisekarte. Sie deutete auf ein Auberginen-Parmesan-Gericht, das laut dem Kellner auf einer hübschen Platte serviert werden würde.

»Warum bestelle ich nicht die Zucchiniblüten?«, schlug sie vor. »Und dann kannst du ein Foto von dem machen, was besser aussieht.«

»Mir gefällt, wie du denkst«, antwortete Marguerite. »Magst du Zucchini?«

»Wer mag die schon?«

Marguerites Augen funkelten. »Ich bin beeindruckt. Ich war übrigens ziemlich schockiert, als ich die Mail bekommen habe, dass du und Harold getrennte Wege geht. Es heißt, man hätte dich entlassen.«

»Ich mache mich selbstständig.« Eliza umging die Frage.

»Wie findet Roman das?«

»Er unterstützt mich.«

»Ach ja?« Marguerite sah Eliza nach einer bedeutungsvollen Pause an. »Das ist gut.«

»Es ist ja auch nicht seine Entscheidung, sondern meine Karriere.«

»Ich stimme zu, es sollte nicht seine Entscheidung sein. Ich habe mich nur gefragt, wie er die Neuigkeiten aufgenommen hat.«

»Ich verstehe wirklich nicht, warum du Roman so wenig zu mögen scheinst.«

Ihre Unverblümtheit überraschte Eliza selbst, doch das beschäftigte sie schon seit Monaten. Seit die Autorin angefangen hatte, bei jeder sich bietenden Gelegenheit kleine Bemerkungen über Roman ins Gespräch einfließen zu lassen. Es war Eliza ein wenig peinlich, so damit herausgeplatzt zu sein, doch sie wollte auch die Antwort hören.

»Ich traue ihm nicht«, erwiderte Marguerite. »Ich finde, er steht dir im Weg.«

»Inwiefern?«

»Bist du glücklich in deiner Ehe?« Marguerite richtete die kühlen blauen Augen auf Eliza. »Ist Roman alles für dich? Denn das ist es, was du verdienst. Wenn nicht, hast du Optionen.«

»Optionen«, wiederholte Eliza.

»Ich kann dir helfen«, fuhr Marguerite fort. »Nach allem, was du für mich getan hast, wäre das die geringste Gegenleistung.«

»Nein, ich …« Eliza schüttelte den Kopf, doch ihre Nerven flatterten. Was hatte Marguerite in Roman gesehen, weshalb sie sich so auf ihn eingeschossen hatte? »Vergessen wir Roman mal einen Moment.«

»Süße …«

»Er ist nicht mein größtes Anliegen – das bist du. Ich möchte, dass du die erste Klientin von Eliza Tate PR wirst. Ich verspreche dir, dass wir mit deinem nächsten Buch weiter als je zuvor kommen. Die *New-York-Times*-Bestsellerliste. Das *Wall Street Journal*.«

»Kannst du *Frei sein* in Oprah's Book Club platzieren?«

»Besser.« Eliza beugte sich vor. »Reese Witherspoon ist an Bord.«

»Erzähl mir mehr über dein Proposal. Und pack die Mappe weg, vom Lesen tun mir die Augen weh.«

Eliza schob die Mappe in ihre Tasche. »Zuerst einmal: Du hast eine großartige Plattform, und ich werde sie noch besser machen. Du hast die Mamis an Land gezogen, aber ich glaube, da geht noch mehr. Konzentrieren wir uns auf die jüngeren Leserinnen und Leser – die Mittzwanziger, die ständig durch Instagram scrollen, Posts zu ihren Lieblingsautorinnen teilen, hübsche Fotos von Büchern und Socken ...«

»Ja.« Marguerite deutete mit dem Finger auf Eliza. »Das gefällt mir. Du verstehst mich. Und ich verstehe dich, Eliza. Besser, als dir bewusst ist.«

»Doch, ich glaube schon«, sagte Eliza diplomatisch. »Und ich bin bereit, wir können anfangen. Stoßen wir dein nächstes Projekt mit einer Party an, auf der wir das Buch groß ankündigen.«

Während sie sprach, behielt Eliza Marguerites Weinglas im Auge, damit es nicht zu leer wurde. Sie selbst hatte nur einen Schluck getrunken – sie musste einen klaren Kopf bewahren –, doch Marguerite hatte bereits zweieinhalb Gläser intus und war noch nicht fertig. Ein gieriger Glanz war in die Augen der Autorin getreten.

»Eine Party? Wann?«, murmelte sie. »*Frei sein* erscheint erst nächstes Jahr.«

Eliza sah erfreut, wie Marguerite nach einem Stück warmem Brot griff, Butter darauf verteilte und es sich in den Mund steckte, zu abgelenkt von dem in Aussicht gestellten Erfolg und Ruhm, um sich um die Kalorien zu kümmern.

»Eliza Tate PR macht die Dinge nicht wie alle anderen. Mit uns laufen die Social-Media-Seiten schon viel früher heiß«, sagte Eliza. »Das ist einer der Vorteile, wenn du bei mir unterschreibst. Als meine erste Klientin wirst du meine absolute Top-Priorität sein. Ich konzentriere mich allein auf dich, Marguerite.«

»Sprich weiter.«

»Ich glaube so sehr an dich, dass ich dafür meine Karriere riskiere. Ich möchte dir helfen, deine Träume, anderen zu helfen, voranzubringen.«

»Und wie willst du mir helfen, anderen zu helfen?«

Eliza räusperte sich und trank einen kleinen Schluck Wein. Dann sah sie Marguerite in die Augen. »Indem ich Unmengen von deinen Büchern verkaufe.«

Marguerite lehnte sich zurück und hob das Glas. »Wo muss ich unterschreiben?«

Eliza grinste.

Marguerite neigte ihr Weinglas in Elizas Richtung. »Wir wollen keine Zeit verschwenden. Her mit deiner Mappe, ja? Mach dir Notizen. Ich will anfangen. Diese Party muss *der* Place to be sein. Ich will Paparazzi. Influencer. Können wir Reese überzeugen zu kommen? Vielleicht eine ihrer Produzentinnen?«

»Ich kümmere mich darum.«

Eliza nahm wie befohlen die Mappe aus der Tasche und klappte sie mutig auf. Zum Vorschein kam ein Stapel leerer Blätter, die dreifach gelocht und einfach nur hineingeschoben waren. Genüsslich sah sie zu, wie Verstehen in Marguerites Augen aufblitzte.

»Oh, du freches kleines Luder.« Die Autorin leerte ihr Glas. »Du hast überhaupt keinen Plan.«

»Nein, aber ich habe das hier.« Eliza holte ein Blatt Papier aus dem hinteren Fach der Mappe und schob es der Autorin zu. Marguerite überflog den Vertrag, der sie fürs nächste Jahr exklusiv an Eliza Tate PR binden würde. Unverfroren schob Eliza einen Stift über den Tisch.

Marguerite griff danach, spielte damit und steckte schließlich die Kappe ans hintere Ende. Sie musterte Eliza aufmerksam.

»Du und ich – zusammen werden wir Großes vollbringen«, sagte Eliza. »Ich verspreche dir, niemand kann uns aufhalten.«

Protokoll

Verteidigung: Detective Wilkes, wie gut kennen Sie Penny Sands?
Mark Wilkes: Ganz gut, schätze ich. Sie hat eine Weile als Babysitterin für meine Kinder gearbeitet. Dabei haben sie und Anne sich angefreundet und in den letzten paar Monaten viel Zeit miteinander verbracht. Manchmal war Penny zum Essen bei uns und so was.
Verteidigung: Haben Sie Ms. Sands' Telefonnummer in Ihrem Handy?
Mark Wilkes: Ja.
Verteidigung: Haben Sie ihr je geschrieben?
Mark Wilkes: Klar. Um Arbeitszeiten zu vereinbaren oder um zu fragen, ob alles in Ordnung ist, wenn meine Frau und ich außer Haus waren. Sie hat uns dann niedliche Fotos von den Kindern im Schlafanzug geschickt.
Verteidigung: Und haben Sie auch mit ihr über andere Dinge als die Kinder geschrieben?
Mark Wilkes: Ich war mit Penny nur über Anne befreundet. Wir haben uns nie ohne meine Frau gesehen. Außer ich habe sie nach Hause gefahren oder so.
Verteidigung: Aber haben Sie ihr je eine Nachricht geschrieben, in der es nicht um Arbeitszeiten oder Ähnliches ging?

Mark Wilkes: Ich schätze schon, ein paarmal.

Verteidigung: Und wovon handelten diese Nachrichten?

Mark Wilkes: Keine Ahnung. Wir haben nicht ... Es waren keine unangemessenen Nachrichten, wenn Sie das meinen. Sie können meine Telefondaten überprüfen. Die haben Sie wahrscheinlich sowieso schon, also sollten Sie es wissen.

Verteidigung: Haben Sie in diesen Nachrichten je über Ihre Frau gesprochen?

Mark Wilkes: Klar, ich habe mich erkundigt, wie es ihr geht.

Verteidigung: Machten Sie sich Sorgen um Mrs. Wilkes?

Mark Wilkes: Hören Sie, ich weiß, worauf Sie hinauswollen, und so war es nicht. Anne steht hier nicht vor Gericht. Meiner Frau geht es sehr viel besser als vor drei Jahren.

Verteidigung: Nach Samuels Geburt war bei ihr eine postpartale Depression diagnostiziert worden, nicht wahr? Laut ihrer Krankenakte hatte sie zu trinken angefangen. Dann hatte sie die Kinder ohne Vorankündigung der Babysitterin überlassen und war drei Tage verschwunden?

Mark Wilkes: Ich habe Ihnen doch gesagt, es ging ihr wirklich schlecht. Sie schlief nicht und aß kaum etwas. Manchmal trank sie ein bisschen zu viel Wein. Wurde etwas paranoid, machte sich Sorgen, keine gute Mutter zu sein. Als sie verschwunden war, wollte sie das tun, was am besten für die Kinder war. Sie ist nicht die erste Frau, die das durchgemacht hat.

Verteidigung: Ich verstehe. Hatte Ihre Frau nach der Geburt der Zwillinge eine Wochenbettdepression?

Mark Wilkes: Noch nicht. Äh, nein. Also nein.

Verteidigung: Sie sagen »noch nicht«. Ist es möglich, dass die Symptome Ihrer Frau wiederkehren? Haben Sie deshalb bei Ms. Sands nach ihr gefragt? Hat Ihre Frau deshalb Ms. Moore entlassen, weil diese zu viel gesehen hatte?

Mark Wilkes: Das geht Sie nichts an.

Verteidigung: Können Sie mir sagen, wo Ihre Frau am Abend des 13. Februar war?

Mark Wilkes: Unterwegs mit ihren Freundinnen. Ich wusste nicht, wo. Ich vertraue meiner Frau und spioniere ihr nicht hinterher.

Verteidigung: Sie mögen das ja nicht tun. Aber wussten Sie, dass sie Ihnen hinterherspioniert? Wie haben Sie sich da gefühlt, Detective Wilkes?

Kapitel dreizehn

Sechs Monate früher
August 2018

Scheinwerfer schwenkten durch das Fenster und schreckten Penny auf dem Sofa im Wohnzimmer der Wilkes' auf. Sie warf einen Blick auf den Babymonitor, die kleinen Monster schliefen alle friedlich. Dann eilte sie in die Küche.

Die Eltern kamen dreißig Minuten früher nach Hause als erwartet, und Penny hatte noch nicht aufgeräumt. Hastig wickelte sie ein Sandwich in Frischhaltefolie und schob es in ihre Tasche, zusammen mit ein paar Müsliriegeln aus der Vorratskammer und einer Tüte Chips, die fast abgelaufen war. Wahrscheinlich würde niemand sie vermissen.

Penny ließ Wasser in die Flasche Grey Goose Wodka laufen, bis sie wieder so weit wie vor dem Abend gefüllt war. Nicht dass irgendjemand den Wodka vermissen würde, schließlich hatte Penny die Flasche in einer Schuhschachtel weit hinten in Annes Schrank gefunden.

Was gut war, denn so konnte der Wasserersatz nicht frieren und ihren bewährten Highschooltrick verraten.

Und selbst wenn, Anne würde sicher keine Fragen zu ihrem Geheimvorrat stellen. Die meisten Frauen bewahrten ihren Alkohol nicht in Schuhkartons auf.

Eins hatte Penny aus ihrem kleinen Hobby gelernt: Sie bestahl Menschen mit Geheimnissen, denn diese meldeten selten einen Diebstahl. Es war zu gefährlich.

Nachdem sie die Wodkaflasche wieder in ihrem sicheren Kartonversteck verstaut hatte, eilte sie schwer atmend nach unten. Seltsamerweise war die Haustür immer noch geschlossen, und Mark und Anne waren nirgends zu sehen. Penny seufzte erleichtert und runzelte dann die Stirn. Hatte sie sich alles nur eingebildet? Sie konnten sich ja schlecht zwischen ihrer Einfahrt und der eigenen Haustür verlaufen haben.

Verärgert, weil sie sich grundlos so beeilt hatte, spähte Penny durch die Vorhänge und sah die Antwort. Mark und Anne standen eng umschlungen direkt im Blickfeld. Die Lampen in der Einfahrt beleuchteten das ekelhaft süße Paar, als Mark – der ach so gut aussehende Mark – Anne gegen den Minivan presste und mit der Hand über ihren Hintern strich.

Penny hätte sich diskret zurückziehen sollen, doch sie sah weiter zu. Wie konnte ein so normales, durchschnittliches Paar nach so vielen Jahren immer noch so verliebt sein? Anne und Mark hatten Kinder, Verpflichtungen, ein durchschnittliches Haus. Anne war nicht umwerfend. Mark war sexy, aber er war ein Cop, was ihn automatisch attraktiver machte. Und trotzdem waren sie noch verliebt wie Teenager. Warum fand Penny niemanden, der sie so ansah?

Plötzlich drehte Mark den Kopf und blinzelte im Licht Richtung Fenster. Penny wich zurück, hielt den

Atem an und hoffte inständig, dass er die Bewegung der Vorhänge nicht gesehen hatte. Das war dumm gewesen. Penny wusste es doch besser, als sich zu viel herauszunehmen.

Kurz darauf wurde die Haustür geöffnet. Anne und Mark kamen mit geröteten Gesichtern herein und lächelten versonnen. Penny fragte sich, ob sie tatsächlich beim Essen gewesen oder gleich in ein Motel gefahren waren. Sollten sie nur. Wenn die Liebe ihres Lebens sie jemals bemerken würde, würde Penny genau dasselbe tun. *Alles zu seiner Zeit*, dachte sie und zwang sich zu einem Lächeln.

»Eure kleinen Engel schlafen«, sagte sie. »Sie waren superbrav heute Abend.«

Penny ratterte eine Liste von erfundenen Aktivitäten herunter, zusammen mit ein paar Snacks, die sie angeblich gegessen hatten. Sie erzählte nicht, wie sie Gretchen angeschrien hatte, als das kleine Biest seinen Schlafanzug nicht anziehen wollte, oder wie sie Samuels Tablet in ihrem Rucksack versteckt hatte, als er seine Augen nicht vom Bildschirm lösen wollte. Penny war keine Heilige.

»Wunderbar«, sagte Anne und reichte ihr ein paar Geldscheine. »Noch mal vielen Dank für heute Abend. Es freut uns wirklich sehr, dass du uns in letzter Zeit unterstützt hast.«

»Jederzeit«, antwortete Penny. »Ich hoffe, ihr beiden hattet einen schönen Abend. Ein paar Cocktails, ein bisschen Romantik? Genau das Richtige. Ihr strahlt ja geradezu.«

»Romantik, ja«, meinte Mark. »Aber wir trinken beide kaum Alkohol.«

Ah, dachte Penny. Deshalb der Wodka im Schuhkarton. Sie speicherte diese Information ab, falls sie sie noch einmal brauchen sollte. Penny hatte gern ein paar Trümpfe in der Hinterhand. Man wusste nie, wann sie gelegen kamen.

»Kann Mark dich nach Hause fahren?«, fragte Anne. »Ich würde es selbst machen, aber ich muss nach den Kindern sehen.«

»Oh, bitte keine Umstände, ich kann den Bus nehmen.«

»Das ist kein Problem.« Mark spielte mit den Autoschlüsseln. »Ich habe den Wagen noch nicht in die Garage gefahren.«

»Ich wollte mich noch in der Nähe von Beverly Hills mit einem Freund auf einen Drink treffen. Wenn es wirklich keine Umstände macht, würde ich die Mitfahrgelegenheit gern annehmen.«

»Ach, noch mal jung und Single sein!« Anne kicherte mädchenhaft und zwinkerte ihrem Mann zu. »Das ist natürlich nur Spaß. Genieß den Abend. Sehen wir uns wie vereinbart am Samstag, Penny?«

»Der Samstag steht«, antwortete Penny. »Soll ich etwas mitbringen?«

Anne winkte ab. »Komm einfach zum Frühstück, und wenn es dir nichts ausmacht, draußen zu sitzen, können wir uns im Park auf der anderen Straßenseite unterhalten, während die Kinder spielen.«

»Abgemacht.«

Mark küsste Anne auf die Wange und bedeutete Penny, ihm nach draußen zu folgen.

Sie nahm ihre Tasche und zuckte leicht zusammen, als die Tüte Chips hörbar knisterte. Zum Glück war

Anne schon fast im Obergeschoss, und Mark stand in der offenen Tür, weshalb beide es nicht bemerkten. Sie musste vorsichtiger sein. Früher war sie nicht so unaufmerksam gewesen.

Auf der Fahrt betrieben Penny und Mark höflichen Small Talk. Penny hätte gern einfach nur aus dem Fenster gesehen und den Abend im Kopf Revue passieren lassen, doch Mark hatte offenbar Gesprächsbedarf.

»Ich mache mir ein bisschen Sorgen um Anne.«

»Oh?«, murmelte Penny.

»Ich weiß, dass du öfter mit ihr und den Kindern Zeit verbracht hast. Ist dir etwas an ihr aufgefallen, eine Veränderung?«

»Was genau meinst du?«

»Ach, keine Ahnung. Sie wirkt einfach nur ein wenig angespannt. Vielleicht belastet sie etwas? Ich dachte, einer Freundin würde sie sich vielleicht anvertrauen.«

»Das überrascht mich wirklich. Ihr beiden habt heute sehr vertraut miteinander gewirkt.«

»Ich liebe sie über alles«, sagte Mark. »Aber sie ist oft schwer einzuschätzen.«

Wieder einmal war Penny von Marks Bemerkung überrascht. Anne war für sie so durchsichtig wie die meisten anderen. Sie war Mutter von vier Kindern und hatte einen blitzsauberen Polizisten als Ehemann. Was könnte sie für Leichen im Keller haben? Außer der Flasche Grey Goose natürlich.

»Auf mich wirkt sie okay«, antwortete Penny. »Mir zumindest hat sie nichts Besonderes erzählt.«

»Ich bilde es mir bestimmt nur ein«, sagte Mark rasch. »Tut mir leid, dass ich gefragt habe.«

»Kein Problem. Du kannst mich übrigens hier rauslassen.«

Penny deutete auf eine Straßenecke im Herzen von Beverly Hills. Ein paar Restaurants waren trotz der späten Stunde noch offen und beleuchtet. Eins war so gut wie das andere.

»Hier wohnen Freunde von Anne«, sagte Mark beiläufig. »Du kennst sie wahrscheinlich? Roman und Eliza?«

»Sie haben mich empfohlen«, erklärte Penny. »Seid ihr eng mit den beiden befreundet?«

»Anne und Eliza sind beste Freundinnen. Ich bin nur so dabei.«

»Kennst du Roman?«

»Nur flüchtig. Interessanter Typ. Warum?«

»Nur so. Also, vielen Dank fürs Fahren.«

»Kein Problem«, meinte Mark. »Ist dein Freund schon da? Ich kann warten, bis du ihn gefunden hast.«

»Ich treffe mich drinnen mit ihm«, sagte Penny. »Fahr vorsichtig. Gute Nacht.«

»Äh, Penny …« Mark räusperte sich. »Bitte sag Anne nicht, dass ich nach ihr gefragt habe, ja? Sie mag es nicht, wenn sie glaubt, dass ich mich einmische.«

Wodka, Wodka, Wodka, dachte Penny. »Natürlich.«

Summend lächelte der nette, naive Mark und ließ das Fenster hoch, als Penny ihm zum Abschied zuwinkte. Sie betrat das nächste Restaurant und schwindelte dem Kellner vor, sie wäre mit jemandem verabredet, um die Toilette benutzen zu können. Dort schloss sie sich in einer Kabine ein und zog unter dem geklauten Essen das eine Souvenir aus ihrer Tasche, das ihr etwas bedeutete.

Ein Foto von Anne und Eliza, das sie aus einem Album in Annes Schminktisch genommen hatte. Doch darum ging es ihr nicht. Neben den beiden Frauen standen ihre Ehemänner. Penny war überrumpelt gewesen, als sie auf einmal Romans Gesicht gesehen hatte. Sie hielt das Foto dichter vor die Augen und musterte ihn aufmerksam.

Ihre Finger zitterten. Wenn er doch nur nicht verheiratet wäre. Wenn sie sich nur früher kennengelernt hätten. Wenn er doch nur Single wäre …

Schließlich flüchtete Penny in die frische Nachtluft, in der sie ihren Pullover fester um sich zog, während sie den Block entlanglief. Sie überquerte den belebten Wilshire Boulevard und ging eine entzückende, von Palmen gesäumte Straße entlang, die sich an einem Wohnviertel gabelte. Penny ging nach rechts.

Sie hatte sich seine Adresse genau eingeprägt. Wie sie an sie herangekommen war, war nicht wichtig, aber falls es jemanden interessieren sollte, würde sie vielleicht sagen, dass sie sie in dem kleinen Adressbuch in Annes Schminktisch unter Eliza Tates Eintrag gelesen hatte.

Als sie sich seinem Haus näherte, wurde sie langsamer, schlenderte gemächlich daran vorbei, die Hände in den Hosentaschen, während sie vorgab, die malerische Szenerie zu genießen. Sie warf einen verstohlenen Blick in die Einfahrt und sah ein paar Wagen. Alle Lichter in der modernen Villa mit den vielen Fenstern brannten und neckten Penny, während sie sich tiefer in ihren Pullover kuschelte, als ein scharfer Wind ihr die Haare ins Gesicht wehte.

Beim zweiten Mal ging Penny dichter an dem Anwesen vorbei. Sie wollte nur einen Blick darauf werfen.

Sehen, wie die andere Seite lebte. Sehen, auf was für Frauen Roman Tate stand. Welche Frau ihn so gereizt hatte, dass er allen anderen für den Rest seines Lebens abgeschworen hatte. Was wohl nötig wäre, damit er sie bemerkte.

Etwas bewegte sich hinter einem Fenster. Eine schlanke Gestalt trug ein Tablett mit Essen in ein anderes Zimmer. Das Knistern der gestohlenen Chipstüte machte Penny nur noch ärgerlicher, während sie die Reichen, die Wohlhabenden beobachtete, wie sie Luxusessen verschlangen und sie selbst Reste bei ihren Arbeitgebern stehlen musste.

Penny hatte Kopfschmerzen. Die Kinder waren so laut gewesen, und sie hatte zu viel Wodka getrunken. Sie musste nach Hause gehen, schlafen. Auf gar keinen Fall durfte sie vor dem Anwesen der Tates erwischt werden. Das wäre der sicherste Weg, dass Roman sie für durchgeknallt halten würde. Und das war Penny ganz und gar nicht, sie war leidenschaftlich.

»Was machst du denn hier?«

Penny wirbelte herum. »Roman. Hast du mich erschreckt.«

Roman stand im Schatten am Haupttor, in der Hand eine nur viertelvolle Mülltüte. Er warf sie in die Mülltonne, die auf die Leerung am nächsten Morgen wartete. *Wahrscheinlich seine Entschuldigung, um sich von der Party zu verziehen,* überlegte Penny, während Roman die Hände in die Taschen seiner schwarzen Jeans schob und fast schon mystisch aussah, als das Licht der Straßenlampe seine hohen Wangenknochen über dem dunklen Rollkragenpullover küsste.

Als klar war, dass Roman nichts mehr sagen würde

(warum auch, schließlich schuldete Penny ihm eine Erklärung), räusperte sie sich und sah ihn an.

»Ich, äh, war in der Gegend«, sagte sie. »Ich war mit einem Freund was trinken und mache gerade noch einen Spaziergang, um wieder einen klaren Kopf zu bekommen.«

»Lüge.« Roman trat einen Schritt auf sie zu.

»Ich hatte was zu trinken«, korrigierte Penny sich. »Und ich war in der Gegend.«

»Lüge.« Roman kam noch einen Schritt näher.

»Der Drink nicht.«

»Nein, der nicht.« Roman machte noch einen Schritt, und jetzt konnte Penny den Whisky in seinem Atem riechen.

»Der nicht«, flüsterte sie.

»Warum bist du hier?«, fragte er. Sein Blick zuckte zum Haus, als Gelächter herausdrang. »Das ist mein Haus.«

»Ich …« Penny schluckte angestrengt. »Keine Ahnung.«

Roman hob eine Augenbraue. Noch mehr Gelächter. *Ha-ha-ha,* dachte Penny, das Geräusch ging ihr allmählich auf die Nerven. Plötzlich war gar nichts mehr lustig. Die leichte Wut kehrte zurück, die Schuldgefühle, weil sie von Romans Zaun aus die ganze Ungerechtigkeit erlebte. Wenn sich irgendjemand aus einer brenzligen Situation befreien konnte, dann Penny Sands.

»Verdammt noch mal, Roman.« Sie holte abgehackt Luft. »Was ist hier los? Du hast mich in deinem Büro geküsst, und dann …«

Roman legte eine Hand auf Pennys Mund. »Man kann dich hören.«

Sie schlug die Hand weg. »Das ist mir egal! Es ist schließlich die Wahrheit, oder?«

»Es ist kompliziert.« Wieder zuckte sein Blick. *Zuck, zuck, zuck.*

»Dann hättest du mich nicht küssen sollen. Ich verdiene etwas Besseres. Und deine Frau auch.«

»Das verstehst du nicht.«

»Dann erklär es mir.«

»Roman, hast du dich da draußen verirrt?« Weiteres Lachen folgte auf die Stimme der Frau, die aus dem Lichtfenster in der finsteren Einfahrt drang. Roman musste die Tür angelehnt gelassen haben.

»Komme gleich«, rief er über die Schulter zurück und sah zurück zu Penny. »Ich kann jetzt nicht reden. Aber ich werde dir alles erklären. Bald. Versprochen.«

»Aber ...«

Dann, wie der Ozean selbst, zerrte Roman Penny mit sich hinab, als er seine Lippen auf ihre presste, und zusammen wirbelten sie kopfüber durch unerforschte Gewässer. Sie vergrub ihre Hände in seinem Haar und konnte nicht aufhören, auch wenn sie es versuchte. Als Roman sie schließlich aus dem Kuss entließ, stand Penny sprachlos auf dem Gehsteig vor dem Haus der Tates und sah, wie der Mann, den sie liebte, in sein hübsches kleines Leben zurückkehrte.

Protokoll

Verteidigung: Wann haben Sie zum letzten Mal ein Glas Wein getrunken, Mrs. Wilkes?
Anne Wilkes: Vor ein paar Tagen. Ich weiß es nicht genau. Ich achte nicht darauf.
Verteidigung: Interessant, nicht wahr? Viele trockene Alkoholiker kennen das Datum ihres letzten Drinks.
Anne Wilkes: Ich bin keine trockene Alkoholikerin.
Verteidigung: Haben Sie sich nicht vor drei Jahren selbst in eine Entzugsklinik eingewiesen? Ihr Sohn Samuel war zu dem Zeitpunkt etwa ein Jahr alt.
Anne Wilkes: Ich habe mich selbst eingewiesen und auch gleich wieder selbst entlassen. Es geht mir gut. Es war ein Fehler, in diese Klinik zu gehen. Damals hatte ich genauso alles unter Kontrolle wie heute.
Verteidigung: Ihr Mann hat gestern ausgesagt, dass er sich Sorgen um Sie macht. Dass Sie wieder trinken. Haben Sie in letzter Zeit einen Arzt aufgesucht, Mrs. Wilkes?
Anne Wilkes: Tut mir leid, aber inwiefern ist das wichtig für die Verhandlung?
Verteidigung: Euer Ehren, Mrs. Wilkes ist bekannt dafür, überstürzte, labile und sogar richtiggehend gefährliche Entscheidungen zu treffen. Sie hatte auch einen Grund, sich den Tod des Opfers zu wünschen. Ich denke, Mrs. Wil-

kes' labiler Gemütszustand ist absolut relevant für den vorliegenden Fall.

Das Gericht: Bitte beantworten Sie die Frage, Mrs. Wilkes.

Anne Wilkes: Mein Gemütszustand ist nicht labil. Sondern völlig in Ordnung. Genau wie ich. Ich habe meine Kinder einmal im Stich gelassen und werde das nie wieder tun. Nicht für ihn zumindest. Wenn ich ihn umgebracht hätte, hätte ich dafür gesorgt, dass man mich nicht erwischt. Wer auch immer ihn getötet hat, war schlampig. So arbeite ich nicht.

Kapitel vierzehn

Sechs Monate früher
August 2018

»Die Party, auf der wir *Frei sein* vorstellen, ist heute Abend, und dein Name steht auf der Gästeliste, falls du deine Meinung geändert hast und doch noch vorbeischauen möchtest«, sagte Eliza. »Du solltest wirklich kommen. Du wirst Marguerite lieben. Außerdem musst du mal raus und mit anderen Erwachsenen reden. Das lenkt dich von allem zu Hause ab.«

»Ich weiß nicht.«

»Du weißt, wo du mich findest. Man wird schließlich nicht jeden Tag ins Pelican Hotel eingeladen.«

Anne dachte über Elizas Einladung nach. »Ich würde wirklich gern kommen, aber die Kinder ...«

»Was ist mit der neuen Babysitterin?«

»Penny? Sie ist großartig. Aber sie war letzte Woche zweimal bei mir, um zu helfen, und wir haben uns am Wochenende gesehen ... Ich kann sie jetzt nicht so kurzfristig schon wieder einspannen.«

»Du hast doch einen Mann, oder?«

»Mark? Glaubst du, er würde anbieten, alle vier Kinder ins Bett zu bringen und auf sie aufzupassen?«

Das Schweigen zeigte Anne, wie schwer sich Eliza vorstellen konnte, was für eine Herkulesaufgabe sie da von ihrem Mann verlangen würde.

»Egal, das ist jetzt nicht wichtig.« Anne seufzte. »Heute Abend geht es um dich. *Deine* Agentur veranstaltet eine Party für Marguerite Hill! Wie toll ist das denn? Ihr Buch liegt in meinem Auto.«

»Das erste? Das habe ich dir doch schon vor Ewigkeiten gegeben. Hast du es fertig gelesen?«

»Einen Großteil«, wich Anne aus. »Die Kinder waren in den letzten Wochen krank.«

»Und in den Wochen davor?«

»Ich bin ja dran!« Anne grinste am Telefon. »Es ist nicht meine Schuld. Wenn du es zur Lektüre von irgendeinem Buchclub oder so etwas gemacht hättest, dann hätte ich es vielleicht rechtzeitig fertig gelesen. Du weißt, dass ich Deadlines brauche oder alles ewig aufschiebe.«

»Ein Buchclub.« Eliza klang interessiert. »Gar keine schlechte Idee. Also, wir sehen uns heute Abend. Ich weiß, dass du die richtige Wahl treffen wirst.«

Die Haustür wurde geöffnet, und Anne seufzte wieder. »Wo wir gerade vom Teufel sprechen, ich muss Schluss machen. Zeit, die Monster zu füttern.«

»Heute Abend gibt es Catering«, sagte Eliza lockend. »Jakobsmuscheln im Speckmantel als Vorspeise. Champagner, gekühlt natürlich, und eine Eisweinverkostung. Und das Beste ist …«

»Mir läuft jetzt schon das Wasser im Mund zusammen. Quäl mich nicht.«

»Du musst nicht kochen, putzen und nichts abwaschen.«

»Ich glaube, ich hatte grade einen Orgasmus.«

»Bis später.«

Eliza legte zuerst auf. Anne starrte blinzelnd auf das Handy und dachte über die Einladung nach, während sie die Sehnsucht unterdrückte. Wollte sie hingehen? Die Antwort war einfach. Ja, natürlich. Sollte sie hingehen? Diese Antwort war ein wenig schwieriger. Sie musste den Kindern Abendessen machen, sich um ihren Ehemann kümmern, das Haus putzen …

Anne seufzte und wandte sich wieder ihrer Kommode zu. Irgendwie musste sie es schaffen, dass die verdammten Schubladen nicht mehr quietschten. Aus irgendeinem Grund war das in den letzten Wochen zu einer Obsession geworden, die frühere kleine Unannehmlichkeit plötzlich ein großes Problem. Es ließ ihr keine Ruhe.

Sie wischte sich die verschwitzen Hände an Yoga-Hosen ab, die das Innere einer Waschmaschine schon viel zu lange nicht mehr gesehen hatten, und machte sich an die Arbeit. Seit Tagen war sie damit beschäftigt, doch in der letzten Zeit war das Leben der Familie Wilkes noch chaotischer als sonst gewesen.

Harry hatte aus der Kita einen gemeinen Virus mitgebracht, der von einem Kind aufs nächste übergesprungen war, bis alle ihn gehabt hatten. Wochenlang hatte Anne sich um kranke Kinder kümmern müssen und kaum Zeit gehabt, über Mark nachzudenken.

Und als sie sich endlich auf ihren Mann konzentrieren konnte, tat er so, als sei alles in bester Ordnung. Als sie das letzte Mal zum Abendessen ausgegangen waren, während Penny auf die Kinder aufpasste, hatten sie die vier Gänge übersprungen und im Van herumgemacht und sich bei McDonald's im Drive-thru Eis geholt. Kein Wunder, dass Anne verwirrt war, oder?

Erst als sie innegehalten hatte, um nachzudenken, hatte sie ein Problem. Sie wusste immer noch nicht, was sie mit den Informationen des Privatdetektivs anfangen sollte. Mark direkt damit zu konfrontieren, erschien ihr zu hart und abstoßend. Doch sie konnte nicht länger die Tatsache ignorieren, dass er sie belog. Und dabei war, sie gegen eine junge, knackige Studentin einzutauschen.

»Verdammt!« Anne stemmte einen Fuß gegen die Kommode und zog an der obersten Schublade, die klemmte. »Blödes Mistding! Geh endlich …«

Anne schrie auf, als sich die Schublade knarzend und quietschend löste. Sie stolperte nach hinten und landete hart auf dem Steißbein, während sich der Inhalt der Schublade im Raum verteilte. Unterwäsche flog auf den Boden, und die kleine Make-up-Tube, die sie außer Sichtweite der Kinder aufbewahrte, schlitterte davon, Lippenstifte und Wimperntusche rollten unters Bett.

So fand Mark sie dann. Auf dem Boden, wie sie blicklos auf die im Schlafzimmer verstreut liegenden Sachen starrte. Die Schublade hing schief wie ein wackliger Zahn, der noch nicht ausfallen wollte. Anne bemerkte nichts davon.

Sie bewegte sich nicht, als Mark ihren Namen rief, auch beim zweiten Mal nicht. Beim dritten Mal stand sie auf und zuckte zusammen, als sie mit der Ferse auf eine Pinzette trat, die danach sicher verbogen sein würde. Ihre einzige gute Pinzette, hinüber.

Sie blinzelte und befahl sich, nicht zu weinen, was ihr mit Mühe gelang.

»Was machst du hier, Schatz?«, fragte Mark, und sein Lächeln verblasste, als er ihren Gesichtsausdruck sah. »Ist alles in Ordnung? Bist du … Soll ich den Arzt rufen?«

»Hör auf! Hör verdammt noch mal auf!« Anne wirbelte zu ihm herum. »Vertraust du mir nicht?«

»Anne, bitte.«

»Ich sage dir doch, dass alles in Ordnung ist. Alles total super.«

»Habe ich irgendetwas getan?« Mark hob ergeben die Hände. »Ist es wegen der Kinder? Langer Tag?«

»Langer Tag?« Anne hob die Augenbraue, und ihre Stimme wurde hoch und schrill. »Wie wäre es mit ein paar langen Wochen? Ist dir eigentlich klar, was hier los war? Ein Kind spuckt, ich wische alles auf. Bevor ich den Müll rausbringe, dreht sich das nächste um und erbricht sich über alles. Und das wochenlang, Mark!«

»Ich weiß, und es tut mir leid. Es tut mir leid, dass du in letzter Zeit so viel stemmen musstest. Aber jetzt haben es alle hinter sich, und wir sehen Licht am Ende des Tunnels …«

»Wir?«, unterbrach sie ihn ungläubig. »*Wir?*«

»Ich meine …« Mark betrachtete seine Frau, als suchte er nach der richtigen Antwort. »Ich weiß, dass ich viel gearbeitet habe – wahrscheinlich zu viel. Aber wir hatten ein paar große Fälle, und ich konnte mir die Überstunden nicht entgehen lassen.«

»Klar. Danke für dein Opfer.«

»Ich habe dich zum Abendessen ausgeführt. Es ist jetzt nicht so, als hätten wir gar keine Zeit miteinander verbracht.«

»Das weiß ich, und das freut mich. Wirklich. Aber am meisten brauche ich eine Woche Schlaf.«

»Du denkst doch nicht …«

»Doch, Mark.« Anne starrte ihren Mann an. »Ich denke darüber nach, für eine Woche abzuhauen und die Kinder bei der Babysitterin zu lassen. Schon wieder. Willst du, dass ich das sage?«

Mark verengte die Augen. »Das ist nicht lustig.«

»Ich lache auch nicht.«

»Schatz, ich verstehe, dass du gestresst und müde und erschöpft bist und es dir reicht, dass die Kinder ständig krank waren. Aber du lässt das an mir aus. Können wir bitte darüber reden? Vielleicht solltest du einen Termin bei Dr. Olsen ausmachen?«

»Mir ist nicht nach reden, und schon gar nicht mit einem Seelenklempner.«

»Komm her. Ich glaube, du brauchst eine Massage und ein schönes heißes Bad. Nimm dir ein bisschen Zeit, um dich zu beruhigen, dich zu sammeln, und dann geht das hier vorbei.«

»Was genau geht vorbei?«

»Das hier … diese harte Phase. Was auch immer es ist. Die Kinder werden so schnell groß. Die Zwillinge sind bald aus den Windeln. Bald brauchen sie Kindersitze im Auto. Im Handumdrehen fragst du dich, was aus deinen Babys geworden ist.«

»Darum geht es nicht. Sondern darum, dass mein Leben aus den Fugen gerät, Mark.« Anne gestikulierte zu dem Schminktisch. »Schau dir das blöde Ding an. Die Schubladen klemmen. Meine Sachen sind kaputt. Ich wecke jedes Mal das ganze Haus auf, wenn ich einen BH herausholen will. Und dann ist es noch nicht einmal ein richtiger Schminktisch! Sondern nur eine Kommode, die Verkleiden spielt.«

»Ich wusste nicht, dass es dich stört. Ich dachte, du wärst dabei sentimental. Schließlich haben wir beide sie gebaut, du und ich. Unser erstes gemeinsames Möbelstück.«

»Ja. Und zwanzig Jahre später haben wir das Mistding immer noch.«

Mark musterte die schief hängende Schublade, die Kleidungsstücke auf dem Boden, sammelte stumm alles auf und legte die Sachen aufs Bett. Unterwäsche. Make-up. Ein paar BHs.

Dann schob er die Schublade sanft zu und probierte sie ein paarmal aus. Abgesehen von dem Quietschen, das Anne die letzten Jahre nicht gestört hatte, funktionierte sie perfekt. Dann überprüfte er die anderen Schubladen. Alle funktionierten einwandfrei. Er drehte sich um und verließ den Raum.

Anne sank zurück auf den Boden. Sie fühlte sich, als steckte sie fest. *Fest, fest, fest.* Sie konnte die in ihr angestauten Tränen nicht weinen, sie konnte sich nicht beruhigen. Sie konnte nur auf die Kommode starren, auf jeden Kratzer und jeden Makel, alles, was zuvor charmant gewesen war. Jetzt war es ein Ärgernis.

Als die Sonne vor dem Schlafzimmerfenster unterging, riss sich Anne schließlich zusammen. Sie ging in ihren Schrank und musterte ihre Kleidung. Nichts war geeignet.

Sie schob die Schuhkartons beiseite, fand den glücklichen Gewinner und setzte sich auf den Boden in ihrem Schrank, verborgen unter alten Kleidern und Jeans, die über ihre Schultern hingen. Sie trank aus ihrer Notfallflasche Wodka und schmatzte stirnrunzelnd. Himmel, sie vertrug wirklich zu viel. Oder seit wann schmeckte Grey Goose nach Wasser?

Anne trank noch einen Schluck und legte die geliebte Flasche wieder in den Schuhkarton, wo sie hingehörte. Sie schob ihn gegen die Wand und stand auf, sah ihre langweiligen alten Kleider durch und wartete vergeblich darauf, dass der Alkohol wirkte.

Alles, was Anne besaß, schrie in fetten, unsichtbaren Buchstaben »Mom«. Yoga-Hosen. Shirts mit Knöpfen. Sweatshirts mit dem Namen von Gretchens Tanzstudio oder Samuels Fußballmannschaft. Sogar ihre Jeans waren hochgeschnitten und hässlich.

Erst als Anne in den Tiefen ihres Schranks wühlte und ein paar Dinge zutage förderte, die sie aus der Zeit vor den Kindern aufbewahrt hatte, wurde sie fündig. Ein blutrotes Wickelkleid, das sie vor zehn Jahren auf einer Shoppingtour zusammen mit Eliza gekauft und nie getragen hatte.

Anne hielt es vor sich. Der fließende Stoff und der Schnitt kaschierten einiges und schmiegten sich an Annes Körper, der vier Babys zur Welt gebracht hatte.

Nach dreißig Minuten stolzierte Anne nach unten und dachte eigentlich, dass sich alle nach ihr umdrehen würden. Doch leider hatte sie die Aufmerksamkeit ihrer Familie überschätzt.

Gretchen saß auf der Couch, eine Schüssel mit Eis im Schoß und eine Dose Sprühsahne neben sich. Samuel kauerte wie eine Katze auf der Rückenlehne eines Sessels, auf den er, wie die Katze, nicht klettern durfte.

Die Zwillinge waren auf dem Fußboden vor dem Fernseher, auf dem ein Baseballspiel lief, miteinander beschäftigt, starrten gelegentlich auf den Bildschirm und schlugen mit einer bananenförmigen Zahnbürste nacheinander. Mark hatte die Füße auf den Polsterhocker gelegt.

Er griff nach der Dose, sprühte sich zischend Sahne direkt in den Mund und lächelte Gretchen verschwörerisch zu, bevor er schluckte.

Die kicherte über die Albernheiten ihres Vaters, legte ihren Kopf in seinen Schoß und zog die Beine an. Mark spielte zärtlich mit ihren Haaren. Gretchen deutete auf den Fernseher und fragte etwas zu dem Spiel. Samuel antwortete und wirkte sehr selbstzufrieden, als sein Vater ihn lobte.

Beim Anblick ihrer netten kleinen Familie, die das Leben ohne sie genoss, holte Anne scharf Luft. Sie hatten weder ihre Abwesenheit noch ihre Anwesenheit bemerkt. Zu ihrer Mutter war Gretchen frech und aufmüpfig, doch sobald Mark zu Hause war, mutierte sie zu einem süßen kleinen Mädchen. Samuel ignorierte sie, auch wenn sie ihm direkt ins Ohr sprach, doch sobald Mark eine Frage aus zehn Meilen Entfernung flüsterte, antwortete der Junge. Anne hatte sich noch nie so unsichtbar gefühlt.

Eifersucht durchzuckte sie. Warum bekam Mark so viel Liebe und Aufmerksamkeit, die er doch gar nicht verdiente? Die Kinder wussten nichts von Marks Lügen. Sie sahen nur den wundervollen Mann, den liebevollen, ergebenen Vater, den Anne doch eigentlich geheiratet hatte.

Mit einem Anflug von Scham rief sie sich in Erinnerung, dass sie nichts davon erfahren durften. Mark konnte ein schlechter Ehemann und trotzdem ein guter

Vater sein. Deshalb machte ihr das alles auch so sehr zu schaffen. Sie liebte nicht den Ehemann, zu dem er sich entwickelte, doch sie bewunderte immer noch den Vater, der er für ihre gemeinsamen Kinder war. Was hieß das dann für ihre Ehe? Für ihre Familie?

»Mark«, sagte Anne scharf, und die Eifersucht ließ sie noch schärfer klingen. »In diesem Haus stecken wir uns die Sprühöffnung nicht direkt in den Mund. So geben wir die Krankheiten immer wieder weiter.«

Bevor Mark reagieren konnte, sprühte Gretchen sich Sahne direkt auf die Zunge und gab ihrem Dad träge die Dose zurück. Anne war sich nicht sicher, ob Gretchen die Kunst perfektioniert hatte, ihre Mutter auszublenden, oder ob sie sie gehört hatte und einfach ignorierte.

»Gretchen!«, donnerte Anne. »Was habe ich *gerade* gesagt?«

»Was denn?« Gretchen drehte sich trotzig zu ihrer Mutter. »Dad hat es auch gemacht. Warum darf ich dann nicht?«

»Gretchen«, sagte Mark unsicher. Sein Blick zuckte zu Anne, ihm war klar, dass er seine Tochter bestrafen sollte, es jedoch nicht tun wollte. »Hör auf deine Mutter.«

»Nein, hör auf deinen Vater«, korrigierte Anne ihn. »Ich gehe heute Abend aus.«

Mark musterte seine Frau genauer und pfiff leise. »Du siehst großartig aus.«

»Danke«, antwortete Anne steif. »Ich weiß noch nicht, wann ich zurück bin, wartet nicht auf mich.«

Das musste er erst einmal verarbeiten. Hin- und hergerissen zwischen dem Baseballspiel im Hintergrund

und Annes rotem Kleid, kämpfte er sichtlich darum, die Puzzleteile zusammenzufügen. Er hielt ein Ohr Richtung Fernseher, als würde er dem Kommentator zuhören, während er gleichzeitig Annes Dekolleté fixierte, das zugegebenermaßen seit etwa 2013 nicht mehr für die Öffentlichkeit sichtbar gewesen war.

»Tut mir leid, was hast du gesagt?«

Anne wurde ganz schwach vor Frust. Ihre Tochter hörte ihr nicht zu und ihr Mann auch nicht. Samuel könnte genauso gut die Katze sein, so wenig, wie er andere Menschen beachtete. Die Zwillinge waren von Annes Zorn ausgenommen, doch sie hatten die letzte Stunde mit einer bananenförmigen Zahnbürste gespielt, das hatte also nicht viel zu sagen.

»Ich sagte, ich gehe aus«, erwiderte Anne ruhig. »Nachdem du ja zu Hause bist, kannst du die Kinder ins Bett bringen.«

»Alle?«

Anne sah ihn ausdruckslos an. »Außer du möchtest dir deine Lieblinge herauspicken.«

Mark sprang von der Couch. »Ich bin nur überrascht. Äh, ich hatte gehofft, das Spiel anschauen zu können und …« Er runzelte die Stirn. »Du hast nicht gesagt, wohin du gehst, oder?«

»Elizas neue Agentur veranstaltet eine Party zur Vorstellung eines Buches. Ich denke, es wäre gut für mich, heute Abend auszugehen.«

Anne sah Mark an, wie er sich das Hirn zermarterte, ob sie eine solche Party erwähnt hatte. Normalerweise hätte Anne leichte Schuldgefühle gehabt, weil sie ihren Mann so in die Irre führte, doch heute Abend hatte sie keine Kraft für Schuldgefühle.

»Pass bei den Zwillingen auf. Wenn sie zu viel an der Zahnbürste kauen, lösen sich die Borsten. Samuel darf nicht so auf der Rückenlehne sitzen. Ich schlage vor, du holst ihn da runter, bevor er noch einmal versucht, wie Tarzan abzuspringen, und sich dabei den Kopf anschlägt. Und Gretchen wird versuchen dir einzureden, dass ihre neue Bettgehzeit halb zwölf ist. Das stimmt natürlich nicht. Um neun sind die Lichter aus. Davor muss alles erledigt sein – Bücher, Zähneputzen, Baden, alles.« Anne sah auf ihre Uhr. »Du hast also nicht mehr viel Zeit, und die Zwillinge brauchen ein Bad. Samuel braucht noch einen Snack.«

»Einen Snack?«, wiederholte Mark, als würde ihn das endgültig überfordern. »Was für einen?«

»Kein Eis«, antwortete Anne. »Nachdem sie das anscheinend ja schon zum Abendessen hatten.«

Mark fuhr sich verlegen mit der Hand durch die Haare. »Ich … Wir haben gewartet, dass du runterkommst und sagst, dass das Essen fertig ist, und dann hatten sie Hunger, weshalb ich ihnen einen kleinen Snack erlaubt habe.«

»Na, das klingt doch, als hättest du alles unter Kontrolle.« Anne sah wieder auf die Uhr. »Ich sollte jetzt wirklich gehen.«

Panik zuckte in Marks Blick auf. »Du willst wirklich gehen? Ich dachte … war ich nicht eingeladen? Vielleicht könnte die Babysitterin kommen …«

Anne ließ Mark ein wenig zappeln und lächelte schließlich.

»Ich bin mir sicher, dass du alles unter Kontrolle hast«, wiederholte sie. »Warte nicht auf mich. Ich weiß nicht, wann ich zurück bin.«

»Anne …«

»Ich habe es dir doch gerade gesagt.« Sie sah Mark in die Augen, forderte ihn heraus, *den unaussprechlichen Zwischenfall* anzusprechen. »Ich gehe aus, und ich weiß nicht, wann ich wieder zu Hause sein werde.«

Protokoll

Staatsanwältin: Wie oft haben Sie Roman Tate während Ihrer Beziehung mit ihm gesehen?

Penny Sands: Ich habe nicht mitgezählt oder mitgeschrieben. Warum ist das wichtig?

Staatsanwältin: Wöchentlich, alle zwei Wochen, täglich?

Penny Sands: Ich weiß es nicht. Zweimal die Woche vielleicht?

Staatsanwältin: Wo haben Sie sich getroffen?

Penny Sands: Meistens da, wo alles angefangen hat. Im Pelican Hotel.

Staatsanwältin: Warum dort?

Penny Sands: Nun, mein Apartment ist nichts Besonderes, und Roman wohnte noch mit seiner Frau zusammen. Sie verstehen sicher, warum das komisch gewesen wäre.

Staatsanwältin: Wie sind Sie dann am Nachmittag des 13. Februar in Eliza Tates Wohnzimmer gelandet?

Kapitel fünfzehn

Sechs Monate früher
August 2018

Penny starrte schockiert auf den Preis. *Drei Dollar für eine dämliche Dose Bohnen?* Sie blockierte den Gang, drückte einen Plastikkorb an die Brust und musterte die Dose in ihrer Hand, als wäre sie ein Goldbarren. Im mexikanischen Supermarkt in ihrer Straße konnte sie einen Sack getrockneter Bohnen für neunundachtzig Cent kaufen, der eine Woche reichte. Das hier war Wucher.

Dennoch knallte Penny die verdammten Bohnen frustriert in den Korb und ging Richtung Kasse. Aus dem Kühlregal nahm sie noch eine Flasche dummes Fiji-Wasser mit. Beim Fleisch wurde es ihr allerdings zu viel. Der Preis auf den Hühnerbrüsten war einfach zu viel. Stattdessen griff sie nach einem Salatkopf, der zwei schockierende Dollar teurer war, als er sein müsste.

Aber das kostete ihr Ausflug zu den schicken Lebensmittelläden in der Nähe von Beverly Hills nun mal. Penny ging zum Probierwagen und nahm sich zwei Käsestückchen und nicht nur eins. Wenn sie diesem Laden schon die Hälfte ihrer Ersparnisse spenden würde, dann konnten sie ihr wenigstens etwas zum Mittagessen geben.

Während sie gerade an der Backwarentheke ein kleines Stück Käsekuchen vom Probierteller aß, spürte sie eine Hand auf ihrem Arm. Sie schluckte ein Stück buttrige Kruste hinunter, drehte sich um und setzte einen überraschten Gesichtsausdruck auf.

»Penny?« Romans Stimme klang fragend, doch sein Blick sagte ihr, dass er sie durchschaute. »Was machst du denn hier in meiner Gegend?«

»Oh, hallo.« Plötzlich klebte der Käsekuchen am Gaumen. Penny schluckte dagegen an. »Ich mache nur meinen wöchentlichen Einkauf.«

Roman sah auf ihren trostlosen Korb. Er hingegen trug einige Leckereien im Arm. Frisches Gemüse, köstliches Obst, Fleisch, Käse, sogar eine Flasche Champagner. *Was er wohl feiert?*, fragte sie sich beiläufig.

»Ich verstehe«, sagte Roman. »Das sieht aber eher nach Diät aus.«

»Heute kaufe ich nur das Notwendigste. Und du?«

»Ich auch«, antwortete er. »Ich wollte gerade gehen.«

»Ich auch.«

Penny eilte zuerst zur Kasse, als ob ihre erfundene Geschichte dadurch glaubwürdiger wäre. Sie war nicht überzeugt, dass Roman ihr glaubte. Sie war nicht überzeugt, dass es ihr etwas ausmachte.

»Wir gehören zusammen.« Romans Stimme strich warm über Pennys Schulter, als sie ihren Korb vor dem Kassierer absetzte. »Bitte kassieren Sie alles zusammen ab.«

Penny versteifte sich. »Das musst du nicht …«

»Du hast ja kaum etwas.« Roman winkte ab. »Das ist es nicht wert, eine Extraquittung auszudrucken. Du rettest die Welt, Penny Sands, eine Quittung nach der anderen. Dazu kannst du doch nicht Nein sagen, oder?«

»Stimmt.«

Sie gab nach und fragte sich, wie zur Hölle aus ihrer letzten verlegenen Begegnung diese aufregende, spielerische Plänkelei geworden war. Und plötzlich waren sie einfach so wieder auf dem richtigen Kurs, dachte Penny.

Nebeneinander verließen sie den Laden durch die Schiebetüren, jeder mit einer Tüte in der Hand – eine deutlich voller als die andere. Penny warf Roman einen Blick zu und fragte sich, ob es sich so anfühlen würde. Ihr Leben, wenn sie es je zusammen verbringen dürften. Einkaufen, miteinander scherzen, an einem sonnigen Tag miteinander lachen.

»Wo ist dein Auto?«, fragte Roman. »Ich kann dich hinbringen.«

»Ich bin mit dem Bus gefahren.«

»Dem Bus?«

»Du weißt schon, das große Ding mit Rädern, das Menschen durch die Stadt transportiert.«

»Ich fahre dich heim«, sagte Roman. »Wo wohnst du?«

»Das ist wirklich nicht …«

»Hollywood?«

Penny fragte sich, ob Roman in ihren Anmeldedaten nachgesehen oder nur gut geraten hatte. Vielleicht war es aber auch egal.

»Hollywood«, bestätigte sie und fügte aus einem Impuls heraus hinzu: »Also, wenn es dir wirklich nichts ausmacht …«

Die ersten Minuten der Fahrt zu Pennys Wohnung hörten sie leichten Jazz und sahen aus dem Fenster. Penny hätte gern eine Million Fragen gestellt, doch das hätte die Stimmung verdorben. Nach zwei Blöcken beschloss sie, sich zu entspannen und die Fahrt zu genießen. Dieses Mal sollte Roman den ersten Schritt tun. Penny hatte ihm das Stichwort gegeben. Jetzt musste er die Zügel in die Hand nehmen.

Zwanzig Minuten später wartete Penny immer noch. Auf der Fahrt durch die palmengesäumten Straßen hatten sie nur leichten Small Talk betrieben. In gewisser Weise war es fast eine Erleichterung, gerade weil es so normal war.

»Hier wohne ich«, sagte sie schließlich und deutete auf ihr Gebäude. »Vielen Dank, dass du mich gefahren hast.«

»Willst du mich nicht noch reinbitten?«

Penny wischte sich die verschwitzten Handflächen an den Oberschenkeln ab. Als sie zu Roman sah, lächelte er neckend, seine Augen funkelten jedoch herausfordernd. Sie wusste nicht, wie sie das verstehen sollte.

»Die Wohnung ist nichts Besonderes«, sagte sie. »Nicht viel besser als von außen.«

Beide betrachteten die Fassade.

»Das ist wohl eine kluge Entscheidung«, sagte Roman und warf ihr ein weiteres rasches Lächeln zu, als er sich zurückdrehte. »War schön, dich heute zu sehen.«

»Roman …« Penny atmete tief durch.

Sie wollte ihn fragen, was sie da taten. Warum er manchmal so freundlich und nett zu ihr war und manchmal so kalt und distanziert. Doch sie konnte es nicht aussprechen, weil es vielleicht alles kaputtmachte. Von Ryan Anderson hatte sie gelernt, dass weniger manchmal mehr war. Mehr konnte schnell zu viel werden. Und zu viel war … erdrückend.

»Ich fand's auch schön, dich zu sehen.« Penny stieg aus, riss ihren Blick von Romans los. »Na dann, bis bald.«

Sie eilte ins Haus und nach oben. Gerade verräumte sie ihre armseligen Einkäufe, als es an der Tür klopfte. Penny wäre fast über ihrer Dose wunderschöner, überteuerter Bohnen ohnmächtig geworden. Drei Dollar waren wenig Geld für den Tag, der hinter ihr lag. Vor allem wenn dazu gehörte, dass Roman zu ihr kam, weil er einfach nicht fernbleiben konnte.

Penny hastete zur Tür und riss sie auf, doch ihre Stimmung bekam einen empfindlichen Dämpfer, als sie Lucky vor sich sah. Er trug ein fleckiges Unterhemd, und eine Zigarette klemmte zwischen seinen Lippen. Er hielt eine Einkaufstüte in der Hand.

»Irgendein Arschloch hat das vor meiner Tür abgestellt, dein Name steht darauf«, sagte Lucky. »Ist das dasselbe Arschloch, das dir ständig Blumen schickt?«

»Ich …« Penny fand jetzt nicht, dass Ryans Blumengeschenke so schlimm waren, aber ihren Vermieter ärgerten sie offenbar. »Tut mir leid.«

»Sag deinem Verehrer, dass er seine Geschenke vor deiner Tür abstellen soll«, sagte Lucky. »Wenn das nächste Mal was vor meiner Tür liegt, gehört es mir.«

»Verstanden.«

Penny nahm die Einkaufstüte, trat die Wohnungstür hinter sich zu und setzte sich auf die Couch. In der Tüte lag eine Nachricht: *Lass es dir schmecken. Roman.*

Penny drückte den Zettel an ihre Brust. Roman hatte mit Bleistift auf die Rückseite einer Tankquittung geschrieben, die wahrscheinlich in seinem Handschuhfach gelegen hatte. Dann griff sie nach der Tüte.

Die nächste halbe Stunde packte sie sorgfältig die unglaublich leckeren Sachen aus, die einen König einen Monat durchfüttern würden. Während sie vorsichtig Himbeeren wusch und Weintrauben abzupfte, war sie zum ersten Mal seit Wochen optimistisch. Sie war ihm wichtig. Sonst hätte er ihr doch sicher nicht eine Tüte Lebensmittel gebracht, die weit über hundert Dollar gekostet hatten, oder?

Es bestand die geringe Möglichkeit, dass Roman das für jeden getan hätte – eine Mitfahrgelegenheit anbieten, Lebensmittel schenken, eine Plänkelei im Wagen. Doch stimmte das überhaupt? Hätte Roman zum Beispiel Ryan Anderson nach Hause gefahren und scherzhaft gefragt, ob er noch mit nach oben kommen könne?

Penny schob sich eine Weintraube in den Mund und kaute.

Eher nicht.

Protokoll

Staatsanwältin: Mr. Anderson, bitte erzählen Sie uns von Ihrer Beziehung zu Penny Sands.

Ryan Anderson: Also, Penny ist mir am ersten Tag des Kurses aufgefallen. Ich glaube aber nicht, dass sie mich bemerkt hat. Was mich nicht überrascht hat. Ich meine, sie ist hinreißend, und ich bin ... nur ich.

Staatsanwältin: Wie sind Sie ihr schließlich aufgefallen?

Ryan Anderson: Nach ein paar Wochen habe ich sie nach einem Date gefragt.

Staatsanwältin: Und sie hat zugestimmt?

Ryan Anders: Oh ja. Wir waren ein paarmal miteinander aus.

Staatsanwältin: Hatten Sie Sex mit Ms. Sands?

Ryan Anderson: Muss ich darauf antworten?

Das Gericht: Ja.

Ryan Anderson: Wir haben zweimal miteinander geschlafen. Es war toll. Penny war toll. Wir hatten wirklich Gefühle füreinander, also denken Sie bloß nicht, Penny würde mit jedem ins Bett gehen.

Staatsanwältin: Sie hatten Gefühle für Ms. Sands?

Ryan Anderson: Ja. Ich mochte sie wirklich. Und das ist ja auch verständlich, oder? Sie ist süß, lieb, lustig. Das gibt es hier in Hollywood viel zu selten.

Staatsanwältin: Hat Penny Ihre Gefühle erwidert?

Ryan Anderson: Ich glaube schon.

Staatsanwältin: Warum haben Sie sich getrennt?

Ryan Anderson: Das war ihre Entscheidung. Sie hatte einen neuen Freund.

Staatsanwältin: Wissen Sie, wen?

Ryan Anderson: Da noch nicht. Jetzt natürlich schon.

Staatsanwältin: Gab es zwischen Ihnen beiden böses Blut?

Ryan Anderson: Nein. Damals nicht und jetzt auch nicht. Zumindest soweit ich weiß.

Staatsanwältin: Roman Tate war auch Ihr Lehrer, nicht wahr?

Ryan Anderson: In seinem Unterricht haben wir uns kennengelernt.

Staatsanwältin: Wie fanden Sie ihn?

Ryan Anderson: Ich fand, er war talentiert. Das echte Talent war aber offenbar seine Frau.

Staatsanwältin: Wieso sagen Sie das?

Ryan Anderson: Eliza Tate hat ihren Mann umgebracht und wäre beinahe damit durchgekommen. Das ist doch die erste Regel in Hollywood, oder? Es ist immer die Ehefrau.

Kapitel sechzehn

Sechs Monate früher
August 2018

Penny betrat das vertraute Studio beim Sunset Boulevard, strich die koketten Rüschen an ihrem Rocksaum glatt und fragte sich, ob Roman ihr wohl heute Abend endlich alles erklärte.

Penny hatte es nie darauf angelegt, eine Ehe zu zerstören, und das war ihr jetzt an ihrer Beziehung zuwider. Sie stahl grundsätzlich nur Dinge, die man nicht vermissen würde. Keine *Ehemänner*. Sie hatte nie etwas Kompliziertes gewollt, und gerade war sie dabei, sich auf die pure Komplikation einzulassen – besonders nach ihrem netten Pseudo-Date im Lebensmittelladen. Was war schon dabei, dass Penny es herbeigeführt hatte? Roman hatte ihr schließlich angeboten, sie nach Hause zu fahren.

Drei Strikes, und er ist raus, rief sie sich in Erinnerung. Roman versprach jetzt schon seit einiger Zeit, sich zu erklären, und er hatte viele Gelegenheiten dazu gehabt. Wenn er sein Versprechen, Penny reinen Wein einzuschenken, nicht einlösen konnte, würde es keine weiteren Gelegenheiten geben. So schwer es ihr auch fallen würde, sie würde ihn aufgeben.

Wie ein Aal ließ Penny sich auf ihren Platz gleiten und rückte betont konzentriert ihre Kopfhörer zurecht, um ein Gespräch mit den Mitschülerinnen und Mitschülern zu vermeiden. Sie kritzelte in ihrem Notizbuch und war so in Gedanken versunken, dass sie nicht einmal mit der Wimper zuckte, als Ryan Anderson sich auf den Stuhl neben ihr setzte.

»Hallo, Penny«, sagte er und warf sich das hübsche Haar aus der hübschen Stirn. »Gut siehst du aus.«

Penny lächelte kurz und nickte knapp.

»Also, ich habe mich gefragt«, fuhr Ryan fort, ohne auf ihre wenig entgegenkommende Stimmung zu achten, »ob wir heute Abend auf einen Drink gehen wollen. Ich lade dich ein.«

Penny drehte den Kopf zu ihm, und er zuckte unter ihrem vernichtenden Blick zusammen. Leichte Schuldgefühle kribbelten in ihrem Magen, doch sie verdrängte sie und sah Ryan etwas freundlicher an.

»Ich bin mir nicht sicher, ob das eine gute Idee ist.«

»Aber ich dachte …« Ryan runzelte die Stirn. »Tut mir leid, ich habe wohl einen falschen Eindruck bekommen. Habe ich etwas Falsches gesagt? Ich dachte, wir hatten eine schöne Zeit?«

»Doch, die hatten wir. Es liegt nicht an dir, sondern an mir. Es geht mir gerade nicht besonders gut.«

»Ah.«

Die Schuldgefühle kehrten zurück. Ryan war in den Wochen nach ihrem letzten Date nett und interessiert gewesen, hatte ihr gelegentlich eine SMS und einmal in der Woche Blumen nach Hause geschickt. Aber Penny konnte die Begeisterung nicht erwidern. Was mehr als nur ein wenig beunruhigend war, wenn sie genauer darüber nachdachte. Weshalb sie es meistens vermied.

Roman betrat den Raum und sah im Gegensatz zu Ryan mit seinem jungenhaften, hoffnungsvollen Gesichtsausdruck wie ein Mann aus. Penny seufzte leise, während sie ihn beobachtete und ihr auffiel, dass er ihren Blick mied. Sie kritzelte in ihrem Notizbuch. Überlegte. Hatte eine Idee.

»Weißt du was …« Sie drehte sich zu Ryan und zwang sich zu einem Lächeln. »Lass uns was trinken gehen. Es wird mir guttun, mal rauszukommen.«

»Toll! Ich hole dich gegen zehn Uhr bei dir zu Hause ab.«

Als Penny zur Bestätigung nickte, spürte sie erste Befriedigung ihren Rücken hinabrieseln. Sie hatte auf die harte Tour gelernt, dass die Leute gerne von ihr nahmen. Unersättlich waren sie … bis sie sich etwas zurückholte. Im Moment nahm Roman alles von ihr. Um ein kleines bisschen Kontrolle zurückzugewinnen, musste Penny handeln. Selbst wenn ihr nur ihre Bereitschaft zu warten zur Verfügung stand.

Ihr falsches Lächeln verwandelte sich in echtes Interesse, als sie merkte, dass sich jemand ihrem Platz näherte. Ohne einen Blick in die Richtung zu werfen, wusste sie, dass es Roman war. Sein heißer Atem an ihrem Hals verriet ihn. Doch anstatt hoffnungsvoll und aufgeregt zu sein, fühlte sie sich ruhig und gefasst. Das bedeutete Nehmen für sie – es brachte sie ins Gleichgewicht.

»Könnte ich dich einen Moment sprechen, Penny?« Romans Stimme zog wie eine Gewitterwolke über ihre Schulter. »Unter vier Augen.«

Ryan lächelte Penny wissend zu. *Wenn er wüsste*, dachte sie trocken, erhob sich und folgte ihrem Lehrer hinter die Bühne. Dort war niemand, da die meisten Schüler entweder noch nicht eingetroffen waren oder sich gerade auf ihre Plätze setzten.

»Es tut mir leid«, sagte Roman abrupt und drehte sich in einer dunklen Ecke zu Penny um.

Er überraschte sie, mit der Intensität seines Blicks als auch mit der Entschuldigung. »Was denn?«

»Lassen wir das.« Romans Lippen zuckten in dem Anflug eines Lächelns. »Ich glaube nicht, dass es eine gute Idee ist, wenn du mit Ryan Anderson ausgehst.«

»Was geht dich das an?«, fragte sie schockiert und konnte nicht glauben, dass ihr Plan so schnell funktioniert hatte. »Du bist verheiratet. Schon vergessen?«

»Ich kenne Typen wie Ryan, und ich kenne Frauen wie dich.« Roman trat näher an Penny heran. Er hob die Hand, als wolle er sie berühren, aber er hielt sich zurück. »Du hast etwas Besseres verdient.«

»Der Mann, den ich will, ist nicht frei.«

»Und was wäre, wenn doch?«

Ihre Kehle wurde trocken. »Er ist nicht …«

»Würde dich ein gebundener Mann so küssen?« Roman drückte Penny mit dem Rücken fest gegen die Wand, neigte seinen Kopf zu ihr, schmeckte sie. Verweilte.

Seine Berührung ließ Penny erschaudern, bei seinen Worten errötete sie. Ihr Kopf schlug gegen die Wand. Sie mochte die rohe Intensität. Noch nie hatte sie sich so gewollt, so gebraucht gefühlt. Begehrt zu werden, war ihre Schwäche, ihr Kryptonit. Und entweder hatte sich Roman Tate auch in Penny Sands verliebt, oder er konnte das Spiel noch besser spielen als sie.

Aber alles Gute hatte ein Ende, das wusste sie. Ihr Verstand schaltete sich wieder ein, sie wich ihm aus und schlang die Arme um den Körper. »Du hast es versprochen! Du hast mir versprochen, dass du alles erklären würdest.«

»Penny …«

»Das war das letzte Mal, dass du mich geküsst hast.« Penny stiegen die Tränen in die Augen. »Ich weiß nicht, warum, aber du bist mir zu wichtig, um nur die Hälfte von dir zu haben. Und wenn du nicht bereit bist, mir alles zu geben, dann ist es aus mit uns.«

Penny wartete, suchte in Romans Gesicht nach einem Zeichen, dass er einlenken würde, und wünschte sich im Stillen, dass die Hoffnung in ihr sterben würde, um unbeschadet aus der Sache herauszukommen. Aber Gefühle waren hartnäckig, und Pennys weigerten sich, einfach so aufzugeben.

Als Roman nur den Kopf schüttelte, blinzelte sie und nickte entschlossen. Sie drehte sich um und ging davon, hörte nur noch, dass er zu sprechen begann.

Karma, Karma. Penny hatte vielen etwas weggenommen, und nun wurde ihr das weggenommen, was sie am meisten wollte. Nicht dass es ihr jemals zugestanden hätte – was sie allerdings bisher auch nie aufgehalten hatte.

Beim Hinausgehen ignorierte sie Ryans verwirrtes Winken. Sie drängte sich durch die Leute, die gerade hereinkamen, ein Ellbogen traf sie in die Rippen, jemand trat ihr auf den Fuß. Erst im Freien blieb sie stehen und sog die frische Luft ein, als hinge ihr Leben davon ab.

Zu Hause schaute sie zum ersten Mal wieder auf ihr Handy. Eine Textnachricht wartete auf sie.

Drei Wörter.

Kann ich vorbeikommen?

Pennys Handy piepste.

Vorsichtig öffnete sie ein Auge und wurde von einem Sonnenstrahl belohnt, der durch ihr Schlafzimmerfenster fiel. Die Jalousien waren heruntergezogen, aber da die meisten Lamellen zerbrochen oder verbeult waren, hielten sie die Morgensonne nicht ab.

Die Gestalt neben ihr bewegte sich und stöhnte. »Kannst du was gegen die Sonne tun? Da wird man ja blind.«

Penny war zu sehr damit beschäftigt, nach ihrem Handy zu greifen, um zu antworten. Nach einem Blick auf das Display setzte sie sich auf und zog die Decke eng um die Brust. Noch eine E-Mail. Noch eine Nachricht von Roman.

»Hast du mich gehört?«, murmelte Ryan. »Leg das Handy weg, Babe. Was ist so früh am Morgen so wichtig? Sag mir nicht, dass er es ist.«

»Er?« Penny erstarrte. *War sie so leicht zu durchschauen?* Wenn Ryan Anderson aufgefallen war, dass Penny von Roman besessen war, wer hatte es sonst bemerkt? »Wovon sprichst du?«

»Ich weiß es nicht. Sag du es mir.«

Penny war zu sehr von ihrem Handy abgelenkt, um sich über Ryans etwas kryptische Antwort Gedanken zu machen. Vielleicht hatte er einfach nur einen Glückstreffer gelandet, und sie machte sich gerade verrückt. Nachdenklich stand sie auf und zog ihren Bademantel über die nackten Schultern. Sie band den Gürtel, nahm eins der drei Handtücher, die sie besaß, und warf es über die Vorhangstange.

»Du siehst hübsch aus.« Ryan spähte unter seinem Arm hervor. »Komm zurück ins Bett. Ich habe das nur so dahingesagt.«

»Lass mich erst Kaffee aufsetzen.«

Ryan griff spielerisch und halbherzig nach Pennys Bademantel, aber sie wich aus und eilte zur Küche. Sie war verärgert. Ryan hatte nichts falsch gemacht. Um fair zu sein, war er am Abend zuvor ziemlich großzügig gewesen … erst mit dem großen Strauß wunderschöner Rosen und dann mit ihrem ersten Orgasmus seit Monaten. Seine Hartnäckigkeit musste doch etwas wert sein.

Leider fand Penny genau das erdrückend, seine großzügigen Geschenke zu aufdringlich. Seine aufmerksamen, ständigen SMS nervten sie. Sie hasste es, dass er sie anrief, *nur um zu reden*. Jedes Mal, wenn sie in der Öffentlichkeit waren und er versuchte, sie zu küssen oder, Gott bewahre, ihre Hand zu halten, wies sie seine Zärtlichkeiten zurück.

Sie benahm sich albern. Andere Frauen würden für die Aufmerksamkeit, die Ryan ihr zu schenken versuchte, töten. Aber Pennys Logik war irgendwo verloren gegangen, und als sie an den vorigen Abend dachte, überlief sie ein heißer Schauder, gefolgt von einem langsamen Tropfen Schuld in ihren Bauch. Sie hatte Roman geküsst. Mit Ryan geschlafen. Und nachdem sie beides an einem Tag getan hatte, hatte sie wahrscheinlich versucht, Romans Kuss durch Sex mit Ryan aus ihrem Kopf zu verdrängen.

Penny stieß die Kanne etwas zu fest in die Kaffeemaschine und kniff die Augen zusammen, um die Übelkeit abzuwehren. Ihre Mutter hatte sie vor Männern wie Roman gewarnt, aber sie hatte nicht darauf gehört; sie hatte gedacht, sie würde mit ihm fertig. Aber Penny Sands war Roman Tate nicht gewachsen.

Penny lehnte sich mit der Hüfte gegen den Tresen. An einem Mann wie Ryan war sie nicht interessiert. Sie hatte sich einfach an ihn geklammert wie an ein Rettungsboot in einem tobenden Ozean, in der Hoffnung auf ein bisschen Wärme in einem dunklen und eisigen Sturm.

Roman hingegen war eine Jacht – ein prächtiges, schwer fassbares Boot, das allen anderen weit überlegen war. Ryan Anderson würde das nie sein. Aber was nützte eine Jacht, wenn sie immer unerreichbar war? Sollte sie nicht das Rettungsboot wählen, wenn die Alternative das Ertrinken war?

Als der Kaffee blubberte, warf sie noch einmal einen Blick auf ihr Handy, bevor sie es umgedreht auf dem Tresen liegen ließ. Sie ging zurück zu ihrem Rettungsboot und setzte sich auf das Bett. Ryan streichelte ihr Knie, und die einfache Geste schwächte ihre Entschlossenheit. Konnte sie aber nicht vertreiben.

»Ryan, ich will ehrlich zu dir sein.«

Er fuhr sich mit der Hand durch die Haare, seine trainierten Muskeln spannten sich an, als er sie neugierig ansah. »Okay.«

»Wie ich dir gestern Abend gesagt habe, geht es mir im Moment nicht so gut. Gefühlsmäßig, meine ich. Ich versuche, über jemanden hinwegzukommen.«

»Ich hatte recht.« Ryan zwinkerte. »Er hat dir heute Morgen geschrieben. Ich kenne die Anzeichen.«

Penny seufzte. »Ich möchte nicht, dass du das Gefühl hast, dass ich dich benutze.«

»Du kannst mich benutzen, so viel du willst. Es macht mir nichts aus.«

»Solange dir klar ist, dass das hier nicht …« Penny zögerte. »Wir sind nicht zusammen oder so was.«

Sein Grinsen verblasste zu einem neutraleren Ausdruck, und er zuckte mit den Schultern. »Denk nicht zu viel nach. Wir haben nur ein bisschen Spaß. Geht es im Leben nicht darum?«

Penny lächelte schwach. Sie war sich nicht sicher, ob sie noch wusste, worum es im Leben ging. Träumen nachjagen? Einen Seelenverwandten finden? Nach den Regeln zu leben … oder sie alle zu brechen?

Sie zuckte mit den Schultern. »Ein bisschen Spaß würde mich wohl nicht umbringen.«

»Verdammt richtig«, sagte Ryan. »Und wenn doch, ist das dann nicht ein schönes Ende?«

Penny, die sich immer noch fragte, ob Ryan vielleicht etwas ahnte, ging in die Küche und suchte nach etwas zu essen. In einem peinlich leeren Schrank fand sie ein Pop-Tart und legte es in die Mikrowelle. Einen Toaster besaß sie nicht.

Während sich das flache Gebäck mit Zuckerguss auf einer Papierserviette drehte, zuckte Pennys Finger. Sie griff nach ihrem Handy. Zögerte. Rief den Sperrbildschirm auf.

Sie tat so, als würde sie Romans E-Mail nicht lesen – vor allem nicht, wenn Ryan nebenan auf sie wartete –, aber sie machte sich nichts vor. Mit dem Daumen zog sie die Benachrichtigungsleiste nach unten und enthüllte eine faszinierende Betreffzeile. Penny konnte nicht widerstehen. Das konnte sie nie, wenn es um Roman ging.

Betreff: Einladung
Von: TheRomanTate@gmail.com
Nachricht:

Liebe Penny,
ich kann dir alles erklären – heute Abend, versprochen.
19.00 im Pelican Hotel. Cocktail-Garderobe.
Gruß, Roman

Protokoll

Staatsanwältin: Wer war zu dem Buchclubtreffen am 13. Februar 2019 eingeladen?

Eliza Tate: An dem Tag fanden zwei Treffen statt. Zu dem eigentlichen Event sollten etwa zwanzig Branchengäste kommen. Auswendig weiß ich die Gästeliste nicht mehr, aber Sie haben bestimmt eine Kopie.

Staatsanwältin: Und was war die andere Veranstaltung an dem Tag?

Eliza Tate: Am Nachmittag haben wir uns getroffen und den Abend geprobt.

Staatsanwältin: Warum mussten Sie proben?

Eliza Tate: Es war ja nicht nur ein gewöhnliches Buchclubtreffen. Diverse populäre Blogger, Instagrammer und Journalisten hatten für den Abend zugesagt. Nachdem es Marguerites erster Auftritt mit ihrem neuesten Buch war, wollte ich sie nicht den Wölfen vorwerfen. Vor allem, wenn die Medien anwesend waren. Alles musste perfekt sein.

Staatsanwältin: Wer hat an dem Probedurchgang teilgenommen?

Eliza Tate: Ich natürlich. Marguerite Hill. Anne Wilkes. Penny Sands.

Staatsanwältin: Sie haben dabei Wein serviert, richtig?

Eliza Tate: Wein gehört doch zu einem Buchclub, oder?

Staatsanwältin: Um drei Uhr nachmittags?

Eliza Tate: Es war Happy Hour.

Staatsanwältin: Hat Mrs. Wilkes ein Glas Wein getrunken?

Eliza Tate: Möglich. Ich weiß es nicht mehr. Ich überwache meine Gäste nicht.

Staatsanwältin: Haben Sie Wein getrunken?

Eliza Tate: Ja. Einige Gläser. Deshalb weiß ich wahrscheinlich nicht mehr, ob Anne etwas getrunken hat.

Staatsanwältin: Wussten Sie, dass Mrs. Wilkes sich ein paar Jahre zuvor in eine Entzugsklinik eingewiesen hatte?

Eliza Tate: Ja.

Staatsanwältin: Und wissen Sie auch, dass sie sich selbst wieder entlassen hatte?

Eliza Tate: Ich habe sie damals selbst abgeholt.

Staatsanwältin: Warum hat das nicht ihr Mann übernommen?

Eliza Tate: Er fand, sie müsse dortbleiben, weshalb er sich geweigert hat, sie abzuholen.

Staatsanwältin: Bestanden danach zwischen Ihnen und Detective Wilkes Spannungen?

Eliza Tate: Ich weiß es nicht. Anne ist meine beste Freundin, nicht Mark. Es ist mir egal, was er von mir denkt.

Staatsanwältin: Wenn Mrs. Wilkes Hilfe brauchte, konnte sie auf Sie zählen?

Eliza Tate: Ja.

Staatsanwältin: Mrs. Tate, hat Mrs. Wilkes Sie am Abend des 13. Februar um Hilfe gebeten? Bei was auch immer? Um einen Gefallen? Vielleicht einen großen?

Eliza Tate: Wenn Sie mich fragen, ob ich die Schuld dafür auf mich nehme, dass Anne meinen Mann umgebracht hat, dann nein. Ich liebe Anne, aber so sehr dann doch nicht.

Kapitel siebzehn

Sechs Monate früher
August 2018

Eliza beobachtete ihren Mann über den Esstisch hinweg.

Sie lehnte sich zurück und spielte mit ihrem Champagnerglas, in dem die Bläschen wie kleine Insekten über die Flüssigkeit tanzten. Roman legte den Arm über die Stuhllehne einer anderen Frau. Eliza runzelte über ihrem Thunfischtatar die Stirn. Aus irgendeinem Grund hatte das dumme Darlehen von Jocelyn und Todd Roman den Rest gegeben.

Sie fuhr mit dem Finger über den Glasrand und produzierte einen durchdringenden hohen Ton. Als diverse Blicke auf ihren Finger gerichtet wurden, hörte sie auf und sah, wie Roman seine Hand auf Marguerites Schulter legte.

Eliza beobachtete, wie ihr Mann ihrer hochgeschätzten Klientin etwas ins Ohr flüsterte, und fragte sich, was er ihr wohl zu sagen hatte. Zugegeben, Marguerite schien sich zu Beginn des Abends bei Romans Annäherungsversuchen ziemlich unwohl gefühlt zu haben. Immer wieder hatte sie zu Eliza gesehen, um ihre Reaktion abzuschätzen, wenn Roman ihr Weinglas nachfüllte oder ihren Ellbogen mit seinem berührte.

Zuerst hatte Eliza darüber gelacht. Roman hatte sich die falsche Frau ausgesucht, um sie zu verführen. Marguerite verabscheute Roman zutiefst – wer er war, wofür er stand, wie er ging, redete, sprach. Doch im Lauf des Abends verstummte Elizas inneres Lachen. Sie hatte ihren Mann unterschätzt.

Unter Roman Tates Charme wurde Marguerite schließlich weich. Eliza hatte den Moment gesehen, in dem es Klick gemacht hatte – während des Desserts, als Roman der Autorin einen Bissen von seinem Tiramisu angeboten hatte. Sie hatte Eliza einen letzten Blick zugeworfen, doch als die nicht reagierte, änderte sich alles. Anstatt Romans Annäherungsversuche skeptisch abzuwehren, ließ sich Marguerite begierig und fasziniert darauf ein.

Ihr leises Lachen über seine Worte wurde ein wenig lauter. Kühn hielt sie seinen Blick. Dieses seltsame Märchen war nicht Marguerites Schuld; sie war nur eine Spielfigur. Die arme Frau wurde von Roman benutzt.

Verärgert schob Eliza ihren Stuhl zurück und lächelte knapp. »Wenn ihr mich bitte entschuldigen würdet, ich muss nach dem Caterer sehen und überprüfen, ob nebenan alles bereit ist. Bitte esst euer Dessert auf und kommt nach, wenn ihr fertig seid.«

»Wir sehen uns drüben, meine Liebe«, sagte Roman mit einem aufblitzenden Lächeln. »Ich bleibe hier und kümmere mich darum, dass der Ehrengast den Weg findet.«

Marguerite begegnete Elizas Blick geradeheraus. »Wie nett von deinem Mann.«

Eliza holte tief Luft. »Ich weiß, ich habe wirklich Glück.«

Sie ließ Roman zurück, damit er weiter ihre Starklientin umgarnen konnte, und überquerte die Straße. Sie wusste nicht, was sie von dem Ganzen halten sollte. Romans Verhalten beunruhigte sie aus mehr als einem Grund, und sie wusste nicht genau, was sie dagegen tun sollte. Sie brauchte Zeit zum Nachdenken. Sie musste dem etwas entgegensetzen, aber was? Wie konnte sie das in Ordnung bringen?

Auf lächerlich hohen Absätzen marschierte sie ins Pelican Hotel und strich ihren Rock glatt, als sie an der Rezeption vorbei und direkt zum Ballsaal ging. Dort stützte sie sich auf einen Cocktailtisch und schloss die Augen. Da ertönte hinter ihr eine Stimme.

»O Gott. Ich bin viel zu früh, oder?«

Eliza drehte sich um und blickte durch den wunderschönen Tafelaufsatz – einen atemberaubenden Lilienstrauß – auf einem Tisch zu dem ersten Gast, der in der Tür stand.

Die junge Frau wirkte nervös und sah hin und her, wie auf der Suche nach dem nächsten Ausgang. Sie trug einen mohnroten Jumpsuit mit Spaghettiträgern über den nackten Schultern. Der Stoff umspielte ihre schlanken Beine, und die Knöpfe an ihrem Brustkorb, die so zart wie Blumen waren, betonten ein beeindruckendes Dekolleté.

Die Frau hatte nicht den gequälten, halb verhungerten Blick vieler aufstrebender Models oder Schauspielerinnen in dieser Stadt. Sie hatte das frische, gesunde Strahlen einer Frau, die vor Hoffnung und Ehrgeiz strotzte. Sie trug Schuhe mit Keilabsätzen, die leicht wackelten. Bei einem genaueren Blick sah Eliza, dass die Schuhe mit Klebeband zusammengehalten wurden.

Sie verbarg ein Lächeln. Der Jumpsuit stammte aus keinem schicken Geschäft. Vielleicht aus einem Kaufhaus. Bestenfalls aus einer Secondhand-Boutique. Der Stoff war von zweifelhafter Qualität und bildete kleine Knötchen, Details, die Eliza bemerkte, als sie näher kam. Nicht, dass es wichtig gewesen wäre, denn die Frau hatte eine umwerfende Figur und den Vorteil der Jugend. Bei ihrem Lächeln würde niemandem ihre Kleidung auffallen.

»Dürfte ich Sie was fragen?«, sagte sie und machte eine verlegene Geste. »Wissen Sie, ob das die Party für das neue Buch von Marguerite Hill ist?«

»Das ist sie. Kommen Sie nur herein.«

»Ich bin Penny.« Die junge Frau fuhr sich mit der Hand über das Gesicht. »Das ist mir so peinlich. Ich hätte wissen müssen, dass *sieben* auf der Einladung auch tatsächlich sieben bedeutet und nicht *halb sieben.*«

Eliza lächelte. »Irgendwer muss ja als Erstes kommen. Darf ich fragen, wie Sie von der Veranstaltung erfahren haben?«

Die junge Frau wurde blass. »Ach herrje, Sie sind Eliza Tate, nicht wahr?«

»Schuldig.«

»Ich … äh … Ich erkenne Sie von den Bildern im Büro Ihres Mannes. Ich bin eine seiner Schülerinnen.«

»Penny … Oh, du bist *die* Penny! Du babysittest für die Familie Wilkes. Anne ist eine enge Freundin von mir. Sie schwärmt die ganze Zeit von dir. Schön, endlich ein Gesicht zu dem Namen zu haben.«

»Da sagst du was.« Pennys Wangen färbten sich rosig. »Ich bin ein riesiger Fan von Marguerite Hill und freue ich mich so sehr, hier zu sein. *Jetzt bin ich dran* hat mir den Mut gegeben, nach L.A. zu ziehen. Ich kann es kaum erwarten, *Frei sein* in die Hände zu bekommen«

»Du bist also neu in der Stadt?« Das erklärte so einiges, dachte Eliza.

»Seit ein paar Monaten bin ich hier. Ich stamme aus einer kleinen Stadt in Iowa, von der du sicher noch nie gehört hast.«

Das erklärt noch mehr, dachte Eliza. »Nun, willkommen. Marguerite wird sich sehr freuen, von deinen Erfahrungen mit ihrem Buch zu hören. Ich werde sie dir vorstellen. Sie müsste jeden Moment kommen.«

»Du würdest mich wirklich vorstellen?«

»Sie wird sich sehr freuen.«

»Ich ...« Penny räusperte sich. »Vergiss es. Es ist albern.«

Eliza sah flüchtig Unsicherheit in Pennys Blick. »Was ist los?«

Penny streifte eine kleine, mit bunten Blumen gemusterte Tasche von der Schulter. Sie passte weder zu ihrer Kleidung noch zu einem Cocktailevent und war einfach nur lustig. Eliza fragte sich, wann sie das letzte Mal etwas gekauft hatte, nur weil es *lustig* war.

Penny zog ein eselsohriges Exemplar von *Jetzt bin ich dran* heraus. »Wäre es sehr unhöflich, sie um ein Autogramm zu bitten?«

»Überhaupt nicht«, erwiderte Eliza. »Hol dir in der Zwischenzeit was zu trinken. Die Getränke sind frei.«

Eliza schlenderte in die Küche, die an den Ballsaal angeschlossen war, während sie über Penny nachdachte. Bei einer solchen Schönheit im Haus musste Anne vorsichtig sein, so unschuldig das Mädchen auch zu sein schien. Wenn Mark schon einmal fremdgegangen war, wie Anne befürchtete, könnte er dann mit der Babysitterin durchbrennen?

Marks Indiskretion war wirklich bedauerlich. Wenn jemand Eliza vor Jahren gefragt hätte, ob Anne und Mark zusammenbleiben würden, hätte sie energisch genickt. Sie passten einfach perfekt zusammen, waren ein tolles Paar. Wenn sie es nicht schafften, wer dann?

Eliza musterte das Catering-Personal, das wie eine gut geölte Maschine arbeitete und den ersten Gästen winzige Teller mit Jakobsmuscheln im Speckmantel servierte und beim Schokoladenbrunnen Marshmallows und Ananasstückchen aufspießte.

Zufrieden kehrte Eliza in den Saal zurück und merkte, dass Penny ihr noch eine Antwort auf die Frage schuldete, wie sie zu einer Einladung gekommen war. Vielleicht über Roman oder Anne. Es spielte keine große Rolle, denn je mehr Gäste, desto besser, und eine größere Party machte einen größeren Eindruck auf Marguerite. Das bedeutete einen größeren Gehaltsscheck für Eliza, was wiederum bedeutete, dass sie sich und Roman aus den roten Zahlen holen und alles wieder wie früher werden konnte.

In diesem Moment schlenderte Roman Tate Arm in Arm mit Marguerite Hill in den Ballsaal. Sie neigte den Kopf zu ihm, lauschte aufmerksam seinen Worten und lachte.

Darauf legte er ihr die Hand aufs Handgelenk. Marguerite fuhr sich mit den Fingern durchs Haar, strich sich eine verirrte Locke hinters Ohr und leckte sich über die Unterlippe. Eliza fragte sich, ob sie es mit Absicht tat oder unbewusst. Die beiden befanden sich in einer Art Tanz, einem verführerischen Ritual. Objektiv war es faszinierend. Wenn es nur nicht Elizas Ehemann und ihre beste Chance auf Erfolg wären.

Eliza ging auf sie zu und blieb vor ihnen stehen. Marguerite zog ihre Hand weg, was allerdings nicht entschuldigend wirkte. Wenn überhaupt, dann stand in ihren Augen eine Herausforderung. Eliza fragte sich verblüfft, was sich seit Beginn des Abends verändert hatte, als die Autorin Romans Annäherungsversuche noch so sorgfältig abgewehrt hatte. Doch schon war es vorbei, und Eliza überlegte, ob sie sich das Ganze nur eingebildet hatte.

»Marguerite, kann ich dich kurz sprechen?«, sagte sie leise. »Ich möchte dir unbedingt jemanden vorstellen.«

Protokoll

Verteidigung: Sie waren in Penny Sands' Wohnung, richtig?

Anne Wilkes: Ja, mehrere Male.

Verteidigung: Wie sah sie aus?

Anne Wilkes: Einfach. Penny ist jung. Man vergisst leicht, wie es ist, in eine neue Stadt zu ziehen und kein Geld zu haben. Sie hat das Beste daraus gemacht. Ich habe ihr geholfen, soweit ich konnte.

Verteidigung: Glauben Sie, Ms. Sands brauchte Geld?

Anne Wilkes: Wer kann denn nicht ein bisschen Geld nebenher gebrauchen?

Verteidigung: Wie weit würde Ms. Sands Ihrer Meinung nach gehen, um an mehr Geld heranzukommen?

Anne Wilkes: Roman wurde nicht wegen Geld umgebracht. Das war etwas Persönliches.

Kapitel achtzehn

Sechs Monate früher
August 2018

Schon auf dem Weg nach Beverly Hills zur Party ihrer besten Freundin fühlte sich Anne völlig fehl am Platz. Allein die Tatsache, dass sie mit einem Minivan zu dem großen Event unterwegs war, ärgerte sie. Eliza und ihr Mann würden zweifelsohne in einem schicken neuen Auto anreisen. Sie hatte keine Ahnung, was die restlichen Gäste fahren würden, aber sicher keinen Minivan. Schon gar nicht einen, der nur mit Gebeten und gedrückten Daumen funktionierte.

Zweimal fuhr Anne am Eingang vorbei, einmal, weil sie ihn verpasst hatte, das zweite Mal, weil sie die angezeigten Preise für den Parkservice nicht glauben konnte. Wütend wegen unfasslichen vierundzwanzig Dollar Gebühr parkte Anne einige Blocks vom Veranstaltungsort entfernt und machte ihrem Frust Luft, indem sie die halbe Meile zurück zum Hotel stapfte.

»Vierundzwanzig Dollar«, schnaubte sie und schwang sich ihre Handtasche auf die Schulter, während sie ins Gebäude marschierte. »Wann habe ich das letzte Mal vierundzwanzig Dollar für mich ausgegeben?«

Am Eingang zum Ballsaal hielt Anne inne und ließ den atemberaubenden Anblick auf sich wirken. Eliza war eine brillante Inszenierung voller Eleganz und Glamour gelungen.

Die perlmuttfarbenen Tischdecken wurden durch funkelnde Tafelaufsätze ergänzt. Die schlichten Uniformen des Cateringpersonals standen im Kontrast zu den winzigen eleganten Vorspeisen, die sie auf Kristalltabletts herumtrugen. Mit glitzernden Rosa- und Goldtönen gefüllte Champagnerflöten ergänzten die Bronzeleisten an den Rändern des Raumes.

»Anne, Süße, du hast es geschafft!«

Anne sah auf und entdeckte Eliza, die auf sie zueilte. Sie schob ihre Handtasche höher auf die Schulter, hinter ihren Körper, um das No-Name-Logo zu verbergen.

»Ich freue mich so, dass du gekommen bist.« Eliza fasste Anne an den Schultern. »Du siehst toll aus! Wann haben diese beiden Ladys das letzte Mal Tageslicht gesehen?«

Anne lachte erleichtert, als Eliza zwinkernd zu ihren Brüsten sah. »Sehe ich wirklich gut aus?«

»Mach dich nicht lächerlich. Du siehst toll aus. Bei der Kleidergröße würde niemand vermuten, dass du vier Kinder geboren hast.« Elizas Blick sagte deutlich, dass sie es ernst meinte. »Hast du das Essen gefunden?«

Da merkte Anne, wie hungrig sie war. »Ich könnte tatsächlich etwas vertragen. Zum Teufel mit meiner Diät. Morgen kann ich auch noch anfangen.«

»Das sage ich auch immer«, stimmte Eliza zu.

»Ich nicht.« Eine neue Stimme mischte sich in das Gespräch ein. »Ich sage immer, warum morgen anfangen, wenn man das auch heute tun kann?«

Anne wandte sich der umwerfenden Frau neben Eliza zu, die nur ein paar Jahre älter als Anne zu sein schien, aber in wesentlich besserer Form. Es dauerte einen Moment, bis sie die Frau einordnen konnte, und erst als Eliza sich heftig räusperte, wurde es ihr klar.

»Marguerite Hill?«, brachte Anne mühsam heraus. »Ich erkenne Sie von dem Bild auf der Rückseite Ihres Buches. *Jetzt bin ich dran* liegt schon ewig in meinem Wagen, und ich kann es kaum erwarten, Ihr neuestes Buch zu bekommen. Eliza hat uns schon alles darüber erzählt.«

»Bei dem Kapitel, in dem es darum geht, heute statt morgen anzufangen, bist du aber wohl noch nicht?« Marguerite lächelte spöttisch, dann beugte sie sich vor und hob verschwörerisch eine Hand. »Das war nur ein Scherz, Liebes. Leichter gesagt als getan, was?«

Anne lächelte nervös über den seltsamen Akzent der Autorin. Sie hätte schwören können, dass Eliza gesagt hatte, dass Marguerite aus einer Gegend wie Montana stammte, aber ihr Akzent klang irgendwie europäisch. »Das kannst du laut sagen.«

»Anne, nimm dir was von den Häppchen«, sagte Eliza. »Ich müsste kurz mit Marguerite allein sprechen, ja?«

Anne überließ die beiden Frauen ihrem Gespräch und ging zu einem Tisch, auf dem elegante Tabletts mit Fingerfood standen. Auf dem Weg dorthin bemerkte sie, dass sie ihren Kopf höher, die Schultern straffer hielt und sich in den Hüften wiegte. Fast so, als würde sie gerade ein altes Relikt ihrer selbst wiedererwecken, das sie ganz vergessen hatte: eine Frau, die interessante Menschen traf, verführerische Kleidung trug und exotische Speisen probierte. Eine Frau, die mehr tat, als Erbrochenes aufzuwischen und Rotznasen zu putzen.

Anne sah sich in dem wunderschön geschmückten Raum um und bemerkte weitere Details, während sie von einem Tablett zum nächsten schlenderte. Elegante Kerzenständer mit lilafarbenen Kerzen verbreiteten ein sanftes Licht, das den tief in der Mitte des Raumes hängenden Kronleuchter strahlen ließ. Die adretten Kellner eilten umher und holten die Champagnergläser von den Cocktailtischen, sobald sie dort abgestellt worden waren.

Und die Gäste erst!, dachte Anne. Schlanke, wunderschöne Frauen, einige von ihnen in eleganter Abendrobe, andere in koketten Partykleidern. Wieder andere gingen in perfekt geschnittenen Hosenanzügen herum wie wichtige Führungskräfte. Die wenigen Männer an den Tischen waren in ihren teuren Anzügen noch beeindruckender und nippten an Bourbon oder Whiskey on the rocks wie die Hauptdarsteller eines Actionfilms.

Anne hätte wetten können, dass diese Männer zu Hause kein Baseballspiel einschalteten und dazu Budweiser tranken. Sie waren hier, um über Belletristik zu diskutieren; sie waren kultiviert und aufmerksam und gute Zuhörer und …

Anne spürte, wie ihr Nacken heiß wurde, als sie den Blick eines solchen Mannes erhaschte. Er war groß und breitschultrig, seine Muskeln zeichneten sich deutlich unter dem Anzug ab. Eine Brille mit Drahtgestell betonte sein grau meliertes Haar noch zusätzlich. Er sah zu Anne, hob das Glas und lächelte leicht, als sie einander noch einen Moment länger ansahen.

Aufgeregt wandte Anne sich ab, rutschte mit dem Absatz über den Boden und wäre fast mit dem Gesicht voran in einen Schokoladenbrunnen gestürzt, als sie um ihr Gleichgewicht rang. Sie war nicht wie Mark. Sie war loyal. Ihrer Familie treu ergeben. Und bevor sie sich anders entscheiden konnte, hielt sie einen Marshmallow am Spieß in die Schokolade und steckte sich die Süßigkeit in den Mund.

Gerade griff sie nach einer zweiten Portion Jakobsmuscheln im Speckmantel, als eine tiefe Männerstimme über ihre Schulter dröhnte.

»Ich hatte gehofft, dich zu sehen.«

Anne drehte sich mit vollem Mund um. »Roman! Gott, wow. Ganz schön lange her. Du siehst gut aus.«

Ein Schatten huschte über sein Gesicht. »Vielen Dank. Sag, hast du einen Moment Zeit? Du siehst übrigens sehr hübsch aus. Ich hoffe, Mark ist hier. Wenn du allein da bist, werden sich die Männer um dich reißen.«

Annes Wangen wurden heiß. »Mark ist mit den Kindern zu Hause.«

»Ah, wie schade. Also, ich hatte gehofft, wir könnten uns kurz unterhalten.«

»Klar. Möchtest du dich hinsetzen?«

Roman lehnte Annes Vorschläge, wo sie sich niederlassen könnten, als zu laut ab. Als pflichtbewusste Freundin folgte sie ihm in den hinteren Teil des Ballsaals, wo er hinter einen Vorhang in einen kleinen abgesperrten Bereich trat.

»Wie ich sehe, hast du Zugang zur VIP-Lounge«, scherzte Anne. »Du bist wahrscheinlich ein Ehrengast.«

Roman lächelte geduldig. »Das sollte man meinen, ja.«

Er deutete auf eines der Sofas, und Anne setzte sich, während er sich für einen kastanienbraunen, thronartigen Sessel entschied. Sie saßen in einer privaten Lounge, die in dunklen Rottönen und verführerischem Schwarz gehalten war. Ein prächtiger Strauß aus Stargazer-Lilien, Strelitzien und anderen exotischen Gewächsen stand auf einem Couchtisch und verströmte einen starken, fast schon berauschenden Duft.

Anne wünschte sich, sie hätte einen Teller mit Häppchen mitgebracht, um ihre Hände zu beschäftigen. Bei Elizas Ehemann hatte sie sich nie richtig wohlgefühlt. Sie konnte nicht genau sagen, warum. Zum Teil lag es an seinem Verhalten, zum Teil an seinem Aussehen. Das dunkle Haar, die kräftige Kieferpartie, die fast schwarzen Augen und sein Blick, der sie zu durchbohren schien.

Anne hatte sich immer gedacht, dass jemand so gut Aussehendes etwas zu verbergen hatte. Wahrscheinlich eine lächerliche Vorstellung, doch sie hatte das Gefühl nie abschütteln können. Jetzt wurde es sogar noch schlimmer, als Roman das Gewicht verlagerte und sie musterte. Sein unbehagliches Schweigen konnte man nur abwarten. Das hatte sie schon vor Jahren gelernt.

»Das ist eine tolle Party«, sagte Anne schließlich. »Du musst sehr stolz auf Eliza sein, dass sie ihre eigene Agentur gegründet hat. Ich zumindest bin es.«

Roman schnaubte leise. »Ich glaube nicht, dass sie eine Wahl hatte. Man hat ihr gekündigt.«

»Das war mir nicht klar.«

»Ich bin überrascht, dass sie es dir nicht gesagt hat. Sonst teilt sie ihre Geheimnisse ja auch mit dir.«

»Was meinst du?«

»Eliza hat dir doch sicher von dem Privatdetektiv erzählt, den sie angeheuert hat, um mir zu folgen. Auf Luke bist du nicht von allein gekommen.«

»N-Nein.« Anne verschluckte sich an der Lüge. »Roman, es ist nicht ...«

Roman legte einen Finger an die Lippen, um sie zum Schweigen zu bringen. »Das ist mir alles egal. Und bevor du fragst, mach dir keine Sorgen. Ich habe kein Wort zu Mark gesagt, obwohl ich es in Betracht gezogen habe. Ein Ehemann hat ein Recht darauf zu wissen, wenn er verfolgt wird. Das kann ich aus eigener Erfahrung bestätigen.«

Anne wich die Farbe aus dem Gesicht. Ihre Finger zitterten. Sie hatte alles vermasselt. Schlimmer, als ihren Mann mit der Affäre, dem Privatdetektiv und allem anderen zu konfrontieren, war nur, dass jemand anders ihr zuvorkam. Vor allem jemand wie Roman.

Langsam wurde Anne klar, dass sie Elizas Mann unterschätzt hatte. Sein Schweigen war nicht zufällig unbehaglich – es war geplant und manipulativ. Er konnte Worte verdrehen, dehnen und erweitern und schrumpfen, bis sie nur noch Überreste ihres früheren Selbst waren, wie ein gedehntes Gummiband, das sich zusammenrollte, nachdem die Elastizität nachgelassen hatte.

Anne war sich auch sicher, dass Roman sich seines Aussehens und der Wirkung auf Frauen bewusst war. Doch an diesem Abend brauchte er weder sein Aussehen noch seine Gerissenheit oder sein manipulatives Schweigen, um Anne Angst einzujagen. Sondern nur etwas ganz Altmodisches. Erpressung.

»Was soll ich denn sagen?« Anne bebte, hin- und hergerissen zwischen Wut und Angst. »Worüber Mark und ich reden – oder auch nicht reden – ist unsere Sache.«

»Schön und gut, aber ich habe es zu meiner Sache gemacht.« Roman lehnte sich zurück. »Aber wir müssen es gar nicht verkomplizieren, Anne. Ich brauche etwas, und du kannst es mir beschaffen. Sieh es als eine geschäftliche Vereinbarung an.«

Anne blickte auf ihre Füße. Der Drang davonzugehen brodelte dicht unter der Oberfläche. Sie war kurz davor, ihre Handtasche über die Schulter zu werfen und die halbe Meile zurück zu ihrem Auto zu marschieren. Aber Roman hatte sie in die Enge getrieben, und das wusste er.

»Ich *wusste,* dass Eliza die Putzfrau entlassen hatte, obwohl sie selbst versucht hat, das Haus sauber zu halten. Ich wusste, dass sie jeden Monat Geld auf mein Konto überwiesen hat, als wäre es ein Taschengeld. Sie scheint mich für ihr kleines Hündchen an der Leine zu halten – süß, verspielt, aber zu dumm, um mein Leben selbst in die Hand zu nehmen. Weißt du, wie demütigend das für einen Mann ist?«

»Ich schwöre, davon wusste ich nichts.«

»Du nicht, aber ich«, sagte Roman. »Das ist der Punkt, Anne. Ich weiß alles.«

»Ich verstehe nicht, was das mit Mark oder mir zu tun hat.«

»Dann erkläre ich es dir.« Roman sah sie mitleidig an. »Luke ist ein Kumpel von mir. Am Anfang war das nicht so, aber als ich den Verdacht hatte, dass er mich verfolgt, habe ich den Spieß umgedreht. Es ist traurig, wirklich. Unsere Ehe war nicht immer dem Untergang geweiht. Ich habe sie geliebt. Das tue ich sogar immer noch.«

»Ich denke, du solltest mit Eliza reden. Ihr könnt das sicher klären. Sie ist verrückt nach dir.«

»Das war sie, vielleicht ist sie es auf ihre eigene seltsame Art immer noch. Aber ich kann ihr nicht mehr trauen.«

»Sie hat nur deshalb einen Privatdetektiv engagiert, weil sie dachte, du hättest eine Affäre.«

»Nach allem, was wir durchgemacht haben, sollte sie mir vertrauen. Ich habe sie geheiratet, damit sie im Land bleiben kann.«

»Du hast sie geheiratet, weil du wusstest, dass sie dir ein bequemes, behagliches Leben bieten würde«, erwiderte Anne, die sich nicht zurückhalten konnte. »Du bist kein Heiliger, Roman.«

»Stimmt, das bin ich nicht. Genau genommen sind wir deshalb heute Abend hier.«

»Wo genau ist hier?«

»Ich kenne deine Geheimnisse. Vor allem aber kenne ich Marks. Und du wirst alles in deiner Macht Stehende tun, um ihn zu schützen, und da komme ich ins Spiel. Das ist das Schöne an einer Ehe wie deiner, Anne – sie ist noch nicht vorbei. Ihr zwei könnt es schaffen.«

»Was meinst du?«

»Ich habe Luke Hamilton mehr bezahlt, als Eliza ihm gegeben hat.« Roman lächelte dünn. »Ich habe die Informationen gekauft, die dein Privatdetektiv für dich zusammenstellen sollte.«

Anne spürte, wie sich ihr Magen umdrehte. »Das ist unmoralisch von Luke.«

»Ist es moralisch vertretbar, seinen Mann ohne sein Wissen verfolgen zu lassen?« Die Frage hing zwischen ihnen in der Luft. »Wie ich schon sagte, ich habe Eliza geliebt. Das tue ich immer noch. Aber ich mag es nicht, wenn man mich unterschätzt. Mein Vater macht das schon mein Leben lang, und das reicht mir.«

»Das stimmt sicher nicht.«

»Oh, Anne. Du weißt es, ich weiß es, Eliza weiß es«, sagte Roman. »Wenn ich mich nicht über Nacht in Tom Cruise verwandle, wird mein eigener Vater immer von mir enttäuscht sein. Und meine Mutter … Ich glaube, sie hat Angst vor mir.«

»Warum sollte sie?«

»Ich glaube, sie hat Angst, dass ich so werde wie mein Vater.« Roman lächelte düster. »Und das will niemand.«

»Warum erzählst du mir das?«

»Es tut gut, es sich mal von der Seele zu reden«, meinte Roman leichthin. »Es ist schön, mit jemandem zu reden, der meinen Vater nicht gleich bei der Polizei anzeigt, weil ich sein schmutziges kleines Geheimnis verraten habe. Er schlägt sie. Aber meine Mutter wird ihn nie verlassen. Als ich sieben war, habe ich einmal die Polizei gerufen. Sie stritt alles ab und sagte, ich hätte es erfunden, um Aufmerksamkeit zu erregen. Was glaubst du, wie ich mich da gefühlt habe?«

»Wie schrecklich, Roman. Das tut mir so leid.«

»Weißt du, was ich nicht begreifen kann?« Roman sah tief in Gedanken versunken aus. »Sie lieben sich. Wirklich und wahrhaftig, auf eine verdrehte Art und Weise. Ist das nicht beschissen?«

»Bist du denn wie er?«, fragte Anne leise. »Hast du jemals …«

»Spiel nicht die Heilige, Anne. Ich habe meine Kinder nicht einfach für drei Tage im Stich gelassen. Du bist genauso verkorkst wie ich. Das sind wir alle.«

Annes Kehle schnürte sich allmählich zu. »Du hast mir immer noch nicht gesagt, warum ich hier bin.«

»Ich will Geld. Ich dachte, das wäre klar.«

»Von mir?« Anne schnappte nach Luft. »Ich habe kein Geld. Außerdem seid ihr doch reich, du und Eliza.«

»*Waren* wir«, erwiderte Roman. »Vergangenheitsform. Und ich mag keine schönen Dinge aufgeben. Deshalb wirst du mir helfen.«

»Woher hattest du dann das Geld für Luke? Er ist nicht billig.«

»Nein, aber wie ich schon sagte, früher hatten wir Geld. Diese Häppchen, die Eliza mir nach und nach auf mein Konto rübergeschoben hat ... Sie dachte, ich würde das Geld für dumme, frivole Dinge verschwenden. Für Frauen, schicke Abendessen, Hotels und so was. Sie ist wirklich paranoid. Ein Wunder, dass sie *dich* nach deinem kleinen Unfall nicht hat verfolgen lassen.«

Anne schluckte schwer. »Du hast das Geld gespart, nehme ich an?«

»Ich habe es sicher verstaut.« Roman stützte die Ellbogen auf die Knie, seine Augen glänzten vor Selbstbewusstsein. »Wenn ich eine Frau will, Anne, zahle ich nicht für ihre Gesellschaft.«

Annes Wangen wurden heiß.

»Keine Angst. Dich will ich nicht.« Roman musterte sie. »Wenn ich weibliche Gesellschaft will, könnte ich etwas Besseres finden als eine Hausfrau, die in ihrer Freizeit ihrem Mann hinterherspioniert.«

Anne sprang auf. »Spinnst du, Roman? Was soll das?«

»Luke Hamilton gehört mir. Verstehst du, was ich damit sagen will?«

Allmählich wurden Anne die Zusammenhänge klarer. Sie sah, worauf Roman hinauswollte, hatte aber noch nicht herausgefunden, wie er den Sieg davontragen wollte.

Sie spielte mit dem ausgefransten Rand ihrer Handtasche. »Wirst du mir sagen, warum du Mark noch nicht erzählt hast, dass du von der Affäre weißt?«

Roman wirkte verärgert. »Kein Wunder, dass du und Eliza befreundet seid. Ihr begreift es beide nicht, was? Das hier ist so viel größer als Mark und irgendeine dumme Frau.«

»Was meinst du damit, es ist größer?«

»Luke hat dir nicht alles über deinen Mann verraten.«

»Ich verstehe immer noch nicht, warum Luke dir etwas über unser Privatleben erzählen sollte. Dazu hat er kein Recht.«

»Deine Rechnung wurde mit Elizas Geld bezahlt«, sagte Roman betont. »Eliza hat Luke für dich bezahlt. Luke und ich haben eine Abmachung, und wenn etwas mit Elizas Namen auf seinem Schreibtisch landet, bringt er es zu mir. Der Höchstbietende gewinnt. Der Scheck war auf ihren Namen ausgestellt, deshalb kam er zu mir, und ich habe mehr geboten.«

»Ich glaube dir nicht.«

»Das spielt keine Rolle. Wir alle wissen, wie es funktioniert. Geld regiert die Welt. Ich habe ein Geheimnis. Wenn du Geld hast, bleibt das Geheimnis auch geheim.«

»Ich habe kein Geld. Das habe ich dir schon gesagt«, antwortete Anne bitter. »Wie du gesagt hast, ich bin nur eine Hausfrau. Ich habe seit fast zehn Jahren nicht mehr gearbeitet. Wir haben vier Kinder und leben in Los Angeles. Unser Erspartes ist lächerlich. Wenn Mark entlassen würde, könnten wir die Hypothek für unser Haus kaum drei Monate lang zahlen, ohne Insolvenz anzumelden.«

»Das mag ja sein«, meinte Roman. »Aber Luke hat mir bei diesem kleinen … Schlamassel geholfen. Deine Mutter ist stinkreich. Einmal habe ich sie bei dir zu Hause getroffen, da war sie mir gleich unsympathisch.«

Anne dachte an Beatrice Harper. Die Frau, die auf Martha's Vineyard Urlaub machte. Die Frau, die in einem makellosen, hundert Jahre alten viktorianischen Haus lebte, das unter Denkmalschutz stand. Die Frau, die es sich leisten konnte, ihre Enkelkinder ohne mit der Wimper zu zucken aufs College zu schicken. Die Frau, die ihrer Tochter nie auch nur einen Cent gegeben hatte.

»Ich komme nicht an das Geld heran«, sagte Anne. »Das meiste davon ist für die Studiengebühren der Kinder angelegt und wird erst frei, wenn sie achtzehn sind.«

»Das College-Geld ist mir egal. Ich will Bares. Es ist mir egal, ob du das Geld von deinen Eltern bekommst oder ob du dafür auf den Strich gehst. Nächsten Monat will ich fünfzigtausend Dollar.«

»Oder?«

»Oder ich verrate der Polizei Marks kleines Geheimnis. Oder noch besser, einem Journalisten. Dem Staatsanwalt. Jemandem, der Marks kleine *Patzer* nicht ganz so amüsant findet.«

»Sie können ihn nicht wegen einer Affäre entlassen.« Annes Lippen waren wie ausgedörrt. Das Wort »Affäre« war immer noch ungewohnt.

»Davon rede ich nicht. Sondern von Marks Integrität.« Roman musterte Anne aufmerksam. »Mark mag ja wie ein Held wirken, ein wahrer aufrechter Officer. Aber was wäre, wenn ich dir sagen würde, dass er nicht so blitzsauber ist, wie er alle glauben lässt?«

»Willst du damit andeuten, dass mein Mann korrupt ist?« Anne schnaubte. »Mach dich nicht lächerlich.«

»Willst du das Risiko eingehen, dass ich falsch liege?« Roman zuckte mit einer Schulter. »Fünfzig Riesen werden mich – und jeden Beweis des Gegenteils – schweigen lassen. So musst du nicht das Risiko eingehen, dass ich recht habe.«

Anne hielt inne. Glaubte sie, dass ihr Mann ein korrupter Cop war? Noch vor einem Jahr hätte sie ihr Leben darauf verwettet, dass ihr Mann niemals log. Jetzt fragte sie sich, ob sie Mark Wilkes falsch eingeschätzt hatte.

Trotzdem zitterte sie. *Fünfzigtausend Dollar?* So viel Geld konnte sie auf keinen Fall auftreiben. Egal woher. Sie und Mark hatten nicht einmal annähernd so viel gespart. Sie müssten das Haus verkaufen, und dann würde all das hier auffliegen.

Kurz liebäugelte Anne mit dem Gedanken, ihre Mutter anzurufen, schnaubte dann jedoch, als sie sich das Gespräch ausmalte. Die Chance, dass Beatrice ihr das Geld gab, war noch geringer als die, dass Anne das Haus verkaufen und das Geheimnis vor Mark bewahren könnte.

Zu diesem Zeitpunkt wäre Annes beste Option, eine Crash-Diät zu machen, ein Paar Stripperstiefel zu besorgen und in einem Club anzuheuern. Und das war absurd. Niemand wollte Anne nackt sehen.

Leider wusste sie, wie es lief. Sie las Bücher, sah Filme. Fünfzigtausend Dollar waren nur der Anfang, es würde nie aufhören. Sie und Roman ließen sich auf ein gefährliches Spiel ein, das so lange andauern würde, bis einer von beiden nachgab. Oder tot war.

Schaudernd sah Anne plötzlich das Wort »Motiv« in einem neuen Licht. Sie hatte immer gedacht, dass Krimis zu weit hergeholt und zu unrealistisch für diese Welt waren, vor allem für Annes bescheidenes Leben, in dem sie vier anständige Menschen großziehen und dabei nicht ihren Verstand verlieren wollte. Ihre größten Probleme sollten darin bestehen, ihre Kinder zu versorgen und die Zahl auf der Badezimmerwaage in Schach zu halten. Und natürlich nicht wieder von ihrer Familie wegzulaufen.

»Wenn ich dir so viel Geld besorge«, sagte Anne schließlich, »verdiene ich zu erfahren, was mein Mann deiner Meinung nach getan hat.«

»Ich dachte mir, dass du das fragen würdest.« Roman beugte sich vor und bedeutete Anne, sich zu ihm zu lehnen. »Keine Angst. Ich habe nichts vor dir zu verbergen.«

Dann erzählte Roman es ihr. Bis ins kleinste Detail.

Anne hatte immer gesagt, sie könnte keinen Menschen töten. Dass Mord nichts für sie war. Doch als Roman ihr seine Informationen ins Ohr flüsterte, fühlte sie nichts. Ihr war weder übel noch war sie wütend, verzweifelt oder verängstigt. Sie fragte sich nur, wie es wohl wäre, wenn Roman tot wäre.

Protokoll

Verteidigung: Ms. Hill, Sie waren am 13. Februar bei beiden Buchclubtreffen, korrekt?

Marguerite Hill: Ich bin die Autorin. Um meine Anwesenheit ging es schließlich.

Verteidigung: Am Nachmittag des 13. Februar wurde auch über das Thema Mord gesprochen. Würden Sie sagen, dass der Inhalt Ihres Buches das Gespräch darauf gebracht hat?

Marguerite Hill: Ich würde sagen, das ist lächerlich. Mein Buch handelt von Frauen – unsere Macht, unsere Rechte und die Fähigkeit, unser Leben in die eigenen Hände zu nehmen. Mord kommt darin nicht vor.

Verteidigung: Ich habe Ihr Buch gelesen, Ms. Hill. Beeindruckend. Sie sind eine talentierte Autorin.

Marguerite Hill: Danke.

Verteidigung: Außerdem war es interessant, es unter den gegebenen Umständen zu lesen – vor allem diesem Mordprozess. Geht es in Ihrem Werk nicht oft um Frauen, die sich holen, was ihnen gehört, vor allem bei Männern in Machtpositionen?

Marguerite Hill: Ich schätze schon. Aber was hat das mit der Tötung eines Menschen zu tun?

Verteidigung: Ich lese Ihnen einen Auszug vor, Ms. Hill.

Seite achtundvierzig von ***Jetzt bin ich dran:*** »Meine Damen, ich fordere Sie auf, sich um jeden Preis zu nehmen, was Ihnen gehört. Es ist Ihr Recht – Ihre Pflicht –, für sich selbst einzustehen. Was auch immer dafür nötig ist.«

Marguerite Hill: Und? Ich stehe zu meinen Worten.

Verteidigung: Was wäre, wenn eine Frau diese Worte gelesen und sie ein bisschen zu wörtlich genommen hat? Was, wenn sie gedacht hätte, dass »was auch immer dafür nötig ist« Mord einschließt?

Marguerite Hill: Das ist ihr Problem, denn es ist absurd. Das hatte ich nicht im Entferntesten im Sinn. Mir ist auch völlig unklar, wie jemand die Stelle so verstehen könnte.

Verteidigung: Was ist, wenn Sie es genauso gemeint haben, Ms. Hill? Ich bin nicht überzeugt, dass Sie uns die Wahrheit sagen. Lautet Ihr Name Marguerite Hill?

Marguerite Hill: Natürlich.

Verteidigung: Schon immer?

Marguerite Hill: Bei meiner Hochzeit habe ich den Nachnamen meines Mannes angenommen. Nach der Scheidung habe ich ihn behalten, weil ich ihn schon für meine Arbeit verwendet hatte. Mein Ex-Mann und ich verstehen uns gut, weshalb ich mir nicht die Mühe gemacht habe, ihn zurückzuändern.

Verteidigung: Und davor?

Marguerite Hill: Vor was?

Verteidigung: Ms. Hill, der Name auf Ihrer Geburtsurkunde lautet Katherine Bonaparte.

Marguerite Hill: Aber wie haben Sie ...

Verteidigung: Hören Sie, Ms. Hill. Es tut mir leid, was Ihnen als Kind zugestoßen ist. Die Verbrechen, die man an

Ihnen begangen hat, waren unaussprechlich und furchtbar. Aber hier vor Gericht müssen Sie jetzt die Wahrheit sagen. Bitte schildern Sie den Geschworenen, wer Sie sind, woher Sie kommen und warum Sie Ihren Namen geändert haben.

Kapitel neunzehn

Sechs Monate früher
August 2018

Penny beobachtete, wie Marguerite Hill durch den prunkvollen Ballsaal spazierte, inmitten einer kleinen Gruppe von Bewunderern, zu der auch Roman Tate gehörte.

Es war nicht schwer gewesen, den Veranstaltungskalender des Pelican Hotels zu googeln und herauszufinden, dass Romans Frau eine Party für Marguerites neues Buch veranstaltete. Penny versuchte immer noch zu rätseln, warum Roman sie eingeladen hatte. Wenn er ihr erklären wollte, warum er sie geküsst hatte – und noch ein paar andere Dinge –, wäre es dann nicht klüger gewesen, sich irgendwo allein zu treffen? Ohne seine Frau?

Penny fühlte sich wie die Karotte vor Elizas Nase. War das alles ein großes Spiel für Roman? War Penny seine Midlife-Crisis – eine heimliche Affäre, die hell aufblitzen und dann verpuffen würde, wenn er, um Gnade winselnd, zu seiner Frau zurückkehrte?

Das würde Penny sich nicht bieten lassen. Sie wollte nicht die andere Frau sein. Warum war sie also überhaupt gekommen? Warum hatte sie Romans E-Mail nicht ignoriert oder ihm eine saftige Fick-dich-Antwort geschickt?

Weil sie neugierig war. Penny wollte mehr, sie wollte alles wissen. Sie wollte Eliza mit eigenen Augen sehen, die Frau kennenlernen, deren Mann sie geküsst hatte. Sie wollte Marguerite Hill sehen, ihren geliebten Guru, und aus ihrem Mund hören, dass alles gut werden würde. Dass Pennys Leben nicht vorbei war, dass sie immer noch die Verantwortung übernehmen und all das Chaos hinter sich lassen konnte.

Außerdem war sie auf Romans Erklärung gespannt. Würde er ihr gegenüber ehrlich sein? Würde er lügen? Würde er ihr sagen, dass alles ein Irrtum gewesen war und ob sie ihr kleines Intermezzo bitte geheim halten könnte?

Mit einem Wodka-Martini in der Hand und eine der mit Blauschimmelkäse gefüllten Deko-Oliven kauend, beobachtete Penny, wie sich die elegant gekleidete Gruppe langsam im Raum verteilte. Manche gingen zur Bar, andere gesellten sich zu den bereits anwesenden Gästen.

Penny nestelte an ihrer H&M-Diebesbeute herum und biss sich auf die Lippe, während Roman Marguerite aus ihrer Jacke half, einem schimmernden rosa Ding, das bei den Temperaturen in Südkalifornien völlig unnötig war, aber trotzdem schick und wahrscheinlich teuer. Der Ehrengast durfte sich ein bisschen extravagant kleiden.

Penny war von Marguerite Hill und allem, wofür sie stand, fasziniert. Ihr letztes Buch war auf Platz zehn der *New-York-Times*-Bestsellerliste gewesen. Vor ihrem unerwarteten Erfolg war sie ein Niemand gewesen, ähnlich wie Penny selbst. Fast über Nacht war Marguerite Hill zum neuesten Selbsthilfeguru des Kontinents geworden. Und jetzt stand Penny nur einen Steinwurf von ihrem Idol entfernt.

Marguerite hatte etwas an sich – lag es an ihrem Blick oder ihrer Art zu sprechen? Vielleicht wie sie sich bewegte oder ihre Worte über die Seite galoppierten. Irgendetwas an ihr ließ Penny erschaudern. Diese Frau durfte man nicht auf die leichte Schulter nehmen.

Über ihr Martini-Glas hinweg beobachtete Penny Roman, wie er näher an Marguerite heranrückte. Bildete sie es sich nur ein, oder standen die beiden ein klein wenig zu dicht beieinander? Vielleicht brachten Penny die kleinen Berührungen aus der Fassung oder die Art, wie Roman sich Marguerites Jacke über die Schulter warf.

Vielleicht war Penny nicht die Einzige, auf die Roman ein Auge geworfen hatte. Sie wusste nicht, ob sie sich dadurch besser oder schlechter fühlte, aber irgendetwas fühlte sie. Und dieses Etwas wurde schnell zu Eifersucht, die in ihrer Brust wie in einem Flipperautomaten herumschwirrte. Penny kämpfte mit jeder Faser ihres moralischen Kompasses dagegen an, jedoch vergeblich.

Sie versuchte, ihre aufgewühlten Nerven zu ignorieren, und richtete ihre Aufmerksamkeit auf jemanden, der interessanter war als Roman oder Marguerite. Mit wachsender Neugierde beobachtete sie Eliza Tate und fragte sich, was sie wohl wusste. Hatte Roman möglicherweise alles gestanden, und sie wusste von ihrem geheimen Geplänkel?

Beim Betreten des Raumes hatte Penny eine wunderschöne, verloren wirkende Frau an einem Cocktailtisch gesehen, die wie eine Disney-Prinzessin mit gebrochenem Herzen aussah, die auf einen Prinzen wartete, der nie kommen würde. Elizas langes, glänzendes dunkles Haar war über eine Schulter gestrichen gewesen, und ihr Kleid – eng anliegend und kurz – war aus einem eleganten schwarzen Stoff, bei dem sich Penny in ihrem Billig-Jumpsuit wie ein naiver Teenager fühlte.

Sie hätte genauso gut glitzernden Lidschatten tragen und Kaugummi kauen können. Es hätte zu dem Klebeband gepasst, mit dem sie ihren Schuh repariert hatte, weil sie kein Geld für neue Absätze ausgeben wollte.

Penny wandte sich zur Bar und schob sich eine weitere Olive zwischen die Lippen. Wieder einmal war sie dumm, weil sie sich nach einem Partner verzehrte, den sie nicht haben konnte, während ihr ein echter, greifbarer Mann Blumen brachte. Ryan Anderson würde vielleicht nie eine Jacht sein. Aber er war ein verdammt gutes Rettungsboot.

»Ich bin froh, dass du es geschafft hast.« Bei Romans Stimme kribbelte Pennys Haut in Erwartung eines aufkommenden Sturms. »Ich hatte schon Angst, du würdest mich nicht sehen wollen.«

»Ich warte immer noch auf einen guten Grund, warum ich nicht sofort wieder gehen sollte.« Penny starrte in ihren Martini, als sie die bitteren Worte aussprach. »Du bist verheiratet.«

»Das wusstest du von dem Tag an, an dem du mich kennengelernt hast.«

Pennys Gesicht wurde warm.

Roman lehnte sich zu ihr. »Trotzdem wolltest du mich.«

»Ich gehe …«

»Penny«, tadelte er sie sanft und schüttelte den Kopf. »Es tut mir leid. Das klang falsch. Ich wollte sagen, dass es eine größere Kraft gibt, die uns zueinander hinzieht. Ich spüre es, und ich glaube, du auch.«

Pennys Kehle wurde trocken. »Das zwischen uns hätte nie passieren dürfen. Es ist niemandem gegenüber fair.«

»Du irrst dich.«

Roman sah so überzeugt aus, dass Penny sprachlos in ihren Drink starrte. Irgendwie war das Glas fast leer. Außer Bohnen zum Mittagessen hatte sie den ganzen Tag über noch nicht viel zu sich genommen.

»Du bist ein Arschloch.« Der Alkohol musste stärker gewirkt haben als erwartet, was ihr neu gewonnenes Rückgrat erklärte. »Ich kann nicht glauben, dass ich auf deine ganze ...« Penny machte eine Geste, die Roman von Kopf bis Fuß einschloss. »Auf das alles reingefallen bin. Ich hätte fast Lust, deiner Frau alles zu erzählen.«

»Mach nur«, sagte Roman. »Aber atme erst einmal durch und trink noch was. Ich habe dir eine Erklärung versprochen, und dazu komme ich noch. Sobald du mir zugehört hast, kannst du tun, was du willst, und ich werde nicht versuchen, dich aufzuhalten.«

Penny zuckte ungläubig mit den Schultern. Eigentlich wollte sie keine weiteren Zugeständnisse machen.

Roman trat näher und gab dem Barkeeper ein Zeichen. »Noch einen Martini für sie, einen Whiskey pur für mich.«

»Ich möchte nichts mehr.« Penny leerte ihr Glas und winkte dem Barkeeper abwehrend zu. Sie ignorierte Romans Blick, den sie aus dem Augenwinkel wahrnahm. »Ich habe nichts zu Abend gegessen. Der Alkohol ist mir direkt in den Kopf gestiegen.«

»Wir nehmen den Martini«, versicherte Roman dem Barkeeper und warf Penny ein breites Lächeln zu. »Veranstaltungen wie diese sind immer ein bisschen … bieder. Da muss man locker werden. Es wird Häppchen geben, wenn du etwas zu essen brauchst.«

Penny machte ein unverbindliches Geräusch.

»Hattest du schon die Gelegenheit, jemanden kennenzulernen?« Roman deutete auf die Party und wich einem echten Gespräch mit Small Talk aus. »Viele Leute aus der Branche sind anwesend. Du solltest mit ein paar reden.«

»Tatsächlich habe ich deine Frau schon kennengelernt.« Der Wodka in Pennys Körper vermischte sich mit latenter Wut. »Sie scheint sehr nett zu sein.«

»Das kann sie sein.« Roman ging nicht auf den Köder ein. »Auch wenn sie nicht mehr lange meine Frau sein wird.«

Penny verschluckte sich an einer Olive. »Was?«

»Wir trennen uns. Wir warten nur noch auf die Scheidungspapiere.«

»Das … tut mir leid?« Es hatte nicht wie eine Frage klingen sollen. »Wann war das?«

»Vor ein paar Monaten«, sagte Roman, »aber wir hätten uns schon vor Jahren trennen sollen.«

»Verdammt noch mal. Warum hast du nicht schon früher was gesagt?« Penny fächelte sich Luft zu und war noch erleichterter, als sie erwartet hatte. »Ich dachte, ich hätte deine Ehe ruiniert, und das hat mich belastet.«

Romans Gesicht wurde weicher. »Es tut mir leid.«

»Darf ich fragen, warum ihr euch trennt?«

»Wir haben uns schon lange auseinandergelebt. Wir lieben uns nicht mehr. Wie ich schon sagte, es hat sich schon seit Jahren angebahnt. Ich weiß nicht mal, ob wir uns je wirklich geliebt haben.«

Penny erinnerte sich an den verzweifelten Ausdruck in Elizas Augen und wusste, dass das nicht stimmte. Zumindest nicht für Eliza. Penny erkannte eine Frau, die nicht haben konnte, was sie sich am meisten wünschte.

»Wer hat beschlossen, dass es Zeit für eine Scheidung ist?«

»Es war eine gemeinsame Entscheidung. Wir verstehen uns gut. Deshalb bin ich heute Abend hier. Auf der Party meiner zukünftigen Ex-Frau.«

Der Barkeeper kam mit den Drinks zurück. Penny spießte gierig eine weitere Olive auf und kaute, in der Hoffnung, sie möge gegen die Benommenheit helfen, die sie auf einer Wolke aus Zuversicht schweben ließ. Eine Wolke, die im Moment hell und glänzend aussah, aber am Morgen zweifellos dunkel und stürmisch und voller Bedauern sein würde.

Penny wollte einem Kellner winken, der ein Tablett mit Crackern und edlem Käse trug, doch da legte sich eine Hand auf ihr Handgelenk.

»Ich glaube, du verstehst nicht, was ich dir sagen will.« Roman berührte sanft ihren Nacken. »Ich habe an dich gedacht, Penny. Konnte dich nicht vergessen. Ich hätte dich nicht so küssen sollen, ohne dir vorher die Wahrheit zu sagen, aber ich konnte nicht anders.«

Penny schloss die Augen und atmete tief ein. Ihr war übel vor Erleichterung, und sie fragte sich, was das über sie aussagte. Hatte sie doch noch ein Gewissen?

All die Jahre, in denen sie Diebesgut gehortet und ihre schuldbewussten Gedanken zum Teufel gejagt hatte … Sie dachte, sie hätte das Mistding zermürbt.

Doch hin und wieder kehrte diese Stimme zurück – der kleine Engel auf ihrer Schulter, der vom Teufel auf der anderen Seite noch nicht ganz vertrieben worden war. Penny konnte sich nicht entscheiden, ob das eine gute oder eine beunruhigende Nachricht war.

Sie hatte doch keine Ehe zerstört. Einen Moment lang genoss sie die Erleichterung und fragte sich, ob gerade die sie menschlich machte. Fast augenblicklich trat ein Gefühl der Ekstase an ihre Stelle. Penny fragte sich erneut, ob sie das zu einem schrecklichen Menschen machte. Nicht, dass sie eine Antwort gebraucht hätte. Man hatte ihr das kleinere Übel zugestanden, und das war das Beste, was sie tun konnte.

Während sie Romans Erklärung verarbeitete, ließ Penny die kleinen Schuldgefühle, die sie monatelang geplagt hatten, in die Tiefen ihres Gehirns vordringen und gestattete endlich anderen Sinnen, das Ruder zu übernehmen. Romans Atem roch jetzt vertraut, nach würziger Minze und teurem Whiskey. Ein leichtes, ansprechendes Rasierwasser haftete an seinem teuren Anzug. Die Berührung seiner Hand auf ihrem Handgelenk war wie Eiswürfel, die auf Asphalt schmolzen – beißende Kälte und sengende Hitze aufeinander.

»Ich hoffe, du weißt, dass ich von Anfang an gute Absichten hatte«, sagte Roman. »Es würde mich freuen, wenn wir heute Abend noch weiterreden könnten – unter vier Augen.«

Penny öffnete die Augen und warf einen Blick über die Schulter. Sie blinzelte, als sie Eliza und Marguerite sah, die sich näherten, aber alle paar Meter von eifrigen Gästen aufgehalten wurden. Die Party war größer und lauter geworden. Ihr Ziel, auf das sie zusteuerten, war jedoch klar und deutlich.

Elizas Blick traf Penny für den Bruchteil einer Sekunde. Pennys Nacken kribbelte. Sie drückte den Martini an die Brust und versuchte, Romans Hand abzuschütteln.

»Sehr gern«, erwiderte sie. »Aber ich muss kurz durchatmen und wirklich etwas essen.«

»Natürlich.« Romans Erwiderung war freundlich, sein Tonfall hingegen scharf.

Penny bemerkte einen merkwürdigen Ausdruck in seinen Augen, als er seine zukünftige Ex-Frau ansah und sie anlächelte. Eliza erwiderte das Lächeln nicht. Penny fragte sich vage, ob die Scheidung so freundschaftlich war, wie er behauptete.

Sie hatte jedoch keine Zeit, sich genauer damit zu beschäftigen, denn Eliza und Marguerite waren endlich an der Bar angekommen. Pennys Kehle wurde trocken. Sie war so von den beiden Frauen in Anspruch genommen, dass sie nicht bemerkte, wie Roman von ihrer Seite wich.

»Marguerite«, sagte Eliza, »das ist die Frau, von der ich dir erzählt habe. Penny, darf ich vorstellen: Marguerite Hill.«

»O mein Gott!« Penny griff nach der ausgestreckten Hand der Autorin und schüttelte sie. »Ihr Buch ist großartig. Es hat buchstäblich mein Leben verändert.«

»Ach ja?« Marguerite trat mit funkelnden Augen vor. »Erzähl mir mehr.«

In den nächsten Minuten schwebte Penny auf Wolke sieben, als sie von ihrer Reise von Iowa nach Kalifornien erzählte. Zum Abschluss ihrer schwärmerischen Rede zog sie ihr eselsohriges Exemplar von *Jetzt bin ich dran* aus der Tasche.

»Könnte ich wohl ein Autogramm haben?«, fragte sie. »Das würde mir so viel bedeuten. Ich kann es kaum erwarten, *Frei sein* in die Hände zu bekommen. Das musst du mir dann auch signieren.«

Während Marguerite das Exemplar signierte, fühlte sich Penny zum ersten Mal seit Wochen wieder richtig beschwingt. Sie war immer noch ganz high, als Eliza und Marguerite weiterzogen, um die übrigen Gäste zu verzaubern. Penny fächelte sich Luft zu und ließ den nackten Zahnstocher, den sie von seinen Oliven befreit hatte, in ihr leeres Martini-Glas fallen.

Roman war Single. Penny hatte ihr Idol getroffen. Könnte der Abend noch besser werden?

Wie im Traum schlenderte sie zum Desserttisch und spießte wahllos Erdbeeren und Ananas auf, wobei sie sich ihrer Bewegungen kaum bewusst war. Sie hatte ihren Obstspieß gerade in den Schokoladenbrunnen getaucht, als sie jemanden neben sich spürte.

»Komm mit, irgendwohin, wo es ruhig ist. Nur kurz.« Romans Stimme riss Penny aus ihrem Glücksnebel. »Ich glaube, es würde uns guttun zu reden.«

»Ich bin mir nicht sicher, ob das so eine gute Idee ist«, erwiderte Penny und schluckte schwer. »Theoretisch bist du noch verheiratet.«

»Unter vier Augen werde ich dir alle Fragen zu meiner Beziehung beantworten. Aber ich kann dir garantieren, dass meine Ehe vorbei ist.«

Pennys Herz schlug hart gegen ihren Brustkorb. Sie wollte nichts für Roman empfinden, und doch strebte sie wie ein Magnet zu ihm. Eine unerbittliche, natürliche Anziehungskraft.

»Ich habe tatsächlich noch Fragen«, gab sie schließlich zu. »Aber ich möchte nur reden. Nichts … anderes.«

»Ich habe oben ein Zimmer.« Roman holte eine Schlüsselkarte aus der Tasche. »409.«

Protokoll

Verteidigung: Haben Sie je mit Ms. Hill über Ihren Mann gesprochen?

Eliza Tate: Wir sind sicher mal auf ihn zu sprechen gekommen. Man redet über Ehemänner. Marguerite und ich sind seit Jahren befreundet, und sie hat Roman oft getroffen. Es wäre nur höflich von ihr gewesen, sich nach ihm zu erkundigen.

Verteidigung: Wie lange kennen Sie Ms. Hill schon?

Eliza Tate: Einige Jahre. In meinem früheren Job war sie meine größte Klientin. Wir haben bei ihrem ersten Buch schon miteinander gearbeitet.

Verteidigung: Schien Marguerite Hill im Lauf dieser Jahre irgendwann an Ihrem Mann interessiert zu sein? In romantischer Hinsicht?

Eliza Tate: Bis vor ein paar Monaten hätte ich mit Nein geantwortet.

Verteidigung: Was ist da passiert?

Eliza Tate: An dem Abend, an dem im Pelican Hotel die Party für ***Frei sein*** stattfand, wirkte sie ein bisschen zu vertraut mit Roman.

Verteidigung: Haben Sie sich über Ihre Klientin geärgert?

Eliza Tate: Ich habe mich über meinen Mann geärgert. Marguerite hielt ich nur für einen Bauern.

Verteidigung: Wie meinen Sie das?

Eliza Tate: Roman war wütend auf mich, weil ich mir von seinen Eltern Geld geliehen hatte. Ich dachte, er wollte mich bestrafen, indem er mir zeigte, dass er auch andere Frauen haben könnte, wenn er das wirklich wollte. Er flirtete direkt vor meinen Augen mit Marguerite. Er wusste genau, was er tat. Oder zumindest dachte ich das. Jetzt bin ich mir da nicht mehr so sicher.

Verteidigung: Warum?

Eliza Tate: Ich denke allmählich, dass das alles überhaupt nicht Romans Schuld war. Ich glaube, Marguerite wollte meinen Mann verführen. Ich glaube, ***sie*** wusste genau, was sie tat, und er war der Dumme. Sie ließ ihn einfach in dem Glauben, er hätte alles im Griff. Es ist irre, was Männer alles tun, wenn man nur ihr Ego richtig streichelt.

Verteidigung: Und warum sollte Ms. Hill versuchen, Ihren Mann zu verführen?

Eliza Tate: Marguerite hasste Roman. Sie wollte, dass ich ihn verlasse.

Verteidigung: Ms. Hill hasste Ihren Mann? Hat sie das so deutlich gesagt?

Eliza Tate: Das musste sie nicht. Wie gesagt, ich kenne Marguerite schon seit Jahren. Vor allem in den letzten Monaten hat sie mich gedrängt, ihn zu verlassen. Zu mir zu stehen und mich von ihm zu befreien.

Verteidigung: Und Sie wollten ihn nicht verlassen?

Eliza Tate: Es war unwichtig, was ich wollte. Ich war zu langsam für Marguerite und das, was ***sie*** wollte.

Verteidigung: Warum hasste Ms. Hill Ihren Mann, was glauben Sie?

Eliza Tate: Sie fand ihn herrschsüchtig. Dachte, dass er mich nicht verdiente. Jetzt, da ich ihre Geschichte kenne, ergibt es mehr Sinn, warum sie es von Anfang an auf ihn abgesehen hatte.

Verteidigung: Was hat Ms. Hills Vergangenheit mit der Abneigung gegen Ihren Mann zu tun?

Eliza Tate: Marguerite ist auf einem kleinen Rachefeldzug gegen Männer mit Macht. Männer, die ihre Macht missbrauchen, genauer gesagt. Nachdem ich gelesen habe, was ihr Vater ihr als Kind angetan hat, kann ich es ihr kaum vorwerfen. Ich glaube, sie dachte tatsächlich, etwas Gutes tun zu wollen. Ich glaube, sie wollte mir helfen.

Verteidigung: Aber?

Eliza Tate: Aber ich brauchte keine Hilfe. Ich habe immer für mich selbst gesorgt. Ich wusste, was ich tat.

Verteidigung: Haben Sie ihr das gesagt?

Eliza Tate: Ich hatte keine Gelegenheit. Weil irgendwann Gefühle im Spiel waren, und das geht nie gut aus.

Kapitel zwanzig

Sechs Monate früher
August 2018

»Marguerite, ich freue mich schon sehr auf Ihr nächstes Projekt.« Ein Mann in einem langweiligen schwarzen Anzug streckte der Autorin eine fleischige Hand entgegen. »Ich bin Henry David vom *Los Angeles Literary Magazine*, meinem kleinen, unabhängigen Onlinemedium. Hätten Sie ein paar Minuten Zeit für mich?«

Eliza blendete das banale Gespräch aus und ließ ihren Blick über die anderen Gäste schweifen, die zahlreich erschienen waren. Das Essen war perfekt. Das Ambiente war perfekt. Warum war sie selbst dann so angespannt?

»Das ist eine brillante Idee«, sagte Marguerite und stieß Eliza mit dem Ellbogen an. »Findest du nicht auch?«

Eliza zwang sich zu einem Lächeln und versuchte, sich an das Gespräch zu erinnern, das sie gerade aktiv verdrängt hatte. »Entschuldigung, welche Idee?«

»Buchclubs«, erwiderte Marguerite ungeduldig. »Was wäre, wenn wir Leseexemplare meines Buches an

Buchclubs im ganzen Land verteilen würden? Sie sollen dann darüber twittern und auf Instagram posten. Noch besser wäre es, wenn wir ein paar erste Rezensionen veröffentlichen könnten.«

»Auf jeden Fall«, sagte Eliza. »Darum habe ich mich schon gekümmert.«

»Wirklich?«

»Natürlich. Die erste Buchclubveranstaltung ist für Februar geplant. Bis dahin sollten Vorabexemplare von *Frei sein* gedruckt sein. Dann können wir ein paar Fotos vom Buch mit Leserinnen machen.«

Marguerites Stimmung besserte sich sichtlich bei der Aussicht auf ein Fotoshooting. »Ist das Treffen hier in der Stadt? Ich würde gerne vorbeikommen. Ein paar Exemplare signieren, hören, was die Leserinnen dazu sagen.«

Und dich fotografieren lassen, dachte Eliza genervt.

»Es ist hier in der Stadt«, bestätigte sie. »Ich trage es in deinen Kalender ein.«

»Sehr gut.« Marguerite wandte sich zufrieden zurück an den Blogger. »Die Fotos dürfen Sie dann zusammen mit dem Bericht in Ihrem Magazin veröffentlichen.«

Eliza knabberte gedankenverloren an einem Nagelhäutchen, während sie über eine Buchclubveranstaltung nachdachte, die Marguerite Hill beeindrucken würde. Sie hatte gelogen – es gab keinen Buchclub in der Stadt. Und auch sonst nirgends.

»Ich würde auch gern kommen.« Der Blogger sah zu Eliza. »Und ein paar eigene Fotos machen.«

»Tolle Idee«, sagte Marguerite. »Eliza? Wo findet das Treffen statt?«

»Äh … Bei mir zu Hause«, erwiderte sie und warf dem Blogger ein entschuldigendes Lächeln zu. »Tut mir leid, geschlossene Veranstaltung.«

»Gute Idee«, murmelte Marguerite. »Sehr gute Idee.«

Zum Glück schlenderte in diesem Moment Elizas guter Freund Dominic Schroeder vorbei. Eliza packte ihn am Ellbogen und zog ihn zu sich und Marguerite. Bei dem gepflegten, gut aussehenden Mann hob die Autorin neugierig eine Augenbraue.

»Das ist Dominic, Film- und Fernsehagent«, sagte Eliza eilig. »Er ist großartig. Hat die letzten Annie-Shefflin-Bücher an Warner Bros. verkauft.«

»Annie Shefflin?«, fragte Marguerite. »Sehr beeindruckend. Ich bin …«

»Ich weiß, wer Sie sind«, fiel Dominic ihr ins Wort. »Ich freue mich, Sie kennenzulernen, Marguerite. Können Sie mir ein paar Details über *Frei sein* verraten? Könnte man es vielleicht für die Leinwand adaptieren? Bei dem Erfolg von *Jetzt bin ich dran* würden die Studios sicher gern einen Pitch sehen.«

Eliza lächelte vor sich hin und zog sich zurück. Die beiden wären problemlos die nächste halbe Stunde miteinander beschäftigt. Bei der kleinsten Erwähnung von Filmrechten schmolz Marguerite dahin. Und wenn Eliza Dominic Schroeder einen *New-York-Times*-Bestseller vor die Nase hielt, zählte er innerlich schon Dollarnoten.

Zufrieden mit sich und der gelungenen Kuppelaktion, schlängelte sich Eliza durch die Gäste. Sie hielt inne, als sie Roman und Penny in der Mitte des Ballsaals entdeckte, die im funkelnden Licht des Kronleuchters die

Köpfe zusammensteckten. Elizas Kehle wurde trocken, als Roman Penny etwas überreichte, das einer Kreditkarte ähnelte. *Ein Zimmerschlüssel.*

Penny schien unter Schock zu stehen, als Roman sich umdrehte und den Raum verließ. Sie stand wie angewurzelt da, allein in der Menschenmenge, und starrte auf die Schlüsselkarte. Ihre Wangen röteten sich, und Eliza sah ihr an, wie sie allmählich die Bedeutung des Plastikkärtchens in ihrer Hand begriff.

Eliza nahm ein Glas Champagner vom Tablett eines vorbeigehenden Kellners und trank einen Schluck. Sie beobachtete, wartete. Penny sah zwischen der Schlüsselkarte und der Tür hin und her. Ganz offensichtlich focht sie einen inneren Kampf aus.

Dann legte sich plötzlich eiserne Härte über das Gesicht der jungen Frau. Sie hob den Kopf, straffte die Schultern, ihr zögerliches Lächeln wurde schmal. Sie hatte ihre Entscheidung getroffen. Eliza sah mit schwerem Herzen zu, wie Penny den Ballsaal verließ.

Eliza eilte ihr nach, sah aber nur noch, wie die Aufzugtüren zuglitten. Der Aufwärtspfeil leuchtete. Sie schloss die Augen, ließ sich gegen die Wand sinken und legte eine Hand an die Stirn.

Einen Moment lang überlegte sie, ob sie Penny folgen sollte. Sie könnte ins Zimmer stürmen und den beiden eine Szene machen, aber was würde das bringen? Wenn Roman und Penny zusammen sein wollten, würden ein paar böse Worte von Eliza sie nicht aufhalten.

Also strich sie ihr Kleid glatt und marschierte zurück zur Bar, wo sie sich zwei Gläser Weißwein geben ließ, mit denen sie zu Marguerite ging.

»Ist Roman schon weg?«, fragte die Autorin, als Eliza ihr ein Weinglas reichte, und fuhr rasch fort: »Er hat meine Jacke irgendwo hingelegt, und ich habe sie gesucht.«

»Da bin ich mir sicher«, antwortete Eliza süßlich. »Mein lieber Mann ist im Moment anderweitig beschäftigt. Aber wenn du wartest, kommt er sicher zu dir zurück.«

Protokoll

Staatsanwältin: Hat Roman Tate je mit Ihnen über seine Frau gesprochen?
Penny Sands: Ein bisschen.
Staatsanwältin: Hat er je über ihre Hochzeit gesprochen?
Penny Sands: Dass sie nach Vegas durchgebrannt sind, meinen Sie? Klar. Das hat er erzählt.
Staatsanwältin: Hat er erklärt, warum sie so dringend heiraten mussten?
Penny Sands: Ich nehme an, weil sie verliebt waren. Das machen Menschen manchmal. Sie verlieben sich und heiraten.
Staatsanwältin: Hat er Ihnen je erzählt, dass Eliza Tates Visum im Ablaufen begriffen war?
Penny Sands: Ich erinnere mich nicht.
Staatsanwältin: Meinem Eindruck nach hat Mr. Tate seiner Frau mit der Heirat einen Gefallen getan. Eine Weile fühlte Mrs. Tate sich ihm gegenüber verpflichtet. Sie verdiente viel Geld und ermöglichte ihm ein schönes Leben. Doch wie lange sollte sie ihre Schulden noch an ihn abbezahlen, während er ihr Geld ausgab und Affären mit jüngeren Frauen hatte?
Penny Sands: Ich weiß nicht, was Sie damit meinen.

Staatsanwältin: Ich frage mich, ob es wohl möglich sein könnte, dass Eliza Tate sich nicht länger mit ihrem Mann – und seinen Geliebten – herumärgern wollte.

Penny Sands: Das kann ich nicht beantworten. Da müssen Sie Eliza fragen.

Staatsanwältin: Es ist kein Geheimnis, dass es zwischen Ihnen und Mr. Tate böses Blut gab. Ms. Sands, hat Mrs. Tate Sie gebeten, ihr bei der Ermordung ihres Mannes zu helfen?

Kapitel einundzwanzig

Fünf Monate früher
September 2018

Die zarten Vorhänge bewegten sich im Wind, die Luft hauchte Leben in den fast durchsichtigen Stoff. Penny lag zusammengerollt im Bett, die dünne, weiße Decke um sich drapiert. Sie sah zu, wie die Vorhänge hin und her tanzten, die Türen dahinter waren im Morgenlicht geöffnet, und die Hitze strich warm über ihre nackten Beine.

Die Tür zum Badezimmer öffnete sich mit einem Klicken. Penny brauchte sich nicht umzudrehen, um zu sehen, wie der umwerfende Mann den Raum durchquerte. Sie wartete, bis er zu ihr unter die Decke geschlüpft war. Roman legte seinen braun gebrannten Arm über ihre Schultern und zog mit Zeigefinger und Daumen Kreise auf ihrem nackten Bauch.

»Gott, daran könnte ich mich gewöhnen.« Penny kuschelte sich an ihn, genoss das Sonnenlicht und das Kitzeln eines langen, langsamen Kusses in ihrem Nacken. »Das ist Magie. Pure Magie.«

Roman murmelte eine unverständliche Zustimmung. *Das ist irgendwie sein Ding*, dachte Penny und drehte sich zu ihm um. Sie strich über seinen Kiefer. Wenn ein Mann so aussah wie Roman, brauchte er keine klaren Worte. Seine unsinnigen »Mmms« und »Aahs« waren genug. Und was er nicht laut sagte, konnte sie in den Tiefen seiner hinreißenden Augen lesen.

»Ich liebe dich«, platzte sie heraus.

Das folgende Schweigen war lang, aber nicht unangenehm. Roman küsste sie auf die Stirn.

»Du musst es nicht auch sagen«, fügte Penny schnell hinzu. »Ich verstehe vollkommen, wenn du dazu noch nicht bereit bist. Aber ... so fühle ich nun mal. Ich hatte nicht vor, es zu sagen, doch jetzt ist es mir herausgerutscht.«

»Ich bin schon dabei.« Roman küsste ihr Gesicht bis hinunter zu ihren Lippen. »Hab Geduld, mein Schatz.«

»Ich habe lange darauf gewartet, auf uns«, sagte Penny. »Da kann ich auch noch ein bisschen länger auf dich warten.«

Roman lächelte nur und kuschelte sich an sie.

»Erzähl mir von Eliza«, bat Penny.

Roman stützte sich auf den Ellbogen. »Was meinst du?«

»Ich bin neugierig. Ihr wart lange verheiratet.«

»Ja«, sagte Roman. »Wir haben uns auf dem College verliebt. Oder wie auch immer man es nennen will. Ich dachte immer, wir zwei hätten eher eine geschäftliche Vereinbarung. Eliza ist ... außergewöhnlich in ihrer Arbeit. Jedoch nicht im Privatleben.«

»Warum hast du sie dann geheiratet?«

Roman sah Penny an. »Ich wünschte, du würdest nicht ...«

»Tu mir den Gefallen. Ich bin nicht eifersüchtig. Ich möchte es nur verstehen.«

»Wir waren zusammen. Haben schnell geheiratet. Eliza hatte einen wichtigen Job in Aussicht, aber ihr Visum lief ab. Wenn ich sie nicht geheiratet hätte …«

»Das ist so romantisch!«

»Es war quasi illegal.«

»Romantisch«, beharrte Penny. »Du bist für eine Frau, die du liebst, ein Risiko eingegangen. Auch wenn es letztendlich nicht geklappt hat. Ich finde das bewundernswert.«

»Auch wenn unsere Ehe gescheitert ist.«

»Auch wenn sie gescheitert ist.«

»Also …« Roman zwinkerte. »Ich kann auch weniger bewundernswert sein, wenn du das sehen willst.«

Penny kicherte und drückte sich an ihn. »Davon habe ich letzte Nacht genug gesehen.«

»Das muss nicht alles gewesen sein.«

»Ich möchte reden«, sagte Penny. »Ich möchte dich kennenlernen. Besser, meine ich. Jeden Zentimeter von dir.«

»Die Vergangenheit ist vergangen. Ich möchte nicht über meine Ex-Frau sprechen, wenn wir diesen wunderschönen Morgen vor uns haben. Lass uns was vom Zimmerservice bestellen.«

»Sicher«, stimmte Penny zu, als Roman sich streckte und die Speisekarte zu sich heranzog. Er setzte eine Brille mit breitem Gestell auf, mit der er ihrer Meinung nach unglaublich süß aussah. »Dann lass uns über die Zukunft reden. Unsere Zukunft.«

Roman rief den Zimmerservice an und ignorierte Pennys Bitte. Er bestellte ein üppiges Frühstück und scheute keine Kosten. Immer wieder waren sie an den Ort ihrer ersten gemeinsamen Nacht zurückgekehrt. Seit dem Abend der Buchvorstellungsparty waren Wochen vergangen, und sie hatten seitdem viele Nächte miteinander verbracht, eine besser als die andere. Nostalgie oder Routine – Penny war es egal. Sie liebte es. Sie liebte ihn.

Roman bestellte Grapefruit, gefülltes Omelett, Toast mit Rosenblütenmarmelade, frische Feigen und Datteln sowie schwarzen Kaffee und einmal Sahne für Penny. Wenn sie die Nacht mit Roman verbrachte, hatte sie nie Hunger. Einer der Millionen Vorteile, wenn man mit einem Mann mit Geld zusammen war.

»Zwei Stück Zucker«, fügte Roman hinzu. »Und extra Butter für den Toast.«

Als er das Gespräch beendete, legte Penny ihre Hand auf seinen Oberschenkel. Er trug nur schwarze Boxershorts, und sie strich durch die dunklen Härchen an seinem Bein. »Ich liebe das«, flüsterte sie. »Das. Wir. Es ist so … unkompliziert.«

»Was ist unkompliziert?«

»Wir«, wiederholte Penny. »Du weißt, was ich gerne esse und wie ich meinen Kaffee mag. Dass ich extra Butter für meinen Toast brauche.«

»Ich weiß, dass du die zusätzlichen Butterpäckchen in deiner Handtasche mitnimmst.«

Penny lachte. »Und das weißt du auch. So habe ich mir Liebe immer vorgestellt. Sonnige Morgen, faule Tage, gutes Essen und … ja, toller Sex«, fügte Penny hinzu, als Roman seine Finger über ihren Brustkorb tanzen ließ. Sie schlug seine Hand weg. »Hast du es dir so vorgestellt? Ist es bei uns anders als bei dir und Eliza?«

Roman zog seine Hand zurück. »Warum willst du unbedingt meine Ex-Frau analysieren? Es gibt Gründe, warum wir nicht mehr zusammen sind. Es ist vorbei.«

»Ich weiß, tut mir leid. Vergiss, dass ich etwas gesagt habe. Ich freue mich nur so darüber, wie weit wir gekommen sind, obwohl wir uns erst ein paar Monate kennen. Das ist doch toll, oder?«

»Du bist toll.«

Zu Pennys Erleichterung verschwand der verärgerte Ausdruck auf Romans Gesicht. Sie durfte Eliza nicht mehr so oft erwähnen, egal wie neugierig sie war. Und es war ja auch verständlich, sie würde auch nicht wollen, dass Roman in ihren früheren Beziehungen wühlte.

Als ob er ihre Gedanken gelesen hätte, zwinkerte Roman ihr zu. »Du hast bestimmt auch eine Vergangenheit.«

Penny nickte.

»Hast du Ryan Anderson gevögelt?«

»Wie bitte?« Penny zuckte zurück. »Wovon redest du?«

»Ryan Anderson«, wiederholte Roman. »Er ist seit deinem ersten Tag im Kurs hinter dir her. Hast du mit ihm geschlafen?«

»Gott, Roman. Das ist wirklich unhöflich.«

»Und?«

Penny stand auf. »Ich will nicht darüber reden.«

»Ich habe es ernst gemeint, als ich sagte, du solltest dich von ihm fernhalten.«

»Ich weiß.« Penny schlang die Arme um sich, als sich die warme Brise plötzlich kühl auf ihrem Körper anfühlte. »Du warst da schon eifersüchtig?«

»Er ist ein seltsamer Typ.«

»Er ist langweilig, das ist alles. Ich bin ein paar Mal mit ihm ausgegangen, weil ich dachte, du wärst *verheiratet*. Sollte ich für den Rest meines Lebens enthaltsam leben, weil du in jemand anders verliebt warst?«

»Ich wollte auf dich aufpassen«, sagte Roman und griff sanft nach Pennys Handgelenk. »Ich mag es nicht, wie er dich ansieht. Vielleicht bin ich eifersüchtig. Vielleicht war das meine einzige Möglichkeit, dich im Auge zu behalten, bevor ich bereit für den nächsten Schritt war.«

»Das ist ja fast schon süß.«

»Ich weiß nur, dass er mit anderen Mädchen aus dem Kurs ausgegangen ist.«

»Das darf er doch. Ich habe ihm gesagt, dass ich kein Interesse habe. Ich erwarte nicht, dass er auf mich wartet, und ich würde es auch nicht wollen.«

»Oh?«

»Komm schon, ich bin an *dir* interessiert«, sagte Penny und wirbelte zu Roman herum. »Du Idiot. Es ging immer nur um dich. Ich bin nur mit Ryan ausgegangen, weil ich versucht habe, dich zu vergessen.«

»Komm her«, sagte Roman leise und bestimmt. »Ich gehöre dir, Babe.«

»Ich weiß.« Penny ließ sich zu ihm ziehen, ihre Lippen trafen sich in der vertrauten Angst, die wuchs, wenn sie getrennt waren, und abflaute, sobald sie zusammen waren. »Ich liebe dich. Es tut mir leid wegen Ryan. Es tut mir leid, dass wir gestritten haben.«

»Das war kein Streit.« Roman zog Penny auf seinen Schoß. »Aber ich werde es trotzdem wiedergutmachen.«

Protokoll

Staatsanwältin: Wann hatten Sie den Verdacht, dass Ihr Mann eine Affäre mit Penny Sands haben könnte?
Eliza Tate: Ich habe gesehen, wie er Penny am Abend von Marguerites Party einen Schlüssel zu seinem Zimmer gegeben hat.
Staatsanwältin: Warum haben Sie Ihren Mann geheiratet?
Eliza Tate: Weil ich ihn geliebt habe.
Staatsanwältin: Warum haben Sie ihn dann umgebracht?

Kapitel zweiundzwanzig

Fünf Monate früher
September 2018

»Du schuldest mir achtzehn Dollar«, sagte Anne, als sie sich gegenüber von Eliza an den Tisch setzte. »Dieser Parkservice ist der reinste Diebstahl.«

»Nein, das Pelican Hotel«, erwiderte Eliza. »Der Kaffee geht auf mich. Hörst du dann auf zu jammern?«

»Oh ja.« Anne schob ihre Sonnenbrille tiefer die Nase hinunter. »Ich will den größten und teuersten Kaffee, den es gibt, und dann sind wir quitt.«

Eliza wiederholte die Bestellung für einen wartenden Kellner und beobachtete Anne, die das Gewicht auf ihrem Stuhl verlagerte und fast schon unbehaglich zu den Türen des Hotels sah. Eliza fragte sich, ob der Ort auch für sie mit schlechten Erinnerungen verbunden war. Anne hatte sich tatsächlich gegen ein Treffen im Café des Hotels ausgesprochen, aber Eliza hatte angenommen, dass der Grund eher finanzieller Natur gewesen war.

»Worüber wolltest du reden?«, fragte Anne schließlich hektisch. Als wolle sie schon zahlen, noch bevor ihr Getränk überhaupt gekommen war.

»Ich dachte nur, es wäre schön, sich mal wieder in Ruhe zu unterhalten«, sagte Eliza. »Mit meiner Agentur und deinen vier Kindern … Es ist ewig her, dass wir uns einfach mal so getroffen haben.«

»Mark ist zurzeit kaum zu Hause, und ich muss jedes Mal einen Babysitter bezahlen, wenn ich mal raus will, und das kann ich mir nicht leisten … Du könntest auf einen Kaffee vorbeikommen, wenn dir langweilig ist, aber die Zwillinge kreischen mittlerweile so viel, du bekämst sicher Kopfschmerzen.«

»Klingt entspannend«, sagte Eliza. »Vielleicht solltest du öfter einen Babysitter engagieren. Du mochtest diese Penny, nicht wahr?«

»Ja, danke noch mal«, sagte Anne, die sich für das Thema erwärmte, wie Eliza es gehofft hatte. »Sie rettet uns ständig. Aber sie kostet trotzdem Geld.«

»Was hältst du von ihr?«, fragte Eliza. »Als Mensch?«

»Von wem? Penny?«

Eliza nickte.

»Ich weiß es nicht. Sie kann gut mit den Kindern umgehen, ist nicht neugierig, stellt nicht zu viele Fragen. Ich glaube, sie stiehlt etwas von unserem Essen, aber hey, besser sie isst unsere alten Chips als ich. Mein Hintern braucht die Kohlenhydrate nicht.«

»Sie stiehlt Essen? Ist das nicht …«, Eliza zögerte, »schlecht?«

»Ich weiß nicht«, sagte Anne. »Ich habe ihr gesagt, sie soll sich aus dem Kühlschrank oder der Speisekammer bedienen. Eine ganze Familienpackung Chips hat sie aber sicher nicht auf einmal gegessen, was bedeutet, dass sie die Tüte wahrscheinlich eingesteckt hat oder so. Aber was soll's. Sie ist total abgebrannt.«

»Wie die meisten Leute in Romans Kursen«, erwiderte Eliza trocken. »So ist das in der Branche.«

»Warum fragst du?«, erkundigte sich Anne. »Ich bin dir nicht böse, weil du sie mir empfohlen hast. Ich würde jeden Tag eine Tüte Chips für eine Frau opfern, die gut mit den Kindern umgehen kann und nicht viel Geld für die Betreuung verlangt.«

»Nur so.«

»Blödsinn«, rief Anne. »Du hast immer einen Grund. Hat Penny etwas über uns zu Roman gesagt? Hat Mark versucht, sie auch auf mich anzusetzen, verflucht noch mal?«

»Auf dich anzusetzen?«

»Vergiss es«, sagte Anne. »Also, warum fragst du nach Penny?«

Eliza blickte am Hotel hinauf zu den offenen Balkontüren, den Paaren, die auf ihren privaten Terrassen in der Sonne lagen, hörte das leise Klirren von Silberbesteck von oben, während Hotelgäste ihr Frühstück genossen. *Ist mein Mann einer von ihnen?*, fragte sich Eliza. *Penny?*

»Ich habe einige Quittungen gefunden«, gab sie zu. »Quittungen für Zimmer im Pelican Hotel.«

»Nicht dein Ernst.« Anne nahm die Sonnenbrille ab und sah nach oben.

Einen Moment lang fragte sich Eliza, ob ihre Freundin Romans Namen rufen würde. Und ob sie sie abhalten würde, doch da drehte Anne den Kopf schon wieder zu ihr, als der Kellner mit zwei großen, perfekt aufgeschäumten Milchkaffees kam.

»Es überrascht mich leider nicht«, meinte Anne scharf. »Ich würde es ihm zutrauen.«

»Du hast ihn nie gemocht«, sagte Eliza. »Du hast ihm nie eine Chance gegeben.«

»Hat er denn eine verdient?«, fragte Anne spitz und trank einen großen Schluck von ihrem Kaffee.

Eliza wusste, dass Anne nie von Roman begeistert gewesen war, doch bisher hatte das keine große Rolle gespielt. Ein Echo in der Dunkelheit. Ein subtiler Kommentar hier und da. Viel unterschwelliger als Marguerite Hills offensichtliche Sticheleien, um ihren Mann loszuwerden. Aber heute Morgen sprach Anne ganz offen schlecht über Roman. War die mögliche Affäre der Grund oder etwas anderes?

»Darüber werde ich nicht mit dir streiten«, sagte Eliza. »Aber ich frage mich, ob es eine seiner Schülerinnen ist.«

»Du glaubst, es ist Penny?«, überlegte Anne stirnrunzelnd und schüttelte den Kopf. »Auf keinen Fall. Sie ist viel zu unschuldig.«

»Du hast gesagt, sie stiehlt Essen.«

»Sie hat eine Tüte Chips mitgenommen«, erwiderte Anne. »Ehrlich, die Preise für den Parkservice hier sind unverschämter als alles, wozu Penny fähig ist.«

»Das Argument hinkt«, meinte Eliza.

»Hast du denn einen Grund, Penny zu verdächtigen?«

Eliza dachte an den Abend der Party zurück. An die Schlüsselkarte, die verstohlenen Blicke, den Aufzug. Dass Roman in den letzten Wochen spät nach Hause kam – wenn überhaupt. Seit dem dummen Kredit seiner Eltern.

»Abgesehen von der Tatsache, dass sie lieb, hübsch und auch sonst hinreißend ist?«, fragte Anne. »Ich glaube nicht, dass es Penny ist. Könnte es jemand anderes sein?«

»Möglich«, murmelte Eliza.

Nein, dachte sie und schaute wieder nach oben. Eine Abbuchung vom Pelican Hotel von letzter Nacht stand auf Romans Kreditkarte aus. Eliza fragte sich, ob er überhaupt noch versuchte, es zu verbergen, oder ob es ihm einfach egal war.

»Ich weiß, dass das schlimm ist«, sagte Anne. »Glaub mir, ich weiß, wie du dich jetzt fühlst. Aber es ist nur eine Affäre.«

»Nur eine Affäre? Es hätte dich fast umgebracht, als du herausgefunden hast, dass Mark eine Affäre hat – nicht dass ich dir das vorwerfen würde. Aber was ist jetzt anders?«

»Es gibt Schlimmeres als Affären«, antwortete Anne kryptisch. »Ich bin darüber hinweggekommen. Wie auch immer. Ich sage es dir ungern, aber das war schon lange abzusehen. Roman hat dich nur wegen deines Geldes geheiratet.«

»Er hat mich geheiratet, weil er mich geliebt hat.« Eliza senkte die Stimme.

»Klar.« Anne verdrehte die Augen. »Er spielt gern den Helden und sagt, dass er dich geheiratet hat, damit du im Land bleiben konntest, aber das ist nur Fassade. Du hattest eins der dicksten Gehälter in deinem Abschlussjahrgang in Aussicht. Glaubst du nicht, dass Roman das erkannt hat? Er wusste, dass seine Eltern ihm nach dem College den Geldhahn zudrehen würden. Er wusste, dass du in der Lage sein würdest, die Fackel zu übernehmen und ihn weiter zu versorgen.«

»Das ist lächerlich«, sagte Eliza, obwohl sie sich das

auch schon unzählige Male gefragt hatte. Sie hatte es nur nie laut ausgesprochen.

»Er ist schlau – wenn er will«, sagte Anne. »Er wusste, dass du dich ihm nach der Hochzeit verpflichtet fühlen würdest. Er hat sich selbst zum Märtyrer stilisiert, aber das war alles nur gespielt, damit du es erträgst, dass er sich für den Rest deines Lebens wie ein Arsch verhält.«

»Und woher weißt du das?«

»Weil ich von außen zuschaue«, erklärte Anne. »Sag mir nicht, dass ich die Einzige bin, die deinen Mann nicht mag.«

Eliza dachte zurück an ihren Hochzeitstag. An dem Romans eigene Mutter sie vor ihm gewarnt hatte. Sie dachte an Marguerite und daran, dass die Bestsellerautorin ebenfalls einen Rachefeldzug gegen ihn zu führen schien. Letzteres hatte sich Eliza immer mit Marguerites allgemeiner Einstellung zu Männern erklärt: Skepsis und Misstrauen. Aber vielleicht hatte sie sich geirrt.

»Es ist nicht deine Schuld.« Anne sah sie mitfühlend an. »Es tut mir leid. So sollte das nicht wirken. Es tut mir leid, dass du das durchmachen musst. Aber ehrlich gesagt würde ich Roman alles zutrauen.«

»Was hat er dir denn angetan?«, fragte Eliza, etwas verärgert darüber, dass Anne sich plötzlich einbildete, mehr über Roman zu wissen als Eliza selbst. »Wann hast du jemals ein Gespräch mit Roman begonnen, abgesehen von den Dinnerpartys, wo ich euch gezwungen habe, miteinander zu reden?«

»Das ist kein Wettbewerb«, sagte Anne. »Du hast mich hierher eingeladen. Du hast nach meiner Meinung gefragt. Roman ist hier der Böse, nicht ich.«

»Ich weiß nicht, ob er es ist. Vielleicht gibt es für alles eine Erklärung.«

»Vielleicht. Oder vielleicht ist genau das, was du denkst, die Erklärung. Die Frage ist nur, was du dagegen tun wirst.« Anne setzte die Sonnenbrille wieder auf. »Sag mir Bescheid, wenn du Ideen brauchst, denn ich habe ein paar.«

»Ich habe das Gefühl, dass mir deine Ideen Angst machen würden.«

Anne zuckte mit einer Schulter. »So ist das, wenn man nichts zu verlieren hat.«

Protokoll

Verteidigung: Wann hat Ihre Beziehung zu Roman Tate geendet, Ms. Sands?
Penny Sands: Ein paar Wochen, nachdem sie toll angefangen hatte.
Verteidigung: Und was war der Wendepunkt Ihrer kurzlebigen Beziehung?
Penny Sands: Der verdammte rosa Strich.
Verteidigung: Bitte drücken Sie sich genauer aus.
Penny Sands: Ich habe einen Schwangerschaftstest gemacht, und der ist positiv ausgefallen. Genau genug?

Kapitel dreiundzwanzig

Fünf Monate früher
September 2018

»Verdammt!«, fluchte Penny genüsslich, als einer der vielen Millionen Fahrer in Los Angeles sich vor sie drängte, um ihr den einzigen freien Parkplatz in der Straße zu stehlen. »Idiot! Arschloch!«

Pfeifend fuhr Penny um den Stein des Anstoßes herum, wobei sie dem Fahrer nur zu gern den Mittelfinger zeigte, um weiter nach einem Parkplatz zu suchen. Sie bezweifelte, dass schon mal jemand sich so darüber gefreut hatte, Fremden Obszönitäten hinterherzuschreien. Doch ihre fröhlichen Wutanfälle konnten nur eines bedeuten: Sie hatte sich ein Auto gekauft.

Vor ein paar Wochen war sie zum ersten Mal mit Roman Tate ins Bett gegangen. Seit diesem Abend hatten sie mehrere Nächte pro Woche zusammen verbracht, dort, wo alles angefangen hatte. Sich ihr gemeinsames Leben mit Roman vorzustellen, sobald er wirklich frei war, war Pennys neue Lieblingsbeschäftigung.

Sie träumte davon, jeden Abend an seiner Seite zu verbringen. Am Wochenende morgens gemeinsam im

Bett zu liegen, dampfenden Kaffee zu trinken und im Sonnenlicht zu baden. Nachts würden sie glücklich miteinander flüstern. Vielleicht würden sie eines Tages sogar eine Familie gründen.

Neben ihrer aufblühenden Beziehung zu Roman war auch der Job bei der Casting-Firma stabil. Ein kleines Wunder. Zusammen mit dem Geld, das sie als Babysitterin für die Wilkes-Kinder gespart hatte, und den mageren Ersparnissen auf ihrem Bankkonto hatte sie einen Cadillac aus den Siebzigern ergattert, der mehr Schiff als Auto war.

Aber Penny war es egal, dass es fast unmöglich war, ihren neuen Wagen in weniger als dreizehn Schritten zu parken oder dass sie einen Block früher mit dem Rechtsabbiegen beginnen musste. Es war ihr auch egal, dass der Lack abblätterte und der Rost seine Krallen hineingeschlagen hatte. Und mit aller Kraft ignorierte sie die notdürftigen Ausbesserungen an den Stellen, die verdächtig an Einschusslöcher erinnerten.

Penny Sands war verdammt stolz auf ihr Auto.

Es repräsentierte ihre Freiheit in einer völlig neuen Stadt. Mit nichts war sie quer durch das Land gezogen, und jetzt hatte sie etwas. Sie hatte eine Wohnung, einen Job, ein Auto ... und einen Freund, der so erwachsen war. Roman war reif und etabliert. Er wusste, was er tat; das hatte er zur Genüge bewiesen.

Pfeifend fuhr Penny einige Male um den Block und erntete von einigen Passanten Seitenblicke wegen ihres ramponierten Wagens. Sie lächelte fröhlich zurück. Als sie endlich eine Parklücke fand, fuhr sie mit der Anmut eines Büffels hinein, übervorsichtig, um ihrem kostbaren Fahrzeug nicht noch eine Delle zu verpassen.

Während sie eine hungrige Parkuhr mit Kleingeld fütterte, betrachtete sie ihr Auto mit der Verzückung einer frischgebackenen Mutter.

Niemand konnte ihr heute Abend die gute Stimmung verderben. Sie hatte Unterricht bei Roman, und danach wollten sie noch etwas trinken gehen – zu zweit. Nach den Drinks würden sie sicher zu ihr in die Wohnung gehen. Allein der Gedanke daran jagte ihr einen Schauder über den Rücken.

Doch Penny schien das Glück zu verlassen. Als sie den Cadillac abschloss, sah sie Ryan Anderson auf der anderen Straßenseite aus seinem Wagen steigen. Er winkte ihr zu. Es war zu spät, um so zu tun, als hätte sie ihn nicht gesehen, obwohl es verlockend war. Notgedrungen winkte sie zurück.

»Hallo, Ryan«, sagte sie, nachdem er über die Straße zu ihr auf den Gehsteig gehastet war. »Wie geht's?«

»Ah, du hast ein Auto.« Er nickte zu dem Ungetüm von Wagen. »Gratuliere. Läuft es gut mit dem Babysitten?«

»Babysitten?« Penny ging neben Ryan in Richtung Studio. »Woher wusstest du, dass ich babysitte?«

»Kann mich nicht erinnern.« Ryan kratzte sich an der Stirn. »Hast du es mir nicht erzählt?«

Penny zerbrach sich den Kopf, wann sie es ihm erzählt haben könnte. Doch offensichtlich hatte er es irgendwie herausgefunden. »Es bezahlt die Rechnungen, und die Kinder sind süß. Und was ist mit dir? Irgendwelche neuen Engagements in letzter Zeit?«

Jetzt, da Penny einen richtigen Mann hatte, fühlte sie sich ein bisschen schlecht, weil sie Ryan so schnell fallen gelassen hatte. Sie dachte viel freundlicher von ihm als zuvor. Andererseits schien alles ein wenig freundlicher zu sein, seit sie Roman hatte.

»Ein paar kleine Jobs hier und da, nichts Besonderes.« Er lächelte schwach. »Also, ich weiß, dass du in den letzten Wochen viel zu tun hattest, aber falls du zufällig Zeit hast …« Ryan musterte sie berechnend.

Sie erwiderte seinen Blick und lächelte traurig. »Es tut mir leid«, murmelte sie. »Ich hätte es dir schon früher sagen sollen. Ich habe jemanden kennengelernt.«

»Ah. Ist es was Ernstes?«

»Möglich. Mal schauen, wie es sich entwickelt.«

»Kein Problem. Ich bin nur froh, dass du es mir gesagt hast, bevor ich mich zum Idioten gemacht habe.«

»Es tut mir wirklich leid.«

»Du hast mich gewarnt.« Ryan berührte sanft ihre Schulter. »Alles okay.«

Penny lächelte schief. »Ich fand's wirklich schön mit dir.«

»Ich auch mit dir.« Ryan erwiderte ihr Lächeln freundlich. »Ich habe dir nie erzählt, dass ich gerade eine Beziehung hinter mir hatte, als wir uns kennenlernten. Wahrscheinlich hätte ich mich auch nicht so schnell mit dir einlassen sollen.«

»War es was Ernstes?«

Ryan zuckte mit den Schultern. Doch der Schatten, der über sein Gesicht huschte, sagte alles. Penny fühlte sich schlechter.

»Mach dir keine Gedanken«, sagte er und betrachtete sie aufmerksam. »Vielleicht waren wir einfach dazu bestimmt, uns gegenseitig zu trösten.«

»Wir können immer noch Freunde sein, wenn du willst.«

»Ah, *Freunde.*« Ryan klang nicht überzeugt. »Ist er es?«

»Wen meinst du?« Da erinnerte sich Penny an den Morgen in ihrer Wohnung, als Ryan erraten hatte, dass die SMS, die sie gerade bekommen hatte, von einem anderen Mann stammte. Sie zwang sich zu einem blassen Lächeln. »Ja, er ist es. Es tut mir leid.«

»Ich dachte es mir.«

Penny hätte nicht gedacht, dass es Ryan aufgefallen war, aber er erwies sich als viel scharfsinniger als erwartet. Er widmete Penny mehr Aufmerksamkeit als alle ihre bisherigen Freunde. Fast fragte sie sich, ob sie die falsche Wahl getroffen hatte, in der Hoffnung, dass ihre komplizierte Beziehung mit Roman sich zu mehr entwickeln würde.

Trotz seiner etwas langweiligen Art war Ryan vermutlich der Mann, der sie vergötterte, der ihr Blumen mitbrachte und an ihren Lippen hing. Er würde sie lieben, wie sie es verdiente, geliebt zu werden. Warum zum Teufel hatte sie es dann nicht mit ihm versucht? Ein winziges Schuldgefühl nagte an ihr, als sie sah, wie Ryan die Stirn runzelte.

»Es tut mir leid.« Ohne nachzudenken, drückte sie seine Hand. »Ich wünschte fast, die Dinge wären anders.«

»Ich habe Geduld.« Ryan drückte ihre Hand ebenfalls und lächelte schief.

Penny lachte. »Was soll das denn heißen?«

»Wenn du wieder Trost brauchst, bin ich dein Mann.« Ryan zwinkerte. »Ich werde auf dich warten, Penny Sands. Du wirst zu mir zurückkommen, da bin ich mir sicher.«

Penny schüttelte grinsend den Kopf. »Na dann. Ich werde dich daran erinnern.«

Während Ryan ins Studio weiterging, hielt sie in der Lobby inne. Sie lächelte immer noch, als sie sich umdrehte und ihren Geliebten – was für ein romantisches, dramatisches Wort – sah, wie er an seiner Bürotür lehnte.

Pennys Gedanken an Ryan verflüchtigten sich sofort, als sie in Romans dunkle Augen blickte. Darin brannte eine Intensität, die sie daran erinnerte, wie er sie am Abend der Party angesehen hatte.

Ihr Atem stockte, als sie vor ihn trat. »Warum siehst du mich so an, wenn deine Schüler nebenan sind?«

»Nur du bist mir wichtig.« Romans Blick huschte Richtung Unterrichtsraum, dann zurück zu Pennys Dekolleté. »Warum kommst du nicht zu mir in mein Büro?«

Er hakte seinen Finger in den V-Ausschnitt ihres Oberteils und zog sie mit sich, schlug die Tür hinter ihr zu und schloss ab. Mit einem Handgriff schwang er Penny wie eine Stoffpuppe herum und drückte sie mit dem Rücken gegen die Tür.

Sie wand sich gegen ihn, ihre schwachen, halbherzigen Proteste verhallten unter seinen Küssen. Sie war machtlos gegen Roman; sie sehnte sich nach ihm, brauchte ihn, obwohl sie ihn schon unzählige Male gehabt hatte. Er füllte eine tiefe, ursprüngliche Leere in ihr, und das spürten sie beide. In seinen Händen würde sie immer Wachs sein, und sie konnte nichts dagegen tun. *Wollte* nichts dagegen tun.

»Roman«, keuchte sie. »Was ist, wenn jemand nach dir sucht?«

»Sollen sie doch«, knurrte er an ihrem Hals.

»Was ist denn in dich gefahren?« Penny warf den Kopf zurück, schlang ein Bein um seine Taille und zog ihn zu sich heran. »Ich beschwere mich ja nicht, aber …«

»Gut.«

Mithilfe von Romans kräftigen Armen hob Penny das andere Bein. Sie klammerte sich an ihn, während er seine Jeans öffnete und zu den Knien sinken ließ. Dann schob er seine Finger unter Pennys Rock, und seine Augen verdunkelten sich, als er den knappen Tanga spürte.

Sie stöhnte auf, als seine Finger ihre empfindlichste Stelle berührten. »Ich … nein … Ich kann nicht …«

Roman zerriss ihr Höschen und schob sich mit einem gewaltigen Stoß in sie, und Penny keuchte auf, als seine Lippen über ihren Hals strichen. Sie grub die Fingernägel in seinen Rücken, was sicherlich Spuren hinterlassen würde. Sie schloss die Augen, ihr Geist zersplitterte in Fragmente aus Farben, Licht und Sternen.

Ein Klopfen an der Tür unterbrach sie. Sofort wurde Penny rot, sowohl vor Bedauern über die Unterbrechung als auch vor Scham. Roman ließ sie abrupt zu Boden und schloss geübt seine Hose.

»Zieh dich an«, sagte er. »Den Termin muss ich wahrnehmen.«

»Aber du weißt doch gar nicht, wer es ist«, murmelte Penny und kam sich idiotisch vor, als sie ihren zerrissenen Tanga aufhob. »Was, wenn man uns gehört hat?«

»Streich deinen Rock glatt.«

»Entspann dich. Wir tun doch nichts Falsches«, sagte Penny und wurde wieder rot. »Okay, es ist peinlich, aber nicht das Ende der Welt. Wir sind beide erwachsen, beide Single. Ich liebe dich, Roman.«

»Jetzt ist wirklich nicht der richtige Zeitpunkt für diese Diskussion.«

»Ich dränge dich nicht, es mir zu sagen. Ich bin nur ehrlich zu dir.«

»Oh, Penny.« Roman schüttelte den Kopf. »Versuch, realistisch zu sein. Dafür ist es noch zu früh. Ich kann dich nicht heiraten, ich bin ja noch nicht einmal geschieden.« Wieder klopfte es, mit mehr Nachdruck. Romans Blick zuckte über ihre Schulter. »Wir reden später darüber. Ich habe eine wichtige Besprechung.«

»Wir werden später über *uns* reden.« Penny wollte es eigentlich gar nicht fragen, aber ihre Stimme schwankte im letzten Moment und verriet ihre Unsicherheit. »Bleibt es bei Drinks nach dem Unterricht?«

»Heute Abend klappt es nicht. Tut mir leid. Das könnte eine Weile dauern.«

»Ruf mich an, wenn du weißt, was du willst.«

Roman lächelte knapp. »Natürlich.«

Mit gesenktem Kopf verstaute Penny die Überreste ihres zerrissenen Slips. Sie hatte Anfang der Woche das Mittagessen ausgelassen und das gesparte Geld für besonders schöne Unterwäsche ausgegeben, um Roman zu überraschen. Jetzt steckte sie kläglich im elastischen Bund ihres Rocks. Pennys Gefühle sahen ähnlich aus.

Mit heißen Wangen riss sie die Bürotür auf und fragte sich, ob sein nächster Besucher den Sex riechen konnte, der in der Luft lag. Sie war so verlegen, dass sie kaum einen Blick auf die Frau mittleren Alters werfen konnte, die vor dem Büro wartete. Diese tippte ungeduldig mit der Fußspitze auf die Fliesen, und Penny fragte sich verärgert, was denn wohl so wichtig war.

Als sie die Frau erkannte, hielt sie inne. »Anne?«

»Penny?« Anne Wilkes zögerte. »Was machst du denn hier? Ach natürlich, du bist ja Schülerin hier. Das habe ich völlig vergessen.«

»Kurse belegen?«, scherzte Penny, deren Handflächen feucht wurden, während ihr Verstand auf Hochtouren arbeitete. »Ich wusste nicht, dass du in deiner Freizeit Schauspielerin bist.«

Anne. Eliza. Elizas Ehemann. Es war unmöglich, dass Eliza nicht von Pennys Affäre mit Roman erfuhr. Großer Fehler. Selbst wenn die beiden getrennt waren, war Roman immer noch verheiratet. Penny verhielt sich nicht richtig, aber sie konnte einfach nicht anders.

»Nein. Ich spiele nicht.« Anne war so abgelenkt, dass ihr der Witz entgangen war, ihre Wangen waren gespenstisch blass. »Ich wollte nur etwas vorbeibringen … äh … für Eliza.«

»Ah, natürlich«, sagte Penny. »Also, wir sehen uns am Wochenende.«

»Dieses Wochenende?«

»Zum Brunch. Am Samstag, bei dir? Soll ich Obst mitbringen?«

»Äh, ja. Klar, super. Also, bis dann.«

»Anne, komm rein«, rief Roman beiläufig aus seinem Büro. »Tut mir leid, dass du warten musstest.«

Überrumpelt verließ Penny das Studio und ging zurück zu ihrem Wagen. Heute Abend würde sie den Unterricht auf keinen Fall durchstehen. Sie konnte Roman nicht den ganzen Abend anstarren und sich zum hundertsten Mal fragen, was zum Teufel das zwischen ihnen war. An manchen Tagen war er so nett zu ihr, und an anderen schien er so tun zu wollen, als gäbe es sie gar nicht.

Beim Auto angekommen, wurde der Abend noch schlimmer. Ein aufmerksamer Polizist hatte ihr einen Strafzettel unter den Scheibenwischer geschoben. Sie zog ihn heraus und bemerkte die abgelaufene Parkuhr.

»Verdammt!«, knurrte sie.

Ihr Handy piepte. Sie sah aufs Display, hoffte, dass es Roman war, der sich für sein dummes Verhalten entschuldigte und sie bat zurückzukommen.

Die Nachricht war nicht von ihm, und sie atmete enttäuscht aus.

> Ryan Anderson: Hey, alles okay? Wo bist du hin?

Dann stieg sie ins Auto, voll plötzlichem Hass auf den abblätternden Lack und das heruntergekommene Innere, und raste nach Hause. Dort sah sie eine weitere SMS.

> Ryan Anderson: Ich hoffe, es geht dir gut. Melde dich doch bei Gelegenheit.

Penny warf das Handy quer durch den Raum und sah zu, wie es auf der Couch aufprallte und dann auf dem Boden landete. Als ihre Mutter einige Stunden später zur verabredeten Zeit anrief, rollte sie sich fester unter der Decke zusammen und ließ die Mailbox antworten. Eine Stunde später rief ihre Mutter noch einmal an, und Penny schloss die Augen, als das Handy mit einer Nachricht piepte.

Gegen Mitternacht schleppte sie sich von der Couch. Erst nachdem sie geduscht, sich die Zähne geputzt und eine Tasse Kamillentee gekocht hatte, sah sie endlich auf ihr Handy. Neben den SMS von Ryan und den verwirrten Sprachnachrichten ihrer Mutter hatte sie auch eine E-Mail erhalten.

Penny blinzelte, als sie den Namen in der Absenderzeile las. Das konnte doch nicht sein. Das ergab keinen Sinn. Es sei denn …

Nein. Das war unmöglich.

Während sich ihr Magen vor Angst verkrampfte, löschte Penny die Nachricht. Zwei Minuten später holte sie sie aus dem Papierkorb zurück.

Schließlich ertrug sie die Spannung keine Sekunde länger. Die E-Mail würde sie verfolgen, bis sie in den sauren Apfel biss, sich dem Ganzen stellte und die Zeche zahlte. Es war an der Zeit.

Absender: eliza.tate@gmail.com
Betreff: Dringende Anfrage

Protokoll

Staatsanwältin: Mrs. Tate, Sie sagen, Sie haben keine Ahnung, wie Ihre Fingerabdrücke auf das Messer gekommen sind?

Eliza Tate: Nein. Ich meine, ja, ich habe keine Ahnung.

Staatsanwältin: Wollen Sie damit andeuten, dass man Ihnen den Mord irgendwie in die Schuhe schieben will?

Eliza Tate: Ich deute gar nichts an. Ich sage nur, dass ich keine Ahnung habe, wie meine Fingerabdrücke auf der Tatwaffe gelandet sind.

Staatsanwältin: Das Messer stammt aus Ihrer Küche. Wer hatte sonst noch Zugang dazu?

Eliza Tate: Viele Menschen. Ich habe Einladungen gegeben, und ich weiß nicht, wann es verschwunden ist.

Staatsanwältin: Hatte Anne Wilkes Zugang zu Ihrem Haus?

Eliza Tate: Anne ist eine gute Freundin. Sie war oft in meinem Haus. Wollen Sie damit sagen, dass Anne und ich gemeinsam meinen Mann aus dem Weg geräumt haben?

Staatsanwältin: Wäre das so weit hergeholt? Sie hatten beide einen Grund für den Tod des Opfers.

Eliza Tate: Wenn Sie meinen. Aber spielt es eine Rolle, wenn Sie es nicht beweisen können?

Kapitel vierundzwanzig

Vier Monate früher
Oktober 2018

Eliza wischte ein letztes Mal mit dem Staubwedel über das Bücherregal im Wohnzimmer. Das Haus war bereits makellos. *Das passiert, wenn das Leben einer Frau in die Brüche geht,* dachte sie trocken. Sie konnte ihre Anspannung nur an den armen Wollmäusen auslassen, die unter ihrer überteuerten Couch kauerten. Allmählich hasste sie diese Couch wirklich.

Roman hatte sie ausgesucht, genauso wie die meisten überteuerten Möbel im Haus. Vor Jahren hatte Eliza gesagt, er habe ein Auge für Innenarchitektur, aber jetzt fragte sie sich, ob er nur ein Auge für die Innenausstatterin gehabt hatte – eine langbeinige Blondine, die rückblickend viel mehr Zeit als nötig im Haus verbracht hatte.

Ihr Leben geriet aus den Fugen. Ihre Ehe war unsicher. Ihr Mann hatte wahrscheinlich eine Affäre. Ihre einzige Klientin verfiel dem Charme ihres Mannes. Ihre Agentur hatte keinen einzigen Cent eingebracht. Immer noch schuldete sie ihren Schwiegereltern eine beträchtliche Summe Geld.

Eliza wusste nicht, was sie sonst tun sollte, und zwang sich, ihren Geschäften wie gewohnt nachzugehen. Der September ging in den Oktober über, in die letzte Hitzewelle des Herbstes, während die Palmen sich weiter in der leichten Brise wiegten. Eliza wischte sich mit dem Ärmel über die Stirn und warf einen letzten Blick ins Wohnzimmer. Es war gut genug. Sauber genug. Praktisch steril.

Eliza stand der Sinn überhaupt nicht danach, Leute einzuladen, doch sie hatte Marguerite den Buchclub in Aussicht gestellt und wollte ihr Versprechen nicht brechen. Das erste offizielle Treffen hatte sie für einen Nachmittag im Oktober angesetzt, in kleiner Runde. Zu Beginn des neuen Jahres, wenn Vorabexemplare von *Frei sein* verfügbar waren, würde sie ein größeres Event organisieren.

Da sie noch eine Stunde Zeit hatte, bevor ihre Freundinnen eintrafen, sprang Eliza schnell unter die Dusche und zog sich um. Durch die einfache Routine fühlte sie sich viel besser, mehr wie sie selbst, auch wenn sie nicht wusste, ob das so gut war und ob sie überhaupt noch sie selbst sein konnte. Alles – und nichts – hatte sich verändert.

Sie hantierte in der Küche mit den Häppchen, während sie auf die Gäste wartete. Eine Kristallkaraffe mit schwerem Rotwein zu den Häppchen stand bereit. Wasserflaschen, Diet-Coke-Dosen und Krüge mit Limonade kühlten in einer malerischen verzinkten Metallwanne, die an einem Ende der langen Arbeitsfläche stand. Ihr Exemplar von Marguerites Buch lag in Griffweite.

Als es klingelte, setzte Eliza ihr bestes Begrüßungslächeln auf und öffnete ihrem ersten Gast die Tür.

»Hallo«, sagte Penny nach einem kurzen Zögern. »Ich weiß, ich bin mal wieder zu früh. Viel zu früh. Das ist eine schlechte Angewohnheit von mir. Soll ich in zwanzig Minuten wiederkommen?«

»Sei nicht albern. Alles ist fertig, und der Wein trinkt sich nicht von selbst.«

Eliza führte die junge Frau hinein und verbarg ein amüsiertes Lächeln, als sie das vor dem Haus geparkte Auto bemerkte. Penny fuhr einen ramponierten Cadillac, der aussah, als gehöre er nach Compton und nicht in die vornehme Ecke von Beverly Hills. Eliza bewunderte das Mädchen dafür, dass sie ihn trotzdem fuhr.

Penny ging praktisch auf Zehenspitzen in die Küche. Eliza beobachtete neugierig die vorsichtigen Bewegungen der jungen Frau und fragte sich erneut, warum sie die Einladung angenommen hatte. Andererseits war Eliza daran selbst nicht ganz unschuldig. Sie hatte Penny unter anderem deshalb zu dem Buchclubtreffen eingeladen, weil sie die Frau besser kennenlernen wollte, mit der ihr Mann schlief.

»Was für ein schönes Haus!« Penny starrte auf die lange Marmorkücheninsel. »Himmel. Es ist einfach umwerfend. Ich dachte, solche Häuser gibt es nur in Filmen.«

Darauf wette ich, dachte Eliza ironisch. Angesichts des Schrotthaufens, der vor ihrem Haus parkte, war die Wohnung der jungen Frau bestimmt nicht viel besser als ihr Auto. Eliza fragte sich kurz, ob Roman sie an schöne Orte mitnahm – schicke Hotels, Spas, edle Restaurants – oder ob sie es in Hinterhöfen und dreckigen Motels trieben, weil das noch verbotener und reizvoller war. Dann schob sie den Gedanken beiseite und griff nach den Kanapees.

»Darf ich dir ein Glas Wein anbieten?« Eliza hob die Karaffe.

»Nein, danke.« Penny legte die Hand auf den Bauch und verzog das Gesicht. »Ich fühle mich ein bisschen unwohl. Nichts Ansteckendes. Nur ein leicht verdorbener Magen.«

»Das ist ein sehr guter Wein«, antwortete Eliza. »Außerdem tötet der Alkohol die schlechten Bakterien ab. Er ist also sogar gut für dich.«

»Lieber nicht, danke.«

»Aber Wein gehört doch zu einem Buchclubtreffen.« Eliza stellte zwei Gläser auf die Kücheninsel. »Ich hoffe, es macht dir nichts aus, wenn ich mir etwas einschenke.«

»Bitte, mach nur.«

Eliza trank einen Schluck. »Wie kommst du zurecht in der Stadt? Du bist ursprünglich aus dem Mittleren Westen, nicht wahr?«

»Ganz okay.« Penny runzelte trotz ihrer Worte die Stirn. »Manche Tage sind hart. Bist du aus der Gegend?«

»Ich stamme aus Peking und bin in die USA gekommen, um an der UCLA zu studieren. Ich weiß, wie es dir geht. Ohne Familie fühlt man sich einsam. Besonders hier. Die Stadt macht es einem nicht leicht.«

»Ja!« Pennys Augen weiteten sich zustimmend. »Man muss es selbst erlebt haben, um es zu verstehen. Manchmal komme ich mir so dumm vor, weil ich mein Leben zu Hause aufgegeben habe – wo ich alles hatte –, um hierher zu kommen, wo ich nichts habe.«

Plötzlich erwärmte sich Eliza für die junge Frau. Zwei verlorene Seelen im Bann desselben dunklen Ritters. War Penny wirklich so anders als Eliza, als sie selbst damals nach Los Angeles gekommen war? Unschuldig, hoffnungsvoll, ein vielversprechender Neuankömmling in der Stadt, der sich in Romans Charme verliebt hatte?

»Du bist nicht dumm«, sagte Eliza. »Wenn du es nicht versuchst, wirst du nie wissen, ob du es geschafft hättest. Ich versuche es lieber.«

»Ich auch. Ich kann mir nicht vorstellen, wie es sich anfühlt, ganz oben zu sein. Schau dich an. Das ist es alles wert, was? Die ganze harte Arbeit?«

Eliza drückte das Weinglas fest gegen die Unterlippe, um ihre ehrliche Antwort zurückzuhalten. Denn die war nicht schön, genau wie ihr Leben. Ihre harte Arbeit hatte ihr einen fremdgehenden Ehemann eingebracht sowie desaströse Finanzen. Sie hatte ihr ständige Angst eingebracht, die wie eine beharrliche Biene im Hintergrund summte.

Doch nichts davon konnte sie preisgeben. Penny sehnte sich so verzweifelt nach Hoffnung, dass es fast schon erbärmlich war. Sie öffnete sich Eliza wie eine Blume der Sonne und beugte sich auf der Suche nach Freundschaft hungrig zu ihr. Eliza konnte die letzten Reste dieser naiven Hoffnung nicht zerstören. Wenn Penny verwelken sollte, dann durch ihre eigene Schuld.

»Alles im Leben hat seinen Preis.« Eliza entschied sich für einen Kompromiss zwischen Wahrheit und Lüge. »Alles hat Konsequenzen.«

Blinzelnd lehnte sich Penny gegen die Kücheninsel. Eliza fragte sich, ob sie an ihre Affäre mit Roman dachte und einzuschätzen versuchte, was Eliza wusste. *Konsequenzen, Konsequenzen.*

Nicht zum ersten Mal überlegte Eliza, warum sie Penny zu sich eingeladen hatte. Die Einladung hatte sie spätnachts und von einer berauschenden Dosis weingetränkter Zuversicht begleitet geschrieben. Als Eliza am nächsten Morgen mit Kopfschmerzen aufgewacht war und eine Antwort in ihrem Posteingang vorfand, hatte sie keinen Rückzieher mehr machen können.

Tagelang hatte sie versucht, es vor sich selbst zu rechtfertigen. Ihre heilige Seite argumentierte, die spontane Einladung sei ein Akt der Freundlichkeit gewesen, eine Art, sich um das junge Mädchen zu kümmern, das in den finsteren Bann ihres Mannes geraten war. Sie hatte nur ein Auge auf Penny haben wollen.

Ihre zwiespältige Seite hielt dagegen, dass sie die Einladung aus reiner Neugier abgeschickt hatte. Wer war *die andere Frau*? Die jüngere, hübschere, nettere, freundlichere Frau, die die Aufmerksamkeit ihres Mannes auf sich gelenkt hatte. Hatte Penny es auf Roman abgesehen gehabt oder umgekehrt?

Wenn Eliza ganz ehrlich war, fragte sie sich aber vor allem, ob sie verletzt war. Ob die winzigen Reste von Verletzlichkeit, die noch in ihr lebten und die so tief vergraben waren, dass erst eine halbe Flasche Rotwein sie ans Tageslicht befördern konnte, der Grund waren. In gewisser Weise war Eliza stolz darauf, dass diese sensible Seite an ihr noch existierte, dass Roman ihr die nicht auch noch genommen hatte. Unter der verhärteten, schwieligen Oberfläche war Eliza tief drinnen immer noch eine verwundbare, hoffnungsvolle junge Frau, die Roman Tate einst geliebt hatte.

Zum Glück bewahrte die Türklingel Penny vor einem unangenehmen Gespräch. Eliza entschuldigte sich und ging zur Haustür. Sie öffnete und sah ein vertrautes Gesicht, das sie anlächelte. Vertraut und doch anders.

Apropos verwelkt, dachte Eliza mit einem Blick auf ihre Freundin. *Die arme Anne.*

»Tut mir leid, dass ich zu spät bin«, sagte Anne wie ein Roboter. »Die Kinder.«

»Wir haben noch nicht angefangen. Geht es dir gut? Du siehst ein wenig gestresst aus.«

»Es ist viel los«, sagte Anne mit einem schwachen Lächeln. »Ich rede besser nicht darüber, sonst verderbe ich allen den Abend. Gibt es Wein?«

»Ja. Wenn dir das wirklich hilft?« Eliza führte Anne in die Küche.

Als Antwort griff Anne nach der Weinkaraffe und schenkte sich ein Glas ein. Bis zum Rand.

»Nun, der Buchclub ist ein sicherer Ort, um seine Probleme zu besprechen«, sagte Eliza. »Vor allem, weil wir unter uns sind. Ihr zwei kennt euch ja schon, fangen wir also an.«

Penny kaute bereits an einem Häppchen. »Schön, dich zu sehen, Anne. Wie hat Gretchen diese Woche bei ihrem Geschichtstest abgeschnitten?«

»Sie hat eine Eins bekommen«, antwortete Anne mit einem schwachen Lächeln. »Dank dir natürlich.«

Penny winkte ab.

»Bist du sicher, dass du keinen Wein möchtest, Penny?«, fragte Eliza und ignorierte höflich Annes leeres Glas. »Es ist noch etwas übrig.«

»Dann schenk mir noch was ein, wenn sie nichts

möchte.« Anne reichte Eliza ihr Glas. »Ich hatte wohl Durst.«

»Bitte sehr.« Penny nickte Anne zu. »Ich fühle mich nicht gut. Eine kleine Magenverstimmung.«

Anne sah zu, wie Penny die Hand auf den Bauch legte. »Bist du schwanger?«

Penny blieb vor Schreck der Mund offen stehen.

»Oh nein!« Anne wurde rot vor Verlegenheit. »Das ist der Wein. Ich bin so ein Trampel, das geht mich wirklich nichts an. Vergiss, dass ich etwas gesagt habe. Es ist nur … du hast mir gesagt, dass du einen Freund hast, und …«

»Du hast einen Freund?« Eliza umklammerte die Karaffe fester. »Ist er neu? Wie aufregend. Na los, erzähl. Wir wollen alles wissen.«

»Ach, da gibt es nichts zu erzählen«, meinte Penny. »Wirklich, es ist albern.«

»Ich bin die Dumme«, sagte Anne. »Ich kann nicht glauben, dass ich das gesagt habe. Im Ernst, das ist der Wein. Ich habe schon ewig nichts mehr getrunken.«

Eliza wusste, dass das eine Lüge war. Sie fragte sich, ob Penny auch log. Logen sie alle?

»Nein, du hast schon recht«, sagte Penny. »Ich war mit einem Mann zusammen, aber es hat sich irgendwie totgelaufen.«

»Dann ist es ja gut, dass du nicht schwanger bist, oder?« Anne lachte nervös und trank noch einen Schluck Wein. »Okay, genug davon. Schieß los, Eliza. Wie funktioniert der Buchclub?«

»Wie ihr wisst, habe ich euch eingeladen, um über Marguerites *New-York-Times*-Bestseller *Jetzt bin ich dran* zu sprechen. Ihr nächstes Buch erscheint in ein paar Monaten, und ich dachte, wir könnten es als zweite Lektüre nehmen.«

»Gern«, sagte Anne, die bereits leicht lallte. »Auch wenn ich nur die erste Hälfte des Buches gelesen habe. Nein, stimmt nicht. Ich habe sie überflogen. Nein, ich habe nur die Kapitelüberschriften gelesen. Hey, ich habe vier Kinder. Ich habe keine Zeit zum Lesen!«

»Lies einfach das nächste Buch«, sagte Eliza. »Das ist sowieso das Wichtigste. Jetzt nehmt eure Gläser und kommt mit.«

Die drei Frauen gingen ins Wohnzimmer, Eliza und Anne mit ihren Weingläsern. Penny bat um einen Untersetzer für ihr Mineralwasser. Sie holten ihre Buchexemplare hervor; Pennys war abgenutzt und zerknickt, Annes war ungeöffnet, hatte aber einen Spritzer von etwas, das wie Ketchup aussah, auf der Außenseite, und Elizas sah brandneu aus.

»Danke fürs Kommen, meine Damen«, sagte Eliza. »Fangen wir an ...«

»Ich bin schwanger«, platzte Penny heraus. »Anne hatte recht. Ich *bin* schwanger.«

Schweigen breitete sich im Raum aus wie flauschige Löwenzahnsamen, die in die Vergessenheit trieben. Elizas Kehle wurde trocken. Sie hatte Mühe, Pennys Worte zu begreifen, als ob ihre Synapsen plötzlich langsamer arbeiteten. Danach erst erfasste sie die weitreichendere Bedeutung.

Sie erwartete, Entsetzen zu empfinden. Grauen. Ein Gefühl des Verrats, das alles übertraf, was sie je empfunden hatte. Doch nichts passierte. Sie trank einen Schluck Wein. Bestenfalls spürte sie ein leichtes Kribbeln in den Extremitäten. Offenbar waren ihr Herz und ihr Kopf bereits völlig taub geworden, sodass nur noch ihre Finger und Zehen auf die Nachricht reagierten.

»Herzlichen Glückwunsch!«, sagte Anne schließlich mit einem verwirrten Blick auf Eliza. »Wann ist es denn so weit?«

»Ich war noch nicht einmal beim Arzt, um es bestätigen zu lassen.« Penny lehnte sich auf dem Sofa zurück und starrte auf ihre knochigen Knie. »Ich habe den Test erst heute Morgen gemacht, deshalb denke ich die ganze Zeit daran. Tut mir leid, dass ich damit herausgeplatzt bin.«

»Dafür ist der Buchclub doch da«, erwiderte Anne. »Um über Dinge zu reden. Solange wir meine Probleme vom Tisch lassen. Ist das eine gute Nachricht?«

Penny atmete tief ein. »Es ist eine Überraschung. Ich weiß nicht, wie weit ich schon bin. Ich habe es nicht geahnt, bis … nun, bis heute.«

»Viele Menschen wissen am Anfang nicht, dass sie schwanger sind«, sagte Anne. »Ich habe nicht damit gerechnet, mit den Zwillingen schwanger zu werden, und es erst in der achten Woche erfahren. Und ich hatte schon zwei Kinder und hätte die Anzeichen erkennen müssen. Ich dachte nur, ich hätte zu viele Kekse gegessen.«

Penny hob eine schlanke Schulter und ließ sie wieder fallen, als könne sie nicht mehr Freude aufbringen. »Ich fühle mich furchtbar.«

»Warum?«, fragte Anne.

Eliza saß wie gelähmt auf ihrem blöden überteuerten Sofa.

»Dieser arme kleine Mensch …« Verwirrt strich Penny mit der Hand über ihren Bauch und sah schockiert aus, dass darin ein Leben heranwuchs. »Er oder sie verdient es, geliebt zu werden. Und ich liebe ihn oder sie wirklich! Also, ich glaube es. Aber nach dem Test habe ich geweint.«

Eliza zwang sich zu einem mitfühlenden Geräusch, das wie ein Grunzen klang. »Verständlich. Das ändert ja auch das ganze Leben.«

»Keine Tränen des Glücks«, stellte Penny klar. »Ich war am Boden zerstört. Ich wollte nicht schwanger sein.«

Anne streckte die Hand aus, und ihr abgezehrtes, blutarmes Gesicht nahm einem gesünderen Pfirsichton an. Die Angespanntheit zwischen den beiden Frauen verflog wie ein Wassertropfen in einer heißen Pfanne. Anne verstand offensichtlich, was Penny durchmachte, während Eliza sich verloren fühlte.

»Widersprüchliche Gefühle sind ganz normal«, sagte Anne ohne jegliches Urteil in der Stimme. »Glaub mir.«

»Du hast einen Ehemann«, erwiderte Penny, ohne Anne in die Augen zu sehen. »Ein Haus, stabile Finanzen, einen Vorgarten … keinen Hund, okay, aber eine Katze.«

»Penny, ich verspreche dir, mein Leben ist nicht perfekt«, sagte Anne. »Es ist okay, was du gerade fühlst. Wahrscheinlich eine Mischung aus vielem, und das ist völlig normal.«

»Dieses Baby sollte gefeiert werden.« Penny sah Anne hoffnungsvoll an, als ob sie von ihr eine Bestätigung oder eine Ablehnung erwartete. »Es ist ein unschuldiger kleiner Mensch und verdient Liebe.«

»Bindung ist nicht immer natürlich oder einfach«, sagte Anne. »Selbst wenn das Baby da ist. Die Liebe, die wir für unsere Kinder empfinden, wächst mit der Zeit. Und selbst dann, selbst mit der Zeit … passieren Dinge.«

»Aber …« Penny trank einen Schluck Wasser. »Ich wollte immer Mutter sein. Aber nicht so.«

»Als Frauen finden wir es beschämend, die Wahrheit über die Mutterschaft zuzugeben – dass sie schwer und verwirrend ist. Nicht jeder Moment ist ein freudiges Ereignis. Eine Schwangerschaft ist nicht unbedingt eine strahlende, wunderbare Zeit in unserem Leben. Ich war keine strahlende, glückliche schwangere Frau.« Anne hustete und lachte. »Ich hatte Akne, meine Füße waren zwei Nummern größer, und meine Dehnungsstreifen sind immer noch nicht verblasst.«

»Aber du wolltest deine Kinder.«

»Ich habe drei Schwangerschaften hinter mir, und alle drei waren völlig unterschiedlich. Bei den Zwillingen muss ich zugeben …« Anne blinzelte hektisch. »Das habe ich noch nie jemandem erzählt.«

»Ich verstehe«, flüsterte Penny. »Aber du musst es nicht erzählen.«

»Nach dem Test habe ich erst einmal keine Liebe empfunden. Sagen wir es mal so …« Anne überlegte, doch dann veränderte sich etwas in ihrem Gesicht, als sie Penny ansah. »Wenn ich eine Fehlgeburt gehabt hätte, wäre ich irgendwie …«

»Erleichtert gewesen?«, fragte Penny leise.

Anne schluckte. Eliza sah ihr an, wie sehr es sie schmerzte.

»Das habe ich auch gedacht«, sagte Penny. »An diesem Punkt in meinem Leben wird ein Baby alles so kompliziert machen. Aber ich könnte niemals …«

»Du musst dich nicht rechtfertigen.« Anne wurde wieder blass. »Ich weiß. Du bist nicht allein. Ich muss glauben, dass *wir* nicht allein sind. Mein Mann und ich hatten nicht geplant, weitere Kinder zu bekommen. Wir dachten, wir wären fertig. Dann erfuhr ich, dass ich schwanger war – nicht mit einem, sondern mit zwei Babys.«

»Das kann ich mir gar nicht vorstellen.«

»Ich konnte das auch nicht. Ich konnte mir nicht vorstellen, noch ein Leben in diese Welt zu setzen, geschweige denn ein zweites. Zwei weitere Münder zu stopfen, zwei weitere Studiengebühren, zwei weitere kleine Menschen, die in mein Herz passen sollten. Mein Herz war bereits voll. Wie sollte ich da noch genug Liebe für alle aufbringen?«

»Und?« Penny hielt den Atem an.

»Und ich garantiere dir, dass du eine bessere Mutter sein wirst als ich.« Anne lächelte schwach. »Ich habe meine Familie verlassen, Penny. Samuel war kaum ein Jahr alt, als ich ihn alleingelassen habe.«

Penny blinzelte nur. Eliza kannte die Geschichte, aber sie war überrascht, dass Anne sie so bereitwillig erzählte. Vielleicht waren die beiden bessere Freundinnen, als Anne zugegeben hatte. Eliza fragte sich, ob das Absicht war oder Anne es nur vergessen hatte zu erwähnen.

»Ich ging zur Haustür hinaus und kam nicht mehr zurück«, fuhr Anne fort. »Sie fanden mich in Palm Springs in einem Motel. Ich saß draußen am Pool und schlürfte eine Margarita. Ich habe es nicht genossen, wohlgemerkt. Ich saß nur da, starrte vor mich hin, war am Boden zerstört. Wie konnte ich zurückgehen, nach allem, was ich getan hatte? Ich wusste, es war falsch. Aber ich wusste nicht, wie ich es wiedergutmachen konnte.«

Penny holte scharf Luft. »Aber du bist zurückgekommen?«

»Ich bin wegen der Stimmen in meinem Kopf gegangen, die mir sagten, ich sei eine schlechte Mutter«, erklärte Anne. »Ich habe mich nie gut genug gefühlt. Hatte keine Bindung zu meinem Baby. Ich habe den Fototermin in Gretchens Schule verpasst. Ich habe Sammy nach drei Wochen nicht mehr gestillt, weil es so wehtat. Alles fühlte sich falsch an. Ich dachte, wenn ich gehe, wäre es das Beste für meine Kinder.«

»Es tut mir so leid«, sagte Penny. »Das hört sich furchtbar an. Wie wurde es …«

»Besser?« Anne schnaubte. »Mark dachte, ein Entzug würde mich heilen. Das hat er aber nicht.«

»Warum nicht?«

»Weil es nicht das Problem war«, sagte Anne. »Ja, ich hatte ab und zu getrunken, um mich abzulenken, aber ich war keine Alkoholikerin. Ich hätte aufhören können, und das habe ich auch getan. Ich habe mich selbst in eine Entzugsklinik eingewiesen, aber nur Mark zuliebe. Nicht wegen mir. Nachdem mir das klar war, habe ich mich wieder entlassen. Der Alkohol war nicht die Ursache meines Problems.«

»Sondern?«

»Vor allem hatte ich eine Wochenbettdepression. Sie dauerte lange an und wurde nicht diagnostiziert«, sagte Anne. »Ich habe sie ignoriert. Aber als ich mich behandeln ließ, wurde es langsam besser. Doch ich fühle mich immer noch jeden Tag schuldig.«

»Anne, das ist nicht …«

»Ich erzähle dir das alles nicht, um Mitleid zu erregen. Sondern damit du weißt, dass du nicht allein bist«, fuhr Anne fort. »Kannst du dir meine Angst vorstellen, als ich erfuhr, dass ich zwei weitere Kinder bekommen würde? Ich hatte meine Familie schon einmal verlassen. Hatte sie im Stich gelassen. Wie sollte ich die Hormone, das Trauma der Geburt, die Intensität eines neugeborenen Lebens noch einmal durchstehen?«

»Wie hast du es geschafft?«, fragte Penny leise.

»Ich weiß immer noch nicht, ob ich es schaffe«, antwortete Anne. »Damit will ich sagen, dass wir alle manchmal ein beschissenes Blatt auf der Hand haben. Doch als ich erkannte, dass ich die einzige Mutter bin, die diese Kinder je haben werden, wurde alles anders. Ich bin ihre beste Chance. Ich mache Fehler, große Fehler, aber ich liebe sie, und sie lieben mich. An manchen Tagen möchte ich immer noch verschwinden. Aber weißt du was? Ich habe es noch nicht getan, und du wirst es auch nicht tun. Denn du kannst das, Penny. Wenn du es willst.«

Penny war den Tränen nahe. Anne wirkte sichtlich emotional. Eliza hingegen sah steif von der Couch aus zu. Sie war keine Mutter.

»Vielleicht ist das zu persönlich«, sagte Anne, »aber hast du über Alternativen nachgedacht?«

»Ich habe nie daran gedacht, das Baby *nicht* zu behalten.« Penny zuckte mit den Schultern und versuchte, sachlich zu bleiben, was ihr nicht gelang. »Ich wollte schon immer Mutter sein. Aber ich hatte noch keine Zeit, alles zu verarbeiten. Ich habe es noch nicht einmal dem Vater gesagt. Wir sind nicht … zusammen.«

Eliza hatte gar nicht bemerkt, dass sie den Atem angehalten hatte. War es Einbildung, oder hatte Penny für den Bruchteil einer Sekunde zu ihr gesehen?

»Ich habe ihn bei einem meiner Schauspielkurse kennen gelernt«, erklärte Penny. »Wir haben nur ein paar Mal miteinander geschlafen. Wir hatten nicht einmal eine richtige Beziehung.«

»Aber du wirst es ihm doch sagen, oder?«, fragte Anne. »Wenn er ein anständiger Kerl ist, wird er dich unterstützen.«

»Ich muss es ihm sagen, es ist das einzig Richtige«, antwortete Penny, obwohl sie klang, als wolle sie vom Gegenteil überzeugt werden. »Aber ich möchte auch sein Leben nicht ruinieren. Der Vater, er ist … jung und ein bisschen dumm. Das sind wir wohl beide. Ich dachte, ich nehme ja die Pille und müsste mir keine Sorgen machen, aber da hat sie wohl versagt.«

»Das kommt vor.« Anne hob wissend die Augenbrauen.

»Jetzt kann ich auch nichts mehr dagegen tun«, fuhr Penny fort. »Ich will ihn aber nicht heiraten, nur weil wir zusammen ein Kind bekommen. Geld hat er auch keins. Ich würde gar nicht erwarten, dass er mir in irgendeiner Weise hilft, aber wissen sollte er es, denke ich.«

»Ich glaube schon«, sagte Anne. »Und wer weiß? Vielleicht überrascht er dich ja.«

»Vielleicht«, meinte Penny.

Pennys Gesichtsausdruck sagte Eliza alles. Der Vater des Kindes würde über die Schwangerschaft nicht erfreut sein. Darauf würde Eliza wetten. Aber *jung und dumm*? Roman war vieles, das jedoch nicht.

Log Penny hier, oder hatte Eliza falsche Schlüsse gezogen?

Da wurde die Haustür geöffnet und unterbrach das angespannte Gespräch. Roman kam um die Ecke und blieb abrupt stehen, als er die Gruppe sah. Überraschung huschte über sein Gesicht, dann verschränkte er jedoch die Arme und musterte die drei Frauen.

Eliza räusperte sich. »Willkommen zu Hause, Schatz.«

Spannung legte sich über den Raum. Roman sah von einer Frau zur nächsten. Penny erwiderte seinen Blick, wie Eliza bemerkte. Sie wirkte nicht überrascht, eher trotzig. Anne hingegen wurde blass. *Interessant.*

»Habe ich meine Einladung verlegt?«, fragte Roman nonchalant. »Mir war nicht bewusst, dass wir eine Dinnerparty geben.«

»Das ist der Buchclub«, brachte Eliza schließlich heraus. »Wir unterhalten uns nur. Bringen uns mal wieder auf den neuesten Stand.«

»Ich verstehe.« Roman blickte sich um. »Passiert etwas Spannendes in der Bücherwelt.«

»Keine Ahnung«, erwiderte Eliza schnell, »aber wir haben gerade erfahren, dass Penny schwanger ist. Ist das nicht eine wunderbare Nachricht, Liebling?«

Protokoll

Verteidigung: Waren Sie mit dem Vater des Kindes in einer Beziehung, als Sie von der Schwangerschaft erfuhren?
Penny Sands: Ich ... äh ... dachte es, ja. Aber kurz danach ist es auseinandergegangen.
Verteidigung: Warum hat die Beziehung geendet?
Penny Sands: Er wollte, dass ich abtreibe. Ich wollte das Baby behalten.
Verteidigung: Gestern hat Anne Wilkes ausgesagt, dass sie Sie am 24. Oktober 2018 zu einer Klinik gefahren hat. Sie hat gesagt, Sie hätten über eine Abtreibung nachgedacht.
Penny Sands: Ich habe es nicht ernsthaft in Erwägung gezogen.
Verteidigung: Warum haben Sie dann die Klinik aufgesucht?
Penny Sands: Das ist schwer zu erklären.
Verteidigung: Versuchen Sie es.
Penny Sands: Ich war pleite, jung, in einer unsicheren Beziehung, die im Rückblick von Anfang an zum Scheitern verurteilt war. Ich dachte, das Baby hätte etwas Besseres als mich verdient. Also ja, ich ging in die Klinik, vereinbarte einen Termin. Anne – meine beste Freundin – begleitete mich. Aber ich konnte es dann nicht.

Verteidigung: Warum nicht?

Penny Sands: Weil ich das Baby schon geliebt habe.

Verteidigung: Was passierte, als Sie dem Vater mitteilten, dass Sie das Baby behalten wollten?

Penny Sands: Er bedrohte mich.

Verteidigung: Haben Sie ihn bei der Polizei angezeigt?

Penny Sands: Nein.

Verteidigung: Aus den Aufzeichnungen des Opfers entnehme ich, Sie hätten ***ihn*** bedroht. Und dann erwirkte er das Kontaktverbot gegen Sie.

Penny Sands: Oh ja, das habe ich auch.

Verteidigung: Was haben Sie?

Penny Sands: Ich sagte ihm, dass es ihm leidtun würde, wenn er sich noch einmal in mein Leben oder das meines Babys einmischen würde. Wenn das eine Drohung ist, dann ja, dann habe ich ihn bedroht.

Kapitel fünfundzwanzig

Vier Monate früher
Oktober 2018

»Tut mir leid, Mom. Ich kann zu Thanksgiving nicht nach Hause kommen. Dieses Jahr geht es einfach nicht.« Penny verzog das Gesicht, als sie ihrer Mutter die Nachricht überbrachte. »Ich muss arbeiten.«

»Ich dachte, du magst deinen Job im Casting-Büro nicht?«

»Es ist immer noch ein Job, und ich brauche das Geld. Ich wusste, dass ich Opfer bringen muss, als ich hierherzog.«

»Aber ein Mädchen gehört an den Feiertagen zu seiner Familie. Sind diese Opfer es wert?«

»Das gehört zum Glücksspiel.«

Penny war die Ironie ihrer Worte bewusst. Ein Glücksspiel. Alles war ein Glücksspiel gewesen, seit sie ihre sichere kleine Blase verlassen hatte. Selbst das Weinglas vor ihr war ein Glücksspiel. Würde Eliza sein Fehlen bemerken? Würde es sie kümmern?

Nach einigen Sekunden unangenehmer Stille fuhr Amy fort. »Penny, versteh mich bitte nicht falsch. Aber du hast eine Karriere aufgegeben, eine Familie, eine schöne Wohnung – ein Zuhause. Und wofür? Ein heruntergekommenes Apartment, einen verheirateten Mann und einen furchtbaren Job?«

»Woher willst du wissen, dass meine Wohnung heruntergekommen ist?«

»Ich bin nicht von gestern, Penny Sue Sands. Ich weiß, was du für das Geld, das du verdienst, bekommen kannst, und das ist nicht viel. Außerdem hat mir dein Vater letztens Google Street View gezeigt, und dein Haus sieht wie eine Absteige aus.« Sie holte Luft. »Ich weiß nicht, was in letzter Zeit in dich gefahren ist. Die Stadt verändert dich.«

Pennys Brust wurde immer enger, als würde sich eine Würgeschlange um sie winden und zudrücken. Sie bekam keine Luft mehr. Sie konnte nicht mehr atmen. »Das ist nicht fair. Du weißt nicht, wie es ist, ganz allein in einer neuen Stadt zu sein und allein klarzukommen. Zu Hause war ich ein großer Fisch in einem kleinen Teich, und ich musste wissen, ob ich ein großer Fisch in einem Ozean sein konnte.«

»Und was ist, wenn du nicht für diese Art von Leben geschaffen bist?«, fragte Amy. »Die großen Fische im Ozean sind böse. Sie fressen die hübschen, netten kleinen Fische.«

»Ich schaffe das schon.« Penny schwenkte das geliehene Weinglas, aus dem sie Mineralwasser trank, und beobachtete, wie die kleinen Bläschen an der Oberfläche nach Luft schnappten. »Ich bin nicht so naiv, wie du denkst.«

»Oh, das glaube ich nicht.«

Penny machte ein unverbindliches Geräusch. Das Weinglas war eines von vier Gegenständen, die sie bei ihrem letzten Besuch bei Eliza mitgenommen hatte. Als sie ihre Schwangerschaft verkündet hatte. Sie hatte zwei Weingläser mitgenommen – das, das sie benutzte, und eines, das immer noch in einen Pullover eingewickelt in ihrer Handtasche lag.

Bei den anderen beiden Gegenständen war sie ihr bisher größtes Risiko eingegangen. Bei Eliza hatte sie ein Set entdeckt, das sowohl teuer war als auch ideellen Wert hatte. Dessen Fehlen wahrscheinlich auffallen würde, das gegen Pennys sämtliche Regeln verstieß. Sie wurde unvorsichtig.

Penny fuhr mit dem Daumen über den Griff des Messers und las die Gravur, die Initialen von Roman und Eliza Tate sowie das Datum ihrer Hochzeit. Den dazu passenden Löffel hatte Penny ebenfalls mitgenommen … einfach so. Sie hatte sich nicht einmal die Mühe gemacht, ihn aus ihrer Handtasche zu nehmen. Das Messer … sie freute sich darüber, weil es nicht verdient war.

Romans und Elizas Ehe war dem Ende geweiht. Sie brauchten das Messer nicht mehr, um an ihre Verbindung zu erinnern. Roman hatte Penny geschwängert. Ob er die Nachricht gut oder schlecht aufnahm, spielte keine Rolle. Eliza würde ihn danach sicher nicht mehr zurücknehmen.

»Und?« Pennys Mutter holte sie in die Realität zurück. »Findest du dich selbst?«

Penny schwieg. Nein, sie hatte sich nicht gefunden. Wenn überhaupt, hatte sie mehr verloren als gefunden. Teile von ihr waren verstreut, zerrissen wie ein nasses Taschentuch, das über die trostlosen Straßen der Stadt verteilt wurde, Farbsplitter, die in den schlammigen Rinnsteinen dahintrieben.

Sie fragte sich, ob sie je wieder ganz sein könnte. Ob jemand die Fetzen aufsammeln und zu etwas Größerem, Stärkerem, Mutigerem, Bunterem als je zuvor zusammensetzen könnte. Das musste doch möglich sein. Wie sollte sie sonst für sich selbst sorgen können, geschweige denn für ein Kind?

Es ist möglich, beschloss Penny und erinnerte sich daran, dass das Leben seit ihrer Ankunft nicht nur schrecklich gewesen war. Sie stellte sich die schönen Dinge vor, die nur ihr gehörten: einen Strauß Blumen von Anne, eine aufmerksame SMS von Ryan, das Staunen und die Ehrfurcht über das neue Leben, das in ihr wuchs.

Penny konnte sich aufrappeln. Sie konnte sich wieder zusammensetzen. Mit ein bisschen Klebstoff, Geduld und Unterstützung konnte sie wieder schön werden. Die Fetzen würden nicht weggeworfen, sondern mit dem Menschen verwoben werden, zu dem sie werden würde.

»Ich glaube, ich bin auf dem richtigen Weg«, sagte Penny leise. »Aber um mich selbst zu finden, muss ich mich wohl erst einmal verlieren. Und ich weiß nicht, wie ich das anstellen soll.«

»Ach, Schatz.« Die Stimme ihrer Mutter brach.

»Ich kann gerade noch nicht alles erklären«, fuhr Penny fort und rang um Fassung. »Vertrau mir noch eine Weile. Ich muss jetzt aufhören. Bis bald.«

Penny legte auf, das Gespräch hatte sie erschöpft. Sie sah aufs Display, fast zehn Uhr, der Unterricht würde bald zu Ende sein. An dem Penny nicht teilnahm. Seit sie vor zwei Tagen bei den Tates gewesen war, hatte sie Roman nicht mehr gesehen.

Sie hatte nicht gewusst, was sie erwarten würde, nachdem Eliza die frohe Botschaft verkündet hatte. Im Wohnzimmer des Hauses, das Eliza immer noch mit Roman teilte. Penny hatte gewusst, dass die beiden zusammenlebten, und obwohl sie es seltsam fand, hatte sie versucht, es zu verstehen. Oder zumindest so getan.

Aber dann hatte Eliza Roman an jenem Nachmittag »Schatz« und »Liebling« genannt, und seitdem wurde Penny das Gefühl nicht los, dass sie etwas übersah. Dass ihre Welt nicht ganz in Ordnung war.

Was hatte sie von Roman erwartet, nachdem Eliza die Bombe hatte platzen lassen?, dachte Penny bitter. Einen Anruf? Einen Besuch? Eine Karte? Roman wusste, wo sie wohnte. Ihre Nummer war in seinem Handy eingespeichert – oder war es zumindest mal gewesen. Und doch hatte sie nichts von ihm gehört. Zaghaft hatte sie ihm eine SMS geschickt und gefragt, ob sie sich treffen könnten, auf die er nicht geantwortet hatte.

Sie konnte es ihm nicht ganz verübeln. Er hätte als Erstes von dem Baby erfahren sollen, doch Penny hatte keine Gelegenheit gehabt, es ihm zu sagen. Sie hatte den rosa Strich auf dem Test ja selbst noch nicht begriffen. Und kurz darauf war sie dann bei einer Veranstaltung im Haus der Ex-Frau des Kindsvaters – was katastrophale Konsequenzen gehabt hatte. Der Funkstille nach zu urteilen, war Roman vermutlich alles andere als begeistert.

Trotzdem machte Pennys Herz jedes Mal einen Satz, wenn sie eine E-Mail bekam. Ihr Atem stockte, wenn das Handy klingelte. Unterschwellig hoffte sie verzweifelt, dass Roman mit einem Strauß Rosen vor ihrer Tür auftauchen und mit ihr eine Familie gründen wollte.

Ja, klar, schnaubte Penny. *Eine Familie.* Sie lachte rau. Das konnte sie vergessen. Roman hatte bereits eine Familie mit seiner Frau. Pennys Kind würde nur eine zerrüttete Familie kennen. Ihr Sohn oder ihre Tochter verdienten einen Vater, und ohne eigenes Dazutun würde ihr Kind keinen haben.

Penny hatte alle Lasten des Ehefrauendaseins geerbt, ohne die Vorzüge eines Ehemanns. Sie hatte das Kind, die Verantwortung. Sie musste kochen und putzen und sich einen sicheren Job suchen. Sie musste für das Baby sorgen und es lieben, hatte ihrerseits aber niemanden, den sie um Unterstützung bitten konnte. *Eine alleinstehende Ehefrau*, dachte sie bitter. Genau das war sie.

Aber war das wirklich alles Romans Schuld? War das Baby von ihm? Nach Pennys Berechnungen hatte sie etwa in der Mitte ihres Zyklus mit Ryan geschlafen. Kurz darauf war sie mit Roman ins Bett gegangen. Doch allein schon wegen der Spermamenge musste das Baby von Roman sein. Sie hatten öfter miteinander geschlafen, als Penny zählen konnte. Es musste von ihm sein.

Penny fragte sich aber trotzdem, ob sie Ryan frühzeitig von der Schwangerschaft erzählen sollte. Für so eine Situation gab es keine Anleitung, was richtig oder falsch war. Penny hatte so viel falsch gemacht, dass das Richtige so weit weg wie eine Sternschnuppe war.

Und was sollte sie ihm sagen? *Es besteht eine winzige Chance, dass das Baby von dir ist, aber ich hatte auch jede Menge Sex mit unserem Schauspiellehrer. Statistisch gesehen ist es also von ihm.*

Penny schüttelte über ihre eigene Dummheit den Kopf und marschierte an Lucky vorbei, der auf der Eingangstreppe rauchte. *Das ist kein Ort für ein Baby,* dachte sie wieder einmal.

»Das ist ungesund«, schnauzte sie ihren Vermieter an. »Sie werden noch an Krebs sterben.«

Die Parkuhren auf der Straße vor Romans Studio wurden um 22:00 Uhr ausgeschaltet. Penny kam um 21:52 Uhr an und wartete mit laufendem Motor bis 22:01 Uhr. Jetzt mit dem Kind musste sie jeden Cent sparen. Das war sie ihm schuldig.

Sobald die Parkuhr erlosch, stieg Penny aus und ging zu Romans Studio. Mit geballten Fäusten, nur mit ihrer Verzweiflung als Waffe, betrat sie das Gebäude. Die meisten Schüler waren bereits gegangen, und das Studio wirkte gespenstisch und unheimlich.

Roman war noch da. Penny war so lange um den Block gefahren, bis sie sein Auto am Straßenrand gesehen hatte – den Oldtimer, den er in letzter Zeit fuhr –, weil sie sicher sein wollte. Auf keinen Fall würde sie jetzt aufgeben, nachdem sie den Mut aufgebracht hatte. Im Eingangsbereich sah sie, dass Romans Bürotür geschlossen war.

Davor angekommen, legte sie eine Hand auf das Holz. Ein heißes Kribbeln lief ihr über den Rücken, als sie sich daran erinnerte, wie Roman sie auf der anderen Seite voller Leidenschaft dagegengedrückt hatte. Als sie noch geglaubt hatte, dass aus ihnen etwas Schönes werden könnte. Jetzt fühlte sich alles hohl an – vielleicht vorauseilend, doch sie ahnte, dass das Ende nah war.

Sie klopfte. Als Roman nicht sofort antwortete, drehte sie ungeduldig an dem Knauf, drückte die Tür auf und betrat den Raum. Einen Moment ließ sie alles auf sich wirken.

Zum ersten Mal seit langer Zeit fühlte sich Penny ruhig und beherrscht. Als sie ihre Hand auf den Bauch legte, wuchs ihr Selbstvertrauen. Sie kämpfte nicht mehr für sich selbst und ihre dummen Träume. Sie kämpfte für das unschuldige Kind, das von einer jungen, mittellosen, unverheirateten Mutter geboren werden würde. Er oder sie hatte etwas Besseres verdient.

»Penny.« Roman lehnte sich in seinem Stuhl zurück. »Ich hatte dich erwartet.«

Er trug seine Intellektuellenbrille, die ihn wie einen klugen, kreativen, einfühlsamen Professor aussehen ließ. Wegen dieser Brille hatte Penny sich noch mehr in ihn verliebt, als sie das erste Mal sein Büro betreten hatte. Jetzt fragte sie sich, ob das alles nur ein Trick war.

»Ich hätte es dir früher sagen sollen«, flüsterte sie. »Es tut mir leid.«

»Was denn?«

Penny öffnete vor Überraschung den Mund. »Das Baby.«

Roman seufzte, als sei er von seiner Schülerin enttäuscht. »Bist du sicher, dass es von mir ist?«

»Sehr. Ausrechnen darfst du es selbst.«

»Du hast gesagt, du würdest verhüten.«

Sie holte tief Luft. Auf alle möglichen Reaktionen von Roman war sie vorbereitet, aber mit einem hatte sie nicht gerechnet: Schuldzuweisungen. »Hör zu, ich entschuldige mich für die Art und Weise, wie du es erfahren hast. Das war falsch. Ich hatte nicht vor, Eliza und den anderen etwas zu sagen, es ist mir einfach rausgerutscht. Ich stand unter Schock.«

»*Du* standst unter Schock?«

»Du scheinst mir nicht zu glauben«, sagte Penny. »Und wenn du mir unterstellst, dass ich mit Absicht von dir schwanger geworden bin, liegst du sehr, sehr falsch. Ich habe dich vielleicht geliebt, aber *so* dumm bin ich nicht.«

»Du bist entweder sehr, sehr klug oder sehr, sehr dumm. Wie erklärst du dir dann, dass du bei mir zu Hause auftauchst, beim Buchclub meiner Frau, und mir in die Augen siehst, während sie deine Schwangerschaft verkündet?« Roman schürzte die Lippen. »Was willst du von mir?«

»Du verstehst es nicht, oder? Ich will überhaupt nichts. Ich erzähle dir nur von dem Baby. Ja, das hätte ich schon früher tun sollen, aber so ist es nun mal. Das tut mir leid. Jetzt bist du am Zug.«

Roman drehte einen Kugelschreiber zwischen zwei Fingern. »Du denkst doch nicht ernsthaft daran, es zu behalten?«

Penny wurde rot. »Darüber nachdenken? Ich habe mich bereits entschieden – ich bekomme das Baby. Punkt. *Fin.* Aus. Ende.«

Roman stand auf und fuhr die Kugelschreibermine mit einem entschlossenen Stoß gegen die Tischplatte wieder ein. Er ging durch den Raum, schloss die Tür hinter Penny und senkte die Stimme zu einem leisen Grollen. »Ich würde dir dringend raten, es dir noch einmal zu überlegen. Ich habe dir bereits angeboten, dir zu geben, was du willst. Dieses Angebot erlischt in der Sekunde, in der du diesen Raum verlässt.«

»Willst du mir drohen?« Penny wich nicht zurück, als er sich an ihr vorbeidrängte.

Die Berührung war nicht subtil, sondern sollte sie einschüchtern. Penny klammerte sich an ihr Selbstvertrauen und hielt es mit glitschigen Fingern fest.

Sie zitterte. Roman stellte sich zwischen sie und die Tür, versperrte ihr den Weg. Sein würziges Rasierwasser, das sie früher ganz wild gemacht hatte, bereitete ihr jetzt Übelkeit. Wie hatte sie sich nur so blind in diesen Mann verlieben können?

Ihre Mutter hatte recht gehabt. Es war ein Fehler gewesen, Roman Tate nachzulaufen. Penny war auf sein brillantes Funkeln hereingefallen. Roman war eine Discokugel aus silbrig glitzernden Punkten, die über eine dunkle Decke tanzten. Penny war hinter dem Funkeln her gewesen, hatte nicht davon abgelassen, bis ihr klar wurde, dass alles nur eine Illusion war. Ihre naive Hoffnung, er wäre die Lösung für ihre Probleme, war enttäuscht worden. Roman war nicht die Discokugel. Er war die Dunkelheit um sie herum.

»Ich würde dir niemals drohen«, sagte Roman. »Ich versuche nur, dich zur Vernunft zu bringen. Ganz offensichtlich kannst du nicht klar denken. Benutz deinen Verstand, Penny.«

»Red nicht mit mir, als wäre ich ein Kind. Ich bin jetzt eine erwachsene Frau, eine Mutter.«

»Das musst du nicht sein.«

»Ich werde dieses Kind nicht aufgeben.«

»Wenn du verhütet *hättest,* müsstest du diese Entscheidung nicht treffen.« Romans Augen verrieten, dass er ihr nicht glaubte. »Wenn du verhütet hättest, dann hättest du bereits versucht, eine Schwangerschaft zu verhindern. Es gibt Alternativen.«

»Nur *eine*. Und die ist nicht verhandelbar.«

»Ich zahle die Abtreibung, wenn das das Problem ist.«

Penny fühlte sich vernichtet. »Ich kann nicht glauben, dass ich dich geliebt habe. Sag mir die Wahrheit, Roman. Seid ihr überhaupt getrennt, du und Eliza?«

»Ich versuche, dich zur Vernunft zu bringen. Penny, du bist praktisch selbst noch ein Kind. Kannst du dir die Krankenhausrechnungen leisten? Ein Kinderbett? Windeln? Einen Autositz? Nach dem Zustand deines Autos und deiner Wohnung zu urteilen, nicht.«

Penny zitterte vor Wut. Sie ballte die Fäuste. Es kostete sie alle Kraft, ihn schweigend anzusehen. Als Roman eine Hand auf ihre Schulter legte, zuckte Penny zusammen.

»Denk mal einen Schritt weiter«, forderte er sie auf. »Du bist hergezogen, um etwas aus dir zu machen, vor … sechs Monaten? Du hast Talent, Penny. Du könntest es in dieser Branche weit bringen, und das meine ich ernst.«

Sie schloss die Augen. Seine Finger auf ihrer Schulter brannten durch ihr Kleid.

»Ein Baby verändert alles«, fuhr er fort. »Wie willst du in einem Film mitspielen, wenn du gegen die Babykilos ankämpfst? Wie willst du ein Drehbuch schreiben, wenn du nachts jede Stunde mit einem Kind wach bist? Wie willst du eine Krankenversicherung bezahlen?«

Penny wollte ihn unterbrechen, konnte es aber nicht. Roman saugte alle Ängste aus ihrem Kopf und spuckte sie ihr vor die Füße. Natürlich hatte sie über all das nachgedacht, doch erst jetzt aus seinem Mund klang alles schmutzig.

»Deine Träume sind vorbei, Penny. Aber so muss es nicht sein.«

Penny zwang sich, die Augen zu öffnen, ließ aber die Fäuste geballt. »Es war ein Fehler herzukommen. Ich hätte es wissen müssen.«

»Bitte, mach es uns allen einfach.«

»Hast du mich überhaupt jemals geliebt?« Penny riss sich von ihm los. »Hattest du jemals vor, deine Frau zu verlassen?«

Roman holte tief Luft. »Um Himmels willen, Penny. Lass das.«

Penny schluckte schwer. Mit wild schlagendem Herzen eilte sie zur Tür. Sie warf einen Blick zurück, Roman hatte sich nicht bewegt.

»Ich behalte das Baby«, sagte sie heiser. »Lass mich einfach in Ruhe.«

»Das ist ein Fehler, Penny«, warnte Roman sie. »Du denkst nicht klar.«

»Ich weiß genau, was ich will, Roman. Und wenn du jemals versuchst, dich in mein Leben oder das des Babys einzumischen, wird es dir leid tun.«

Protokoll

Verteidigung: Wie würden Sie Ihr Verhältnis zu Penny Sands während des letzten Jahres beschreiben?

Anne Wilkes: Zuerst war es professionell. Sie hat für uns als Babysitterin gearbeitet. Empfohlen wurde sie uns von Roman und Eliza Tate. Schon irgendwie ironisch.

Verteidigung: Sie sagen, zuerst war das Verhältnis professionell. Und dann?

Anne Wilkes: Wir haben uns angefreundet. Es hat sich einfach so entwickelt. Wenn ich nach Hause kam, unterhielten wir uns noch eine Weile. Ein-, zweimal tranken wir etwas zusammen oder gingen mit den Kindern in den Park.

Verteidigung: Über was haben Sie geredet?

Annen Wilkes: Worüber Freundinnen eben so reden. Unser Leben, wie es uns geht. Wen wir lieben, wen wir hassen. Sie wissen schon.

Verteidigung: Hat Ms. Sands jemanden erwähnt, den sie hasst?

Anne Wilkes: Ich glaube nicht, dass Penny jemanden hassen kann. Sie ist so eine nette junge Frau.

Verteidigung: Ihnen ist also nichts Merkwürdiges an Ms. Sands aufgefallen?

Anne Wilkes: Sie wollen auf ihr kleines Hobby hinaus,

nicht wahr? Ja, davon wusste ich. Das heißt aber nicht, dass Penny ein schlechter Mensch ist. Sie hat nur Fehler, wie wir alle.

Verteidigung: Bitte erklären Sie dem Gericht, was Sie mit Ms. Sands' kleinem Hobby meinen.

Anne Wilkes: Sie sammelt Dinge. Kleine Schätze.

Verteidigung: Sie meinen, sie stiehlt sie?

Anne Wilkes: Ja.

Verteidigung: Hat sie Ihnen das erzählt?

Anne Wilkes: Natürlich nicht. Sie hat auch von mir Sachen mitgenommen. Auf mich wirkte es wie irgendein Zwang. Aber es hat niemandem geschadet. Und es war auch nichts Wichtiges.

Verteidigung: Wie haben Sie Ms. Sands' Zwangshandlung bemerkt?

Anne Wilkes: Ich fand in ihrer Wohnung ein Foto, das mir gehört. Sie hatte es aus meinem Haus mitgenommen. Und dann waren da noch die Sachen, die sie von Eliza gestohlen hatte ...

Verteidigung: Was hatte sie von Mrs. Tate entwendet?

Anne Wilkes: Ein Messer und einen kleinen Löffel aus einem Service, das ich Eliza zur Hochzeit geschenkt hatte.

Verteidigung: Das Messer ... Darin sind Mr. und Mrs. Tates Initialen eingraviert?

Anne Wilkes: Ja. Und das Hochzeitsdatum.

Verteidigung: Haben Sie Ms. Sands darauf angesprochen, als Sie die Sachen fanden?

Anne Wilkes: Nein. Um ehrlich zu sein, dachte ich nicht weiter darüber nach. Ich fand alles zufällig, als ich ein paar Babysachen in die Wohnung brachte und ein bisschen umräumte.

Verteidigung: Fanden Sie das nicht seltsam?

Anne Wilkes: So weit dachte ich einfach nicht. Das Foto tat ich als Versehen ab. Vielleicht hatte es in einem Buch gelegen, das ich ihr geliehen hatte oder so. Bei den Besteckteilen dachte ich wohl ... Keine Ahnung, dass Eliza sie ihr für einen besonderes Anlass ausgeliehen hatte oder so. Wir waren ja alle befreundet, da macht man so was.

Verteidigung: Hat sie Mrs. Tate das Messer zurückgegeben?

Anne Wilkes: Das weiß ich nicht.

Verteidigung: Ich glaube nicht, dass sie es getan hat, Mrs. Wilkes. Wissen Sie, woher ich das weiß?

Anne Wilkes: Keine Ahnung.

Verteidigung: Weil Roman Tate mit diesem Messer umgebracht worden ist. Mrs. Tates Fingerabdrücke waren zwar auf der Waffe, aber sie war in Ms. Sands' Besitz. Mrs. Wilkes, finden Sie immer noch, dass das ein kleines unschuldiges Hobby ist?

Kapitel sechsundzwanzig

Zwei Monate früher
Dezember 2018

»Ruf mich an, wenn du etwas brauchst«, sagte Anne an einem klaren Samstagmorgen zu ihrem Mann, nachdem sie ihm erklärt hatte, wie er sich um die Kinder kümmern sollte. »Die Zwillinge sind gefüttert. Gretchen will eine Liste mit Geschenken für ihren Geburtstag machen, dafür habe ich alles in der Küche hingelegt. Samuel muss eine halbe Stunde vorgelesen werden, bevor er an sein Tablet darf.«

»Ich habe alles unter Kontrolle«, antwortete Mark mit einem Lächeln, das Anne zum Schweigen brachte. »Geh schon. Amüsier dich gut mit deinen Freundinnen.«

Anne bewegte sich nicht, als ihr Mann ihr einen süßen Kuss auf die Stirn drückte. Sie warf ihm einen verwirrten Blick zu, während sie ihre Strickjacke enger um den Körper zog und zum Auto lief.

Auf der Fahrt Richtung Hollywood dachte sie über die ruhigen letzten Monate nach. An dem Abend, an dem sie zu Roman ins Studio gefahren war, hatte sie ihm einen Scheck über den vollen geforderten Betrag gegeben. An dem Abend, an dem sie Penny begegnet war. Anne hatte sich gefragt, ob Penny es Eliza gegenüber erwähnen würde, aber zum Glück hatte sie es wohl nicht getan. Ein kleines Wunder.

Gott sei Dank gab es auch große Wunder. Es war nicht leicht gewesen, aber Anne hatte das Geld für Roman zusammengekratzt, dank einer Karriere vor den Kindern und einer ruhenden Altersvorsorge. In einem anderen Leben hatte Anne fast ein Jahrzehnt Vollzeit gearbeitet. In dieser Zeit hatte sie Geld auf ihr Rentenkonto eingezahlt, und dank eines guten Arbeitgeberzuschusses und des boomenden Aktienmarktes konnte sie Romans Forderung erfüllen.

Geld vom Rentenkonto abzuheben, war mit einer saftigen Strafe verbunden, aber Anne hatte keine Lust, sich über Steuergesetze zu streiten. Sie hatte ein paar Anrufe getätigt, als Mark bei der Arbeit war, um das Geld auf ein neues Bankkonto zu überweisen, von dem ihr Mann nichts wusste. Dann hatte sie Roman einen üppigen Scheck ausgestellt, den er auch prompt eingelöst hatte. Anne ging davon aus, dass sie quitt waren.

Aber was sollte Roman daran hindern, Mark doch auffliegen zu lassen? Die fünfzig Riesen, die sie ihm gezahlt hatte, reichten sicher nicht aus, um seinen glamourösen Lebensstil lange aufrechtzuerhalten.

Anne hielt in einer Seitenstraße, die selbst in Hollywood zu unbedeutend war, um Parkgebühren zu verlangen. Sie stieg aus und ging zum Kofferraum, in dem zwei Wäschekörbe mit den alten Sachen der Kinder standen. Mit einem Korb im Arm sah sie zu dem Apartmenthaus. Traurig fragte sie sich, ob es für Penny irgendwann noch mal besser werden würde.

An der Tür suchte Anne nach einem Tastenfeld für den Türcode. Erst nach ein, zwei Minuten wurde ihr klar, dass es keinerlei Sicherheitsvorkehrungen gab und die Tür unverschlossen war.

In der Lobby zögerte sie, doch da tauchte schon Penny über dem Geländer im zweiten Stock auf.

»Komm hoch!«, rief Penny lächelnd und ging zum Treppenabsatz. »Oder nein, ich komme runter.«

»Sei nicht albern. Ich werde dich keinen Finger rühren lassen.« Anne schüttelte den Kopf über Penny, die mittlerweile sichtbar schwanger war. »Ich bin hier, um dir zu helfen. So wie du mir in den letzten Monaten mit den Kindern geholfen hast, ist es das Mindeste, was ich tun kann.«

Mit lauten, widerhallenden Schritten ging Anne nach oben. Die Treppe war seit Monaten nicht gewischt worden, und viele Stufen knarzten und waren schief. Das ganze Haus machte einen ungepflegten Eindruck, und Anne dachte, dass das kein Ort für eine junge Frau war, um allein zu leben, geschweige denn mit einem Baby. Sie hätte ihr einen höheren Stundenlohn zahlen sollen, dachte sie schuldbewusst.

Anne stellte den Wäschekorb in Pennys Wohnung ab, musterte den Raum und hoffte, dass Penny ihr die Überraschung nicht ansah. Sie hatte nicht erwartet, in diesem Haus eine luxuriöse Eigentumswohnung vorzufinden, aber … *das* hatte sie auch nicht erwartet.

Die Wohnung war so groß wie eine Schuhschachtel. Und zwar keine für ein schickes Paar High Heels, sondern so ein klitzekleines Ding vom Resteregal, staubig und eingedellt und mit nur einem Schuh. Die Küche war durch einen kleinen Tresen abgegrenzt, hinter den nur ein Mensch passte. Zu zweit Abendessen zu kochen, war unmöglich. Das Wohnzimmer ging nahtlos in das Schlafzimmer über. Wenn man es überhaupt so bezeichnen konnte.

Pennys Bett bestand aus einer Matratze und einem Boxspringgestell auf dem Boden. Ihre Kommode war so zerkratzt, dass Annes behelfsmäßiger Schminktisch plötzlich aus einem Palast zu stammen schien. Ihr Schrank hatte Ziehharmonikatüren, nur dass eine Seite fehlte und sich die andere offenbar nicht schließen ließ.

Eine angenehme Brise wehte durch das Fenster, was allerdings keine Absicht war, denn es war mit einem stabilen Holzlineal abgestützt, und das Fliegengitter hatte in der Mitte einen großen Riss.

»Es ist nichts Besonderes«, sagte Penny verlegen. »Aber mehr kann ich mir nicht leisten.«

Anne hatte fast vergessen, wie es war, eine mittellose Studentin zu sein und sich allein durchzuschlagen.

»Bei meiner ersten Schwangerschaft hatte ich schreckliche Angst«, beruhigte Anne Penny. »Ich hatte Angst, dass ich nicht genug hatte – nicht genug Geld, nicht genug Stabilität, nicht genug von allem anderen. Als ich es Mark erzählte, sagte er mir etwas Albernes, aber damals fand ich es hinreißend. Und es hat mir auch geholfen.«

»Was hatte er gesagt?«

»Die Menschen haben schon zu Zeiten der Höhlenmenschen Babys großgezogen. Und hatten nur einen Felsen als Bett und einen Holzstock«, antwortete Anne mit einem dünnen Lächeln. »Das hier wäre Luxus für sie. Du machst das gut, Penny. Dem Baby ist es egal, wie deine Wohnung aussieht. Es will nur geliebt werden.«

»Und das tue ich«, sagte Penny leise. »Ich liebe es wirklich. Allmählich wird es real.«

»Mutter zu werden, kann man nicht richtig in Worte fassen«, meinte Anne. »Das wirst du bald herausfinden. Es wird besser, das verspreche ich dir.«

Penny wrang die Hände. »Ich hoffe es. Im Moment ist es eher überwältigend als aufregend. Und teuer. Ich kann dir gar nicht genug für die ganzen Sachen danken.«

»War mir ein Vergnügen«, sagte Anne. »Und das Timing ist einfach perfekt. Die Zwillinge wachsen gerade aus ihren Babysachen heraus, und ich würde sie sowieso spenden. Mir ist es lieber, wenn ich weiß, dass eine nette Familie sie bekommt.«

»Eine Familie«, wiederholte Penny. »Klar.«

Anne presste die Lippen zusammen. »Deine Familie wird vollständig sein, so wie sie ist. Aber nur so aus reiner Neugier: Hast du etwas vom Vater gehört?«

Penny straffte die Schultern. »Er will nichts mit dem Baby zu tun haben.«

»Das tut mir leid. Trotzdem sollte er …«

»Ich will nichts von ihm«, sagte Penny scharf. »So ist es viel besser. Vertrau mir. Oh, was für ein niedlicher Strampler.«

Anne hörte die unausgesprochenen Worte hinter Pennys Themenwechsel. Sie wollte nicht mehr über den Vater reden. Mit einer gemurmelten Entschuldigung ging Anne zurück zum Auto.

»Hier, bitte sehr.« Sie stellte den zweiten Wäschekorb auf Pennys klapprige Couch. »Ich habe auch zwei Autositze in einwandfreiem Zustand, wenn du sie möchtest. Sie waren nie in einen Unfall verwickelt. Ich weiß, dass die meisten Leute sie lieber neu kaufen, aber …«

»Einen würde ich dir gern abkaufen.«

»Er gehört dir, ich will kein Geld«, sagte Anne. »Bevor ich gehe, zeige ich dir noch, wie du das Babyfon einrichtest. Das kannst du haben, wir benutzen es nicht mehr. Eins von diesen neumodischen, die direkt aufs Handy übertragen. Moment, ich zeige es dir. Die App müsste ich noch auf dem Handy haben.«

Penny holte tief Luft. »Danke, Anne.«

Anne begann, die Wäschekörbe auszupacken. Das Gefühl beruhte auf Gegenseitigkeit, doch das erzählte sie Penny nicht. Die jüngere Frau brauchte Sach- und finanzielle Hilfe, Anne emotionale. Sie brauchte eine Ablenkung von allem, was zu Hause passierte, und das bot ihr die junge Frau.

Anne hatte Penny mit sanfter Hand auf dem Weg in die Mutterschaft begleitet. Sie hatte ihr geholfen, die richtigen Vitamine und einen Schrank voller Umstandskleidung zu kaufen. In einer Welt, in der Anne die Kontrolle über alles verloren hatte – ihr Privatleben, ihren Mann, ihre Ehe, ihr Geld –, wollte sie etwas Schönes, etwas Gesundes vollbringen. Wenn Penny sie dankbar ansah, nährte das etwas in Anne, dem die Nahrung entzogen worden war.

Die beiden Frauen arbeiteten mehrere Stunden, stellten Möbel um, richteten einen Schlafplatz und einen behelfsmäßigen Wickeltisch ein und hängten winzige Kleider auf noch winzigere Bügel in einem winzigen Schrank mit großen, kaputten Türen. Danach war die Wohnung wie verwandelt.

»Komm mit«, sagte Anne. »Gibt es hier in der Nähe einen Supermarkt?«

»Die Straße runter ist ein Trader Joe's«, antwortete Penny. »Aber ich wollte eine Pizza bestellen, wenn es dir recht ist.«

»Ich habe eine bessere Idee.« Anne schlüpfte in ihre Schuhe und öffnete die Tür. »Lass uns einen Spaziergang machen. Draußen ist es so schön.«

Penny lächelte neugierig und hakte sich bei Anne ein, bevor die wusste, wie ihr geschah. Sie verließen das Haus und schlenderten zu dem Laden an der Ecke. Eine Stunde später kehrten sie zurück, beladen mit schönen Dingen.

»Ich wünschte, du würdest mich dafür bezahlen lassen«, sagte Penny und betrachtete die Tüten, als sie die Tür aufschloss. »Das ist viel zu viel.«

»Das gehört alles zum Anne-Wilkes-Makeover-Paket«, neckte Anne sie und folgte ihr in die Wohnung. »Gib mir fünf Minuten, und du wirst sehen, warum das so wichtig ist.«

Penny presste die Lippen aufeinander und fühlte sich sichtlich unbehaglich. Anne packte die Tüten aus und förderte mehrere kleine tropische Zimmerpflanzen zutage. Einen Blumenstrauß. Ein paar angenehm riechende Duftkerzen.

Sorgfältig verteilte sie die Sachen auf den frisch abgestaubten Möbeln. Danach traten sie und Penny zurück und betrachteten die Wohnung, die wie verwandelt war.

Penny nestelte an ihrem Kettenanhänger, während Anne sie beobachtete und sich über ihre Reaktion freute. Der Raum war nicht gerade umwerfend, doch für Penny war er perfekt.

Die gelbe Tagesdecke leuchtete geradezu in der Nachmittagssonne. Alles war sauber und glänzte, und ein schwacher Zitronenduft überdeckte den Hauch von Passivrauch in der Luft.

Die Babysachen verliehen dem Raum eine Leichtigkeit, die die hoffnungsvollen Anzeichen für ein neues Leben betonte. Die Blumen und Pflanzen setzten grüne Akzente – zusammen mit kräftigen Violett- und leuchtenden Rosatönen und Orangetupfern –, und die hübschen flackernden Kerzen dufteten nach Pekannusskuchen.

Penny schluckte angestrengt, räusperte sich, konnte jedoch nichts sagen. Anne legte ihr eine Hand auf die Schulter und drückte sie.

»Ich wünschte wirklich, ich hätte Vasen«, sagte Penny schließlich.

Anne warf einen Blick auf die Colaflasche, in die sie einen Blumenstrauß gesteckt hatten. »Ach, das ist Vintage.«

Die Frauen sahen sich an und brachen in Gelächter aus. Sie ließen sich auf die alte, schäbige Couch fallen, hielten sich die Bäuche, und lachten immer mehr.

Als sie sich wieder gefasst hatten, schob Penny eine Tiefkühlpizza in den Ofen, die sie mitgebracht hatten, und die Wohnung duftete nach billiger Marinara und geschmolzenem Mozzarella.

»Hast du Pappteller?«, fragte Anne. »Einen Pizzaschneider?«

Penny deutete auf einen Schrank und holte ein Messer aus einer Schublade. Sie grinste schief. »Der Pizzaschneider.«

Anne lachte. Sie trugen die Teller zusammen mit den

Getränken, die sie ebenfalls gekauft hatten, zur Couch. Dort saßen sie dann im Schneidersitz und redeten über alles Mögliche, während sie weichen Teig und ölige Peperoni futterten.

Stunden später stand Anne an der Tür und bedauerte, fahren zu müssen. Um den Abschied hinauszuzögern, warf sie einen Blick durch den Raum, als ob sie eine Oberfläche vergessen hätte zu polieren, einen Tisch nicht abgestaubt hätte.

Doch alles war blitzsauber, und Anne seufzte. Ihre Wangen schmerzten vom vielen Lächeln, ihre Bauchmuskeln vom Lachen. Sie konnte sich nicht erinnern, wann sie das letzte Mal einen so schönen Tag gehabt hatte.

»Es war wirklich toll.« Die einfachen Worte reichten nicht, um Annes Gefühle auszudrücken. »Danke, dass du die Sachen meiner Kinder übernommen hast.«

»Ich weiß das mehr zu schätzen, als du denkst.«

Die Frauen sahen sich voller Verstehen an. Anne war dankbar, dass sie sich nicht auf Sprache verlassen musste, um ihre wahren Gefühle auszudrücken. Dankbarkeit, Hoffnung, Freundschaft. So kleine Worte für so große Emotionen.

Anne legte die Hand sanft auf die Wölbung von Pennys Bauch. »Danke *dir,* kleiner Mensch.«

Bevor Penny antworten konnte, klingelte Annes Handy.

»Das ist wahrscheinlich Mark«, murmelte Anne. »Er weiß sicher nicht, was er den Kindern zu essen machen soll oder so. Ich habe ihm gesagt, dass ich den ganzen Tag weg bin, aber ... Du weißt schon ...« Anne wurde rot, als ihr klar wurde, dass Penny sich wahrscheinlich nicht so gut mit Ehemännern auskannte. »Tut mir leid. Ich sollte nicht ...«

»Schon in Ordnung«, erwiderte Penny. »Du musst bei mir nicht darauf achten, was du sagst.«

Anne nahm Penny jedoch kaum wahr, weil sie auf den Namen auf dem Display starrte. Einen Namen, der ihr Angst einjagte. Einen Namen, von dem sie gehofft hatte, ihn nie wieder zu sehen.

»Tut mir leid«, murmelte sie. »Ich muss jetzt los.«

»Ist alles in Ordnung?«

Anne winkte und zwang sich zu einem letzten Lächeln, während sie, zwei Stufen auf einmal nehmend, die Treppe hinuntereilte. »Ja, ich muss jetzt nur wirklich los.«

»Warte – die Wäschekörbe!«

Anne hatte bereits den Treppenabsatz erreicht. »Ich hole sie wann anders.«

»Anne, warte!«

Etwas an Pennys Tonfall ließ Anne innehalten. Sie drehte sich um und sah zurück, in der Erwartung, ein frisches, jugendliches Lächeln zu sehen, strahlende Augen. Die Vorfreude einer werdenden Mutter.

Stattdessen sah Anne Augen, deren Ausdruck hart und eindringlich war. Ein eisern entschlossenes Lächeln. Anne stockte der Atem, als sie sich fragte, ob Penny hinter dem Lipgloss und den locker auf dem Kopf zusammengedrehten Haaren doch nicht das unschuldige Mädchen war, für das sie sie hielt, sondern eine Frau, die man nicht unterschätzen sollte.

»Wenn du etwas brauchst«, sagte Penny stählern, »egal was, ruf mich an.«

»Das werde ich nicht.«

»Anne«, wiederholte sie mit Nachdruck. *»Egal was.«*

Anne nickte und eilte ins Freie. Auf dem Weg zum Van blinkte eine Nachricht auf dem Display auf. Anne fragte sich, wie sie Penny so falsch einschätzen konnte. Trotz des fröhlichen gemeinsamen Tages wusste sie wohl so einiges nicht über ihre neue Freundin.

Doch dann wählte sie die Nummer, ohne zuerst die Nachricht abzuhören, und dachte nicht mehr über die wundersame Penny Sands nach. Ihre Hand zitterte, als sie das Telefon ans Ohr hielt.

»Was willst du?«, fragte sie heiser. »Ich dachte, wir wären fertig.«

»Oh, Anne«, sagte Roman leise. »Ich gebe dir einen Monat.«

Protokoll

Verteidigung: Detective Wilkes, wie lange sind Sie schon Polizist?

Mark Wilkes: Ich bin seit etwa einundzwanzig Jahren beim LAPD.

Verteidigung: Danke für Ihren Einsatz.

Mark Wilkes: Ich wollte immer nur Polizist sein. Es ist mir eine Ehre, unserer Stadt dienen zu dürfen.

Verteidigung: Was war Ihre Position beim LAPD, bevor Sie Detective wurden?

Mark Wilkes: Ich war zehn Jahre bei der Einheit zur Bekämpfung von Banden- und Drogenkriminalität, davor Streifenpolizist. Habe mich dann hochgearbeitet.

Verteidigung: Würden Sie sagen, dass Sie mit mehr als genügend Verbrechern zu tun hatten?

Mark Wilkes: Das gehört zu meinem Job. Also ja, da waren schon so einige dabei.

Verteidigung: Bekommen Verbrecher immer ihre gerechte Strafe?

Mark Wilkes: Das ist unser Ziel. Manchmal kommen sie natürlich davon.

Verteidigung: Was ist, wenn Sie wissen, dass sich jemand eines Verbrechens schuldig gemacht hat, Sie es aber nicht beweisen können?

Mark Wilkes: Wir wissen beide, dass das passiert. Als Anwalt haben Sie sicher auch schon die Erfahrung gemacht. Meine Antwort? Im Zweifel für den Angeklagten.

Verteidigung: Was halten Sie von Selbstjustiz?

Mark Wilkes: Äh, ich bin mir nicht sicher, was Sie damit meinen. Ich bin Polizeibeamter. Ich glaube an das System. Ich glaube daran, dass das System Recht spricht.

Verteidigung: Was ist, wenn etwas persönlich wird?

Mark Wilkes: Ich würde zur Polizei gehen und wie alle anderen auch das Standardprotokoll befolgen.

Verteidigung: Spielen Sie mal mit, Detective. Sagen wir, Sie hätten entdeckt, dass Ihre Frau erpresst wird. Vorhin haben Sie gesagt, dass Sie Ihre Frau lieben, richtig?

Mark Wilkes: Natürlich liebe ich sie.

Verteidigung: Sie würden alles für sie tun?

Mark Wilkes: Ich schätze schon. Ja.

Verteidigung: Würden Sie für sie töten?

Mark Wilkes: Ich verstehe, worauf Sie hinaus wollen, aber nein, ich bin nicht der, den Sie suchen. Ich habe niemanden umgebracht.

Verteidigung: Haben Sie je im Dienst einen Menschen getötet?

Mark Wilkes: Ja. Und das wissen Sie sicher auch, weil das eine öffentlich einsehbare Information ist.

Verteidigung: Detective, Sie haben bereits einen Mann getötet. Woher wissen wir, dass Sie das nicht noch einmal getan haben?

Mark Wilkes: Erstens, dafür gibt es keine Beweise. Zweitens, ich hatte kein Motiv.

Verteidigung: Hat Ihre Frau Ihnen erzählt, dass sie von Roman Tate erpresst wurde?

Mark Wilkes: Nein, das hat sie nicht.

Verteidigung: Hat Ihre Frau Ihnen erzählt, dass sie Roman Tate umgebracht hat?

Mark Wilkes: Wie bitte?

Verteidigung: Ich formuliere es anders. Wenn Ihre Frau zu Ihnen käme und Ihnen erzählte, sie hätte einen Mann umgebracht – einen Mann, der allem Anschein nach von mehreren Menschen verabscheut wurde –, was würden Sie dann tun? Würden Sie Ihre Frau der Polizei übergeben und riskieren, dass Ihre Kinder ihre Mutter verlieren, oder würden Sie ihr helfen, die Leiche zu vergraben?

Mark Wilkes: Die Leiche war nicht vergraben.

Verteidigung: Nein, das war sie nicht. Aber es ist interessant, dass Sie das wissen. Keine weiteren Fragen, Euer Ehren.

Kapitel siebenundzwanzig

Einen Monat früher
Januar 2019

»Happy birthday, liebe Anne. Happy birthday to you.«

Eliza und Penny beendeten ihr schiefes Geburtstagsständchen und klatschten. Anne war die Aufmerksamkeit unangenehm. Mittlerweile gab es sowieso nur neue Falten und weitere graue Haare zu feiern.

Aber Eliza Tate fand, Geburtstage müssten zelebriert werden, weshalb Anne jetzt in diesem besonders teuren Restaurant saß, und die gut gekleideten Möchtegernschauspieler, die hier arbeiteten, für sie sangen. In diesem Restaurant gab es sogar einen Mann, dessen einzige Aufgabe es war, die Krümel vom Tisch zu wischen. Eine Ironie des Schicksals, denn in einem eleganten Restaurant, in dem sie in Ruhe essen konnte, brauchte Anne keinen Kehrer; zu Hause, wo vier Kinder gerne Makkaroni mit Käse auf dem Boden verteilten, könnte sie ihn hingegen gut gebrauchen.

»Du musst mich bezahlen lassen«, sagte Anne. »Oder wir teilen uns wenigstens die Rechnung.«

»Das geht auf uns«, sagte Penny vergnügt. »Eliza und ich werden sie teilen.«

Die Rechnung kam, und Eliza sah Penny mit hochgezogener Augenbraue an. »Das geht auf mich. Du sollst dein Geld für wichtigere Dinge ausgeben.«

»Aber …« Doch nach einem Blick auf Elizas Kreditkarte gab Penny nach und nickte. »Danke.«

»Wollen wir?« Eliza stand auf. »Ich lasse den Wagen vorfahren.«

Anne sah zu, wie ihre beiden Freundinnen ihre Sachen von den schön verzierten Stühlen nahmen. Gemeinsam verließen sie das moderne, schlichte Restaurant, in dem sich der Grill hinter der Theke befand und die frischesten Speisen versprach. Anne beobachtete, wie Eliza dem Mann, der an der Tür wartete, ihr Parkticket überreichte. An einem Ort wie diesem gab es keinen Parkplatz.

Anne nahm sich ein paar Minzbonbons aus einer Glasschale. Penny warf ihr einen Blick zu, lächelte wissend und tat es ihr nach. Sie drehten sich weg und kicherten wie kleine Kinder.

»Ich bin gleich wieder da«, sagte Penny und steckte die Bonbons in die Jackentasche. »Ich habe etwas am Tisch vergessen.«

Anne nickte und schob ihre eigene Beute in die Handtasche. Es wäre peinlich, an ihrem Geburtstag wegen ein paar gestohlener Bonbons aus einem Restaurant geworfen zu werden.

»Das Auto ist da«, verkündete Eliza. »Steig ein.«

Ein leichter Nieselregen verlieh der Nacht einen dunstigen, surrealen Glanz. Regen war in Los Angeles so ungewöhnlich, dass er immer noch ein neues Phänomen war. Anne erinnerte sich vage an ihre Kindheit an der Ostküste, wo sie den Regen furchtbar gefunden hatte. Niederschlag war nichts Besonderes, wenn es öfter regnete, als die Sonne schien.

Heute hingegen war der Regen romantisch. Zum ersten Mal seit Langem dachte Anne nicht an ihren Mann. Oder an ihre Kinder. Oder an das Geld. Oder an den verdammten Roman Tate.

Anne dachte an die beiden Frauen, die sie angrinsten, als sie alle in Elizas Cabrio stiegen. Eliza hatte das Verdeck schon vorher geschlossen, was Anne nicht im Geringsten überraschte. Wahrscheinlich hatte Eliza drei Tage im Voraus die Wettervorhersage überprüft und zierliche kleine Regentropfen in ihren farblich gekennzeichneten Kalender eingetragen.

Vorsichtig bog Eliza aus der Einfahrt des Restaurants auf die Straße. Penny saß auf dem Beifahrersitz und drehte die Musik lauter. Anne, die mit mehreren bunten Geschenktüten auf dem Rücksitz saß, wippte mit dem Kopf im Takt und stellte mit Erschrecken fest, dass sie sich wirklich amüsierte.

Ihre gute Laune war ein Wunder, bei allem, was in letzter Zeit passiert war. Sie blinzelte ergriffen. Irgendwie hatten diese Frauen ihr das Gefühl gegeben, sich in einer romantischen Komödie zu befinden – drei Frauen, die nach einer durchfeierten Nacht, einem Glas Wein und einem teuflisch guten Kuchen überdreht waren. Anne wollte Eliza fast bitten, das Verdeck des Cabriolets herunterzulassen, damit sie im Regen singen konnten.

Aber wie alles Gute hatte auch Annes gute Laune ein Ende. Ihr Hochgefühl verflog, als hinter Elizas Auto Blaulicht aufleuchtete. Der Streifenwagen war aus dem Nichts aufgetaucht. Anne hätte wissen müssen, dass ein so schöner Abend einen Haken haben würde, so wie zurzeit alles andere auch. Jetzt würde die arme Eliza an Annes Geburtstag einen Strafzettel bekommen, und Anne würde sich verpflichtet fühlen, ihn zu bezahlen. *Alles Gute zum Geburtstag, liebe Anne.*

Sie fluchte leise. Die Sirene wurde lauter, kam näher. Eliza fuhr rechts ran. Penny seufzte und rieb sich die Stirn.

»Es tut mir leid«, sagte Anne. »Ich zahle, wenn du einen Strafzettel bekommst. Du bist ja nicht mal zu schnell gefahren!«

Anne sah, wie Eliza zum Tacho blickte. Die beiden Wagen kamen zum Stehen. Kurz darauf näherte sich ein Polizist. Eliza ließ das Fahrerfenster herunter und hielt ihre Papiere bereit.

»Führerschein und Zulassung, bitte.«

Anne riss den Kopf hoch. »Mark?«

»Ich habe gehört, dass ein Geburtstagskind im Auto sitzt.« Mark grinste sie an, sein braunes Haar von hübschen grauen Strähnen durchzogen. »Herzlichen Glückwunsch zum Geburtstag, mein Schatz.«

»Was machst du denn hier?« Anne blinzelte. »Woher wusstest du …«

»Ich habe es ihm gesagt«, erklärte Eliza lächelnd und sah in den Rückspiegel. »Er hat mich letzte Woche angerufen und gefragt, wohin ich dich zum Essen ausführe.«

»Ich habe noch nie den Geburtstag meiner Frau verpasst«, sagte Mark zu Penny, dann sah er zu Anne. »Und diesen wollte ich auch nicht verpassen. Ich liebe dich, Schatz.«

»Wow.« Penny legte die Hände an die Brust. »Das ist ja wie im Film. Irre. Du hast so ein verdammtes Glück, Anne.«

Anne fühlte sich hin- und hergerissen. Das Alte und das Neue kämpften in ihr. Ihre ursprüngliche Liebe – zwei Studenten, die verrückt nacheinander gewesen waren – war gereift, zärtlicher geworden. Hart erarbeitet in Momenten, wenn Anne Mark beim Spielen mit ihren Kindern beobachtet hatte. Wenn sie gesehen hatte, wie er Nächte und Wochenenden opferte, um Überstunden zu machen und seine Familie zu versorgen. Diese Art von Liebe sollte ein Leben lang halten.

Doch sie war getrübt, verwässert durch Lügen und Halbwahrheiten. Im letzten Jahr war so viel auf Anne eingestürzt, dass sie nicht mehr wusste, was sie glauben sollte. Als sie sah, wie ihr Mann die Autotür öffnete und ihr die Hand entgegenstreckte wie ein Prinz, der seine Braut aus einer Kutsche holt, legte sie ihre Hand in seine.

Dort, am Hollywood Boulevard, zog Mark Anne in seine Arme. Sie atmete seinen Duft ein, eine einzigartige und tröstliche Mischung aus waldigem Rasierwasser und einfacher Irish-Spring-Seife. Seine Lippen legten sich vertraut auf ihre, sanft, fürsorglich. Einen Moment lang vergaß Anne alles um sich herum und ließ sich in die Arme ihres Mannes sinken. Als sie sich voneinander lösten, hatte sie Tränen in den Augen. Denn es war ein Dienstagabend, und Mark war hier, bei ihr, statt in der gotterbärmlichen Wohnung bei diesem gotterbärmlichen Mädchen.

Zumindest für heute Abend hatte Mark sich für sie entschieden. Und wenn er das einmal getan hatte, konnte er es wieder tun. Und immer wieder. Seine Affäre bedeutete nichts, da war sich Anne sicher. Wenn sie es ignorierte, würde sie in den Hintergrund treten, ein schmutziger kleiner Fleck auf den ansonsten glücklichen Seiten ihrer Liebesgeschichte. Das Einzige, was sie jetzt noch an ihrem Glück hinderte, war der verdammte Roman Tate.

Mark salutierte vor Eliza, die winkend davonfuhr und das Paar allein am Straßenrand zurückließ.

»Was soll das alles?«, fragte Anne, die plötzlich merkte, wie feucht ihre Kleider waren. »So früh bist du doch sonst nie zu Hause.«

»Für dich kann ich es sein«, sagte Mark. »Ich liebe dich, Anne. Heute ist dein Geburtstag.«

Anne starrte hilflos dem Cabrio hinterher. »Aber Eliza hat jetzt alle meine Geschenke mitgenommen.«

Mark lachte, und seine blauen Augen funkelten. »Die kann sie bestimmt später vorbeibringen. Darf ich dich zu einem kleinen Dessert überreden?«

»Machst du Witze?« Anne schob ihre Hand in Marks. Die alte Vertrautheit und Liebe waren sofort wieder da. »Im Restaurant gab es ein Salatblatt, und angeblich war das das Hauptgericht.«

»Was sagst du zu einem McDonald's-Dollar-Menü?«

»Bekommt man sonst noch irgendwo ein Eis für einen Dollar?«

Mark legte Anne den Arm um die Schulter. »Ich hoffe, du weißt, wie sehr ich dich liebe.«

Anne antwortete ernst: »Ich liebe dich auch.«

Das war die Wahrheit. Genauso wie die Tatsache, dass Mark gelogen hatte. Und als er Anne die Beifahrertür des Streifenwagens öffnete, liefen ihr ein paar Tränen über die Wangen.

Schade, dass Annes Märchen zu Ende gehen musste.

Protokoll

Verteidigung: Erzählen Sie mir von Ihrer Freundschaft mit Penny Sands.
Eliza Tate: Das ist nicht so einfach.
Verteidigung: Was meinen Sie damit?
Eliza Tate: Seit der Gerichtsverhandlung überdenke ich alle Menschen in meinem näheren Umfeld. Ich dachte, ich kenne meinen Mann, meine Klientin, meine besten Freundinnen. Jetzt weiß nicht mehr, wer meine Freundin ist und wer versucht, mir einen Mord anzuhängen.
Verteidigung: Das ist seltsam, nicht wahr? Bei diesem Prozess gibt es Unmengen Motive. Viele Menschen haben sich den Tod des Opfers gewünscht, doch die Beweislage wirft Fragen auf. Wir haben Ihre Fingerabdrücke auf der Mordwaffe. Das Messer, das ihn getötet hat, war ein Geschenk an Sie von Mrs. Wilkes, und sie hatte Zugang dazu. Sogar Detective Wilkes steht unter Verdacht, weil er mit Mrs. Wilkes verheiratet ist und ihr geholfen haben könnte, die Leiche zu beseitigen. Aber was ist mit Ms. Sands?
Eliza Tate: Was soll mit ihr sein?
Verteidigung: Sie hatte das stärkste Motiv von allen, ihn zu töten, und trotzdem gibt es nicht einen Hinweis darauf, dass sie ihn getötet haben könnte. Ist sie wirklich so unschuldig, oder ist sie schlauer als Sie und die anderen?

Kapitel achtundzwanzig

Einen Monat früher
Januar 2019

»Ich bin gleich wieder da«, sagte Penny und steckte ein paar Minzbonbons in die Tasche. »Ich habe etwas am Tisch vergessen.«

Eliza hatte zu Annes Geburtstag einen Tisch in einem angesagten neuen Restaurant in der Stadt ergattert, und Penny hatte zum ersten Mal in ihrem Leben so luxuriös gespeist. Und das noch dazu auf dem Hollywood Boulevard. Penny müsste eigentlich auf Wolke sieben schweben und jeden Moment dieser surrealen Erfahrung genießen, doch stattdessen steckte sie sich Minzbonbons in die Tasche, um sie nach einem Mitternachtssnack aus Instantnudeln zu genießen.

Anne nickte nur auf Pennys fadenscheinige Ausrede. Sie war zu sehr damit beschäftigt, Minzbonbons in ihre eigene Handtasche zu stecken, um etwas Ungewöhnliches zu bemerken. Vielleicht waren Penny und Anne gar nicht so verschieden. Bei finanziellen Angelegenheiten schienen sie auf derselben Wellenlänge zu sein – im Unterschied zu Eliza Tate. Aber was würde Anne von Pennys kleinem Hobby halten?

Ein harmloses kleines Hobby, rief sich Penny in Erinnerung, als sie sich an einem Kellner vorbeischob und zu dem Tisch ging, an dem die drei Frauen bis vor wenigen Minuten gesessen hatten.

»Ich habe meinen Ring hier vergessen«, sagte sie zu dem Kellner, der den Tisch abräumte. »Er ist schwarz. Haben Sie ihn zufällig gefunden, als Sie das Geschirr weggeräumt haben?«

Der junge Mann lächelte strahlend. »Ja, das habe ich. Hier, bitte sehr, Ma'am.«

Penny erbleichte bei dem Wort »Ma'am«. Für ihn war sie vermutlich eine Ma'am. Er konnte nicht älter als einundzwanzig sein. Bei dieser Vorstellung spürte Penny jedes ihrer siebenundzwanzig Jahre.

Jedenfalls war sie definitiv zu alt für ihr kleines Hobby. Es wurde gefährlich, zu einem Zwang. Sie konnte nicht aufhören. Sie sah etwas und musste es haben. Es sich nehmen. Die Grenzen zwischen einem harmlosen Streich und einem ausgewachsenen Diebstahl begannen zu verschwimmen.

Das ist das letzte Mal, versprach sie sich, schob den Ring auf den Finger und bewunderte ihn. Das zierliche, glänzende schwarze Band passte perfekt an ihren Zeigefinger. Von Eliza wusste sie, dass der Ring nicht sonderlich teuer war. Sie hatte ihn auf einer ihrer vielen Reisen nach Italien auf einem Straßenmarkt bekommen. Ein Schmuckstück, das Eliza sicher nicht vermissen würde, aber für Penny war es etwas Besonderes. Ein Ring aus Italien – wie *exotisch*.

Wenn Eliza das Schmuckstück wirklich am Herzen gelegen hätte, hätte sie es nicht am Tisch vergessen. Penny hatte gesehen, wie sie den Ring abnahm, als die Bedienung ein Tablett mit warmen Waschlappen brachte, um sich vor dem Essen die Hände abzuwischen. Vor diesem Abend war das Feuchttuch, das man bei Buffalo Wild Wings nach dem Essen bekam, einem warmen Waschlappen noch am nächsten gekommen.

Penny hatte gewartet, doch Eliza schien den Ring unter ihrer Hand vergessen zu haben. Er lag neben ihrem Wasserglas, gerade außer Sichtweite. Penny hatte während des ganzen Essens überlegt, ob sie Eliza auf den Ring hinweisen oder dem Schicksal einfach seinen Lauf lassen sollte.

Sie hatte sich für das Schicksal entschieden, und das hatte sie zurück an den Tisch geführt, um den Ring mitzunehmen. Es war nur ein winziges Andenken, ein kleines Erbstück einer Frau, die sie sehr bewunderte. *Nachahmung ist die aufrichtigste Form der Schmeichelei,* dachte Penny. Der Ring würde ihre Eliza-Tate-Sammlung vervollständigen. Und dann würde sie aufhören.

Aber als Penny zum Eingang zurückkehrte, kroch ihr das vertraute Gefühl der Schuld langsam über den Rücken – dieses Mal stärker als je zuvor. Hatte Penny nicht schon so viel von Eliza gestohlen? Zu viel? Mehr als eine Frau jemals von einer anderen nehmen sollte?

Sie stieg in den Wagen und sagte sich erneut: *Das ist das letzte Mal.*

Protokoll

Staatsanwältin: Ms. Hill, bitte erzählen Sie mir, woran Sie sich noch vom Nachmittag des 13. Februar erinnern.

Marguerite Hill: An nicht mehr viel. Wir haben das Buchclubevent geprobt, Wein getrunken und uns unterhalten. Normaler Small Talk. Nichts Besonderes.

Staatsanwältin: Sie würden sich doch sicher erinnern, wenn das Thema Mord aufgekommen wäre, nicht wahr?

Marguerite Hill: Doch, das Thema kam auf. Aber es war nicht meine Idee.

Staatsanwältin: Und wessen Idee war es?

Marguerite Hill: Anne fing damit an.

Staatsanwältin: Mrs. Wilkes hat ein Gespräch über Mord begonnen? Wie ist sie auf so ein heikles Thema gekommen?

Marguerite Hill: Ich erinnere mich nicht.

Staatsanwältin: Wie praktisch, nachdem sich auch keine der anderen Frauen zu erinnern scheint.

Marguerite Hill: Ich weiß nicht, warum Sie Ihre Zeit mit mir verschwenden. Ich habe schließlich nicht gesagt, ich würde meinen Mann mit einem Messer töten.

Staatsanwältin: Können Sie das bitte für das Gericht wiederholen? Eine von Ihnen hat gesagt, dass sie ihren Mann mit einem Messer töten würde?

Marguerite Hill: Eliza hat gesagt, dass sie es so tun würde, wenn es hart auf hart käme.

Staatsanwältin: Dass sie was tun würde?

Marguerite Hill: Roman Tate umbringen.

Kapitel neunundzwanzig

Einen Monat früher
Januar 2019

Eliza beobachtete, wie Anne und Mark Hand in Hand zum Streifenwagen zurückgingen. Sie fragte sich beiläufig, ob Mark sich das Auto von einem Freund geliehen hatte, nachdem er kürzlich zum Detective ernannt worden war. Detectives fuhren keine Streifenwagen, zumindest war es so im Fernsehen.

»Das ist so verdammt romantisch«, sagte Penny und schlang die Arme um den Oberkörper, während sie das Paar im Rückspiegel verschwinden sah. »Ich wünschte, ich könnte das finden, was Anne und Mark miteinander haben, aber die Guten sind wohl alle schon vergeben.«

Eliza fand es ironisch, dass Penny das in ihrer Situation sagte, schwieg aber. Sie war zu sehr damit beschäftigt auszurechnen, wie weit dieses Abendessen sie finanziell zurückwerfen würde, nachdem sie die gesamte Rechnung übernommen hatte. Der Endbetrag hatte ihr Herzklopfen verursacht, aber sie hatte die Fassung wahren müssen, oder die anderen beiden hätten Fragen gestellt. Schwierige Fragen, die Eliza noch nicht beantworten wollte.

»Oh, das war gedankenlos von mir«, murmelte Penny betroffen im gedämpften Licht der Straßenbeleuchtung. »Es tut mir leid. Ich habe nicht … Also, dass die guten Männer alle vergeben sind.«

»Schon okay«, sagte Eliza kurz.

Sie wollte sich nicht länger damit aufhalten. Eliza kannte die harte Wahrheit über Männer. Alle Männer. Mark eingeschlossen.

Diesen Abend hatte er zum Beispiel gar nicht so geplant, wie Eliza behauptet hatte. Vor einer Woche hatte sie *ihn* bei der Arbeit angerufen und sanft vorgeschlagen, dass er sich vielleicht etwas für Annes Geburtstag überlegen sollte. Mark war im Großen und Ganzen ein guter Mensch, nur etwas blind bei seiner Ehe. Er dachte, in seinem Leben sei alles in Ordnung. Laut Anne war gar nichts in Ordnung.

Gemeinsam hatten Eliza und Mark in einer Reihe von Telefonaten die kleine Streifenwagenaktion ausgeheckt, die Anne hoffentlich beeindrucken würde. Eliza hatte den Glauben an Männer schon vor langer Zeit verloren, aber Anne nicht, und sie verdiente etwas Besseres als das, was Mark ihr bot. Die beiden hatten vier Kinder miteinander – eine Familie, eine Zukunft, ein Leben, das etwas bedeutete. Sie konnten ihre Probleme überwinden.

Eliza fuhr in Richtung von Pennys Wohnung. Ein leichter Regen benetzte die Windschutzscheibe, und sie schaltete die Scheibenwischer ein. Es herrschte angenehme Stille. Aus irgendeinem Grund hatten sich Eliza und Penny nie viel zu sagen, wenn Anne nicht dabei war.

Schon komisch, wie Gruppen von drei Freunden funktionierten, besonders bei Frauen. Warum hielt immer eine alles zusammen? Wenn Anne, Penny und Eliza zusammen waren, hatten sie alle eine tolle Zeit. Allein schienen sich Anne und Penny von Tag zu Tag näherzukommen. Eliza war seit vielen Jahren eng mit Anne befreundet. Warum also fiel es Penny und Eliza so schwer, eine gemeinsame Basis zu finden?

Ein wenig erleichtert hielt Eliza schließlich vor Pennys Haus an.

»Danke fürs Kommen«, sagte sie. »Ich weiß, dass es Anne sehr viel bedeutet hat.«

»Das hätte ich auf keinen Fall verpassen wollen. Obwohl ich mir wirklich wünschen würde, dass wir die Rechnung teilen.«

Wirklich?, hätte Eliza am liebsten gesagt, doch sie schwieg. Nach allem, was Penny ihr angetan hatte, empfand Eliza immer noch eine seltsame Form von Sympathie für das Mädchen. Eine seltsame Verwandtschaft, die sie nicht richtig beschreiben konnte. Irgendwie war sie von der jungen Frau fasziniert.

»Sei nicht albern«, sagte sie stattdessen. »Du bist eingeladen.«

Penny bedankte sich noch einmal, schloss dann die Autotür und ging zum Haus. Eliza sah ihr nach und blieb einen Moment länger als nötig am Bordstein stehen. Sie erlaubte sich selten, an Penny zu denken – zumindest nicht so. Doch manchmal konnte sie nichts dagegen tun.

Das war die Frau, mit der ihr Mann hatte zusammen sein wollen, zumindest für kurze Zeit. Eliza dachte immer wieder an das Pelican Hotel zurück. Wie Penny vor den sich öffnenden Aufzugtüren stand, wie hoffnungsvoll sie in ihrem hübschen roten Jumpsuit aussah, während sie eine Schlüsselkarte umklammerte, die ihr Leben verändern würde.

Hatte sie das wirklich? Penny hatte Eliza und Anne nie die wahre Identität des Kindsvaters verraten. Sie blieb bei ihrer Geschichte, dass es jemand aus ihrem Schauspielkurs war, mit dem sie aus Mitleid ein paarmal geschlafen hatte. Sie hatte diese Geschichte so oft und so überzeugt wiederholt, dass Eliza ihr allmählich glaubte.

Roman hatte natürlich überhaupt nichts zu Eliza gesagt. Er war immer noch distanziert, wie schon seit einiger Zeit. Seit der Nacht, in der sie sich über das Darlehen seiner Eltern gestritten hatten, hatte er sich immer weiter von ihr wegbewegt.

Eliza fragte sich, ob dahinter mehr steckte als ein einfacher Kredit, aber sie hatte zu viel Angst zu fragen. Ihr Leben, ihre Beziehung, alles hing bereits an einem seidenen Faden. Eliza brauchte nur Zeit, um auf die Beine zu kommen und die Schulden abzubezahlen, und dann konnte sie entscheiden, wie es mit ihrer Ehe weitergehen sollte.

Eliza machte sich auf den Weg nach Hause. An der ersten Ampel blickte sie auf ihre Hand und fluchte. Ihr verdammter Ring – sie musste ihn im Restaurant vergessen haben. Er war nicht wertvoll, aber sie hatte ihn auf ihrer ersten Auslandsreise mit Roman bekommen, und er bedeutete ihr etwas. Sie drehte um und fuhr zurück zum Restaurant, wo sie den Parkwächter heranwinkte und ihm die Situation erklärte.

»Sie können Ihr Auto hier stehen lassen, Ma'am«, sagte er. »Wenn jemand Ihren Ring gefunden hat, liegt er beim Empfang.«

Mit schmerzenden Füßen wegen der teuren Schuhe,

die sie vor ein paar Jahren gekauft und nie getragen hatte, ging Eliza hinein. Jetzt, wo sie knapp bei Kasse war und nicht mehr leichtsinnig Sachen kaufen wollte, fanden sich ganz erstaunliche Dinge in ihrem Kleiderschrank. Dinge, die brandneu aussahen. Dinge, die sie jahrelang ignoriert hatte, weil sie so viel verdammtes *Zeug* hatte.

»Hallo, mein Name ist Eliza Tate. Wir waren erst vorhin hier zu Gast«, erklärte sie der Empfangsdame. »Dürfte ich ... Oh, da ist ja unser Kellner. Könnten Sie ihn herüberholen? Ich glaube, ich habe meinen Ring auf unserem Tisch liegen lassen, und ich hatte gehofft, dass ihn jemand abgegeben hat.«

Die Empfangsdame winkte den Kellner heran und trat diskret beiseite. Eliza erklärte den Sachverhalt, und der Kellner lächelte breit.

»Ein schwarzer Ring, richtig?«, sagte er. »Ja, die andere Frau, mit der Sie hier waren, kam gleich nach dem Essen zurück und nahm ihn mit. Sie sagte, er gehöre ihr, aber sie meinte sicher, er gehöre Ihnen.«

»Welche Frau?«

»Die junge, hübsche.« Der Kellner sah sofort verlegen aus. »Nicht, dass Sie nicht jung und hübsch wären, aber ...«

»Danke«, sagte Eliza. »Sie hat den Ring also definitiv?«

»Ich habe gesehen, wie sie ihn an den Finger gesteckt hat.«

»Gut, danke«, erwiderte Eliza. »Dann rufe ich sie an. Wahrscheinlich hat sie mir schon eine Nachricht hinterlassen, und ich habe sie nur nicht gesehen, weil ich so schnell wieder hierher zurückgefahren bin.«

»Machen Sie sich keine Sorgen, Ma'am. Er ist in guten Händen.«

Ach ja?, fragte sich Eliza trocken, als sie zu ihrem Auto zurückkehrte. Auf dem Fahrersitz sah sie auf ihr Handy, doch Penny hatte sich nicht gemeldet. Das war nicht weiter verwunderlich, nachdem die beiden Frauen eine ganze Fahrt lang über so etwas wie vergessene Ringe hätten reden können.

Egal, dachte Eliza. Penny hätte nach dem Zwischenhalt wegen Anne und Mark leicht vergessen können, dass sie den Ring mitgenommen hatte. Ein kleines Missverständnis – mehr nicht.

Eliza wählte und ignorierte den ungeduldigen Parkwächter, als Penny sich meldete.

»Halle, Süße«, sagte Eliza. »Hast du zufällig meinen Ring beim Essen gefunden?«

Einen Moment herrschte Stille.

»Ich trug einen schwarzen Ring«, fuhr Eliza fort. »Du hast ihn wahrscheinlich nicht einmal bemerkt. Er war nicht teuer, er hat nur emotionalen Wert für mich. Roman hat ihn mir in Italien gekauft. Wie auch immer, ich dachte, ich rufe dich und Anne mal an, ob er aufgetaucht ist.«

»Ach herrje«, sagte Penny schließlich. »Ich habe ihn nicht gesehen. Ich würde es mal bei Anne probieren.«

»Mache ich. Bestimmt hat sie ihn.«

Zur Erleichterung des Parkwächters legte Eliza auf und fuhr zum zweiten Mal an diesem Abend vom Restaurant weg. Auf dem Weg nach Hause war sie mit neuen, faszinierenden Gedanken beschäftigt.

Hatte Penny ihren Ring gestohlen? Eliza umklammerte das Lenkrad fester. Warum in aller Welt sollte

Penny ihren Ring stehlen? Er hatte ja nicht einmal einen großen Diamanten, sodass Penny ihn verpfänden und sich damit etwas zu essen kaufen konnte. Es ergab keinen Sinn.

Plötzlich zweifelte Eliza an allem. Sie hatte angenommen, dass Penny diejenige war, die Romans Charme erlegen war, aber was, wenn es umgekehrt gewesen war? Was, wenn Penny sich nahm, was sie wollte, und dann das Unschuldslamm spielte? War es möglich, dass sie ihre hübschen Nägel in Roman geschlagen hatte? Und dann versucht hatte, schwanger zu werden?

Lächerlich, versicherte sich Eliza. Das war lächerlich. Keine vernünftige Frau würde so weit gehen, niemals. Punktum. Und Penny war nicht geisteskrank. In den letzten Monaten hatte Eliza die junge Frau besser kennengelernt und war zu dem Schluss gekommen, dass Penny es gut meinte; sie war nur ein wenig verloren. Jetzt war sie sich nicht mehr so sicher.

Eliza war auf halbem Weg nach Beverly Hills, als sie nach einer Wasserflasche griff und etwas im Getränkehalter glitzerte.

Schau an, dachte sie. Ihr Ring hatte den Weg nach Hause gefunden.

Aber Eliza war nicht so dumm zu glauben, dass Penny zwischen ihrem Diebstahl nach dem Abendessen und ihrem offensichtlichen Sinneswandel auf der Fahrt zu ihrer Wohnung weich geworden war. Warum hatte sie Eliza nicht einfach von dem Ring erzählt? Was übersah Eliza?

Sie war verwirrter denn je und beschloss, in Zukunft in Pennys Nähe etwas vorsichtiger und aufmerksamer zu sein. Irgendetwas stimmte nicht mit Penny Sands, und Eliza würde sich nicht hinters Licht führen lassen – zumindest nicht noch einmal.

Leg mich einmal rein, schäm dich.

Leg mich zweimal rein …

Protokoll

Staatsanwältin: Ms. Sands, bei Mrs. Wilkes' Aussage haben wir erfahren, dass Sie ein »kleines Hobby«, wie Sie es nennen, haben und Leute bestehlen.

Penny Sands: Ich würde es nicht stehlen nennen. Eher ... bestimmte Dinge in meine Obhut nehmen, die andere Leute nicht mehr brauchen.

Staatsanwältin: Das ist Diebstahl. Anderen etwas ohne Erlaubnis wegnehmen.

Penny Sands: Theoretisch mag das zutreffen. Aber ich habe niemandem Schaden zugefügt. Und ich habe meistens nur Sachen genommen, die anderen nicht wichtig waren.

Staatsanwältin: Wie ein Besteckservice, das ein Hochzeitsgeschenk war? Mrs. Wilkes hat ausgesagt, einige Gegenstände in Ihrer Wohnung gefunden zu haben, die nicht Ihnen gehören. Ein Foto, das Sie aus ihrem Haus mitgenommen haben. Ein Messer und einen Löffel mit Eliza und Roman Tates Initialen. Wie sind diese Gegenstände in Ihre Obhut gekommen?

Penny Sands: Das mit dem Foto war dumm. Ich habe auf Annes Kinder aufgepasst und Roman auf dem Foto gesehen, und ich ... Keine Ahnung. Ich habe es mitgenommen. Ein Foto hat ja keinen finanziellen Wert.

Staatsanwältin: Und das Besteck? Vor allem das interessiert uns, Ms. Sands. Das Messer.

Penny Sands: Das war an dem Tag im Oktober, als ich Anne und Eliza erzählte, dass ich schwanger bin. Ich war einfach so wütend auf Roman. Ich wollte ihn verletzen, nur ein klein wenig. Außerdem brauchte er auch kein Hochzeitsservice mehr. Er hatte eine Affäre und hat mich geschwängert. Eliza wäre nie bei ihm geblieben, nachdem sie es herausgefunden hätte.

Staatsanwältin: Wann wollten Sie Mrs. Tate sagen, dass ihr Mann der Vater Ihres Kindes ist?

Penny Sands: Das wollte ich nicht.

Staatsanwältin: Warum nicht?

Penny Sands: Weil ich mir nicht ganz sicher bin, ob er es ist.

Staatsanwältin: Darauf kommen wir später noch zurück. Reden wir über das Messer. Wie haben Sie es an sich gebracht?

Penny Sands: Wie bringt man Dinge an sich? Ich habe es genommen und in meine Tasche gesteckt. Keine Raketenwissenschaft. Es lag einfach in der Küchenschublade.

Staatsanwältin: Interessant, Ms. Sands. Interessant, dass die Mordwaffe nur ein paar Monate vor Mr. Tates Ermordung in Ihrer Wohnung gelandet ist.

Penny Sands: Ich hatte es nicht, als er ermordet wurde.

Staatsanwältin: Wer hatte es dann?

Penny Sands: Ich weiß es nicht, jedenfalls hatte man es mir gestohlen.

Staatsanwältin: Wann haben Sie das gemerkt?

Penny Sands: Als die Polizei es als Mordwaffe zu den Beweismitteln hinzugefügt hat.

Kapitel dreißig

Der Tag X
14. Februar 2019

Eliza arrangierte Häppchen und Fingerfood auf Servierplatten. Zum ersten Mal seit vielen Monaten hatte sie ordentlich Geld investiert. Statt tiefgekühlte Häppchen aufzutauen und so zu tun, als wären sie selbstgemacht, hatte sie für den Abend ein Catering bestellt. Zu dem Buchclubevent erwartete sie über zwanzig Branchengäste, weshalb sie das Essen leicht als Geschäftsausgabe verbuchen konnte.

Romans Eltern hatte sie den Kredit zwar noch nicht zurückgezahlt, doch ihre Agentur entwickelte sich dank der bevorstehenden Veröffentlichung von Marguerites neuem Buch und dem Honorar ihrer Klientin endlich positiv. Wenn sich all ihre Hoffnungen und Erwartungen erfüllten, wäre sie höchstwahrscheinlich schon in einem halben Jahr schuldenfrei. Ihr Leben wäre dann zwar nicht perfekt, aber auf dem richtigen Weg.

Eliza schob sich eine köstliche kleine Spinat-Käse-Quiche in den Mund und sah auf die Uhr. Eine halbe Stunde noch. Bald würden alle eintreffen, mit Marguerite Hill als Ehrengast. Eliza musterte den Wein, die

Häppchen, das elegante Dekor und war zufrieden, wie gut alles zusammenpasste.

Jetzt musste sie nur noch duschen und sich etwas Festliches anziehen. Dank dem Treffen am Nachmittag und Elizas, Annes und Pennys Fragen zum Inhalt von *Frei sein* war Marguerite umfassend für den Abend vorbereitet. Sie hatte auf alles befriedigend geantwortet … bis das Gespräch auf das Thema Mord gekommen war. Das hatte die Autorin durcheinandergebracht.

Eliza war auch verblüfft gewesen, ebenso wie Penny und Anne. Der Wein musste schuld gewesen sein oder die Tatsache, dass die meisten Männer in ihrem Umfeld sich gerade unzumutbar verhielten. Irgendetwas hatte in der Luft gelegen, und sie hatten sich mal alles von der Seele reden müssen.

Und mehr war nicht dabei gewesen, rief sich Eliza in Erinnerung und schüttelte das leise Schuldgefühl ab. Es war sogar gesund. Sich mit Freundinnen mal so richtig auszukotzen. Schließlich waren es nur sie vier gewesen, und wem sollten sie es schon erzählen?

Anne und Penny waren zwischendurch nach Hause gegangen, würden aber bald zurückkommen. Sie sollten Marguerite heute Abend einfache Fragen stellen, die die Autorin ohne Probleme beantworten und damit die Social-Media-Influencer im Publikum beeindrucken konnte. Außerdem würden einige Buchhändlerinnen und ein paar Bibliothekarinnen anwesend sein – wen Eliza eben mit der Aussicht auf ein Treffen mit der Autorin und ein Glas Wein hatte in ihr Haus locken können. Und einen Fotografen natürlich, den Marguerite ausgesucht hatte.

Die Autorin verbrachte den restlichen Nachmittag in einem Salon, wo man sich um ihre Haare kümmerte, ihr eine frische Maniküre und Pediküre verpasste sowie eine Gesichtsbehandlung, die ihren natürlichen Teint zum Strahlen brachte. Das alles kostete so viel wie das Catering.

Eliza ging nach oben, um zu duschen, blieb dann jedoch auf dem Treppenabsatz stehen. Irgendetwas stimmte nicht. Was war es? Irgendein Geräusch? Die geschlossene Schlafzimmertür? Sie konnte sich nicht erinnern, wann sie die Tür zum letzten Mal geschlossen hatte. Außer Roman und ihr wohnte niemand hier, sie brauchten keine Privatsphäre.

Sie ging näher, lauschte. Spannte die Schultern an, als sie etwas aus dem Schlafzimmer hörte.

Sie wollte gerade den Türknauf drehen, als ein leises Stöhnen herausdrang, dann eine Frauenstimme. Laut und deutlich. In Elizas Schlafzimmer war eine Frau, und sie war nicht allein.

Elizas erster Impuls war, sich zurückzuziehen. Leise machte sie einen Schritt Richtung Treppe. Doch dann gewann die Empörung. Sie würde sich nicht aus ihrem eigenen Schlafzimmer verjagen lassen. Entschlossen drehte sie den Knauf und stieß die Tür auf.

Im Grunde wusste sie schon, was sie gleich vorfinden würde. Schon lange hatte sie sich auf diesen Moment vorbereitet, war ihr draußen im Flur klar geworden. Als sie jetzt tatsächlich mit einer Affäre konfrontiert wurde, erwartete Eliza, vieles zu empfinden. Jedoch nicht, völlig sprachlos zu sein.

»Eliza!«, sagte Roman ungerührt, als er sie sah. »Wir haben dich nicht so früh zurückerwartet.«

»Wir.« Eliza hustete, sammelte ihre Gedanken. »Wir?« Sie schüttelte den Kopf. Ihre Zunge fühlte sich schwer an, bleiern, ihr Körper wurde taub bis hinunter zu den Zehen. Im Wasser würde sie sofort auf den Boden sinken. Sie wäre tot, noch bevor sie auf den Gedanken käme zu schwimmen.

»Ich bin überrascht, dass *wir* nicht wussten, dass ich zu Hause sein würde«, sagte sie und rang um den Anschein von Ruhe. »Nachdem *wir* ja in zwanzig Minuten unten sein sollen.«

Zwei lange, dünne Beine waren um den nackten Brustkorb ihres Mannes geschlungen, das krause Haar auf dem Kissen war nur allzu vertraut. Eliza sah nackte Brüste und weigerte sich, den Blick abzuwenden. Zarte Spitze zog sich über die glatte Haut der Frau, teure, stilvolle Unterwäsche in einer wenig stilvollen Szenerie.

»Marguerite«, sagte Eliza knapp zu ihrer Klientin. »Ich glaube nicht, dass du heute Abend dabei sein musst. Die Veranstaltung ist abgesagt. Leider, leider hat dich ein ganz böser Magen-Darm-Virus erwischt.«

»Aber …«

»Unser Vertrag ist hiermit aufgelöst. Ich werde zu niemandem in der Branche etwas über diese kleine Indiskretion sagen, solange du mir das volle Honorar für die vereinbarte Kampagne zahlst. Unsere professionelle Beziehung ist beendet.«

»Es ist nicht so, wie du denkst!« Marguerite setzte sich auf. »Roman hat gesagt, ihr wärt getrennt.«

Eliza blinzelte, hob eine Hand und präsentierte ihren Ehering. »Sieht das aus, als wären wir getrennt?«

Marguerite wich von Roman zurück und warf ihm einen unsicheren Blick zu. »Du hast gesagt, die

Scheidungspapiere müssten nur noch unterschrieben werden.«

»Ich verstehe.« Eliza blinzelte. »So kommst du also damit durch. Hast du das den anderen auch gesagt?«

»Du wusstest von den anderen?« Marguerites Stimme wurde lauter, und sie sah zwischen Roman und Eliza hin und her. »Und hast nichts deswegen unternommen?«

»Du bist die erste Affäre, die er mit nach Hause gebracht hat«, erwiderte Eliza. »Das heißt schon was. Herzlichen Glückwunsch. Allerdings muss ich sagen, dass ich überrascht bin. Ich dachte immer, du würdest Roman hassen. Wolltest, dass ich ihn verlasse. Jetzt verstehe ich den Grund. Du wolltest ihn für dich selbst.«

»So ist es nicht.« Marguerite krallte die Hände in die Bettdecke. »Das ist alles ... Ich will dir damit helfen, Eliza.«

»Mir helfen?«

»Du hast immer so unglücklich in deiner Ehe gewirkt! Roman hat dich zurückgehalten. Das habe ich dir gesagt, aber du hast nie etwas unternommen. Ich wollte dich nur zwingen, dein Leben in die Hand zu nehmen.«

»Und wie sah dein großartiger Plan aus? Vor meinen Augen mit meinem Mann flirten? Oder wolltest du von Anfang an aufs Ganze gehen?«

»Die Dinge sind ein wenig aus dem Ruder gelaufen.«

»Sag bloß.«

»Roman hat mir gesagt ...«

»Er *lügt,* Marguerite«, fiel Eliza ihr ins Wort. »Das wolltest du mir doch beweisen. Und das ist dir gelungen.«

»Warum hast du ihn dann noch nicht verlassen?«

»Weil ich mit ihm verheiratet bin. Außerdem geht dich das nichts an.«

»So war das nicht geplant«, beteuerte Marguerite. »Du hättest sehen sollen, dass Roman dich nicht verdient. Außer …«

»Außer dass du jetzt mit ihm im Bett liegst, anstatt ihn hereinzulegen«, vervollständigte Eliza den Satz.

Roman musterte die beiden Frauen verwundert. Als wüsste er nicht genau, was gerade passierte. Fast als fragte er sich, ob er mit der ganzen Sache vielleicht sogar davonkäme.

»Ich vermute auch, dass er eine seiner Schülerinnen geschwängert hat«, fuhr Eliza fort. »Hat er das zufällig erwähnt? Nettes Mädchen. Penny. Die hübsche Penny. Du warst heute Nachmittag mit ihr im selben Raum. Wenn ich richtig gerechnet habe, müsste das Baby sogar bei deiner Party gezeugt worden sein. Stimmt's, Roman? Oder war das zu einem anderen Zeitpunkt?«

»Schwanger?« Marguerites Stimme war nur ein schwaches Flüstern.

Von unten war leise die Türklingel zu hören. Eliza neigte den Kopf, dann deutete sie mit dem Daumen über ihre Schulter. »Das ist sie wahrscheinlich. Ich habe Penny gebeten, früher zu kommen und mir bei den letzten Vorbereitungen zu helfen.«

»Du musst mir zuhören.«

»Nein, muss ich nicht.« Eliza zuckte mit den Schultern, von denen ein schweres Gewicht zu fallen schien. »Doch mein Angebot steht. Die Selbsthilfewelt wäre wenig begeistert, wenn ihr geliebter Guru mit einem Mann schläft, der nicht nur verheiratet ist, sondern auch gerade erst eine seiner Schülerinnen geschwängert hat.«

»Bitte, ich tue alles. Ruinier mich nicht.«

»Hier geht es nicht um dich«, entgegnete Eliza. »Das hat es noch nie. Ich will nur das Geld, das wir für ein Jahr Zusammenarbeit vereinbart hatten. Sonst nichts. Danach kannst du unsere geschäftliche Beziehung als beendet betrachten.«

»Das ist Erpressung«, sagte Marguerite. »Das ist nicht meine Schuld!«

Eliza lachte tief und gehässig. »Fang bloß nicht mit Erpressung an. Da würden mir auch ein paar Sachen einfallen, wenn du es unbedingt darauf anlegst. Was ist zum Beispiel mit deinem angeblichen Veganismus? Oder den Plastikstrohhalmen, die du in deiner Handtasche bunkerst? Und gleichzeitig verkündest du öffentlich, dass jeder, der so eine heimtückische Waffe benutzt, allein für den Untergang der Welt verantwortlich ist. *Dann* können wir gern über den Raw-Food-Trend reden, dem du ja angeblich nachgehst ...«

»Du bekommst dein Geld«, sagte Marguerite hastig. »Gib mir eine Woche.«

»Gut.« Eliza wandte sich an Roman. »Schatz, wir sind fertig. Marguerites Plan hat funktioniert. Das war's. Ich will nie wieder mit dir reden. Die Anwälte sollen alles regeln.«

»Eliza, wir wollen doch nichts überstürzen ...«

»Das interessiert mich nicht.« Eliza hob abwehrend die Hand.

Es klingelte wieder.

Eliza eilte nach unten, um ihren Gast hereinzulassen, und warf keinen Blick zurück.

Eliza drehte das Lenkrad scharf nach links, ohne den Blinker zu setzen. Oder abzubremsen.

»Ist wirklich alles in Ordnung?« Anne klammerte sich auf dem Beifahrersitz an den Haltegriff. »Du kannst es uns erzählen …«

»Das mache ich, wenn wir da sind«, unterbrach Eliza sie. »Hast du alle Anrufe erledigt?«

»Ich habe allen auf der Gästeliste eine Nachricht geschickt«, antwortete Anne. »Alle wissen, dass das Event abgesagt ist.«

»Danke.«

»Du weißt schon, dass hier eine schwangere Frau auf dem Rücksitz sitzt, ja?«, murmelte Anne schwach. »Sie würde bestimmt gern lebend ankommen. Ich übrigens auch, damit ich hören kann, was du zu erzählen hast. Und wohin fahren wir überhaupt? Ist wirklich alles okay?«

»Ja.« Elizas Stimme war wie ein Eiszapfen an einem Wintermorgen, an dem sich die Sonne brach. »Wir sind da.«

Das Garbanzo's-Schild flackerte beim Aussteigen über den drei Frauen. Penny und Anne schienen überrascht festzustellen, dass sie sich tatsächlich auf festem Boden befanden. Penny blickte sich suchend um.

Als Eliza sie ins Garbanzo's führte, hob Penny die Augenbrauen, sagte aber nichts wegen der trostlosen Bar.

»Eliza, Annie«, rief Onkel Joe hinter der Bar. »Ihr habt eine Freundin mitgebracht! Und hübsch ist sie auch noch. Wie geht's der kleinen Mama?«

Penny sah von Eliza zu Anne, dann zu ihrem Bauch, als könnte sie nicht glauben, dass Onkel Joe mit ihr sprach.

»Er ist ein alter Freund«, murmelte Anne. »Kümmer dich nicht um ihn.«

Eliza führte die beiden zu ihrem gewohnten Platz. Nachdem alle Frauen auf den klebrigen PVC-Sitzen Platz genommen hatten, sahen Anne und Penny Eliza erwartungsvoll an. Diese wartete, bis Onkel Joe vier Tequila-Shots vor ihnen abgestellt hatte.

»Könnte ich bitte ein Glas Wasser haben?«, fragte Penny.

Anne hob die Hand. »Ich nehme ein Bier. Welches du gerade hast.«

Uncle Joe grunzte zustimmend und holte ein paar Gläser Wasser und ein Bier, das er vor Anne abstellte. Er nickte den Frauen zu und ließ sie allein.

»Ich darf nichts trinken.« Penny brach das Schweigen mit einem sehnsuchtsvollen Blick auf den Tequila.

»Die sind für mich.« Eliza legte die Arme besitzergreifend um die kleinen Gläser und schob sie zu sich. »Ich habe sie mir verdient.«

Anne nahm ein Shotglas. »Außer das hier. Worauf trinken wir?«

»Scheidung.« Eliza hob ein Glas, bemerkte Annes Überraschung und trank. Sie schüttelte zufrieden und gleichzeitig angeekelt den Kopf. »Und den Buchclub.«

Penny blinzelte. »Das verstehe ich jetzt nicht ganz.«

»Marguerite Hill liegt gerade in meinem Bett«, erklärte Eliza. Als die anderen Frauen nicht reagierten, fuhr sie fort: »Und vögelt meinen Mann.«

Penny wurde blass »Du meinst Roman?«

»Ja, Penny, ich meine Roman.« Eliza nahm ein weiteres Tequila-Glas. »Tu nicht so überrascht, dass er eine

Affäre hat. Ich weiß, dass Roman sehr wahrscheinlich der Vater deines Kindes ist.«

Anne schnappte nach Luft. »Eliza! Sei nicht lächerlich. Penny ist unsere Freundin. Lass das nicht an ihr aus.«

Penny fuhr abwesend mit den Fingern über die Wassertropfen, die außen an ihrem Glas hinabrannen.

»Ich bin nicht dumm«, sagte Eliza. »Keine Angst, Penny. Ich gebe dir nicht die Schuld. Hat Roman dir gesagt, dass wir getrennt wären und er nur noch auf die Scheidungspapiere wartet?« Bei Pennys ausdruckslosem Blick fuhr sie fort: »Das hat er schon mal gesagt. Bei unserer Lieblingsautorin übrigens. Stell dir vor – wenn Marguerite Hill schwanger wird, wären eure Kinder verwandt. Du bist in guter Gesellschaft.«

Penny verschluckte sich, und Anne klopfte ihr auf den Rücken.

Anne war entgeistert. »Aber was ist mit dem Mitschüler, von dem du erzählt hast? Mr. Jung und Dumm?«

»Das war nicht völlig gelogen«, gestand Penny mit gesenktem Kopf und geröteten Wangen. »Es tut mir so leid. Nach allem, was ihr für mich getan habt, fühle ich mich schrecklich. Ich schulde euch eine Erklärung.«

»Äh …« Anne blinzelte. »Ja, das würde ich auch sagen.«

»Das mit dem Mitschüler stimmt. Ich *habe* mich mit ihm getroffen, aber ich habe Schluss gemacht, als ich dachte …« Sie räusperte sich. »Als ich dachte, dass es mit jemand anderem ernst wird.«

»Du hast dich verliebt«, sagte Eliza. »In meinen Mann.«

»Ich kann gar nicht sagen, wie leid es mir tut«, beteuerte Penny kläglich. »Ich war so dumm.«

»Du warst nicht die Erste, die sich von Roman hat blenden lassen, und du bist offensichtlich auch nicht die Letzte. Ich dachte, er liebt mich. Wenn du dumm bist, dann bin ich es auch.«

»Das ist nicht dasselbe.«

Eliza kippte den zweiten Tequila und hustete. »Es tut mir leid für dich, Penny. Ich halte Roman nicht für böse, aber er ist wirklich ein Idiot.«

»Ich weiß nicht«, sagte Anne blass. »Vielleicht haben wir Roman alle unterschätzt.«

Eliza und Penny warteten, dass sie fortfuhr.

»Ich meine, er hat dich wiederholt betrogen«, sprach Anne aufgeregt weiter. »Das ist kein Versehen mehr.«

»Kann gut sein«, stimmte Eliza zu. »Penny, ich werde übrigens dafür sorgen, dass Roman Unterhalt für das Kind zahlt. Nur weil er ein Mistkerl ist, soll dein Baby nicht leiden.«

»Ich will aber nichts. Du hast mir schon so viel geholfen.« Penny wandte sich an Anne. »Ich habe deine ganzen alten Kindersachen nur angenommen, weil das Baby sie verdient, und ich werde alles für den kleinen Menschen tun. Alles.«

Anne trank einen Schluck Bier. Ihre Lippen bewegten sich lautlos. Ihre Augen glitzerten, als verstünde sie, wenn auch etwas widerwillig. Dann sah sie Eliza an. »Was bedeutet das für dich?«

»Was bleiben mir denn für Möglichkeiten?«, fragte Eliza. »Es ist alles außer Kontrolle geraten.«

»Wenn du mich und Roman schon die ganze Zeit verdächtigt hast, warum hast du dich dann nicht schon früher scheiden lassen?«, fragte Penny leise. »Warum hast du nichts gesagt?«

Eliza blickte auf ihre Serviette, die sie unbewusst in viele kleine Fetzen zerrissen hatte. »Weil ich ihn geliebt habe. Und ich es ihm schuldig war. Ich habe ihm alles geschuldet. Wenn er mich nicht geheiratet hätte, wäre ich heute nicht hier.«

Penny blinzelte rasch. »Oh.«

Die Tür wurde geöffnet und unterbrach das Gespräch der drei Frauen. Die ganze Bar erstarrte, während Eliza den Kopf drehte und Marguerite Hill im Eingang stehen sah.

Onkel Joe rief ihr eine herzliche Begrüßung entgegen, die nicht erwidert wurde. Marguerite hatte nur Augen für Eliza. Ihr Blick war wild und scharf, ihr weißes Hemd unter dem schwarzen Blazer war schief geknöpft. Ihre Haare waren völlig zerzaust. Marguerite Hill hatte noch nie katastrophaler ausgesehen.

Eliza blinzelte, und die Spannung löste sich. Die normalen Bargeräusche stellten sich wieder ein, die Gespräche, die klirrenden Gläser hinter der Bar. Draußen auf der Straße hupten Autos und quietschten Reifen. Eliza kippte den nächsten Tequila.

Marguerite kam zu ihnen an den Tisch. »Es tut mir so leid«, sagte sie atemlos. »Ich wollte dir nur helfen, von ihm wegzukommen.«

Eliza bemühte sich, ruhig zu sprechen. »Bist du je auf die Idee gekommen, dass ich ihn vielleicht gar nicht verlassen wollte?«

»Roman hat dich betrogen«, erwiderte Marguerite. »Erst mit Penny, dann mit mir. Wahrscheinlich auch mit anderen. Ich dachte, wenn ich zeigen könnte … Ich wollte nie mit ihm schlafen. Nur ein bisschen flirten. Du verstehst schon.«

»Du denkst, du weißt alles, was?«, entgegnete Eliza. »Du bist der Guru. Aber mit meinem Mann hast du einen Fehler begangen. Du hast dich in ihn verliebt, nicht wahr?«

»Ich wollte nicht …«

»Er hat deine Gefühle nicht erwidert«, sprach Eliza weiter. »Du hast versucht, ihn hereinzulegen, und er hat dasselbe mit dir getan. Nun, es hat funktioniert. Du kannst ihn haben.«

»Nein, das war alles gelogen …« Marguerite schüttelte nachdrücklich den Kopf. »Ich kann nicht … Er darf damit nicht durchkommen.«

»Womit?«, fragte Eliza. »Was schlägst du vor?«

»Du verstehst es nicht, oder?« Marguerites Gesicht wurde hart. »Männer sind alle verkommen. Alle. Mein Vater, Roman, einfach alle.«

»Ich verstehe, dass du Männern zutiefst misstraust, aber vielleicht ist es Zeit …«

»Was?«, unterbrach Marguerite sie. »Weiterzumachen? Darüber hinwegzukommen? Wie soll man weitermachen, wenn einen der eigene Vater vergewaltigt hat? Ich war elf, Eliza. Verdammte elf Jahre alt.«

Es wurde totenstill am Tisch. Darauf gab es keine richtige Antwort. Da waren sich alle Frauen trotz der aktuellen Ereignisse einig.

»Aber niemand will die Details hören«, fuhr Marguerite fort. »Niemand will die Wahrheit hören. Das wäre richtig schlecht für eine PR-Kampagne. Und meinen Instagram-Feed.«

»Marguerite …«

»Wir müssen Roman eine Lektion erteilen«, sagte die Autorin. »Er darf damit nicht durchkommen.«

Eliza war sprachlos. Marguerite verlor wirklich die Fassung. So außer sich hatte sie sie noch nie gesehen. Die Ereignisse des Abends hatten etwas in ihr ausgelöst, das jetzt langsam, aber sicher aus ihr herausbrach …

Eliza wandte ihre Aufmerksamkeit wieder den Frauen ihr gegenüber zu und sagte langsam und heiser, selbst von sich überrascht: »Sie hat recht, wisst ihr. Er darf damit nicht durchkommen.«

Kapitel einunddreißig

Der Morgen danach
15. Februar 2019

Eliza Tate glaubte nicht an Kater.

Das waren nicht die Nachwirkungen von zu viel Alkohol, sondern Karma, das sie nach einer ausschweifenden Nacht heimsuchte. Wer hätte gedacht, dass der Buchclub so außer Kontrolle geraten könnte?

Eliza lächelte dankbar, als sich ein Kellner mit einem übergroßen Latte macchiato näherte, der in einer trendigen Tasse serviert wurde, die fast so groß wie ihr Kopf war. Der Mann stellte Tasse und Untertasse vor ihr ab, zusammen mit einem Teller mit Rohrzuckerwürfeln und Bio-Sahne, und wartete höflich.

»Möchten Sie bestellen, Ma'am?«

»Ich warte immer noch auf meine zwei Freundinnen«, antwortete sie. »Sie sollten jeden Moment da sein.«

Der Kellner nickte und zog sich zurück. Eliza wartete einen Moment, dann zog sie das heiße Getränk gierig zu sich, wobei sie das kunstvolle Herz im weißen Milchschaum musterte, das darüber gestreute schwarze Lavasalz. Nur in Santa Monica war Kaffee zu einer Kunstform geworden. Und nahezu unerschwinglich.

Eliza ignorierte den Preis, schloss die Augen und genoss den üppigen Milchgeschmack, den kräftigen Espresso und den Hauch von dunkler Schokolade. Das Koffein linderte ihre Kopfschmerzen sofort.

Dafür machte sich ein anderes Gefühl bemerkbar. Schuld vielleicht? Scham? Verwirrung? An die zweite Hälfte der Nacht konnte sie sich nur noch verschwommen erinnern, an das Gesprächsthema leider schon.

Schuld, dachte sie.

Das Gefühl in ihrem Bauch war definitiv Schuld.

Eliza verdrängte es mit aller Kraft und sah sich nach ihren Freundinnen um. Buchclub-Buddys. *Verbündete, Mittäterinnen?*, fragte sie sich zweifelnd.

Doch Penny und Anne waren zu spät, zu spät, zu spät. Vor zehn Minuten hätten sie hier sein sollen. Unter normalen Umständen wäre Eliza die Verspätung egal gewesen. Sie hätte E-Mails auf ihrem Handy gelesen, Telefonate mit Klienten vereinbart, das neueste Manuskript auf ihrem Schreibtisch gelesen – doch nicht am heutigen Morgen. Heute hatte sie keine Energie dafür. Sie wollte, dass ihre Freundinnen auftauchten und ihr versicherten, dass die letzte Nacht nur ein sehr schlechter Traum gewesen war, verdammt noch mal.

Eliza betrachtete ihre Umgebung, während sie die seltenen zwanzig Grad im Februar in Los Angeles genoss. Frauen fuhren auf hellblauen Retrofahrrädern die Main Street entlang. Der Gemeinschaftsgarten auf der anderen Straßenseite war belebt, über dem Zaun wippten gelbe Sonnenblumen und saftige Tomaten an ihren Sträuchern. Surfer trugen ihre Bretter auf den Schultern, und Frauen mit zotteligen Dreadlocks schlenderten in abgerissen aussehender Badekleidung und langen

Blusen vorbei. Fünfhundert-Dollar-Sandalen vervollständigten ihr Outfit.

Die angenehme Wärme und der leichte Kater vermittelten Eliza ein falsches Gefühl der Ruhe. Sie lehnte sich in den weißen Korbsessel zurück, im Schatten eines Schirms, der die meisten Sonnenstrahlen von der Terrasse abhielt. Erneut schloss sie die Augen und ließ sich treiben, während sie mit den Fingern abwesend gegen die Kaffeetasse klopfte.

»Eliza Tate?«

Eine tiefe Männerstimme riss sie aus ihrer Benommenheit. Sie riss die Augen hinter der Sonnenbrille auf, für die sie gleich noch dankbarer war, als ihr klar wurde, dass der Mann vor ihr ein uniformierter Polizist war.

»Ja, das bin ich«, antwortete Eliza knapp. »Worum geht es denn?«

»Können wir uns an einem ruhigeren Ort unterhalten?«

Eliza sah an ihm vorbei und entdeckte Penny, die gerade die Stufen zum Café hinaufging. Die junge Frau ließ den Blick über die Gäste schweifen und strahlte, als sie Eliza entdeckte. Sie winkte und erstarrte, als sie den Polizisten bemerkte.

Eliza musterte Penny neugierig. Sie war so blass geworden wie Elizas Milchschaum, und ihre Haltung war starr wie eine Messerklinge. Vor Schreck ließ sie die Autoschlüssel fallen. Das Klirren brachte Eliza zurück in die Gegenwart.

»Nein, wir können uns hier unterhalten«, sagte sie und versuchte, den Polizisten zur Eile zu bewegen. Sie deutete auf Penny und fuhr fort: »Ich treffe mich mit

Freundinnen zum Brunch. Geht es um einen Strafzettel?«

»Tut mir leid, aber ich denke wirklich …«

»Um Himmels willen, jetzt sagen Sie's schon. Ich habe nicht den ganzen Tag Zeit.«

Ein schwer zu deutender Ausdruck huschte über sein Gesicht. *So viele rätselhafte Emotionen,* dachte Eliza düster. Wenn die Leute einfach Klartext reden würden, würde das viele Probleme lösen.

»Leider muss ich Ihnen mitteilen, Mrs. Tate, dass wir heute Morgen die Leiche Ihres Mannes gefunden haben.«

Eliza spürte scharfe, blutige Glasscherben in ihrer Kehle.

»Die Leiche meines Mannes?«, wiederholte sie. »Seine *Leiche?*«

»Ihr Mann ist heute Nacht gestorben. Mein Beileid.«

Eliza presste die Hände gegen die Stirn, doch es half nichts. Sie nahm das Glas mit Eiswasser, das mit dem Kaffee serviert worden war, und hielt es an ihre Wange. Schweißtropfen bildeten sich an ihrem Hals und rollten nach unten in ihren Blusenkragen. Schwach fragte sie: »War es ein Autounfall?«

»Wir gehen von einem Verbrechen aus«, sagte der Officer. »Es tut mir leid, Ihnen das mitteilen zu müssen. Sie verstehen sicher, dass wir Ihnen ein paar Fragen stellen müssen. Mrs. Tate, wo waren Sie gestern Abend?«

»Ich habe in einem Hotel übernachtet«, antwortete Eliza. »Mein Mann und ich …«

Der Polizist wartete.

»Ich war noch bis spät abends mit meinen Freundinnen unterwegs«, erklärte Eliza. »Ich habe mir ein

Zimmer im Pelican Hotel genommen. Das können Sie überprüfen.«

»Das werde ich auch. Also, wenn es Ihnen nichts ausmacht …«

»Wie ist er gestorben? Sie schleichen wahrscheinlich gerade um die Tatsache herum, dass er ermordet wurde, oder?«

Der Officer verlagerte unbehaglich das Gewicht. »Die Einzelheiten würde ich lieber auf dem Revier besprechen, Ma'am.«

»Mein Mann ist tot. Es steht mir zu, die Todesursache zu erfahren.«

»Da widerspreche ich Ihnen auch gar nicht, aber ich denke, ein so sensibles Thema sollten wir am besten nicht in der Öffentlichkeit besprechen.«

Eliza überlegte. Die Neuigkeiten vom Tod ihres Mannes waren durchaus erschreckend, doch völlig überrascht war sie nicht, vor allem nicht nach dem gestrigen Tag. Sie fragte sich nur, wer den Mut gehabt hatte, es zu tun.

Der Polizist musterte die belebte Caféterrasse voller Brunchgäste. Er wischte sich die Stirn ab und sah zu Penny, die sich ihnen näherte. Eliza wartete immer noch. Sie presste die Lippen zu einer festen, einschüchternden Linie zusammen und sah den Polizisten hinter ihrer schützenden Sonnenbrille an. Schweigen verunsicherte Männer immer.

»Todesursache sind mehrere Stichwunden«, antwortete der Officer schließlich. »Er ist in seinem Haus gestorben.«

»Unserem Haus.«

»Wie bitte?«

»Es war *unser* Haus.«

»Natürlich. Tut mir leid.«

Eliza lehnte sich zurück. Ihr war übel. Sie fühlte sich schwach, sie schwitzte. Ihr Kopf hämmerte. Ein Messer fiel klirrend auf einen Teller, ein Hund bellte, ein Baby hickste und gurgelte. Die Geräusche der Welt dröhnten in ihren Ohren, hallten wie in einem verlassenen Tunnel.

Dann verstummten die lebhaften Geräusche auf der Terrasse. Eliza konnte in der stickigen Luft nicht atmen, die Sonne brannte auf ihre Hand. Ihre Fingerspitzen waren heiß, als sie sie an die Tasse legte.

»Ma'am?«, fragte der Officer. »Alles in Ordnung?«

»Eliza?« Penny legte ihr eine Hand auf die Schulter. »Was ist los?«

Eliza zuckte zusammen. Pennys Fingernägel bohrten sich durch den Blusenstoff in ihre Haut. Zu fest, zu gezwungen.

Der Polizist wandte sich an Penny. »Ich würde gern einen Moment allein mit Mrs. Tate sprechen.«

»Sie kann bleiben«, erwiderte Eliza scharf. »Wir haben keine Geheimnisse voreinander. Nicht mehr.«

Der Polizist sah Penny lang an, dann wandte er sich wieder an Eliza. »Mrs. Tate, es wäre für alle Beteiligten von Vorteil, wenn Sie mir auf dem Revier ein paar Fragen beantworten würden.«

Pennys Fingerspitzen gruben sich fester in Elizas Schulter. »O mein Gott«, murmelte sie. »Geht es um Roman?«

Eliza warf der jungen Frau einen Blick zu, bevor sie den Officer eisig anstarrte. »Ich will meinen Anwalt sprechen.«

Kapitel zweiunddreißig

Der Morgen danach
15. Februar 2019

Anne Wilkes versuchte vergeblich, ihren Kater zu verbergen.

»Mom, bitte.« Anne sah zu ihrer Mutter, die am Samstagmorgen um acht Uhr unbedingt ihre Schränke neu organisieren musste. »Das Geklapper macht mich wahnsinnig.«

»Es gehört sich nicht für eine Dame, so viel zu trinken.« Beatrice Harper rümpfte die Nase. »Das hat keine Klasse. Und es ist gefährlich. Für dich und die Kinder.«

»Mom. Bitte.«

»Ich wünschte einfach nur, du würdest dir Hilfe holen, Anne.«

»Ich habe kein Problem, ich kann jederzeit aufhören zu trinken, okay? Ich werde die Kinder nicht verlassen.«

»Wieder.«

»Wie bitte?«

»Sie wieder verlassen«, sagte Beatrice. »Du hattest großes Glück, dass die Ärzte dir beim letzten Mal ein

Attest ausgestellt haben, was dir größere Schwierigkeiten erspart hat.«

»Ich hatte eine Wochenbettdepression. Das ist eine Krankheit und keine Ausrede.«

»Natürlich«, erwiderte Beatrice. »Trotzdem dauert ein zivilisierter Buchclub nicht bis drei Uhr morgens. Und wo war überhaupt dein Mann letzte Nacht?«

»Mark?« Anne schluckte. »Er war nicht zu Hause?«

»Das weißt du nicht?«, fragte Beatrice. »Wieso weißt du das nicht?«

Weil, hätte Anne am liebsten gesagt, *Mark selbst viele Geheimnisse hat.*

»Ich habe Mark nicht heimkommen hören«, sagte Beatrice, »und ich kann nicht glauben, dass es dir nicht aufgefallen ist.«

Anne war in dem Moment eingeschlafen, in dem ihr Kopf das Kopfkissen berührt hatte. An einem guten Abend ging sie um zehn ins Bett. Eine Nacht mit ihren Freundinnen in einer Bar setzte sie eine Woche außer Gefecht. Anne war nach Hause gekommen, hatte das Licht im Keller gesehen und angenommen, dass Mark noch spät in seinem Büro arbeitete.

Nachdem sie wenig Lust gehabt hatte, mit ihm ein Gespräch zu beginnen, das sicher die ganze restliche Nacht dauern würde, war sie nach oben ins Bett gegangen. Als er am nächsten Morgen nicht neben ihr lag, hatte sie geglaubt, er sei schon früh ins Büro gefahren. Das hatte er in letzter Zeit oft getan.

Anne lehnte in der Tür ihrer eigenen Küche und fühlte sich wie eine Fremde. Wie immer hatte ihre Mutter Annes Durchschnittshaus in etwas aus einem Hochglanzmagazin verwandelt. Das Geschirr war verräumt, die Arbeitsflächen blitzblank geputzt. Die Zwillinge plapperten zufrieden in ihrem Laufgitter im Wohnzimmer, während ihre älteren Geschwister sich wundersamerweise selbst beschäftigten. Mit erschreckender Klarheit wurde Anne bewusst, dass ihre Mutter sogar die Kinder organisieren konnte.

»Mittags bin ich zurück«, sagte sie. »Soll ich dir etwas aus dem Café mitbringen?«

Ihre Mutter blickte nicht auf. »Ich mache deinen Kindern Frühstück. Selbst zubereitet, wie es sich gehört.«

Anne ging ins Wohnzimmer, drückte vier Küsse auf vier Köpfe, doch ihre Babys ignorierten sie. Sie musste sich beeilen, blieb aber einen Moment in der Tür stehen und sah noch einmal auf ihr Wohnzimmer voller glücklich spielender Kinder zurück.

Mit sehr undamenhaften Flüchen und einem Bleifuß schaffte es Anne in fünfzehn Minuten nach Santa Monica, wo sie sich mit ihren Freundinnen treffen wollte. Sie parkte den Wagen einen halben Block entfernt und marschierte zu dem Café, das ein großes Loch in ihren sowieso schon leeren Geldbeutel reißen würde.

Am Holzzaun vor der Terrasse blieb sie stehen. Das Lokal gab sich rustikal, auch wenn Anne wusste, dass es gerade erst eröffnet hatte. Man hatte der Einrichtung einen Vintage-Anstrich verpasst, die Korbstühle sollten wirken wie in *Country Living,* stammten dabei aber sicher aus einer überteuerten Boutique.

Doch nicht wegen der Einrichtung oder der Sonne oder dem Anblick ihrer Freundinnen blieb Anne abrupt stehen. Sondern wegen des Cops an Elizas Tisch. Wegen Pennys erschrockenem Gesichtsausdruck. Wegen

Eliza, die den Officer ansah und fünf schreckliche Worte aussprach.

»Ich will meinen Anwalt sprechen.«

Bitte nicht, dachte Anne. *Nein, das darf nicht sein.*

Da entdeckte Penny sie, und ihre Blicke begegneten sich voll nervöser Angst. Anne war wie gelähmt, konnte Penny nur anstarren und sich fragen, ob ihre Leben jetzt völlig außer Kontrolle geraten waren.

War es möglich, dass ihre schmutzigen kleinen Geheimnisse zu großen verdrehten Wahrheiten wurden?

Kapitel dreiunddreißig

Zwei Wochen danach
Februar 2019

Eliza blinzelte, als sie auf dem berühmten Wanderweg um eine Kurve bog und auf Anne wartete. Die Sonne brannte auf ihre Schultern. Sie hatte zwar Sonnencreme aufgetragen, fragte sich aber, warum sie sich die Mühe überhaupt gemacht hatte. Man war hinter ihr her. Wenn es nach der Polizei ging, würde sie Tageslicht bald nur noch auf dem Gefängnishof zu sehen bekommen.

»Ich …«, keuchte Anne, »finde wirklich, wir sollten das nicht tun. Man … könnte dich erkennen.«

»Wir sollten uns genauso verhalten wie davor«, erwiderte Eliza. »Wir haben nichts zu verbergen.«

»Eliza …«

»Wir sind fast da.«

Sie konnte schon den Gipfel des Runyon Canyon Trails sehen, des heißesten Wanderwegs von Los Angeles, auf dem man auch regelmäßig Promis begegnete. Wenn man unauffällig bleiben wollte, kam man besser nicht hierher. Doch Eliza wollte nicht unauffällig bleiben. Sie wollte ihr Leben retten.

»Herrgott, mach langsamer«, sagte Anne. »Ich bin fett und kann nicht mit dir mithalten.«

»Du bist nicht fett«, erwiderte Eliza, auch wenn ihr bewusst war, wie automatisch die Antwort klang. Sie war einfach zu sehr darauf konzentriert, ihren Frust wegen der Ermittlungen herauszuschwitzen, um sich mit Annes Beschwerden wegen ihrer Fitness zu beschäftigen. »Es tut uns gut. Außerdem will ich etwas beweisen. Ich werde mir nicht wegen eines dummen Gerüchts neue Freunde suchen.«

»Aber vielleicht ist es kein …«

»Da ist der Gipfel! Du schaffst das!«

»Verdammt noch mal, Eliza, bleib stehen!« Anne warf die Hände in die Luft. Sie schwitzte, ihr Gesicht war gerötet, ihre Arme glänzten in der Nachmittagshitze. »Bleib stehen.«

Eliza wirbelte herum und wischte sich die Stirn mit dem Saum ihres Tanktops ab. »Was ist denn?«

»*Ich* verberge etwas.«

»Was?«

Beim Blick in Annes Augen fühlte Eliza erstes Unbehagen. Roman war seit zwei Wochen tot. Die Polizei ermittelte mit voller Kraft, und Eliza schien ihre einzige Verdächtige zu sein.

Die Ehefrau war's, wie immer, dachte sie trocken. In diesen letzten Wochen, in denen die Panik Elizas Rückgrat hinaufgekrochen war und Besitz von ihrem Bewusstsein ergriffen hatte, hatte sie nur der Gedanke daran, dass sie unschuldig war, beruhigt. Und auch wenn sie nicht völlig unschuldig wäre, gäbe es keine Beweise, dass man sie in einen orangefarbenen Overall stecken würde.

»Ich habe die Polizei belogen.«

»Warum solltest du das tun?« Eliza ging zur Seite, um ein junges, unglaublich fittes Paar vorbeizulassen. »Und warum sagst du mir das jetzt?«

»Ich wusste nicht, was ich tun sollte. Alles ging so schnell, aber jetzt … Das Geheimnis bringt mich um.«

»Was hast du getan, Anne?«

»Gar nichts. Aber in der Nacht, als Roman ermordet wurde, war Mark nicht zu Hause.«

Eliza seufzte vor Erleichterung und Frust. »Anne, was zum Teufel? Du hast mir einen riesigen Schrecken eingejagt. Geht es wieder um Marks Affäre? Ich sage dir doch …«

»Es geht nicht um die Affäre«, sagte Anne. »Sondern um Roman. Ich habe der Polizei gesagt, dass Mark bei mir zu Hause war. Wir sollten ja alle ein Alibi angeben.«

»Und?«

»Das war gelogen.«

»Wahrscheinlich war er bei …«

»Vielleicht, vielleicht aber auch nicht«, sagte Anne. »Ich weiß nicht, wo er war.«

»Du glaubst doch nicht, dass er etwas mit Romans Tod zu tun hat, oder?« Eliza sah sich rasch um, doch sie waren allein. »Nur weil dein Mann ein Ehebrecher ist, muss er nicht gleich ein Mörder sein. Tut mir leid, aber ich glaube, du bist paranoid. Er hatte kein Motiv, um Roman umzubringen.«

»Was, wenn ich nicht paranoid bin?« Anne wischte sich die Stirn mit dem Handrücken ab. »Was, wenn er doch ein Motiv gehabt hätte?«

»Mark hat Roman doch nur ein paarmal getroffen. Was sollte er für einen Grund haben?«

»Glaub mir«, sagte Anne. »Er ist nicht der Einzige. Ich wollte auch, dass er stirbt.«

»Das verstehe ich nicht.«

»Eliza, dein Mann hat ein paar richtig üble Dinge getan«, antwortete Anne. »Ich habe ihn nicht umgebracht. Aber was, wenn es mein Mann war?«

Kapitel vierunddreißig

Einen Monat danach
März 2019

Roman Tate war tot. Und jetzt war auch Annes Ehe tot. Sie hielt die Lügen nicht mehr aus. Schon seit einiger Zeit hatte sie vermutet, dass es darauf hinauslaufen würde, und die Anzeichen ignoriert. Es hatte einfach nicht wahr sein dürfen. Doch jetzt musste sie sich fragen, ob ihr Mann nicht nur ein korrupter Cop und ein Ehebrecher war, sondern auch ein Mörder. Allmählich sah sie alles in einem anderen Licht.

»Ich würde ihn gern loswerden«, sagte Anne mit einer Handbewegung zu dem Möbelpacker. »Jetzt, bitte.«

»Aber …«

»Am besten in den Müll damit«, beharrte Anne fest. »Oder legen Sie das Ding in die Feuerschale im Garten, wir verbrennen es dann.«

Der Mann sah zu Annes altem, angeschlagenem Schminktisch, Symbol für alles, was in ihrer Beziehung mit Mark schiefgegangen war. Was einst malerisch und verschroben gewesen war, war nun ramponiert und alt, verschmiert mit den Fingerabdrücken der Kinder und dem Verschleiß eines hektischen Haushalts. Während

Anne der immer schlechtere Zustand ihres Schminktischs traurig gemacht hatte, schien ihrem Mann nichts aufgefallen zu sein.

Der Möbelpacker zuckte mit den Schultern und gab seinen Männern mit einem leisen Pfiff ein Zeichen. Die anderen wickelten die Kommode in eine schwere Stoffplane, dann holten sie eine Art Sackkarre, um das Möbelstück nach unten zu hieven. Anne trat zur Seite und sah ihnen gepresst atmend zu.

Wenn die Affäre das einzige Problem ihrer Beziehung gewesen wäre, hätte Anne sie hinter sich lassen können. Sie hätte Mark schnell und vollständig verziehen und ihren Stolz um ihrer Familie willen hinuntergeschluckt, auch wenn der Betrug natürlich schmerzte. Leider war die Wahrheit – eine sich windende schwarze Schlange – in ihr Leben geglitten, und sie war viel schlimmer.

Heute sollte Mark um zwölf Uhr mittags vorbeikommen. Anne würde ihn zum ersten Mal seit Romans Tod sehen. *Ermordung,* verbesserte sich Anne. An dem Tag, an dem Anne ihren Mann gebeten hatte auszuziehen.

Die Polizei hatte immer noch niemanden verhaftet. Immer wieder hatte man Penny, Eliza und Anne vernommen. Anne fragte sich, ob die anderen Frauen eingeknickt waren und ihre Geheimnisse erzählt hatten. *Gibt die Polizei deswegen keine Ruhe?* Trotz mangelnder Beweise galten die drei Frauen immer noch als verdächtig. Anne hatte das Gefühl, als hätte die Polizei bereits über sie geurteilt.

Viele Menschen hatten ein Motiv, dachte sie bitter und fragte sich wieder einmal, wo Mark in der Mordnacht gewesen war. Sie hatte ihn nicht darauf angesprochen. Stattdessen hatte sie ihn rausgeworfen. Wegen des Zustands ihrer Ehe oder weil sie Angst vor ihm hatte? Zu was er fähig war?

Anne hatte Mark gesagt, dass sie Zeit brauchte, um über alles nachzudenken, und wenn er neben ihr schlief, konnte sie das nicht. Seine Antwort war simpel gewesen. *Du weißt es also.* Anne hatte zur Tür gedeutet, und Mark hatte ihr nicht widersprochen. Er hatte nicht mal versucht, ihr etwas zu erklären.

Anne warf einen Blick auf ihr Handy und überlegte, ob sie Eliza anrufen sollte. Dann schob sie es wieder in die Tasche. Das hier – der Schminktisch – war nicht Elizas Problem. Die arme Frau hatte genug um die Ohren. Der Verlust ihres Mannes, eine Polizeiermittlung, eine Agentur, die vor dem Ruin stand …

Sollte sie Penny anrufen? Doch auch diesen Gedanken verwarf Anne schnell. Das arme Mädchen hatte genauso viel zu schultern, wenn auch andere Dinge. Verglichen mit Penny und Eliza, waren Annes Probleme winzig klein.

Es war sowieso besser, wenn sie sich von ihren Freundinnen fernhielt. Je öfter sie Kontakt hatten, desto eher würde die Polizei wahrscheinlich vermuten, dass sie sich absprachen. Eliza hatte entgegnet, dass gerade ihre Zurückhaltung sie schuldig aussehen ließ und dass sie sich ganz normal treffen sollten.

»Ich werde deswegen nicht meine Freundinnen verlieren«, hatte Eliza am Tag nach Romans Tod zu Penny und Anne gesagt. »Ich halte mich nicht wegen des lächerlichen Gerüchts von euch fern, dass ich meinen Mann um die Ecke gebracht hätte.«

Und, hast du es getan?, hatte Anne auf der Zunge gelegen.

Doch sie hatte nie gefragt. Penny auch nicht.

Genauso wenig wie Eliza Penny oder Anne gefragt hatte, ob sie es gewesen waren.

Keine von ihnen wollte die Antwort wissen.

Die Haustür wurde geöffnet, und die Möbelpacker schleppten den Schminktisch nach draußen. Kurz darauf hörte sie jemanden auf der Treppe, und Mark trat verwirrt ins Schlafzimmer. Schweigend sahen sie einander an. Mark sprach als Erster.

»Das war's also?«, fragte er leise. »Du hast mich nicht einmal nach einer Erklärung gefragt.«

»Da gibt es auch nichts zu erklären«, erwiderte Anne fest. »Ich ertrage die Lügen nicht. Alles andere hätte ich überwinden können.«

Mark sah aus, als wollte er noch etwas sagen, doch dann verzog er traurig das Gesicht. Er sah Anne in die Augen. »Es ist egal, was ich sage, oder? Du hast dich entschieden. Es ist aus.«

Anne schloss die Augen. »Ja, Mark. Es ist aus.«

Mark trat vor sie, sah sie mit ruhiger Eindringlichkeit an. Dann zog er sie in seine Arme und drückte sie fest an sich. Anne fühlte seine Tränen auf ihren Wangen.

Sie schlang die Arme um ihn, grub ihre Finger in seinen Rücken und wünschte sich aus tiefstem Herzen, dass die Dinge anders lägen. Doch so war es nicht, und ihre liebevolle Umarmung endete. Anne nahm eine Mappe mit den Scheidungspapieren vom Bett und gab sie ihrem Mann, der sie unter den Arm klemmte und das Schlafzimmer ohne einen Blick zurück verließ.

Anne wartete, dass sich der Kloß in ihrer Kehle auflöste. Als er das nicht tat, ignorierte sie ihn. Sie wählte die Nummer des Menschen, der das Richtige zu sagen wüsste.

»Eliza«, sagte Anne. »Hast du Zeit?«

Eliza zögerte und antwortete schließlich: »Leider nein. Ich kann gerade nicht reden.«

»Es geht um Mark.«

»Tut mir leid, Anne«, erwiderte Eliza knapp. »Das muss warten.«

Kapitel fünfunddreißig

Einen Monat danach
März 2019

Eliza saß in ihrem karg eingerichteten, neu geleasten Büro, die Hände über der Computertastatur gekrümmt. Nur drei Tage nach dem Tod ihres Mannes hatte sie die Schlüssel zu ihrem ersten eigenen Büro bekommen – und drei Tage nach dem Verlust ihrer einzigen Klientin. Es war Salz in der Wunde, an ihrem Schreibtisch zu sitzen und so zu tun, als arbeitete sie, aber was blieb ihr sonst übrig? Sie hatte die Miete sechs Monate im Voraus bezahlt. Das konnte sie auch ausnutzen.

Apathisch starrte Eliza auf ihre Hände. Falls jemand von außen hereinsehen würde, sähe er eine tief in Gedanken versunkene Frau. Dabei schlug sie nur die Zeit tot und wunderte sich, wie ein Kratzer in ihren Nagellack gekommen war.

Ironisch war auch, dass sie in dem Monat seit dem Tod ihres Mannes plötzlich schuldenfrei geworden war. Sie hatte Jocelyn und Todd ihr Darlehen zurückzahlen können, vor allem wegen des Verkaufs von Romans Autos. Es lief gut für Eliza Tate. Natürlich bis auf die Tatsache, dass ihr Mann tot war.

Ein Klopfen an der Tür riss sie aus ihren Gedanken. Sie verdrängte den kurz aufblitzenden Ärger, dass sie noch keine Assistentin eingestellt hatte. Als CEO von Eliza Tate PR sollte sie nicht ihre eigene verdammte Tür öffnen. Andererseits benötigte die CEO von Eliza Tate PR Klienten, um eine Assistentin zu brauchen.

»Guten Tag, Gentlemen«, sagte sie zu den zwei uniformierten Polizisten, als sie die Tür öffnete. »Kann ich Ihnen helfen?«

»Mrs. Tate?«

»Ja, das bin ich.« Sie warf einen betonten Blick auf das glänzende Namensschild an der Tür.

Der größere Cop folgte ihrem Blick, wirkte aber nicht amüsiert. Er kratzte sich am Hinterkopf, dann sah er über Elizas Schulter. »Können wir kurz reinkommen?«

»Ich bin sehr beschäftigt, es wäre also gut, wenn Sie sich kurz fassen könnten.«

Eliza setzte sich wieder auf ihren Schreibtischstuhl, faltete die Hände auf der Tischplatte (und verbarg den abgesplitterten Nagellack) und gab sich möglichst desinteressiert.

Innerlich zitterte sie jedoch. Seit sie in die USA gekommen war, hatte sie sich in Gegenwart von Gesetzesvertretern unwohl gefühlt, als ob diese irgendwie riechen könnten, dass sie nicht dazugehörte. Dass sie eine Hochstaplerin war, ein Eindringling.

Sie fragte sich, ob diese Angst je verschwinden würde, obwohl sie lächerlich war. Viele Jahre lang war sie verheiratet gewesen, noch länger ein arbeitendes Mitglied der Gesellschaft. Sie gehörte ebenso so sehr wie alle anderen in dieses Land, doch alte Gewohnheiten ließen sich schwer abschütteln.

Sie musterte die Polizisten und fragte sich, warum sie auf einmal aus ihrer Höhle gekrochen waren. In den Wochen nach Romans Tod hatte man sie in die Mangel genommen, doch jetzt hatte sie gedacht, dass sie endlich ihre Ruhe hätte. Eliza hatte sich sogar schon gefragt, ob die Polizei den Fall ihres Mannes bereits aufgegeben und sich dem heißen neuen Mord des Tages zugewandt hatte.

Sie brauchen Beweise. Ihr Mantra seit Romans Tod. Sie atmete tief durch.

»Wir brauchen nicht lang«, sagte der kleinere Cop und sah Eliza an. »Mrs. Tate, Sie sind festgenommen wegen des Mordes an Ihrem Mann, Roman Tate.«

Eliza verstand nicht, was er da sagte. »Aber das ist nicht möglich.«

»Mrs. Tate, Sie haben das Recht ...«

Eliza hielt einen Finger hoch, als das Telefon läutete, ein schrilles Geräusch, das von den nackten Betonwänden ihres Büros widerhallte. Sie meldete sich, nahm dabei aber kaum die schluchzende Anne am anderen Ende wahr.

»Tut mir leid, Anne«, sagte sie knapp, nachdem ihre Freundin etwas von ihrem sehr lebendigen Ehemann gemurmelt hatte. Annes Probleme waren gerade nicht so wichtig. »Das muss warten. Die Polizei ist hier, um mich wegen des Mordes an meinem Mann festzunehmen.«

Eliza beendete das Gespräch und sah die Polizisten an. »Das muss ein Fehler sein. Man hat mich doch unzählige Male vernommen. Ich habe gesagt, ich war es nicht. Ich bin unschuldig. Und solange Sie keine Beweise haben ...«

»Die haben wir, Mrs. Tate.«

»Das ist unmöglich. Wie können Sie Beweise haben, wenn ich es nicht war?«

»Wenn Sie mit uns kooperieren, wird das alles sehr viel leichter.«

»Ich will meinen Anwalt.«

»Den werden Sie auch brauchen.«

Eliza runzelte die Stirn. »Was soll das heißen?«

Der größere Cop trat vor und löste ein Paar Handschellen von seinem Gürtel. »Ich sage nur, Mrs. Tate, dass es nicht gut für Sie aussieht.«

Der andere Polizist schüttelte in gespieltem Bedauern den Kopf. »Nicht wenn die Fingerabdrücke der Ehefrau auf der Mordwaffe auftauchen.«

Elizas Gesicht wurde zuerst taub. Dann die Arme, die Hände, die Fingerspitzen, die Zehen. Die Welt schien stillzustehen, als die beiden Männer neben sie traten.

Panik stieg ihn ihr auf, als sie aus ihrem Büro abgeführt wurde. Wie war das möglich? Sie hatte niemanden getötet. Während sie sich auf den Rücksitz des Streifenwagens setzte, rasten ihre Gedanken. Es musste eine Erklärung geben. Wie hatten die Cops die Mordwaffe gefunden? Wo? Und vor allem – wie waren ihre Fingerabdrücke darauf gelangt?

Kapitel sechsunddreißig

Einen Monat danach
März 2019

»Brauchen Sie noch etwas?«, fragte ein Detective in Chinos und einem himmelblauen Hemd. »Etwas zu trinken? Einen Kaffee?«

»Danke, Hauptsache, die Toilette ist nicht weit weg.« Penny ließ sich stöhnend auf einen Stuhl sinken. »Ich hoffe, das hier dauert nicht lange.«

»Wir geben unser Bestes.« Der Detective setzte sich auf die andere Seite des Tischs. »Ms. Sands, wir haben Sie hergebeten, um über den Mord an Roman Tate zu sprechen.«

»Eliza hätte ihren Mann nie umgebracht. Ich weiß nicht, warum Sie sie festgenommen haben.«

»Ist das nicht ein bisschen ironisch? Dass die Liebhaberin die Ehefrau verteidigt?«

Penny verzog das Gesicht und schüttelte den Kopf. Sie legte die Hand auf ihren Bauch, während sie den Blick des Detectives erwiderte. »Sie haben keine Ahnung, wovon Sie reden.«

»Da haben Sie recht. Und deshalb sind Sie hier. Wann hat Ihre Affäre mit Mr. Tate angefangen?«

Penny stockte der Atem. »Mir war nicht klar, dass es eine Affäre war. Er sagte, er wäre von seiner Frau getrennt.«

»Zu seinem Todeszeitpunkt trug Mr. Tate immer noch seinen Ehering.«

»Ja.«

»Trug er ihn auch, als die Affäre begann?«

Penny dachte an den Tag zurück, an dem alles anders geworden war. Der Tag in Romans Büro, als er ihr große Dinge versprochen hatte. Riesigen Erfolg. Dann hatte er ihre Träume in die Falle verwandelt, die ihr Verderben geworden war.

»Ja, er trug ihn noch, als wir die Beziehung begannen.«

»Sie haben ihn nicht danach gefragt?«

»Das habe ich, und er sagte, er würde sich von seiner Frau trennen.«

Der Detective notierte sich etwas auf seinem Block. »Hat er den Grund für die Trennung genannt?«

»Er hat nur gesagt, dass es sich schon lange abgezeichnet hätte. Er erwähnte, er und Eliza würden sich immer noch gut verstehen, dass die Trennung einvernehmlich und freundlich ablaufen würde. Keine Kinder, kein Streit um die Besitztümer. Sie wollten alles gerecht aufteilen und fertig.«

»Würde es Sie überraschen, dass Roman Tate keine Besitztümer hatte, die sich hätten aufteilen lassen?«

Penny blinzelte. »Wie bitte?«

»Ich dachte, Sie und Mrs. Tate wären befreundet, haben Sie das nicht gesagt?«

»Das sind wir, aber ich bin nicht mit ihren Finanzen vertraut. Was meinen Sie damit, Roman hatte nichts, was sich hätte aufteilen lassen? Die Tates sind reich.«

Der Detective ignoriere Pennys Antwort. »Wann haben Sie angefangen, sich mit Mr. Tate zu treffen?«

»Kennengelernt habe ich ihn bei seinem Schauspielkurs, für den ich mich nach meinem Umzug nach Los Angeles angemeldet hatte. Das war im Juni letzten Jahres. Das genaue Datum weiß ich nicht mehr, aber irgendwo ist bestimmt noch eine Bestätigungs-Mail, in der steht, ab wann ich die Kursgebühr bezahlt habe.«

»Die brauche ich.«

Penny winkte müde ab. »Okay.«

»Wann wurde Ihre professionelle Beziehung persönlicher?«

Penny wusste die korrekte Antwort nicht und musste nachdenken. Wann *genau* hatte sich alles verändert?

Vielleicht an dem Tag, an dem Roman Penny auf die Bühne gerufen und sie mit seinen dunklen Augen fixiert hatte. Als seine volltönende Stimme sie vor ihren Mitschülern eingelullt und erregt hatte. Sie spürte immer noch seinen Atem auf ihrer Schulter, seine Hand an ihrem Rücken. Haut an Haut, als ob er mit ihr in diesem Raum wäre. Doch das war unmöglich, denn Roman Tate war tot.

Penny biss sich auf die Lippe und musterte den Detective.

»Ich denke nach«, sagte sie, als er die Augenbrauen hochzog.

Vielleicht war es aber auch der Moment gewesen, als sie sein Angebot angenommen hatte, ihr gestohlenes Skript zu kommentieren. Sie war in dem Wissen zu ihm gegangen, dass es eine List war, dass sie nicht unbeschadet davonkommen würde, und sie hatte recht gehabt.

Penny spürte die vertraute Wut in ihrem Bauch aufsteigen, als sie sich erinnerte – an alles, an jedes schmutzige Detail. Sie legte eine Hand auf ihren Bauch und spürte eine Bewegung und darunter einen Abgrund aus Verzweiflung.

Roman Tate hatte ihr Leben zerstört.

»Ich wusste nicht, dass die Frage so kompliziert ist.« Der Detective räusperte sich. »Nennen Sie mir ein Datum, auch ein ungefähres, wenn Ihnen nichts Besseres einfällt.«

»Natürlich ist sie kompliziert«, erwiderte Penny scharf.

Aber wann hatte sich ihre Beziehung wirklich verändert? Nein, nicht an dem Tag in seinem Büro. Sondern als sie sich das erste Mal außerhalb des Studios gesehen hatten, bei einem als Geschäftsessen getarnten Date. Sie hatten Wein getrunken, er hatte gezahlt und sie zu ihrem Auto gebracht. Penny schloss die Augen und erinnerte sich, wie er mit dem Daumen zum Abschied spielerisch und gleichzeitig verführerisch über ihre Wange gestrichen hatte.

Ihre Haut brannte, ihr Gesicht. Sie riss die Augen auf.

»Geht es Ihnen gut?«, fragte der Detective. »Soll ich Ihnen noch ein Glas Wasser holen?«

»Nein, alles in Ordnung«, sagte Penny. »Einen Moment noch. Ich kann mich nicht an das genaue Datum erinnern.«

Das war gelogen. Penny kannte das genaue Datum. Zumindest das Datum, an dem sie zum ersten Mal miteinander geschlafen hatten.

Unter dem Gewicht der Erinnerungen beugte sich Penny vor und verdrängte die Bilder von verschwitzten Laken und lustvollem Stöhnen. »Letztes Jahr im Sommer. Juli oder August. Reicht das?«

Der Detective machte sich Notizen. »Wann haben Sie entdeckt, dass Mr. Tate nicht von seiner Frau getrennt war? Und das auch nicht vorhatte?«

Penny presste die Lippen aufeinander. »Das habe ich doch schon bei meiner ersten Vernehmung gesagt.«

»Zu dem Zeitpunkt hatten wir noch nicht genug Beweise, um jemanden wegen Mr. Tates Tod zu verhaften«, antwortete der Detective. »Jetzt schon.«

»Das sagen Sie.« Penny schnaubte. »Und Eliza ist Ihre Hauptverdächtige. Aber sie war es nicht.«

»Hat Eliza Roman geliebt?«

»Ja«, bestätigte Penny. »Zumindest irgendwann mal.«

»Ist Ihnen klar, dass wir vermuten, dass Elizas und Romans Ehe von Anfang an ein Betrug war?«

»Wie bitte?«

»Eliza Tates Visum wäre drei Wochen nach der Hochzeit abgelaufen. Hat Roman je angedeutet, er hätte Eliza nur geheiratet, damit sie eine Aufenthaltsgenehmigung bekommt?«

Penny blickte auf ihre Hände. »Eigentlich nicht.«

»Hat er Ihnen dann gesagt, was sich auf einmal in seiner Beziehung geändert hatte?« Der Detective drückte immer wieder auf den Kugelschreiberknopf. Klick. Klick. Klick. »Warum wollte er sich nach all den Jahren plötzlich von seiner Frau scheiden lassen?«

Penny starrte ihn an, den Kugelschreiber, bis der Detective verstand und mit dem Klicken aufhörte.

»Er hat gesagt, er würde älter werden und merken, dass das Leben zu kurz war, um unglücklich zu sein.«

»Er war nicht glücklich mit Eliza?«

»Er hat gesagt, er sei bei ihr geblieben, weil es einfach war. Sie verstanden sich gut. Aber er wollte die wahre Liebe seines Lebens finden.«

»Und Sie dachten wahrscheinlich, er spricht von Ihnen?« Der Detective klickte wieder mit dem Kugelschreiber, hielt nach einem Blick von Penny aber abrupt inne. »Dass Sie die Liebe seines Lebens wären?«

»Ich bin nicht dumm.« Penny sah auf die Tischplatte und spürte, wie ihr Hals warm wurde. »Ich weiß, dass das für Sie albern klingt, aber es ist komplizierter, als Sie sich je vorstellen können.«

»Haben Sie Roman geliebt?«

»Das dachte ich, aber ich habe mich geirrt. Sind wir dann fertig?« Penny zuckte zusammen, als das Baby gegen ihre Rippen trat. Vorsichtig drückte sie gegen den Fuß ihres Kindes und schob ihn in eine für sie bequemere Position.

»Brauchen Sie etwas, Ms. Sands?«, fragte der Detective. »Wir können auch eine kurze Pause machen.«

»Mir wäre es lieber, wir kommen zum Ende, und ich kann dann nach Hause fahren.«

»Dann mache ich es kurz.« Der Detective zog seine Notizen näher zu sich heran. »Lassen Sie uns noch einmal den zeitlichen Ablauf durchsprechen. Sie haben Mr. Tate letztes Jahr im Juni kennengelernt. Irgendwann im Juli oder August begann Ihre Liebesbeziehung.«

Penny erwiderte seinen Blick, als er sie fragend ansah.

»Wann … « Er räusperte sich. »Wann wurde Ihr Kind gezeugt?«

»Irgendwann im Juli.«

»Zu der Zeit, als die Affäre mit Mr. Tate anfing.«

»Wie ich es gesagt habe.«

»Weiß Mrs. Tate, dass Sie schwanger sind?«

»Das ist schwer zu übersehen, oder?« Penny verlagerte das Gewicht. »Eliza und ich kennen uns seit der Party zu Marguerites neuem Buch im Pelican Hotel.«

»Erzählen Sie mir von der Party.«

»Was spielt das für eine Rolle für die Ermittlungen?«

»Hatte Eliza Tate Sie eingeladen?«

»Nein«, erwiderte Penny. »Roman.«

»Wann haben Sie und Eliza sich dann enger angefreundet?«

»Ein paar Monate später, glaube ich. Sie hat mich gefragt, ob ich ihrem Buchclub beitreten möchte.«

»Nur noch mal zur Verdeutlichung: Sie haben zugestimmt, dem Buchclub der Ehefrau Ihres Geliebten beizutreten?«

»Ich habe Ihnen doch gesagt, mir war nicht klar, dass es sich um eine Affäre handelte. Roman sagte, er verstünde sich gut mit seiner Frau … oder zukünftigen Ex-Frau.«

»Wann fanden Sie heraus, dass Mr. Tate sich überhaupt nicht von seiner Frau trennen wollte?«

»Da bin ich mir immer noch nicht sicher. Vielleicht wollte er sich wirklich von Eliza trennen. Woher soll ich wissen, was in seinem Kopf vorging? Ich weiß nur, was er mir erzählt hat, und die Wahrheit war das ganz bestimmt nicht.«

»Wissen Sie …«

»Verdammt.« Penny legte eine Hand auf ihren geschwollenen Bauch. »Ich glaube, das war eine Wehe.«

Der Detective riss so abrupt den Kopf hoch, dass Penny seinen Nacken knacken hörte. Erschrocken sah er sie an. »Soll ich jemanden anrufen?«

Penny krümmte sich und umklammerte die Tischkante, bis ihre Fingerknöchel weiß hervortraten. »Ich glaube wirklich, das sind Wehen.«

»Ich fahre Sie ins Krankenhaus.«

»Danke, aber ich kann selbst fahren.«

»Ms. Sands …« Der Detective kam um den Tisch herum und half Penny auf. »Eine letzte Frage noch: Ist Mr. Tate der Vater Ihres Kindes?«

Penny entzog ihren Arm dem beschützenden Griff des Detectives. »Ich weiß es nicht.«

»Was soll das heißen, Sie wissen es nicht?«

»Es heißt«, sagte Penny angespannt, »dass ich mit mehr als einem Mann in der Mitte meines Zyklus Sex hatte. Ich weiß nicht, wie ich es noch deutlicher ausdrücken soll.«

»Ich brauche den Namen …«

Penny unterbrach ihn stöhnend. »Es ist egal, wer der Vater ist. Ich bin die Mutter – das reicht. Detective, ich muss jetzt wirklich ins Krankenhaus.«

»Ich rufe einen Krankenwagen. Sie dürfen nicht selbst fahren, es ist zu gefährlich.«

Sobald der Polizist davongeeilt war, hastete Penny davon. Sie blickte nicht zurück, als sie das Gebäude verließ, und ging rasch zu ihrem Auto.

Beim Fahren schaltete sie das Radio ein und summte mit. Es war egal, wer der Vater ihres Kindes war. Roman und Ryan waren für immer aus ihrem Leben verschwunden. Roman ein wenig dauerhafter als Ryan.

Anstatt ins Krankenhaus fuhr Penny nach Hause, parkte den verbeulten Wagen, der ihr in den letzten Monaten gute Dienste geleistet hatte, an einer abgelaufenen Parkuhr vor ihrem Haus. Sie ging in ihre Wohnung, ließ die Handtasche auf die Couch fallen und holte eine Packung Salzcracker und ein Glas Nutella aus dem Küchenschrank. Sie nahm noch ein Buttermesser mit und setzte sich neben ihre Handtasche auf die Couch.

Sie stützte die Füße auf den schiefen Couchtisch und balancierte das Nutella-Glas auf ihrem Bauch. Sie dachte an das Gespräch mit dem Detective zurück.

Roman war nicht der Einzige, der lügen konnte. Auch Penny hatte gelogen.

Die Wehen zum Beispiel hatte sie vorgetäuscht. Sie hatte noch einen Monat. Das Baby war im August gezeugt worden, nicht im Juli. Sie hatte nur eine Ausrede gebraucht, um die Vernehmung zu beenden.

Während sie gedankenlos Salzcracker kaute, sah sie im Fernsehen eine alte Folge von *Survivor* sah, in der eine Gruppe von hübschen Menschen in Badeanzügen um die Chance auf eine Million Dollar kämpfte. *Ich könnte eine Million Dollar gut gebrauchen*, dachte Penny träge. Und falls nötig konnte sie lügen, betrügen und stehlen, um ganz nach oben zu kommen.

Schließlich war sie in den letzten Monaten zu einer geübten Lügnerin geworden. Ihre Freundinnen hatte sie belogen. Roman. Ihre Mutter und sich selbst und den Detective auf dem Revier. Um Romans Ermordung rankten sich so viele Lügen, dass es ein Wunder war, dass die Polizei Eliza irgendwelche Beweise anhängen konnte.

Was das größte Problem war. Denn Eliza hatte ihren Mann ziemlich sicher nicht umgebracht.

Warum hatte man sie dann wegen eines Verbrechens verhaftet, das sie nicht begangen hatte?

Kapitel siebenunddreißig

Zwei Monate danach
April 2019

Anne schob ihre Sonnenbrille auf die Nase und lehnte sich an den Van, während sie vom Parkplatz aus das Softballspiel verfolgte. Als die Mannschaften vor dem nächsten Inning die Position wechselten, sah sie zum anderen Ende des Parkplatzes, wo Marks Auto stand. Anne war ziemlich gut darin geworden, ihrem Fast-Ex-Mann in der Öffentlichkeit aus dem Weg zu gehen.

Mark hatte die Scheidungspapiere noch nicht unterschrieben, obwohl er sie schon seit einigen Wochen hatte. Er hatte ihr unzählige Nachrichten auf der Mailbox hinterlassen, in denen er sie anflehte, mit ihm zu reden, ihm zuzuhören, ihm noch eine Chance zu geben. Anne war aber nicht bereit gewesen zu reden. Das war sie immer noch nicht. Was sollte sie auch sagen?

Sie hatte ihrem Mann weder von dem Privatdetektiv noch von Romans Erpressung erzählt. Mark dachte, sie wolle die Scheidung wegen der Affäre. Das war nicht der Grund, doch es war sinnlos, ihm das zu sagen, wenn das Ergebnis dasselbe war. Vor allem, weil Anne nicht wusste, ob sie die Antworten auf die noch offenen Fragen hören wollte, die ihr im Kopf herumschwirrten – zum Beispiel, wo er in der Nacht des Mordes gewesen war.

Anne war jetzt mit anderen Dingen beschäftigt – ihren vier Kindern zum Beispiel. Oder einen Job zu finden, mit dem sie ihr neues Leben als alleinerziehende Mutter finanzieren konnte. Oder die Tatsache, dass ihre beste Freundin, Eliza Tate, gerade wegen Mordes verhaftet worden war.

Zum Glück hatte sich Annes Mutter bereit erklärt, in der Zwischenzeit zu helfen. Beatrice Harper passte gerade auf die drei jüngeren Kinder auf, während Anne sich zwang, Gretchens Spiel zu verfolgen – keine dreißig Meter von ihrem Mann entfernt.

Was sie alles tat, um ihre Kinder zu unterstützen, dachte Anne trocken. Sie würde sich lieber einen Stift ins Auge bohren, als mit Mark zu sprechen, doch jetzt war sie hier, mit Sonnenbrille und Baseballkappe, als ob eine fadenscheinige Verkleidung ihren Mann daran hindern könnte, sie zu erkennen.

Doch die Sonnenbrille hatte noch einen weiteren Vorteil. Anstatt die Bank zu beobachten, wo sich ihre Tochter vorbereitete, blickte Anne zu Mark. Er stand am Zaun, klatschte und pfiff. Gretchen grinste breit und winkte ihrem Vater ausgelassen zu. Ihre Mutter ignorierte sie.

Annes Herz hämmerte. Seit Jahren hatte sie sich diese Zeit ausgemalt. Helle, hoffnungsvolle Jahre, in denen sie sich auf ihre eigene Familie gefreut hatte. Sie hatte sich danach gesehnt, liebevoll zu beobachten, wie ihr Mann bei einem Softballspiel über den Zaun hinweg seine Tochter anfeuerte. Ihr einen Kuss auf die Stirn drückte, wenn sie einen Homerun schaffte. Ein Pflaster auf ihr Knie klebte, wenn sie hingefallen war.

Jetzt war sie hier, mit Kindern und Ehemann, und nichts war, wie sie es sich vorgestellt hatte.

Anne konnte Marks Blick ausweichen, als das Spiel zu Ende war. Sobald die Teams ihr obligatorisches Händeschütteln hinter sich gebracht hatten, rannte Gretchen zu ihr.

»Mom, bitte, bitte, *bitte,* darf ich mit Erica ein Eis essen gehen? Ihre Mom und ihr Dad kommen mit, und Violet auch. Bitte! Sie haben gesagt, dass sie mich danach heimfahren können.«

Anne sah sich nach Ericas Eltern um. Da bemerkte sie, dass Mark in ihre Richtung starrte. Einen Moment hielt sie seinem Blick stand, jedoch nur weil er ihre Augen hinter der Sonnenbrille nicht sehen konnte.

Sie spürte, wie Marks Blick ihr folgte, als sie den Kopf abwandte und über das Spielfeld zu Ericas Eltern ging, um alles mit ihnen zu besprechen. Die Jubelrufe dreier Mädchen waren ihre Belohnung. Gretchen winkte ihrer Mutter abwesend zu, während sie schon mit ihren Freundinnen davonrannte.

Nachdem sie sich von Ericas Eltern verabschiedet hatte, drehte sich Anne aus einem Impuls heraus um. Sie spürte Marks Blick nicht mehr. Aus irgendeinem Grund beunruhigte sie das mehr, als wenn er sie beobachtet hätte.

Schuldgefühle machten sich in ihr breit. War sie zu hart mit ihm umgegangen und hatte ihn schließlich ganz weggestoßen? So sehr sie auch darum gekämpft hatte, ihre Familie zusammenzuhalten, am Ende hatte sie doch aufgegeben. Sie fühlte sich wie eine Versagerin, aber was hatte sie für eine Wahl, wenn alles gegen Mark sprach?

Dennoch ging sie zum Auto ihres Mannes, zunächst zügig, dann im Laufschritt, als er sich hinters Lenkrad setzte. Als sie neben dem Fahrerfenster stand, war sie außer Atem und wusste nicht, wieso.

Sie klopfte.

Mark ließ das Fenster herunter und sah sie zurückhaltend an. »Anne?«

Anne schob sich die Sonnenbrille auf den Kopf, als ob sie dadurch ihre wahre Identität preisgeben würde. »Ich bin bereit zu reden«, sagte sie schließlich. »Wo sind wir ungestört?«

Sie fuhren zu dem kleinen Haus, das Mark gemietet hatte. Anne hatte schon öfter die Kinder dort abgesetzt, war aber nie hineingegangen.

Ihr Mann ging schweigend voran. Anne hatte das Gefühl, als wären sie Fremde bei ihrem etwas unbeholfenen, aber nicht total schrecklichen ersten Date.

In der Diele zog sie die Schuhe aus und sah sich um. Es war ordentlich, spärlich eingerichtet. Sauber. Die einzigen Anzeichen, dass hier jemand wohnte, waren ein einzelner Teller, ein Glas, ein Löffel sowie eine Schüssel im Trockengestell neben der Spüle. Der Anblick brach Anne das Herz.

Mark nahm zwei Flaschen Wasser und führte sie auf die Terrasse, auf der zwei Stühle und ein kleiner Tisch standen. Er stellte die Wasserflaschen ab und wartete, bis Anne Platz genommen hatte, bevor er sich auf den anderen Stuhl setzte.

Eine Weile saßen sie schweigend da und nippten an den Wasserflaschen.

»Hast du auch was Stärkeres?«, murmelte Anne.

Mark saugte an seiner Unterlippe. »Bist du sicher …« Er verstummte und sah Anne an.

»Mir geht es gut«, flüsterte sie. »Versprochen.«

Mark verschwand in der Küche und kam mit zwei Bierflaschen zurück. Mit einem schiefen Lächeln öffnete er sie und reichte Anne eine. Sie stießen an, und das klirrende Geräusch hallte durch den sonnigen Nachmittag wie Kirchenglocken bei einer Beerdigung.

»Worauf stoße ich an?«, fragte Mark. »Außer dass du mit mir sprichst?«

Anne konnte ein kleines Lächeln nicht unterdrücken. Das war das Problem bei Mark. Es war zu einfach, ihn zu mögen, ihn zu lieben. Sie waren so vertraut miteinander, dass selbst etwas so Einfaches, wie mit ihm auf der Terrasse zu sitzen, Anne an bessere Zeiten erinnerte. Zeiten, die sie wiederhaben wollte. *Oh*, wie sehr sie sich nach ihnen sehnte.

»Er ist tot«, sagte Anne schließlich. »Und ich will die Wahrheit wissen.«

»Wie bitte?«

»Roman Tate ist tot«, wiederholte Anne. »Und ich will die Wahrheit wissen.«

»Was hat Roman Tate damit zu tun?«

»Komm schon, Mark. Es ist aus zwischen aus. Das wissen wir beide. Die Affäre …«

Mark riss die Augenbrauen hoch. »Welche Affäre?«

»Na, die Affäre!« Anne machte eine Handbewegung. »Der Grund, warum wir uns scheiden lassen. Einer der Gründe, würde ich sagen.«

»Ich habe keine Affäre. Hatte ich nie. Anne, ich …«

»Hältst du mich für dumm? Wo fährst du dienstagabends immer hin?«

Mark schloss die Augen. »Ich dachte, du *wüsstest* es.«

»Ja, ich weiß es«, sagte Anne. »Ich habe sie gesehen. Das Mädchen, mit dem du zusammen bist.«

»Das hast du völlig falsch verstanden. Ich habe keine Freundin. Harmony Feliz ist meine Tochter.«

Beinahe hätte Anne die Bierflasche fallen gelassen. Sie hielt sie fest, tippte mit den Fingern gegen das Glas und starrte auf ihre Füße. Der Zement hatte Löcher und Risse, aus denen Unkraut wuchs. Eine winzige Blume blühte trotzig unter dem Tisch.

»Wie bitte?«, brachte Anne schließlich heraus.

»Harmony ist achtzehn Jahre alt«, erklärte Mark. »Als ich dich kennenlernte, war ich mit ihrer Mutter Angelina zusammen.«

»Das wusste ich nicht.«

»Ich habe es dir nicht gesagt, weil ich es nicht für wichtig hielt.« Mark wirkte verlegen. »Ich meine, du und ich waren zu diesem Zeitpunkt nicht exklusiv, oder zumindest dachte ich das nicht. Angelina und ich waren ein paar Monate zusammen, aber nach meinem dritten Date mit dir wusste ich, dass ich mich entscheiden musste.«

Annes Kehle wurde trocken.

»Ich war jung und dumm. Auf das alles bin ich wirklich nicht stolz«, fuhr Mark fort. »Angelina und ich hatten eine On-off-Beziehung, es war nie was Ernstes. Wenn wir gerade mit niemand anderem zusammen waren, trafen wir uns. Wir …«

»Ihr wart Fuck-Buddys.«

»Ein bisschen hart, aber ja, wenn du es so nennen willst.«

»War sie sich dessen bewusst?«, fragte Anne. »Ging es ihr um Sex, oder hatte sie sich in dich verliebt?«

»Wir waren uns über alles klar. Keiner von uns hat so getan, als ob es mehr wäre.«

»Bist du dir sicher?« Das Wissen um Pennys nicht erwiderte Liebe zu Roman war noch frisch. »Manchmal will man doch unterschiedliche Dinge. Das geht nie gut aus.«

Mark warf ihr einen finsteren, frustrierten Blick zu. »Nach deinem und meinem Wochenende in Morro Bay habe ich mich entschieden.«

»Während wir also in dieser süßen kleinen Pension waren und du mir zum ersten Mal gesagt hast, dass du mich liebst, war ich nicht deine einzige Freundin?« Anne war übel.

»Danach schon. Ich habe Angelina nie wieder gesehen«, flehte Mark. »Ich schwöre es dir. Ich habe sie angerufen, während du geduscht hast, und Schluss gemacht. Wir haben nie wieder miteinander gesprochen.«

Anne wartete angespannt. Sie wollte nicht hören, was Mark als Nächstes sagen würde, aber sie musste es wissen. Jetzt gab es kein Zurück mehr.

»Angelina ist letztes Jahr gestorben.« Mark trank von seinem Bier. »Ich habe es erst erfahren, als mich eine junge Frau über Facebook kontaktiert hat.«

»Harmony.«

»Sie hatte nachgeforscht. Offenbar hatte ihre Mutter ihr nie erzählt, dass ihr Vater – der Mann, den Angelina schließlich geheiratet hatte – nicht ihr leiblicher Vater war.«

»Wenn ihre Mutter es ihr nie gesagt hat, wie hat sie es dann herausgefunden?«

Mark schnaubte. »Bei den Sachen ihrer Mutter fand sie ein Hochzeitsfoto ihrer Eltern. Darauf war sie zwei Jahre alt, und das hat sie stutzig gemacht.«

»Sie hätten auch erst nach ihrer Geburt heiraten können. Das machen viele.«

»Stimmt, aber ihre Mutter hatte immer die wilde Liebesgeschichte mit ihrem Vater betont. Angeblich hatten sie sich kennengelernt und nach sechs Monaten geheiratet.«

»Harmony kann gut rechnen.«

»So könnte man's ausdrücken, ja.«

»Hat sie es ihrem Vater gesagt?« Anne rang um die richtige Formulierung. »Ihrem … nicht leiblichen Vater?«

»Mit ihm hat sie als Erstes darüber gesprochen. Sie hat ihn nach der Wahrheit gefragt, und er hat es ihr sofort erzählt.«

»Kannte er deinen Namen?«

»Nein. Harmony hat ein wenig herumgeschnüffelt, hat die Tagebücher ihrer Mutter gelesen, alte Notizbücher, was auch immer.«

»Wie der Vater, so die Tochter«, sagte Anne ironisch. »Klingt, als würde sie einen guten Detective abgeben.«

Mark zuckte mit den Schultern. »Sie ist schlau. Und entschlossen.«

»Vielleicht hat Angelina auch mit anderen Männern geschlafen«, sagte Anne und dachte dabei an Pennys verwirrende Dreiecksbeziehung. »Hast du in Betracht gezogen, dass Harmony vielleicht nicht von dir ist?«

»Sie ist es«, bestätigte Mark. »Ich habe einem Vaterschaftstest zugestimmt.«

Anne gefror das Blut in den Adern. »Wann?«

»Kurz, nachdem sie mich kontaktiert hatte.«

»Und das hast du mir nie erzählt?« Annes Hände zuckten kurz. »Ich bin deine Frau, und du hast nie daran gedacht, mir zu sagen, dass du vielleicht noch ein weiteres Kind hast?«

»Nach der Geburt der Zwillinge hast du immer wieder gesagt, dass wir auf keinen Fall noch mehr Kinder haben dürften. Wir konnten es uns nicht leisten, wir hatten keinen Platz mehr im Haus, und wir hatten keine Zeit.«

»Okay. Du hast mir also nichts erzählt, weil ich kein weiteres Baby wollte?« Anne seufzte aufgebracht. »Erde an Mark: Das Kind war doch schon längst auf der Welt. Deine Logik ergibt keinen Sinn.«

»Versetz dich doch mal in meine Lage.«

»Glaub mir, das versuche ich.«

»Ich stand völlig unter Schock«, sagte Mark. »Ich hatte nicht nur Schuldgefühle wegen uns beiden und dass ich damals nicht ganz ehrlich gewesen war, als wir zusammenkamen, sondern auch wegen Harmony. Seit achtzehn Jahren hatte ich eine Tochter, und ich hatte nicht von ihr gewusst. Kein einziges Mal hatte ich an sie gedacht, war bei keiner Abschlussfeier, keinem Ballspiel. Ich habe nie einen Cent beigesteuert. Nie eine Windel gewechselt, sie auf die Stirn geküsst. Alles, was wir mit Gretchen, Samuel und den Zwillingen gemacht haben, habe ich mit Harmony verpasst. Auch wenn es nicht meine Schuld war.«

»Doch, es war deine Schuld.«

»Angelina hat es mir nie erzählt!«

»Wirklich nicht?« Anne runzelte skeptisch die Stirn. »Sie hat nie angedeutet, dass sie von dir schwanger ist?«

»Ich habe dir doch gesagt. Nach dem Abend, an dem ich dir gesagt habe, dass ich dich liebe, haben wir nicht mehr miteinander gesprochen. Nach diesem Wochenende habe ich nicht mehr an sie gedacht, ehrlich. Sie hat nie versucht, mich zu kontaktieren.«

»Ah.«

»Wir brauchten Geld, für die Kita der Zwillinge, die sportlichen Aktivitäten, die Reparaturen am Haus – alles kam auf einmal. Also habe ich zusätzliche Schichten in der Arbeit übernommen. Als ich von Harmony erfuhr, fühlte ich mich verpflichtet, für sie da zu sein.«

»Wie edel von dir.«

Marks Augen blitzten auf, aber er ließ sich nicht provozieren. »Die Situation ist kompliziert. Harmonys Vater – der Mann, der sie aufgezogen hat – hat nie akzeptiert, dass sie nicht seine leibliche Tochter war.«

Anne war fasziniert, dass sie, obwohl sie sich über Mark ärgerte und schockiert war, immer noch Mitgefühl für Harmony hatte. Anne stellte sich ihre eigenen Babys vor, wie sie von einem Elternteil aufgezogen wurden, der keine Liebe für sie empfand. Wie schrecklich. Es erinnerte sie an die drei Tage, an denen sie ihre eigene Familie im Stich gelassen hatte. Sie hatte wieder zurückkehren dürfen, und dieses Geschenk hatte sie nie vergessen.

»Als Angelina starb, wollte ihr Mann nichts mit Harmony zu tun haben. Er warf sie aus dem Haus und wollte verhindern, dass sie ihren Anteil am Erbe bekommt.«

»Wie unfair.«

»Ja«, stimmte Mark zu, »aber sie ist noch ein Kind. Sie hat kein Geld, um sich einen Anwalt zu nehmen. Was blieb ihr übrig?«

»Was hast *du* getan?«

»Ich habe Harmony eine Wohnung besorgt. Sie läuft auf meinen Namen, und dort bin ich dienstagabends«, sagte Mark. »Wir verbringen Zeit miteinander. Ich kaufe ihr ab und zu Lebensmittel. Sie kocht gerne. Wir spielen Karten. Sie erzählt mir von ihren Plänen – sie hat sich für das nächste Jahr am College eingeschrieben und möchte Strafjustiz als Hauptfach wählen.«

Anne zögerte. »Sie scheint ein nettes Mädchen zu sein.«

»Das ist sie. Du würdest sie mögen.« Mark beugte sich vor, nahm Annes Hände und sah sie flehend an. »Ich hätte dir alles sagen sollen. Ich wusste nur nicht, wie.«

»Es war richtig, dass du ihr geholfen hast«, antwortete Anne schließlich gnädig. »Aber ich weiß nicht, was ich noch sagen soll.«

»Ich erwarte nicht, dass du etwas sagst.«

»Vielleicht hättest du mir mehr vertrauen sollen. Ich war deine Frau.«

Bei der Vergangenheitsform hielten beide inne.

»Du bist es immer noch«, flüsterte Mark schließlich. »Würdest du in Betracht ziehen, meine Frau zu bleiben?«

»Verheimlichst du mir noch etwas?«, fragte Anne. »Egal was?«

»Nein.«

»Aha.« Annes Herz wurde schwer. »Wirklich nichts?«

Mark starrte sie an. »Wegen einer anderen Frau? Ich verspreche dir, Anne …«

»Ich spreche von uns, Mark. Von mir und dir. Dinge, die unsere Familie in Gefahr bringen könnten. Unser Leben.«

Mark lehnte sich zurück und musterte sie ein wenig abschätzend, aber auch sanft und letztendlich resigniert. »Du weißt von dem Geld.«

Anne spürte, wie ihr Herz in Stücke zersprang. »Du hättest es mir nicht gesagt, wenn ich es nicht selbst herausgefunden hätte.«

»Es gab keinen Grund, dass du es erfahren solltest. Es war eine einmalige Sache, und ich habe versucht, dich zu beschützen.«

»Roman wusste es«, sagte sie leise. »Er wollte dich anzeigen.«

Mark blinzelte. »Roman Tate?«

»Und jetzt ist er tot«, fuhr Anne fort. »Wie praktisch, nicht wahr?«

»Nein, ich habe …« Mark hielt inne und sah Anne an. Zum ersten Mal in diesem Gespräch sah er sie furchtsam an. »Anne, du hast doch nicht …«

»Ich? Du denkst, ich habe ihn getötet?« Anne blieb der Mund offen stehen. »Du bist doch in der betreffenden Nacht nicht nach Hause gekommen! Woher weiß ich, dass *du* nicht von der Erpressung erfahren hast?«

»Das ist das erste Mal, dass ich davon höre! An dem Abend bin ich auf Harmonys Couch eingeschlafen, während sie Abendessen gekocht hat«, erklärte Mark.

»Wir wollten uns eigentlich eine Serie anschauen, aber sobald ich auf der Couch saß, bin ich umgekippt. Ich hatte die Nacht zuvor durchgearbeitet und war völlig erschöpft.«

»Sehr praktisch.«

»Als ich Stunden später aufgewacht bin, hatte ich Panik, bin in die Arbeit gefahren und habe dir etwas von Überstunden erzählt. Deine Mutter war bei den Kindern, weshalb ich mir um sie keine Sorgen gemacht habe. Ich hoffte, du wärst nach deinem Mädelsabend zu müde, um es zu merken …«

»Ich werde dir wohl vertrauen müssen«, meinte Anne. »Und du wirst mir vertrauen müssen. Ich habe ihn nicht umgebracht, Mark. Falls du dich das wirklich gefragt hast.«

»Anne …«

»Ich hätte es tun können. Er hat mich mit dem erpresst, was du getan hast. Wegen ihm habe ich mein Rentenkonto aufgelöst.«

Mark runzelte die Stirn. »Wenn du zu mir gekommen wärst …«

»Was hättest du getan?«

»Du hast versucht, alles zusammenzuhalten«, sagte Mark. »Trotz allem. Trotz der vermeintlichen Affäre, trotz der Erpressung.«

»Du bist mein Mann. Der Vater meiner Kinder.« Anne wurde lauter. »Ich bin eine Hausfrau ohne Zeugnisse und mit einem jahrzehntealten Lebenslauf. Ich konnte es mir nicht leisten, etwas anderes zu tun, als alles zusammenzuhalten.«

»Ist das der Grund?«, fragte Mark. »Oder liebst du mich immer noch?«

»Warum hast du es getan?« Tränen liefen Anne übers Gesicht. »Warum hast du das Geld genommen?«

»Mildernde Umstände!«, rief Mark und sprang aufgebracht auf. Er ging auf und ab, bevor er sich zu Anne drehte. »Es war einen Monat vor der Geburt der Zwillinge. Du erinnerst dich doch an diese Zeit, oder?«

Ja, Anne erinnerte sich. Ihr Bauch war riesig gewesen, und sie hatte sich wahnsinnig unwohl gefühlt. Die beiden älteren Kinder waren schwierig gewesen. Das Geld war knapper denn je. Mark machte Überstunden, und ihre Ehe hing am seidenen Faden. Sie waren kein Beispiel für eine glückliche Familie gewesen.

»Ich war damals beim Drogendezernat.«

»Und hast viel gearbeitet«, sagte Anne. »Ich erinnere mich.«

»Ich habe *versucht*, über die Runden zu kommen. Wir erwarteten zwei Babys und konnten uns die beiden Kinder, die wir schon hatten, kaum leisten. Ich lieh mir von einem Freund Geld, um ein paar Monate lang die Hypothek zu bezahlen. Ich habe dir davon nichts erzählt, weil es mir peinlich war. Was für ein Mann kann seine Familie nicht ernähren?«

»Was für ein Mann verheimlicht seiner Frau Dinge?«

Mark setzte sich wieder hin. »An einem Abend haben wir einen großen Fisch hochgehen lassen, hinter dem ich seit fast einem Jahr her gewesen war. In dieser Zeit wurde zweimal auf mich geschossen. Einmal bekam ich einen Messerstich ab, der fast eine Arterie traf. Was ich alles durchgemacht hatte, um diese Arschlöcher zu kriegen …«

Anne erinnerte sich nur zu gut. Der Telefonanruf, der

Besuch im Krankenhaus. Die Angst, ob ihr Mann seine Verletzungen überleben würde.

»Als wir ihn schließlich hochgehen ließen, war ich wieder im Dienst und wollte dabei sein. Diese Arschlöcher hätten mir fast alles genommen – meine Frau, meine Kinder, mein Leben –, und ich wollte sie unbedingt hinter Gitter bringen. Ich hätte nie erwartet, dass wir dort Geld finden würden. Diese Typen haben normalerweise nie Geld bei sich.«

»Aber du hast etwas gefunden.«

»Über 1,2 *Millionen* Dollar.« Mark ließ die Zahl wirken. »Über eine Million Dollar an Drogengeld. Ich habe es gesehen und einen Stapel eingesteckt. Habe es nicht einmal gezählt. Nicht noch mal darüber nachgedacht. Sonst hätte ich es zurückgelegt.«

»Das hättest du tun sollen.«

»In diesem Moment sah ich einfach nur rot. Ich war so wütend auf diese Gangster, machte mir so viele Gedanken um dich und die Kinder. Gretchen brauchte eine Zahnspange, Sam brauchte diese speziellen Schuhe. Die Krankenhausrechnung für die Entbindung der Zwillinge würde unsere Ersparnisse auffressen. Wir hatten das Geld verdient.«

»Es war illegal, Mark. Gegen das Gesetz.«

»Glaubst du, ich weiß das nicht?« Er trank sein Bier aus. »Ich bereue es. Ich bereue es, das Geld genommen zu haben. Verdammt, in gewisser Weise bereue ich es fast, damit durchgekommen zu sein. Aber ich bereue nicht, das getan zu haben, was ich für das Beste für meine Familie hielt.«

Annes Atem stockte, als ihr Mann ihr in die Augen sah.

»Ich würde alles für dich tun, Anne. Für die Kinder.« Er ballte die Faust. »Wahrscheinlich ist es gut, dass du mir nicht gesagt hast, was Roman wusste, denn dann hätte ich vielleicht etwas getan, was ich danach bereut hätte.«

»Offenbar hat es jemand anders für dich getan.«

Mark wirkte nicht sonderlich aufgebracht. Anne starrte den Mann an, von dem sie geglaubt hatte, ihn besser als irgendjemand sonst auf der Welt zu kennen. Und sie fragte sich, ob es stimmte. Der wahre Mörder war noch nicht gefasst. Anne war davon überzeugt, dass Eliza es nicht getan hatte … Wer war also dann der Täter?

Könnte es sein? Mark hatte schon so viel gelogen …

»Warum hat Roman mir hinterhergeschnüffelt?«, fragte Mark plötzlich.

»Ich hatte einen Privatdetektiv angeheuert, um dich zu beschatten«, sagte Anne gefasst. »Ich bin nicht stolz darauf, aber ich musste es wissen. Der Privatdetektiv hat dann alles an Roman verkauft, was er herausgefunden hatte. Das ist eine lange Geschichte. Meine Frage ist, wie hat der Ermittler es herausgefunden? Weiß es jemand in der Arbeit? Sind wir in Gefahr?«

»Es gibt ein Konto«, sagte Mark düster. »Ein Bankkonto, das ich eröffnet habe, ohne dir davon zu erzählen, und wenn der Privatdetektiv etwas kann, hat er es gefunden. Darauf liegt mehr Geld, als ich je verdient haben könnte. Er hätte nachforschen können, die Einzahlungen mit meinen Lohnabrechnungen vergleichen und so dahinterkommen können.«

»Von dem Geld ist immer noch etwas übrig?«

»Ja. So konnte ich mir Harmonys Wohnung leisten. So konnten wir in harten Monaten über die Runden kommen. Es tut mir leid, dass ich es dir nie gesagt habe, aber ich konnte dir einfach nicht erklären, woher das Geld kam.«

»Was bedeutet das für uns?«, fragte Anne schließlich. »Was soll ich tun?«

»Du kannst mich anzeigen«, sagte Mark und sah sie an. »Ich würde es dir nicht verübeln. Nicht im Geringsten.«

Anne zwang sich, die Zweifel an ihrem Mann einen Moment in den Hintergrund zu stellen. *Angenommen, er sagt die Wahrheit?* Was würde das für ihre Ehe bedeuten? Würde Anne es bereuen, wenn sie ihm noch eine Chance gab.

»Wir alle machen Fehler.«

»Ja«, erwiderte Mark. »Doch das ist keine Entschuldigung.«

Anne stand auf und schob Mark ihre leere Flasche zu. »Ich muss nachdenken. Allein.«

»Lass dir so viel Zeit, wie du brauchst. Du weißt, wo ich bin, wenn du bereit bist.«

Die beiden ging schweigend durch das Haus. Aus einem peinlichen ersten Date war die müde, erschöpfte Realität eines verheirateten Paares mit vier Kindern geworden. Sie waren durch die Hölle und zurück gegangen. Sie hatten beide Fehler gemacht. Wunden mussten heilen. Unrecht war geschehen, das nicht wiedergutgemacht werden konnte.

Anne schlüpfte in ihre Schuhe und hielt an der Tür inne. »Mark …«

Er trat näher und hauchte: »Ja?«

Anne leckte sich über die Lippen und schluckte. »Ich habe nachgedacht … Der Schminktisch … Ich bin noch nicht dazu gekommen, ihn zu verbrennen.«

»Soll ich ihn für dich wegbringen?«

»Wenn du Zeit hast«, flüsterte Anne, »könntest du vielleicht die Schubladen reparieren?«

Kapitel achtunddreißig

Drei Monate danach
Mai 2019

Penny watschelte den Flur entlang und betrat das Casting-Büro. Sie wusste natürlich, dass dieser Job nur vorübergehend war. Nicht von Dauer. Die Vorstellung, nach bezahltem Mutterschaftsurlaub – oder Mutterschaftsurlaub generell – zu fragen, war lächerlich. Zusatzleistungen waren nicht vorgesehen.

In der Woche zuvor hatte Penny in dem Supermarkt in der Nähe ihrer Wohnung ein Bewerbungsformular geholt. Es hatte ihr körperlich wehgetan, ihren Namen einzutragen. Aber ihre Krankenhausrechnungen würden sich nicht von selbst bezahlen.

Pennys Ersparnisse dürften für einen, vielleicht zwei Monate Mutterschaftsurlaub reichen. Sie sparte bereits überall, wo sie konnte – sie hatte alle Schreibkurse aufgegeben und die Stoßstange ihres Autos mit Klebeband geflickt.

Sie hatte jeden Cent in ein Sparkonto gesteckt, das ihr nach der Geburt des Babys ein winziges Polster verschaffen würde. Aber nach zwei Monaten würde sie wieder arbeiten gehen. In einem Supermarkt. Sie war nach Hollywood gezogen, um sich selbst zu finden, und hatte dabei alles verloren.

»Penny?«

Erst nach einem Moment erinnerte sich Penny, dass sie in der Arbeit war. Sie blickte von der Anmeldeliste an der Rezeption der Casting-Firma auf, während sie die vertraute Stimme registrierte. Penny konnte sie nicht ganz zuordnen, bis sie den Mann erkannte, den sie seit … fast neun Monaten nicht mehr gesehen hatte.

»Ryan!« Erschrocken schnappte Penny nach Luft. »Wie … äh, wie geht es dir? Was machst du denn hier?«

Es war eine dumme Frage, denn Penny sah die Fotos, die er in der Hand hielt. Der Moment war für beide peinlich – für Penny, weil sie bei einer beschissenen Firma angestellt war, die Möchtegern-Schauspielern Hoffnungen machte, und für Ryan, weil er diese beschissene Firma eben wegen dieser Hoffnungen aufsuchte. Offensichtlich war es mit ihrer beider Karrieren nicht weit her.

»Sind das deine Fotos? Ich kann dich in die Kartei aufnehmen.« Penny stand verwirrt auf und wischte sich die Hände an ihrem Umstandskleid ab. »Ich wusste nicht, dass du heute herkommen würdest.«

Ryan hatte anscheinend größere Probleme als seine mickrige Karriere. Mit glasigen Blick starrte er auf Pennys Bauch. Er verzog das Gesicht, und seine Lippen bewegten sich, während er nachrechnete.

»Wie weit bist du?«, fragte er schließlich. »Glückwunsch, übrigens.«

»Es könnte jeden Tag kommen.«

Ryan blinzelte. »Warum hast du mir das nicht erzählt?«

Penny ließ die Hand sinken, die sie nach Ryans Fotos ausgestreckt hatte. »Das sollten wir nicht hier besprechen. Hast du kurz Zeit? Wir könnten irgendwo hingehen. Irgendwo in der Nähe.«

Ryan trat einen Schritt zurück. »Ja, das ist eine gute Idee.«

Penny packte ihn am Ellbogen und zerrte ihn nach draußen. Auf der Straße sah sie sich hektisch um.

»Lass uns ein Froyo holen«, beschloss sie. »Um die Ecke ist ein kleiner Laden.«

In dem Geschäft ließ Ryan Penny nicht aus den Augen. Er ahmte ihre Bewegungen nach, als sie Joghurt in einen Becher füllte. Sie achtete nicht auf die Geschmacksrichtungen, nur auf die Portionsgrößen. Frozen Yogurt konnte sie sich nicht leisten.

Als Ryan an der Kasse seine Kreditkarte hinlegte, schnappte Penny vor Erleichterung fast nach Luft. Sie gab ein unverbindliches Protestgeräusch von sich, aber er winkte ab, als sie anbot, den Betrag zu teilen. Penny umklammerte ihren Becher und folgte Ryan nach draußen auf eine schattige Terrasse. Sie setzten sich einander gegenüber an einen verbogenen, rostigen Tisch und ebensolche Stühle. Zum Glück waren sie allein.

»Ist es ...« Ryan schaute auf Pennys Bauch. »Ist es von mir?« »Er«, bestätigte Penny. »Es ist ein Junge.«

»Wenn du im neunten Monat bist, und ich richtig rechne ...« »Du rechnest richtig«, sagte sie leise.

»Warum hast du mir nicht gesagt, dass du schwanger bist?« Ryan schob seinen Löffel in den Joghurt und ließ ihn dort stecken. »Bist du deshalb nicht mehr zum Kurs gekommen? Damit ich es nicht sehe?«

»Ich bin mir nicht sicher, ob das Baby von dir ist.«

»Aber vor neun Monaten …«

Penny aß einen Löffel Joghurt. Die schaumigen, leuchtenden Farben begannen zu einer bräunlichen Suppe zu schmelzen, während sie darauf wartete, dass der arme Ryan sich alles zusammenreimte. Er wirkte völlig ratlos und schien nicht zu begreifen, was Penny sagte. Bis sie das Gesicht verzog und nickte, worauf er sich zurücklehnte und mit seinem Löffel spielte.

»Du glaubst, das Baby ist *von ihm.*«

»Es tut mir leid«, flüsterte sie.

Ryan seufzte. »Das spielt jetzt wohl keine Rolle mehr.«

»Was meinst du?«, fragte Penny. »Was spielt keine Rolle mehr?«

»Wir können immer noch zusammen sein«, sagte Ryan. »Seit dem Tag, an dem ich dich kennengelernt habe, wollte ich mit dir zusammen sein.«

»Aber das ist …«

»Der andere Typ ist nicht mehr aktuell, oder«

»Äh, nein. Das ist er nicht. Er ist, äh, tot.«

»Also war es Roman.«

»Ich weiß nicht, was ich noch sagen soll. Es tut mir leid.«

»Wenn die Möglichkeit bestand, dass das Baby von mir ist, hättest du auch mit mir reden sollen.«

»Ich hatte nicht gedacht, dass es gleich wahrscheinlich ist!« Penny packte aufgebracht die Tischkante, beruhigte sich und lehnte sich wieder zurück. Leise fuhr sie fort: »Ich bin zuerst zu Roman gegangen, weil ich dachte, dass die Chance größer ist, dass es von ihm ist. Ihn habe ich … äh … öfter getroffen als dich.«

»Du hast *gehofft,* es sei seins.«

»Einen Moment lang vielleicht. Aber ich habe mich geirrt.« »Als er starb …«

»Wir waren nicht zusammen. Letztes Jahr im Oktober habe ich Schluss gemacht.«

»Das ist eine kurze Romanze mit langfristigen Konsequenzen.«

»Wem sagst du das.«

»Weiß deine Familie davon? Sonst irgendjemand?«

»Ein paar Freundinnen«, antwortete Penny. »Sonst niemand. Meine Familie weiß es nicht. Ich wusste nicht, wie ich es ihnen sagen soll.«

»Wir können es ihnen gemeinsam sagen.«

»Wovon redest du?«

Ryan machte ein ernstes Gesicht. »Roman mag ja ein Arschloch gewesen sein, aber wir sind nicht alle so. Wenn das Baby tatsächlich von mir sein könnte …«

»Ich weiß es nicht«, wiederholte Penny. »Ich müsste einen Vaterschaftstest machen. Wie peinlich! Ich hätte nie gedacht, dass ich mal so etwas sagen muss.«

Zu ihrer Überraschung beugte sich Ryan vor und nahm ihre Hände. Er sah ihr in die Augen. »Penny, du bist die Frau, an die ich seit Monaten ununterbrochen denke. Wir können es noch einmal versuchen, und diesmal richtig.«

»Sei nicht albern. Wir hatten drei Dates.«

»Manchmal weiß man es einfach.«

»Und manchmal weiß man es *nicht*«, entgegnete Penny entschieden. »Was ist, wenn das Kind von Roman ist?«

Etwas blitzte in Ryans Augen auf. »Ich muss es nicht mit Sicherheit wissen. Die Möglichkeit, dass es meins ist, reicht mir.«

»Das ist verrückt.«

Bevor Ryan etwas erwidern konnte, beugte sich Penny vor und klammerte sich an der Tischkante fest. Ryan verengte besorgt die Augen.

»Verdammt«, sagte sie. »Meine Fruchtblase ist gerade geplatzt.«

Kapitel neununddreißig

Vier Monate danach
Juni 2019

Eliza wartete in demselben kleinen Raum mit den Betonwänden, in dem sie schon öfter gewartet hatte. Dort hatte sie Anne getroffen, Penny, ihren Anwalt. Die Routine war tröstlich, was etwas beunruhigend war, nachdem sie immer noch im Gefängnis saß.

Marguerites Stimme erklang leise im Raum. »Eliza?«

Die Bestsellerautorin sah gepflegt und professionell aus. Keine wilde Frisur und keine noch wilderen Accessoires mehr. Sie trug eine schlichte schwarze Hose, darüber ein weißes Hemd. Ihr Haar war zu einem glatten Knoten gebändigt.

Eliza lächelte, woraufhin Marguerite zusammenzuckte. Endlich kannte Eliza Tate die Spielregeln.

»Hallo«, sagte Marguerite leise. »Wie geht es dir?«

Eliza sah Marguerite in die Augen. Wenn man wegen Mordverdachts im Gefängnis saß, machte einem nicht mehr viel Angst.

Marguerite sah sich hektisch um, ob ihnen jemand zuhörte. Vielleicht hörte tatsächlich jemand zu. Eliza wusste es nicht. Es war ihr auch egal.

»Du hattest schon immer eine Schwäche für eine gute Publicity-Aktion«, sagte Eliza. »Mich für den Mord an meinem Mann verhaften zu lassen … Das ist deine bisher beste, das muss ich zugeben.«

»Ich weiß nicht, wovon du sprichst.«

»Nach Romans Tod an die Öffentlichkeit zu gehen und der Polizei die Puzzleteile zu liefern – das war ein wirklich guter PR-Schachzug. Den Gerüchten zuvorkommen. Marguerite, das Opfer. Das hätte ich dir wahrscheinlich auch geraten.«

»Ich habe nur die Wahrheit gesagt.«

»Du hast für die Öffentlichkeit Nancy Drew gespielt«, sagte Eliza. »Hast überall herumerzählt, dass meine arme Agentur kein Geld abwirft und dass ich Romans Lebensversicherung brauche, um mich über Wasser zu halten. Oder dass ich ihn vielleicht aus Wut getötet habe, weil er eine seiner Schülerinnen geschwängert hat. Du hast wirklich nichts verschwiegen, hab ich recht?«

Marguerite schluckte schwer, leugnete aber nichts. »Wenn du so unschuldig bist, warum sind dann deine Fingerabdrücke auf der Mordwaffe?«

»Ich weiß es nicht«, erwiderte Eliza. »Hast du sie dort angebracht? Das geht, weißt du. Zwei Weingläser waren aus meinem Haus verschwunden.«

»Warum sollte ich ein Weinglas mitnehmen? Ich habe doch genug Geld.«

»Zusammen mit dem Kuchenmesser«, fuhr Eliza fort. »Es ist möglich, Fingerabdrücke von einer Oberfläche auf eine andere zu übertragen; das habe ich recherchiert. Die Abdrücke waren wahrscheinlich nicht einmal brauchbar, aber das macht nichts, denn meine

DNA wäre auf dem Messer gewesen, zusammen mit Romans Blut, und das ist sowieso das Wichtigste.«

»Ich hoffe, du weißt, wie weit hergeholt das alles klingt.«

»Eigentlich ist es ganz einfach. Genial. Du hast mir eine Falle gestellt«, sagte Eliza. »Am Nachmittag des 13. Februar hast du sogar vorgeschlagen, dass ich Roman mit einem Messer töten würde. Aber als ich den Köder nicht geschluckt habe, hast du es selbst getan. Du warst so nett, mich trotzdem miteinzubeziehen … und es so zu arrangieren, dass alle Spuren auf mich deuten.«

»Das stimmt nicht.«

»Vielleicht nicht. Zum Spaß hast du auch ein paar Beweise ausgelegt, die auf Anne und Penny verweisen. Aber du wolltest mich. Warum?«

»Ich habe deinen Mann nicht umgebracht.«

»Wir wissen beide, dass ich ihn nicht getötet habe«, sagte Eliza. »Welcher Verbrecher würde eine Mordwaffe – mit dem eigenen verdammten Namen *darauf* – in der Gasse hinter dem eigenen Haus entsorgen? Für wie bescheuert halten mich die Leute eigentlich?«

»Das ist nicht …«

»Ich hätte wochenlang Zeit gehabt, um es zu entsorgen. Warum bin ich nicht zum Hoover-Damm gefahren und habe es über das Geländer geworfen? Oder ins Meer? Es auf dem Gipfel des Runyon Canyon vergraben?« Eliza machte eine theatralische Pause. »Offenbar hält mich die Welt für so dumm, die Mordwaffe einfach mit Essensresten wegzuwerfen. Als ob das nicht schon Zufall genug wäre, kam in derselben Nacht zufällig ein barmherziger Samariter vorbei und sah ein blutiges Messer. Auf dem mein Name stand.«

»Die Wahrheit kommt immer ans Licht.« Marguerite schien selbst nicht von ihrer Antwort überzeugt zu sein. »Dich hat man verhaftet, nicht mich.«

»Ja, das habe ich gemerkt.«

»Das muss ich mir nicht anhören.«

Eliza hob die Augenbrauen. Marguerite machte keine Anstalten zu gehen. Sie warteten.

»Warum hast du das getan?«, fragte Eliza. »Aus Egogründen? Hast du ihn wirklich geliebt?«

»Ich habe deinen verdammten Mann nicht umgebracht, okay?«

»Okay.«

Elizas einfache Antwort schien Marguerite noch mehr zu verärgern.

Sie stand auf. »Ich bin als deine Freundin hergekommen. Ich habe dich immer unterstützt, Eliza.«

»Danke«, sagte Eliza mit einem leichten Lächeln. »Wirklich. In gewisser Weise hast du mich befreit. Und dann hast du mir alles genommen, als du mich ins Gefängnis gebracht hast.«

»Das habe ich nicht getan.«

»Ein bisschen bin ich wohl neidisch auf dich«, meinte Eliza. »Du hast getan, was ich nie hätte tun können. Und du hast es durchgezogen. Bist damit durchgekommen. Wenn ich gedacht hätte, ich könnte mit dem Mord an Roman davonkommen, hätte ich es dann selbst getan?« Eliza zuckte mit den Schultern. »Ehrlich, ich weiß es nicht. Was ist das für ein Gefühl, jemanden zu töten?«

Marguerite machte auf dem Absatz kehrt und stürmte zur Tür. Sie klopfte, und die Wachen ließen sie hinaus.

»Übrigens«, rief Eliza ihr nach, »herzlichen Glückwunsch.«

»Wozu?«

»Ich habe gesehen, dass du mit *Frei sein* auf Platz eins der *New-York-Times*-Bestsellerliste warst.« Eliza lachte bitter. »Das sollte ich wohl als Nächstes lesen, was?«

»Schön, dass du darüber Witze machen kannst.«

»Es war wirklich genial, wie du das gemacht hast. Es stimmt – die beste Werbung aller Zeiten ist es, seine PR-Agentin wegen Mordes an ihrem Mann ins Gefängnis zu bringen.«

Marguerite verengte die Augen zu Schlitzen. »Glaubst du wirklich, ich bin so ein Mensch?«

»Sagen wir einfach ...« Eliza blickte auf ihre Fingernägel. »Gern geschehen.«

Kapitel vierzig

Fünf Monate danach
Juli 2019

Penny schleppte sich die Treppe zu ihrer Wohnung hinauf. Es war ein langer Tag bei Gericht gewesen, und sie war erschöpft. Oder sie war es bis zur Fahrt nach Hause gewesen. Seither vibrierte sie vor nervöser Energie.

Während sie sich wie auf Autopilot durch den Verkehr von Los Angeles schlängelte, drehten sich Pennys Gedanken fieberhaft um den verworrenen Prozess. Die seltsamen Widersprüche, alles, was keinen Sinn ergab. Ihnen allen entging etwas. Etwas, das so nahe war, dass sie es beinahe greifen konnte …

Elizas Fingerabdrücke befinden sich auf der Mordwaffe.
Diese war in Pennys Besitz gewesen.
Wer hatte sie Penny gestohlen?
Die Beweise deuteten auf Anne, Eliza und Marguerite hin – aber warum nicht auf Penny?
Hatte Mark gelogen? Worüber?
Motiv, Motiv, Motiv … Wer von ihnen war so kaltblütig?

Auf einmal wurde es Penny klar, als sie nach rechts auf den La Cienega Boulevard einbog. Die Puzzleteile fügten sich zusammen, und sie wusste – ohne jeden Zweifel –, wer Roman getötet hatte. Sie fragte sich, wie sie es die ganze Zeit hatte übersehen können.

Es ist das Motiv, überlegte Penny schließlich. Sie war so sehr auf die Frauen konzentriert gewesen, die wütend auf Roman waren, dass sie blind für alles andere gewesen war. Monatelang hatte sie angenommen, dass eine der Frauen aus dem Buchclub in einem Wutanfall das nächstgelegene Messer gepackt und Roman erstochen hatte. Gott wusste, dass sie alle Gründe hatten, wütend auf Roman Tate zu sein.

Aber was, wenn das gar nicht der Fall war? Was wäre, wenn der Mord an Roman geplant worden wäre – nicht seit Minuten oder Stunden, sondern Tagen oder sogar Monaten?

Aus einer Vorahnung heraus hielt Penny an der ersten Kurve auf dem Parkplatz eines Fast-Food-Ladens an. Pommesgeruch umwehte sie, als sie ausstieg und zur Motorhaube ging. Nach einer halben Stunde hatte sie es gefunden. Einen kleinen GPS-Tracker, der an der Unterseite ihres klapprigen Wagens befestigt war.

Nach weiteren zwanzig Minuten Suche hatte sie in ihrer Handtasche eine zweite Wanze gefunden. Der Stoff am Boden war aufgeschnitten worden – ein winziger Einschnitt, den Penny nur entdeckte, weil er mit einem nicht exakt passenden Faden vernäht worden war. Penny gefror das Blut in den Adern. Der Mord an Roman war kein Zufall gewesen.

Penny musste Eliza anrufen – oder ihren Anwalt – oder die Polizei, aber bevor sie das tun konnte, musste sie nach Hause fahren und ihr Baby sehen. Der liebe Peter, ihr kostbarer Junge, der auf sie warten würde. Sobald sie ihn in den Armen hielt, würde sie sich um den Rest kümmern.

Penny parkte auf einem Behindertenparkplatz vor ihrem neuen Wohnhaus. Dieses Gebäude hatte ein Schloss mit Schlüsselkarte. Eine deutliche Verbesserung ihrer Wohnverhältnisse, die sie sich nur leisten konnte, weil sie kurz nach der Geburt des Babys mit Ryan zusammengezogen war.

Ryan war vom ersten Moment nach Peters Geburt für sie da gewesen, und seither waren sie eine provisorische Familie. Er hatte sich mit ihr um Peter gekümmert, und in diesen ersten intensiven Tagen hatte Penny Ryan für einen Engel gehalten, den der Himmel geschickt hatte. Er hatte Peter in den Schlaf gewiegt, wenn Penny die Augen zufielen. Er hatte gesundes Essen für Mutter und Kind gekocht. Er hatte Penny den Rücken gestreichelt und Peters Sabber abgewischt. Er war genauso gewesen, wie Penny sich einen Partner vorgestellt hatte. Wie hätte sie ihn abweisen können?

Ryan öffnete die Tür, noch bevor Penny den Schlüssel ins Schloss stecken konnte.

»Da ist Mama!« Ryan hob die Hand des kleinen Babys und winkte Penny zu. »Wir lieben Mama!«

»Hi, Baby«, sagte Penny und ging zu ihrem Sohn, um ihn zu küssen. »Ich habe dich vermisst.«

»Was ist mit mir?« Ryan drehte sich um und ging in die Küche, ohne Pennys ausgestreckte Arme zu beachten. »Hat Mama mich nicht vermisst?«

»Natürlich. Ich vermisse meine Jungs immer.«

»Gut.« Ryan trat hinter Penny und schloss die Tür hinter ihr. »Das ist die richtige Antwort.«

»Uff, bin ich müde.« Penny gähnte. »Lass uns das Baby ins Bett bringen und zu Abend essen.«

»Ein bisschen Ruhe für Mommy und Daddy? Das klingt schön.«

»Genau das, was ich nach diesem Tag brauche.«

Penny ging zum Küchentisch, stellte ihre Tasche ab und ging ins Kinderzimmer. Mit einem Anflug von Angst betrachtete sie das Babyfon. Wie lange hatte er sie schon beobachtet?

Ryan folgte Penny ins Kinderzimmer und ging direkt zum Kinderbett. Er legte Peter auf das Dinosaurier-Spannbetttuch aus Baumwolle ab und bewegte sich mit einem übertriebenen, verführerischen Hüftschwung auf Penny zu. »Was halten wir davon, mit Baby Nummer zwei anzufangen?«

»Peter ist noch nicht einmal sechs Monate alt. Ich erhole mich immer noch von seiner Geburt. Es wird eine Weile dauern, bis ich bereit bin, an ein weiteres Kind zu denken.«

»Das wollte ich aber nicht hören.« Ryan runzelte die Stirn. »Peter braucht ein Geschwisterchen.«

»Ich kann mir kein weiteres Kind vorstellen. Ich kann mir nicht einmal vorstellen, eine ganze Nacht durchzuschlafen.«

»Komm schon, Liebling.« Ryan legte eine Hand auf Pennys Schulter. »Du und ich, wir sind füreinander bestimmt. Dazu bestimmt, eine Familie zu haben. Warum ist es denn so gekommen, was meinst du? Es war Schicksal. Die ganzen Hindernisse, die wir überwinden mussten, nur um zusammen zu sein …«

»Welche Hindernisse?«

»Ach, du weißt schon …« Ryan zuckte mit den Schultern. »Vor allem der andere Mann.«

»Roman war kein Hindernis. Ich hatte mit ihm Schluss gemacht.«

»Er war ein Hindernis, aber jetzt ist er es nicht mehr.« Ryan schien völlig ungerührt von der Tatsache, dass der betreffende Mann ermordet worden war. »Ist das Leben nicht viel besser, jetzt, wo du völlig frei bist?«

»Ich *war* frei«, sagte Penny. »Zumindest dachte ich das.«

Während sie sprach, wurde ihr immer kälter. Er wusste es. Er wusste, dass sie es wusste, und sie hätte ahnen müssen, dass er darauf vorbereitet sein würde. Sie hätte vorsichtiger sein müssen. Sie hätte wissen müssen, dass er sie beobachtete, beobachtete, beobachtete.

»Ach, Schatz«, meinte Ryan tadelnd. »Ich sehe es in deinen Augen. Du vertraust mir nicht. Das liegt an diesem dummen Prozess. Du glaubst niemandem mehr. Er macht dich kaputt.«

»Da könntest du recht haben.«

»Du musst nie an mir zweifeln. Wir sind dazu bestimmt, zusammen zu sein. Gegen das Schicksal kann man nicht ankämpfen.«

»Nicht einmal, wenn du Schicksal spielst?«, murmelte Penny. »Du hast mich glauben lassen, dass wir füreinander bestimmt waren, als ich am verletzlichsten war. Schwanger, alleinstehend. Du hast meine Hand gehalten, als ich in den Wehen lag, hast mich glauben lassen, wir wären eine Familie.«

»Wir *sind* eine Familie.«

»Familien müssen nicht töten, um zusammen zu sein.«

»Liebe Penny.« Ryan schüttelte den Kopf. »Du bist so naiv, mein Schatz. Das liebe ich an dir.«

Penny wich zurück. Ryan stellte sich zwischen sie und das Kinderbett und hob die Hand. Er packte ihr Kinn, fest.

»Ich hatte gehofft, es würde nicht so weit kommen. Ich war bereit, dir zu sagen, was ich alles für dich getan habe, für uns ... Aber erst, wenn du bereit warst. Doch du bist noch nicht bereit.«

»Du hast einen Mann ermordet, nur um mit mir zusammen zu sein?«

»Roman war ein jämmerlicher Mann. Er hat das Wort ›Verpflichtung‹ nicht verstanden. Als ich herausfand, dass du dachtest, er sei der Vater deines Kindes, musste ich etwas dagegen tun.«

»Du hast den Mord an ihm monatelang geplant.«

»Himmel, ihr Frauen habt es mir so leicht gemacht. Ihr habt ganz offen davon gesprochen, ihn zu töten. Ich konnte mein Glück nicht fassen – es war zu perfekt. Anscheinend dachten die Anwälte das auch. Dieser Prozess ist ein verdammtes Chaos.«

»Wie ...«

»Eine kleine Wanze, die ich in deine Handtasche eingenäht hatte, hat mir alles verraten. Leider weiß ich, dass du beide Wanzen heute Nachmittag gefunden hast. Du hättest sie nicht anfassen dürfen, Penny. Ich habe dich gesehen, dich gehört. Ich höre immer zu, beobachte dich.«

»Wie hast du es getan?«

»Ihn getötet?« Ryan lächelte. »Auf den Mord bin ich nicht stolz, das war nicht schön. Aber der Rest war perfekt, das muss ich zugeben. Du hast für das Messer gesorgt, Liebling. Du und dein schmutziges kleines Hobby. Ja, ich weiß, dass du das Messer von Eliza gestohlen hast. Ich weiß auch von den Weingläsern. Ich hätte dir die Sachen neu gekauft, aber du hast mich nicht gelassen.«

»Du hast sie aus meiner Wohnung mitgenommen?«

»Das Messer war einfach. Ich hatte es eine ganze Weile. Du hast sein Fehlen zum Glück nicht bemerkt.«

»Du hast auf den richtigen Zeitpunkt gewartet.«

»Ich hatte nicht geplant, dass das große Ereignis am Abend vor dem Valentinstag stattfinden sollte, aber es passt, findest du nicht? Er hatte keine Liebe verdient. Als ich an diesem Nachmittag hörte, wie ihr über Mord geredet habt, konnte ich mich nicht zurückhalten. Wie schon seit Monaten hatte ich zugehört und gewartet, und es hat sich ausgezahlt. So viel zum Schicksal. Es war alles geplant, und dann habt ihr noch eine große, fette Schleife darum gebunden. Für jede gab es eine schöne Portion Beweise und Motive. Damit alle schön im Trüben fischten.«

»Wie bist du in Elizas Haus gekommen?«

»Wenn die Tür unverschlossen ist, kommt man leicht hinein. Eliza hatte es so eilig, dass sie hinter sich nicht abgeschlossen hat. Ein kurzer Abstecher nach oben und voilà. Roman stand nackt in der Dusche und wusch seine neueste Eroberung ab, als ich ihn erwischt habe.«

Penny zuckte zusammen. »Das ist furchtbar. Er hat es nicht verdient zu sterben.«

»Doch.«

»Das war nicht deine Entscheidung.«

»Gern geschehen. Ich habe eine schwierige Entscheidung getroffen, aber ich habe es für uns getan, Penny. Ich sage dir doch, es war Schicksal.«

»Das Schicksal ist keine Entschuldigung für einen Mord.«

»Es war zu einfach. Es war Schicksal. Der Rest, nach dem Mord, war ein verdammtes Kinderspiel. Ich musste nur allen etwas zum Zweifeln geben, um die Aufmerksamkeit von uns abzulenken. Ihr wolltet Romans Tod, das war einfach. Du weißt, dass es stimmt. Selbst du hast an deinen besten Freundinnen gezweifelt.«

Penny antwortete nicht, denn da hatte er recht. Sie hatte sich im Lauf des Prozesses gefragt, ob Eliza, Mark, Marguerite oder sogar Anne schuldig waren. Hatte sie wirklich geglaubt, dass eine von ihnen es getan hatte? Das war schwer zu sagen.

»Ich habe die Mordwaffe mit Elizas Fingerabdrücken verziert – übertragen von dem Weinglas, ein Kinderspiel, dank dir. Anne ist völlig irre und versteckt es gut. Ich musste nur ihre Probleme mit der Wochenbettdepression und dem Alkohol ans Licht bringen. Dass die Leute Mark verdächtigten, war ein Bonus. Aber dieser Mann hat nicht die Eier für das, was ich getan habe.«

Pennys Haut kribbelte. Sie war mit diesem Mann zusammengezogen. Hatte geglaubt, dass sie eine Familie sein könnten, dass er ein Vater sein könnte, vielleicht ein Ehemann. Wie sehr hatte sie sich geirrt.

»Du brauchst kein Mitleid mit ihm zu haben«, sagte Ryan. »Roman war Abschaum. Ich konnte nicht riskieren, dass du jemals zu ihm zurückkehrst. Ich wusste, dass du wolltest, dass er der Vater ist. Monatelang habe ich darauf gewartet – *monatelang* –, dass du mir von meinem eigenen Kind erzählst. Aus der Ferne musste ich deine Schwangerschaft beobachten und so tun, als sei ich überrascht, als du mir endlich die Wahrheit gesagt hast.«

»Ich wusste nicht, was ich sagen sollte.«

»Ich musste in dieses lächerliche Büro gehen und *so tun,* als würden wir uns zufällig über den Weg laufen. Ich musste so tun, als würde ich zurückrechnen und auf … oh, neun Monate kommen. Für wie blöd hältst du mich eigentlich? Du hättest mir von meinem Sohn erzählen sollen. Das war verdammt unhöflich, Penny.«

»Es tut mir leid. Ich hätte es dir sagen sollen, aber ich wusste nicht, wer der Vater …«

»Peter ist von mir. Das weiß ich.«

»Woher willst du das wissen?«

»Ich sagte doch, es ist Schicksal«, beharrte Ryan. »Wir sind dazu bestimmt, zusammen zu sein. Das waren wir schon immer. Von dem Tag an, als du in den Kurs kamst, wusste ich, dass du mein sein würdest. Wie auch immer.«

»Das war alles nur gespielt. Der nette Typ. Mich mit Roman zusammenkommen zu lassen.«

»Ich bin geduldig. Ich bin ein talentierter Schauspieler, auch wenn die Welt das noch nicht erkannt hat. Ich bin intelligent – viel intelligenter als dieser schwachsinnige Roman. Ich war geduldig. Habe zugesehen. Gewartet.«

»Du meinst, du hast mich gestalkt. Hast mich ausspioniert.«

»Ihr vier Frauen habt in eurem Buchclub darüber gesprochen, wie man einen Mann ermordet. Ihr wolltet es; ihr habt mich darauf gebracht. Wen kümmert es, wenn das Gericht niemanden verurteilt? Roman ist aus dem Weg, und nur das zählt. Allen ist damit geholfen – dir, Anne, Eliza, Marguerite. Ihr solltet mir alle dankbar sein.«

»Es ist nicht deine Aufgabe, Gott zu spielen.«

»Ich habe nicht Gott gespielt. Ich habe nur nachgeholfen, unser Schicksal in die richtige Richtung zu lenken. Eine sanfte Berührung, wenn du so willst.«

»Ein Messer im Herzen ist nicht sehr sanft.«

»Nein, aber es war verdammt poetisch. Nicht schlecht für einen sich abmühenden Schauspieler.«

»Und jetzt?«, wollte Penny wissen. »Wie willst du damit durchkommen?«

»Wir werden gemeinsam damit durchkommen. Du wirst nichts sagen. Falls doch, bin ich gezwungen … Peter unter meine Fittiche zu nehmen. Als alleinerziehender Vater.«

»Du würdest mich nicht umbringen.«

»Ich liebe dich, mein Schatz.« Ryan hatte seine Hand von ihrem Kinn genommen, doch jetzt packte er sie am Hinterkopf und zog sie zu sich. Seine Zunge brannte an ihrer, als er sie in ihren Mund schob. Dann flüsterte er heiß an ihrer Wange: »Aber ich werde nicht für dich ins Gefängnis gehen. Mein Sohn braucht mich.«

»Er ist nicht dein Sohn«, entgegnete Penny. »Er ist mein Kind. Nur meins.«

»Ich wünschte, es wäre nicht so weit gekommen, aber ich habe vorgesorgt. Eine Packung Schlaftabletten, ein Attest des Arztes über eine Wochenbettdepression. Es war alles zu viel für dich, das Baby, der Prozess … Das hat die hübsche Penny Sands völlig aus der Bahn geworfen.«

»Du hast recht«, sagte Penny schließlich. »Das ist Schicksal. Du und ich. Vielleicht hattest du die ganze Zeit recht.«

»Dafür ist es zu spät.« Ryan schnalzte mit der Zunge. »Du liebst mich nicht mehr.«

»Ich meinte das hier.« Penny nickte in Richtung des Babyfons. Das zuvor Anne gehört hatte. Das schicke Gerät, das live an eine App sendete. »Ironischerweise hast du mich darauf gebracht.«

»Wie bitte?« Zum ersten Mal klang Ryan unsicher. »Worauf?«

»Du hast mich seit Monaten beobachtet. Ganz schön gruselig, Ryan. Deshalb dachte ich mir, es macht dir bestimmt nichts aus, wenn ich den Spieß umdrehe.«

»Wovon redest du?«

»Anne hat immer noch die App für das Babyfon auf ihrem Handy – sie hat es mir geschenkt. Auf dem Weg hierher habe ich sie angerufen, und sie hört gerade zu. Und nimmt alles auf. Mit ihr im Wagen sitzt ihr Mann. Mark ist Polizist … Aber das weißt du ja. Denn du weißt doch alles, nicht wahr?«

Ryans Augen weiteten sich. »Du bluffst.«

»Ach ja?« Penny nutzte das Überraschungsmoment und rammte Ryan das Knie in den Schritt. »Träum süß, Arschloch.«

Dann marschierte Penny zum Kinderbett und hob Peter hoch, wobei sie geschickt dem stöhnenden Ryan auswich. Sie ging zum Wohnzimmer, und in diesem Moment wurde die Wohnungstür geöffnet, mit dem Ersatzschlüssel, denn Penny Anne und Mark gegeben hatte.

Mark stürmte zuerst mit gezogener Waffe in den Raum. Anne folgte ihm, sie war bleich und umklammerte ein Handy, auf dem der Livestream noch lief und Ryans gespenstisches Stöhnen übertrug.

Hinter Mark und Anne strömten weitere Polizisten herein, einige in Zivil, andere in Uniform. Penny beachtete sie nicht; sie hielt Peter fest und drängte sich an Anne, während Mark sich um Ryan kümmerte.

Als Mark ihn in Handschellen aus der Wohnung führte, sah sie Ryan direkt an.

»Du Miststück«, fluchte er. »Ich habe es für dich getan, für uns. Und das bekomme ich zurück?«

»Jetzt bin ich dran, Arschloch«, erwiderte Penny. »Unterschätze niemals einen Buchclub.«

Ein Auszug aus einem Artikel in der *Iowa Times*
August 2019
von: Penny Sands

Heute wurde Eliza Tate in Los Angeles aus der monatelangen Haft entlassen, die sie für ein Verbrechen verbüßt hatte, das sie nicht begangen hatte. Nach einem Deal mit der Staatsanwaltschaft hat Ryan Anderson den Mord an Roman Tate gestanden.

Auf die Bitte um einen Kommentar sagte Eliza: »Für die ganze Geschichte können Sie mein Buch kaufen.«

Eliza Tates erstes Sachbuch, *Angeklagt – Jetzt bin ich dran*, erscheint im Mai 2021.

Danksagung

Ich danke von Herzen den wunderbaren Teams von Sourcebooks und Little, Brown and Company. Vor allem danke ich Shana Drehs und Rosanna Forte. Es ist ein wahr gewordener Traum, mit so talentierten Lektorinnen wie euch zu arbeiten.

Sarah Hornsley, meine Agentin, ich danke dir für alles. Ohne deine Anleitung und Unterstützung wäre dieses Buch nicht möglich gewesen. Ich danke auch dir, Jenny Bent und der Bent Agency, für deine fantastische Arbeit. Ihr seid großartig.

Dank geht an meinen Mann Alex und meinen Sohn Leo. Ihr zwei seid meine ganze Welt, und ich liebe euch so sehr.

Ich danke auch meiner Mom, meinem Dad und meinen Schwestern Kristi und Megan. Ihr habt dieses Buch überhaupt erst möglich gemacht! Danke, dass ihr mit Leo gespielt habt, damit ich arbeiten konnte!

Ein großer Dank geht an Rissa Pierce, Katie Hamachek, Michelle Foss, Kim Griggs und Nicole Boelter, weil sie die ganzen Jahre über immer für mich da waren.

Und ich danke dir, Stacia Williams. Ich wüsste nicht, wo ich ohne dich wäre. Danke für deine unglaubliche Freundschaft.